"北大培文杯"全国青少年创意写作大赛优秀作品

倾听未来的声音

第3季

曹文轩 主编

北京大学出版社
PEKING UNIVERSITY PRESS

图书在版编目(CIP)数据

倾听未来的声音:"北大培文杯"全国青少年创意写作大赛优秀作品·第3季 / 曹文轩主编. —北京:北京大学出版社,2016.11

ISBN 978-7-301-27708-9

Ⅰ.①倾… Ⅱ.①曹… Ⅲ.①中国文学—当代文学—作品综合集 Ⅳ.①I217.1

中国版本图书馆 CIP 数据核字(2016)第 255463 号

书　　　名	倾听未来的声音:"北大培文杯"全国青少年创意写作大赛优秀作品(第3季) Qingting Weilai de Shengyin
著作责任者	曹文轩　主编
统　　　筹	高秀芹　丁超
责 任 编 辑	朱竞　张辉　黄维政
标 准 书 号	ISBN 978-7-301-27708-9
出 版 发 行	北京大学出版社
地　　　址	北京市海淀区成府路 205 号　100871
网　　　址	http://www.pup.cn　新浪微博:@北京大学出版社 @培文图书
电 子 信 箱	pkupw@qq.com
电　　　话	邮购部 62752015　发行部 62750672　编辑部 62750883
印 刷 者	三河市国新印装有限公司
经 销 者	新华书店
	720 毫米×1000 毫米　16 开本　25.5 印张　360 千字
	2016 年 11 月第 1 版　2018 年 1 月第 3 次印刷
定　　　价	39.00 元

未经许可,不得以任何方式复制或抄袭本书之部分或全部内容。
版权所有,侵权必究
举报电话:010-62752024　电子信箱:fd@pup.pku.edu.cn
图书如有印装质量问题,请与出版部联系,电话:010-62756370

出版说明

  2016第三届"北大培文杯"全国青少年创意写作大赛方才落幕,作为年度汇报演出的压轴戏——《倾听未来的声音》(第3季)就如约而至登场亮相,等待您的品评。本书收录了第三届"北大培文杯"全国青少年创意写作大赛初赛优秀作品和决赛部分获奖作品,较为全面地展示了当下青少年创意写作的风貌。大赛作品以其优秀的品质一如既往地得到了《人民日报》《光明日报》《人民文学》《新华文摘》《散文选刊》《中学语文》《语文月刊》等国内重要报刊的关注,标志着大赛成为引领青春写作潮流的风向标。

  青春是文学纯朴的底色。北京大学中国诗歌研究院院长谢冕教授指出,在这个功利主义盛行的时代,保有一份纯粹的文学理念是弥足珍贵的,因为有了这种信念,人生才会显出不同的光彩,不仅有助于青少年写作水平的提升,更会让他们在完善自我的过程中受益匪浅。正是在这个意义上,"文学的希望,在未来,在青年"。就像全国政协副秘书长、民进中央副主席、著名教育家朱永新先生所说的那样:"写作者一定会成为一个会思考的人,一个幸福者,一个更好的自己。"因此,也正如中国作家协会副主席李敬泽所言,"北大培文杯"鼓励青少年发自内心的写作,是对当下青春文学"商业化"和"八股化"两种不良倾向的纠偏,孩子们只有从真实的心灵出发,自由地书写人生与社会,才能让青春文学回到应有的起点,这也许是大赛对中国青春文学最大的贡献。

  创意写作也启发了中学语文教育工作者。获得"伯乐奖"的老师们深有感慨地说,中学语文老师在教学中,通常只用知识点灌输的方式机械地照本宣科,文言文只讲字词不讲文以载道,作文课只讲谋篇布局不重启迪思想,美文讲授只重解剖图解不重整体美感……导致课堂氛围死气沉沉,无法调动学生的学习兴趣。而创意写

i

倾听未来的声音

作理念给予长期在一线工作的语文老师以全新的启发，也激发了学生们丰富的想象力，成为师生们重新认识语文教学的一支兴奋剂，这在语文教育的发展过程中具有意味深长的意义。

大赛评委会主席曹文轩有言："让成千上万的青少年爱上写作，这是对中国教育的特别贡献。"写作要求一个人具备优秀的语文表达能力，语文能力的高低可以衡量一个人对文明、文化的理解程度，也可以衡量一个人的想象力和创造力有多大。因此，写作不仅体现了写作者基础知识的宽度和长度，更包含了他认知世界、理解社会的能力，并在此基础上，融入自己的感受人生、想象未来和编织梦想的能力，体现了人生所能达到的厚度和深度。这才是"写一手好文章是一个人的美德"的内在含义。

因此，我们以这样规格的文学标准遴选入书的作品。评选的专家们都是享誉全国的著名学者、批评家、作家和文学杂志编辑，他们以极其认真的态度扶持青春写作的新力量，深怕漏掉一篇优秀的作品，对优秀的选手不惜入选两篇以表达他们的赞赏有加；同时他们对入选的每篇作品都予以了精彩的点评，以期导引青少年写作者向远方前行。编辑对大部分入选作品的题目进行了修改，以保证内容与主题紧密契合，使作品更加光彩夺目；另外，还从主题上对作品进行了篇章的划分命名，并配以点睛的诗文，使得本书既在整体上井然有序，又在局部上溢彩流光。总之一句话，就是想与青少年们一起，做出一本经典的青春纪念册。

青春等你书写，创意改变世界！

经典的青春需要经典的书写。

让青春回到心灵，让想象回到现实，让梦想回到笔端。

让我们再次聆听来自未来的声音吧，循着风的方向。

因为，远方的风比远方更远。

"北大培文杯"全国青少年创意写作大赛编委会

2016 年 9 月

北大培文杯

范曾题

大赛顾问、著名书画家、北京大学中国画法研究院院长范曾为大赛题字

决赛阅卷评委：

曹文轩	北京大学教授、著名作家、"国际安徒生奖"获得者
陈晓明	北京大学教授、著名评论家、长江学者、茅奖评委
张福贵	吉林大学教授、著名评论家、长江学者
王　尧	苏州大学教授、著名评论家、长江学者
谢有顺	中山大学教授、著名评论家、长江学者、茅奖评委
刘川鄂	湖北大学教授、著名评论家、鲁奖和茅奖评委
张　莉	天津师范大学教授、著名评论家、茅奖评委
谭旭东	著名评论家、鲁奖得主
倪文尖	华东师范大学教授、著名学者、教育家
张学昕	辽宁师范大学教授、著名评论家
旷新年	清华大学教授、著名学者
郭冰茹	中山大学教授、著名评论家
滕　威	华南师范大学教授、著名评论家
张洁宇	中国人民大学教授、著名评论家
孙民乐	中国人民大学副教授、著名学者
杨庆祥	中国人民大学副教授、著名评论家、茅奖评委
赵　瑜	中国报告文学学会副会长、著名作家、鲁奖得主
黄宾堂	作家出版社总编辑、著名评论家
彭　程	《光明日报》文艺部主任、著名评论家、散文家、鲁奖和茅奖评委
李　舫	《人民日报》文艺部副主任、著名评论家、散文家、鲁奖和茅奖评委
萧立军	《中国作家》原副主编、著名评论家、编辑家
顾建平	《长篇小说选刊》主编、著名评论家
邱华栋	鲁迅文学院常务副院长、著名作家
葛一敏	《散文选刊》主编、著名散文家、鲁奖评委
石一枫	《当代》编辑、著名作家

目 录

序一　发现，还有发明 / 曹文轩　　001
序二　与文字打交道的人是幸福的 / 朱永新　　005

幻事
009—090

会唱歌的木桶 / 丛元　　011
影子裁缝 / 顾宇庭　　018
蒋扈氏 / 胡浩然　　025
天德茶馆 / 周欧辰　　031
沙仙 / 黄兰棋　　036
鱼 / 胡遇时　　045
琥珀和南麓 / 贾惠涵　　051
七秒钟 / 周子霖　　058
李阿三 / 张毓琦　　063
少年 / 熊菲　　068
黑白兄弟 / 仲子豪　　072
陪着你长大 / 吴宇龙　　080

倾听未来的声音

空笼

091
—
180

打开一个红檀木箱／谭敏萱	093
笼目／贺舟叙	101
猫爪钢琴师／穆晓婧	105
四郎探母／周稚宜	110
酒旗风／延安琪	117
鹤／杨琳欣	125
归／吴君瑶	129
米菲，米菲／李月馨	139
老易／钟沁湲	147
鸟佰／蔡忱瑶	150
靛颏囚笯／方佳璇	159
樱兰的故事／章佩芷	163
美术课／胡馨媚	168
门／孙洁	177

破壳

181—256

没有壳的人 / 王瑾妮	183
带皮毛的午餐 / 黄嘉曦	189
午餐与玫瑰 / 丛元	194
餐具先生与艺术品小姐 / 曹馨午	205
破壳 / 胡向真	210
带皮人 / 沈玥	216
毛皮下的妮卡 / 朱超然	223
白夜·物语 / 董亦婷	229
无字之谜 / 李岱宸	236
变成穿着皮毛的咖啡杯,敬你 / 吴宛谕	241
带着皮毛的人 / 张珺然	249

静园

257—350

红葫芦 / 王瑞敏	259
化鲤 / 潘语瑄	266
三三的江 / 顾宇庭	272
故人庄 / 胡浩然	279
逃离 / 李蕤桐	287
尘世 / 杨淙文	295
瓢 / 顾靖坤	307
根鸟情系葫芦丝 / 梁松艳	314
红蔷薇 / 韩曦莹	319
北山蔷薇 / 刘鑫鸽	326
蔷薇谷的故事 / 林琦	333
蜻蜓眼 / 韩金颖	338
细米的村庄 / 黄兰棋	346

心语

351—378

选手心得　353

北京以北／杨淙文　353

接过时光递来的笔／李蕤桐　356

我是一只切叶蜂／黄兰棋　358

有些东西专属灵魂／丛元　361

一路向北，绿意盈怀／顾宇庭　364

带着一颗宁静的心去海边看落日／王瑞敏　366

七月末，思想起／胡向真　369

伯乐心语　372

青春，或者教育的另一种可能性／马臻　372

今天，我们该如何指点"青春"？／赵楠　376

倾听未来的声音

附录

379—390

大赛题目	381
决赛获奖名单	384

跋　一切想象都是有意义的/谢有顺　　391

序一

发现，还有发明

曹文轩

一个写作者与普通人的不同之处在哪里？大概就在于他必须不断地对存在有所发现。普通人则不必非如此不可，他可以随波逐流，对存在不加询问与质疑，也不带搜寻之目光，甚至可以不加思索地生活。也就是说，他不一定非要看出些什么来——"不作沉思"，反而可能是普通人生活的佳境。然而一个写作者却必须用"穷凶极恶"的目光盯住存在，要从存在的每一个几近无声的飘忽中都能有所发现，有所获取——他要使存在的一切现象都得到某种解释，并使其变得有意义。也就是说，他必须看出些什么来。

一个又一个的写作过程，实际上就是对一个又一个的发现用语言文字进行外化与确定的过程。

写作者的发现须是独到而深刻的。如果一个写作者的发现与一个普通人的发现无异，那么这个发现则没有多大的意义。他总得有一些非常的发现。他的文字体现着他观察世界的独特视角，感应世界的独特感觉，揣摩世界的独特思维。从前的一些文章已存在了千百年了，至今，我们仍还在接受着它们思想的庇荫。他们的目光一定要锤炼得异常锐利，富有穿透力。人们亲近他们文字的一个很重要的原因，是因为那些普通人无力发现的东西，写作者却发现了——他们率领这些普通人拾级而上，走向了庄严而神圣的思想殿堂。

倾听未来的声音

一篇作品就是一个发现。倘若这篇作品是陈词滥调，它也便失去了写作的意义。当一个写作者终于不能再有所发现时，他的写作历程差不多也就到此终结了。

我们可以写我们所发现的，但笔触只是停留在被发现的事物之上，大概不是一个完满的写作格局。他还需要懂得发明。

我们在"发现"这一辞条下看到了两点解释：一、经过研究、探索等，看到或找到前人没有看到的事物或规律；二、发觉。我们在"发明"这一辞条下看到了三点解释：一、创造；二、创造出的新事物或新方法；三、创造性的阐发或发挥。辞典对"发现"与"发明"的解释自然是恰当的，无可挑剔的。但如果让我来区别这两个概念的含义，我会更本质地对它们加以解释：前者是面对已有，从中看出早已经存在但还没有被人注意到的一切。而后者，是背对已有而面对空无创造出这个世界上原先不曾有过的一切。其实辞典对发现和发明的解释也已经暗含了这样的意思。

许多年前，我曾提出"第二世界"的观念。我将造物主交到人类手中的那个物质性的、存在于人的主观精神以外的世界，称之为第一世界。而把精神性的，是人——只有人才能创造出的世界称为第二世界。事实上，人类为了物质的欲望，也为了精神的欲望，还改造了第一世界。造物主给人类的只是一块未经加工的物质毛坯，是人类前仆后继、调动伟大的想象力和付出巨大的劳动以后，才使它呈现出今天如此斑斓多彩的形象。如果有一天造物主从苍茫的宇宙间遨游归来，会对人类说：这不是我当初交给你们的世界。至于第二世界，则与造物主毫无关系，完完全全是人类在没有任何外力帮助下自行创造的。造物主给予时，有哲学吗？有一种叫做"存在在先本质在后"的理论吗？没有。造物主只给了我们阳光、空气和土地这样一个纯物质的世界。造物主在精神上是一个赤贫，拿不出一点东西施舍给人类。人类自己建造了一座硕大无朋的精神宫殿。今天人类所拥有的世界，已不是造物主给予的那个世界。人类创造的这个世界要比造物主给予的那个世界大得多。

造物主给予时,没有《荷马史诗》,没有《哈姆雷特》,没有《蒙娜·丽莎》,没有《英雄交响曲》,也没有一种叫做立体派的绘画,这一切,都是人类创造出来的。

"创造"也就是"发明"。

这些发明丰富了人类的精神世界,使人类获得了更多的精神享受,并使人类的生存质量得到了提高。当一个人阅读了海明威的《老人与海》,他便不会再为他的失败而感到沮丧,并能在那锲而不舍、顽强韧性的追求过程中得到心灵的慰藉与灵魂的升华。

发明使人类不断进化着。人类进化着,正是因为人类有发明的能力。我们无法看到今天的耗子与一百年前、一千年前的耗子相比究竟是否有了进步,但我们可以清楚地看出人类在一天一天地提高着质量。人类不仅在物质生活方面变得越来越富有,在精神生活方面也变得越来越阔绰。哲学家与文学艺术家们的发明,使人类不断获得新的精神取向。这些精神储存于心,使人类面对眼前的现实,有了从前不曾有过的解释、理解、感觉与意识,比起前人,今天的人多享受了许多许多。

我们的祖先面对那轮金色的天体从海上升起会作何感想呢?但今天的人会为壮丽的景观而激动,甚至热泪盈眶——今天的人有了一种精神境界——这境界是人类自己发明出来的。

然而,功利主义的思维却一直妨碍着、阻挠着发明。

功利主义几乎是天生的。它将一些人长久地困缩在一个低矮、狭小且有些气闷的思维空间里。这些人在"我做的、想的,有实际意义吗?"这一心理障碍下,只能面对着一个个可触、可见、可闻的实存,进行着一些没有创造性的思维活动:天热了,该把窗子打开了;菜淡了,该加些盐;衣服短了,能不能将边放下,使它长一些呢?……

思维的功利主义既妨碍着别人的发明，也妨碍着自己的精神生活，功利主义使这些人失去了思维的快感与美感。我们可以想象得出黑格尔是多么幸福。当他在沉思默想之后，伟大的观点突然宛如灿烂的星星闪烁着出现在思维的蓝色天幕上时，他该是多么愉悦！而这些人却永远不会有这种美妙的时刻。

发明意识的薄弱，还影响了发现的质量。以文学艺术为例，——其实，纯粹的发现是不能称之为文学艺术的，发现的文学艺术也需要有创造。——强烈的经久的发明意识锻炼着创造力，它会使一个文学艺术家面对存在不再是消极的、被动的，而是采取积极和主动的态势，并使灰色庸常的现实得到改造，从而获得更强烈的现实性。复印照抄的艺术观自然是蹩脚的艺术观，被沉重的现实完全拖住而失去想象，失去超越的文学艺术毕竟不是上乘的文学艺术。就像发明离不开发现一样，发现也需要有发明结伴而行。

发现、发明，才是一个写作者的完整使命。

序二

与文字打交道的人是幸福的

朱永新

祝贺参加"北大培文杯"全国青少年创意写作大赛的同学们,我十分羡慕你们,羡慕你们在这个时代,有那么多好的书可以读,有那么好的有创意的活动可以来参加,羡慕你们能够通过自己的文字的表达来到北京,来到了北京大学。

我一直认为,与文字打交道的人是幸福的。因为世界上有两种风景,一种是自然的风景,一种是精神的风景。自然的风景需要我们走进山山水水,不仅要有闲暇,还要有金钱。但是,在精神的风景面前,我们有更加平等的机会,文字是组成精神风景的重要组成部分。文字的秀丽与壮美,绝不亚于任何大自然的鬼斧神工。与文字打交道的人有两种人:一种是读书的人,一种是写作的人。读书的人是幸福的,因为读书的人可以欣赏世界上最美丽的文字,最美丽的精神风景。写作的人自然更是幸福的,因为他不仅可以欣赏美,还可以创造美。

写作的人是文字的魔术师。无论是英文的二十六个字母,还是中文的几千个方块字,它的组合变化抵得上任何奇妙的化学反应。通过各种搭配,这些文字可以创造出世界上最神奇的东西。

写作的人一定也是伟大的观察家。写作的人不仅需要一颗纯洁的心灵,

更需要一双善于发现的眼睛。写作的人能够看到别人无法看到的世界，发现别人无法发现的风景。

写作的人也应该是一个智慧的思想者。"学而不思则罔，思而不学则殆"，学习更多的是通过阅读来进行的，而思考更多的是通过写作来进行的。深入思考通常更是从写作开始。

写作的人同时也是历史的创造者。历史不仅是现在客观发生的事，其实也是历史学家的历史，是记录者眼里的历史。写作不仅仅记录着我们所处的时代，也记录着我们自己的生活，也是在书写着我们每个人自己的生命传奇。

最重要的是，让青少年欣赏文学、亲近文学，不一定是培养未来的作家，而是为了让青少年的心灵得到健康成长，让青少年通过文学进入一种幸福而完整的教育生活。写作的人不一定成为像曹文轩这样的安徒生奖获奖者，成为有名的作家，也不一定能成为北京大学的学生。但是，写作者一定会成为一个会思考的人，一个幸福的人，一个更好的自己。

最近十几年来，我和我的同仁们在全国三千多所学校开展了"新教育实验"，倡导营造书香校园，师生共写随笔，倡导晨诵、午读、暮省的儿童生活方式，倡导共读、共写、共同生活的家校合作共育，就是想让阅读和写作，成为师生的生活的方式，成为学校最美丽的一道风景。

所以在写作上，我一直特别强调：要想写得好，就要做得好；要想做得好，就应活得好。"问渠哪得清如许，为有源头活水来。"对于写作者来说，最重要的经验是生活经验。只有生活是丰满、充实的，文字才不至于干瘪、枯涩。生活是写作的源头活水。拥有充实的生活，同时把自己的真情实感倾吐出来，就可外化为好的文字。至于写作的技巧，也非常重要，但对于生活而言，仅相当于烹饪精美食物的作料而已。

当然，对于青少年来说，生活本身应包含阅读这一要义。相对而言，青少年的生活阅历是缺乏的，尚不可能去对周围世界事事实践、事事体验、事事探索。这时,阅读就是个人生活的有效扩展,阅读能拓展我们生活的宽度,增加我们生活的厚度。或者说,阅读可以引领我们进入另外一种生活。对于青少年来说,更多的生活经验是间接经验,是来自于阅读。我曾在多种场合强调:一个人的精神发育史就是他的阅读史;一个民族的精神境界,取决于这个民族的阅读水平。一个没有阅读的学校永远都不可能有真正的教育,一个书香充盈的城市才能成为美丽的精神家园。

阅读不仅给青少年以许多间接阅历与经验,也可从中学习许多写作的技巧,学习许多语言表达与修辞方式,可以不知不觉地亲近写作、喜爱写作并从中窥得写作之道,还可以让自己的心灵被美妙丰沛的精神事物充满。人类历史上有很多座精神丰碑,要达到或者超越这些精神高度,阅读和思考是唯一的途经。青少年通过广泛阅读和积极思考,才能与孔子、孟子等先贤对话,也才能与文艺复兴时期的大师们交流,从而进入更加一个广袤的精神世界,拥有一颗更加宽广、丰富的心灵。著名教育家苏霍姆林斯基曾经说过,无限相信书籍的力量,是他的教育思想的真谛之一。在一定程度上说,阅读是站在大师的肩膀上前行,写作是站在自己的肩膀上攀升。

在新教育里成长起来的孩子是不追求分数的,但是也不会惧怕考试。爱阅读和爱写作的孩子,应该也是如此。祝愿大家以此为新起点,坚持阅读和写作,在阅读中学会阅读,在写作中学会写作,在阅读和写作中健康成长,在与文字打交道中,充分享受幸福,并为世界创造更多美好,让更多人分享文字带来的幸福。

幻事

你的红花绿朵,我的黑白故事,像梦,是真实的。

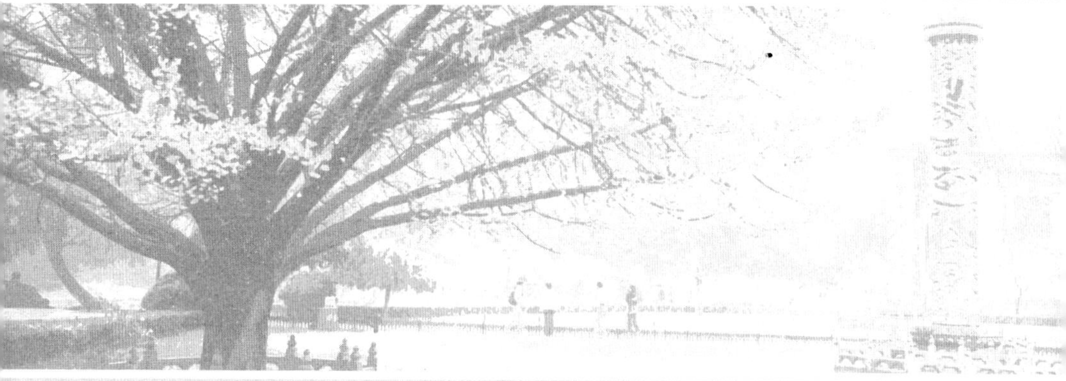

写作和画画是我认为世界上最棒的事儿。我最喜欢的作家是卡尔维诺，他的想象天马行空、奇妙无比；我仿佛能看到，他的种种幻想与遐思如云彩般从晴朗的天空流过。而我则梦想有一天自己也能写出如此优美精彩的作品。

我是一名有"社恐"症的"旁观者"。我喜欢观察别人的一举一动，在心中细细揣摩，有时还故意夸张搞怪地讲给朋友听。我想，也许是这个习惯让我逐渐看到了现实生活的魅力：我们的生活是那样多姿多彩，每天总有形形色色的人，还有讲也讲不完的故事。

古往今来的艺术家们，或用纸笔，或用颜料，或唱，或跳，把世界上的种种绚丽展现给世人，他们的名字因此不朽。正如毛姆在《月亮和六便士》中所说："艺术是世界上最伟大的东西。"我愿意追随最伟大的东西，梦想着成为他们中的一员。

丛 元

会唱歌的木桶

傍晚，父亲和我满载而归，走进家门时，发现家里的木桶在唱歌。

木桶是前几天父亲从沙滩上捡回来的，此时上面的藤壶已经碎了一半，木板表面不均匀地挂着盐霜。它给垫在旧缝纫机底下，一颠一颠打着拍子，桶口里冒出断断续续的歌声。我们在门外听见，还以为是收音机没关，刚一开门就吓得又退了出去。

"它在唱歌！"父亲呼吸都变快了。他放下我，举起了拐杖，拉风箱似的

喘着,脸上像喝醉酒一样直泛红。他一激动就会这样,喉咙里喘出痰音,喘着喘着就开始咳。我抱住他的手臂,被他的样子吓着了,缩在他腿边几乎要哭出来。木桶像知道我们来了似的,颠得更厉害,整台缝纫机被摇得乱响。父亲连着后退两步,马上又上前两步,恶狠狠地盯着它,像要打虎似的在门口僵持。

可不顾我们又惊又怕的注视,木桶仍是晃,歌声顾自从桶口与地板间的缝隙里钻出,清晰地四散开来。我愣愣地瞧着它,使劲抹了抹眼泪,不禁被这被歌声所吸引。地板在歌声的撞击下轻微地颤动,我的心也忽然颤动起来了。它唱得多美啊!我从未听过这么动人的旋律。尽管父亲视我的歌喉为骄傲,可如今听到如此美妙、简直难以形容的歌声,我那副可怜的花哨嗓子又算得了什么呢?尽管我能在父亲带我表演时收到许多掌声,常有人把钱投给我们,可如果他们听了木桶的演唱,谁还会理睬我呢?我的声音是多么难听呀,而木桶的歌声令人心醉神迷,让人半个音都不想错过。我的眼睛湿润了,跪下来抱住了木桶,把头埋进裙子里抽泣,好像要把它的歌声装进心里似的。父亲从后面把我拉开,放下拐杖。"不可思议,真是不可思议……"他的胸膛不再剧烈起伏,沾灰的脸颊抖了抖,目光变得迷茫而感动。他这样站在原地看了木桶一阵,脸上露出柔软的表情,似乎在看一个可怜的孩子,然后唤我帮他一起把它从缝纫机下抽出来。

木桶被捡回来放在那儿,是为了垫起缝纫机的断腿的。可我们现在不敢也不能再把它当一只普通的木桶看待。晚饭时,父亲把它抱到狭小的餐桌前,尴尬地看着它,手搓着桌沿。他一会望望木桶,一会望望我,窘迫地张张口,却什么也没说。到了晚上,木桶就被安置在门廊里。我隔着房间的门,听到它整晚都哼哼着一首轻柔的歌,在月光的伴奏下似乎不知疲倦。

在这天晚上前,作为穷裁缝的父亲一直有一个梦想:让女儿成为一名歌唱家。他曾为我买来成摞的磁带,还带我四处表演,把所有钱都砸在我身上。但

丛 元

会唱歌的木桶

第二天一早,在餐桌上,他宣布说要一起培养木桶和我两个。他的眼睛里带着种迫不及待的喜悦,手搓着桌沿,把话说了好几遍:"以后再去表演就带上木桶吧,它会是个好帮手的。"木桶像是能听懂他的话,蹭到我身边来,碰了碰我的手。我抚摸它两下,它就像只听话又可爱的小狗一样,欢快得直发抖。

我们把木桶刷干净,就带着它上街了。父亲想出一个主意,他让我藏在桶里,等他招来足够多的观众,我再一下子跳出来。于是我蜷在木桶里,紧张得直揪自己的裙子。我什么也看不见,只听到自己的心跳和外面父亲热情洋溢的声音:"快来瞧,多神奇的木桶啊!你们见过会唱歌的木桶吗?"他重复着这句话,声音忽远忽近。我想象着他拄着拐杖来回奔走的样子,心里忽然害怕起来,好像他就要把我扔在桶里不管了。我抚着桶壁,怕得想哭。

这时一阵歌声钻入我的耳朵,那是木桶的声音:"啊,姐姐,你不要伤心……""等等!它真的在唱歌!"外面的人惊叫起来,人声忽然像潮水一样涨了上去。木桶的歌声越来越大,它一边唱,一边有节奏地晃着。我坐在"摇篮"里,刚冒出来的眼泪被它晃了回去。木桶越是唱,外面的人越是大呼,我扶着木板,咯咯地笑起来。木桶唱得愈发来劲儿,在连天的惊呼声与掌声中,我也忘了跳出来。

就这样,木桶融入了我们的日常生活与外出表演,每周四和周六都与我们一同出门。它总是赢得人们新奇的目光。每当它开始演唱时,人们都不禁后退一大步,然后再慢慢围近来,小心而感兴趣地看它。他们最常问的一句话是:"你是怎么教会它唱歌的?"父亲搓着拐杖的手柄,紧张与喜悦令他满脸泛红:"它本来就会唱歌。"

在人群面前,父亲喜欢装作对木桶毫不在乎的样子,即使木桶的演唱博得了震天欢呼,他也板着脸或做出嫌弃的表情说:"停,停!你们为什么鼓掌?都是些歪门邪道罢了。唉,我管不了它。"人们发出零碎的笑声,纷纷把钱扔给父亲。我知道父亲这样做是为了多听一点人们对木桶的赞美,因为他

带我去表演时也会这样。但自从第一天他把我从桶里抱出来之后，就再没有让我演唱过。在以前，谁要是提到"裁缝"，准会说："哪个裁缝？是家里有个爱唱歌的小女孩的那位吗？"而现在，他们说："哦！我知道，就是那个有个会唱歌的木桶的裁缝吧。"

木桶的加入使我家的生活改善了不少。父亲终于买了一台新的缝纫机，把那台旧的搬进了杂物间，倾斜着倒在一堆摇摇欲坠的木架子旁边。窄小的餐桌也被换掉了。在木桶加入的最初几个星期中，我一直跟着他们上街，帮着捡扔得稍远的硬币。父亲因风湿不便频繁弯腰，只能拄着拐杖在周围踱一踱。

直到傍晚，我跟着父亲，父亲抱着木桶，木桶唱着歌，我们一身疲惫地回家。父亲几乎每晚都在房间里教木桶唱些新歌。这是当我发现他为我买的磁带都不见了，而他房间里常常整宿飘出歌声的时候，才意识到的。

有一天上午，我起得很晚，当我疑惑着走出房间四处张望时，才发现父亲和木桶都不在。"爸爸？"我走进各个房间，喊他。"爸爸，你在吗？木桶？你们在家里吗？"我从一个房间走到另一个房间，大声喊着，盼望着有人能回应我。就像以前父亲陪我玩捉迷藏一样，他躲在杂物间里，等我走过去时突然从帆布下面伸出手来抓我的脚踝，扮成怪物吓得我又叫又笑："抓住你啦！"我跑到杂物间，站在那儿等了一阵，他没有出现。"爸爸？"我叫着，开始慌了。我走到屋子中央坐下，疲倦地靠在断腿的旧缝纫机上，开始抽抽噎噎。我怕他把我扔在这儿，不要我了。

我不记得自己是怎么睡着的。我从床上醒来时，听见门外有碗筷碰撞的声音。我走出去，才知道早上父亲没有叫我就带着木桶出门了。父亲看上去十分疲倦，脸上的汗混着灰土往下流，在他发红的脸颊上拉出一道道白印子。他捧着饭碗的手也蹭得发黑，时不时渗出些汗，在桌沿或是拐杖手柄上搓两下。木桶时而颠颠晃晃，时而不安分地溜到墙角去，像只精力旺盛的小猴子。见到我出来，它又打着滚儿来到我身边，蹭着我的手。

第二天早上,他们又没叫上我。第三天仍是这样。我整日待在杂物间,从堆满灰尘的角落找些小东西玩。我翻到一盒扣子,盒子上结了灰,也不知是什么时候扔进来的。作为裁缝,父亲的手艺其实极差,来找他做活也多是打补丁、钉扣子一类的小事,他就这样攒下了一大盒扣子。我学会自己钉扣子后,曾把它们摆成各种形状缝在父亲给我做的裙子上,我就穿着这样的裙子跟着父亲到处演唱。有时我们回家已经很晚,我坐在他肩上,他就会一边走一边指着天上的星座讲故事给我听。

他一直盼望着我以后成为歌唱家,过上更好的日子。他经常做裙子给我,为了省钱,他那台旧缝纫机也一直没有换。一次,他正为新裙子锁边,忽然缝纫机倾斜着倒下,差点把他埋起来。父亲拖着风湿的腿艰难地站起,抱怨着狠狠给了那机器两拐杖。"这废物!"他涨红了脸骂道。他气喘吁吁地出门去,想找个什么东西把它支起来,最后从沙滩上捡回一只木桶,垫在了缝纫机下。

我百无聊赖地在杂物间爬上爬下,踩着乱晃的架子玩平衡木,胡乱哼着歌,对父亲的回忆充斥了我的脑海,又从鲜活转入黯淡。父亲再也没有叫上我一同演出,他把我所有的磁带拿走后,又建议把我的房间让给木桶。他整日伏在新缝纫机前忙着给木桶做配饰,吃晚饭时常常会忘了叫我。有时,我就站在他身边,他找了一大圈,最后还问我去哪儿了。

父亲令我感到陌生,我多想让他知道我是多么难过,可他再也没耐心听我说话。所幸还有木桶,它时不时溜出父亲的掌控,跑到杂物间来找我玩。我对着它倾诉,它就载着我摇啊摇啊,唱着:"姐姐,你不要伤心。"它蹭着我的手,像匹温顺的小马,每次都能让我欢喜起来。

在很长一段时间里,它都偷偷跑来陪我。我们一起爬上架子玩平衡木,踩着旧缝纫机和餐桌越爬越高,它过不去时我就把它举起来。我渐渐觉得木桶就是专门带给人快乐的,无论是谁都对它讨厌不起来。一次,我故意不帮它,它急得又是转又是颠。"你唱个歌吧,"我说,"唱了我就举你上去。"木

桶只好唱起来。我抱起它，站在摇晃的架子上，小心地举起来，突然门开了，父亲站在了门口。

我吓得一个激灵，一个没踩稳就摔了下去。一层层架子山崩似的塌了，木桶脱手而飞，我闭着眼睛以为自己要死了。过了好一阵儿我才睁眼，看到父亲站在门口动也没动，木桶则倒在地上费力地打转儿。我爬起来，脑中一片混乱。

父亲直直地盯着我，一句话也不说，他的脸越来越红，胸膛起伏得愈发剧烈。最后，他喘得像个大风箱，沾了灰的脸颊一个劲地发抖。他撑着拐杖向前迈了一步，猛地把拐杖举了起来。他鼓着眼睛盯着我，保持这个举着拐杖的姿势两秒钟，最终还是重重顿在了地上。"废物！"他终于说出了第一句话。他一边咬牙切齿地咳嗽着，一边拖起地上的木桶，转身走了出去。拐杖的顿顿声从开着的门里传进来，我低头玩着裙子上的纽扣，哭不出来。

不久，我得知木桶撞在旧缝纫机上，磕碎了两块木板。父亲焦急地重新补上两块，却再也不能恢复它的歌声。他换了很多种材料，带着木桶跑了很多地方，卖了新餐桌和缝纫机，可它的歌声还是一天天衰弱下去，直到微弱得谁也听不清。一个月后，父亲什么办法都没了，他变得抑郁寡言，仿佛一下子老了十岁。他不常待在家里，只偶尔带着一身酒气回来。

现在陪着木桶的只有我，眼看着它一点点衰弱下去却无能为力。我坐在它身边，一想到我快失去这个伙伴了，就哭个不停。木桶蹭蹭我的手，像在安慰我。我抚摸着木板，等着听它唱出"姐姐，你不要伤心"，却再没了反应。它再也不动了。

我把木桶放在门外等别人捡走。家里只剩下一缕海风，好像这一切都不曾发生。后来再没有人见过那只木桶。在一个暖风和煦的晚上，喝醉了酒的父亲回来时在门口被绊了一下，一脚把它踢飞了。

（作者学校：北京市十一学校　指导老师：赵楠）

点评专家 | 李 舫

《人民日报》文艺部副主任，著名评论家、散文家、鲁奖和茅奖评委

丛元的《会唱歌的木桶》无疑是一篇从孩子的视角讲述的故事，却是一篇非常耐人寻味的成人童话。

贫穷的裁缝父亲用自己微薄的收入全心全意培养女儿，期待她成长为一名著名的歌唱家。偶然的一天，父亲在海边捡到了一只旧木桶，带回家作为缝纫机的垫脚。未想到，这只旧木桶竟然具有歌唱的禀赋。父亲将木桶视为至宝，每天带着木桶卖艺赚钱，忘记了女儿的存在。一次，女儿与木桶在玩耍中无意间摔坏了木桶，木桶从此失去了唱歌的能力，也失去了生命。父亲就此沉沦下去，终日以酒为伴，聊度余生。

物质的存在异化人的生活，同时也使得人最终成为人的自我异化的理由，这着实令人伤心。这篇文章篇幅并不长，但是作者具有一定的语言功力，文字轻灵优美，文章立意高远、意味深长。故事的展开、铺陈、结尾都井然有序，作者不仅对故事推进的控制合理有序，让叙事在平静中波澜迭起，而且从木桶角度讲出了很多人类世界的哲理，比如，欲望导致了人类的灭亡；物质对人类的异化；人类需要拯救，更需要自我拯救，等等。在这种意义上，这不仅是一篇值得称赞的美文，更是一篇值得思考的惊世寓言。

> 为什么选择文学？除了热爱，别无其他。
>
> 倘若你来文学的世界信步，你将在何处遇见我？或许在唐风宋雨之中，你寻一方避雨的屋檐，就在那平仄交错间与我碰面；或许在花间新月之中，你觅一处避世的郡邑，就在那康河的柔波里偶遇了我。
>
> 这一辈子，不种木兰不裁松，只和文字一起在生命里探索幽微。
>
> 一路墨迹涟涟，一路笔耕不辍。

顾宇庭

影子裁缝

他是一个裁缝。不过，是个有点特殊的裁缝。

就像阿季罗尔福一样，你可以说他是个不存在的事物。因为，他是一个影子裁缝。

影子往往向光而生，幽暗而死。永远摆脱不了他们的主人——那些个实实在在的肉体。影子们一生都在模仿，无比精准而灵敏地模仿，如同镜子里的另一个世界，说不清，道不明，在虚虚实实间暧昧游走，最终失去了自由。

影子裁缝可以保持自身的独立性。尽管需要光，他可以使自己在黑暗中同样生存。影子裁缝依靠裁剪交易获得这项自由。他的手艺，几乎没有人可以与他媲美呢。

说实在的，他无比享受着黑暗。影子裁缝的家在一处地下室。这间地下室白天是一间画室，有一个画家和他的年轻助教在这里教画。与其说是家，不如说是一处寄居的寓所，他只需要足够的黑暗就行了。每当落日西沉，夜的黑幕拉扯住整片天空，他的身体渐渐变得透明起来，最后如同被融化成一滴墨水，扩散在了浓浓的黑暗中。

每当这时，影子裁缝便会开始他的工作。他将白天收集好的影子一张张整齐地铺在地上，根据每位客户不同的要求，由他来裁剪出客户所需要的影子。机械地裁剪并不是什么困难的事，困难的是为影子赋予自由和新生。为了达到这个目的，客人需要付出一定的代价，支付一段回忆。快乐也好悲伤也好，这段回忆将造就影子，陪伴孤独的人度过黑暗。

影子裁缝不记得自己做这一行多久了，在他的记忆里，自己永远操着一把银剪刀，"咔嚓咔嚓"地努力工作着，尽管他不知道自己所为何事、又有何祈求。这项手艺随着他生灭，他也似乎从未怀疑过什么价值什么意义。

直到他遇见了她。

那是一个即将破晓的凌晨。他的工作完成得差不多了，惬意地打了个哈欠，刚想从杂物中抽开身，突然一脚踩滑，摔了个跟头。影子裁缝恨恨地咒骂着人类艺术家们不拘小节的邋遢生活态度，一边艰难地支撑着薄薄的身体站起来，双手在地上摸索着，抓起了一张厚厚（至少在他看来）的画纸。将它拿近的瞬间，他突然安静了下来。凭着多年与人类的记忆打交道的经验，他敏锐地嗅出这幅画上有一丝特别的气息。那是怎样的一种感觉呢？一股很淡很淡的味道扑入他的鼻子，是淡淡的香气，绝不是人工香水的造作味道，这股香气让他想起了初日的阳光把被子晒得暖烘烘的感觉，路过街角的那丛蔷薇偶遇的花的香气，又或者是女孩柔软的毛衣上经纬纵横的体香。

他如痴如醉地品尝着这幅画的味道，早已忘却了先前的愤怒和烦躁。他决定等待，等待黎明破晓，撷取第一缕日光庄重地观赏这幅作品。地下室渐渐地泛白，一丝丝光亮艰难地挤进这逼仄的角落，一张英俊的年轻脸庞一点点浮现在纸上。先是清朗的眉眼，再是高挺的鼻梁，薄薄的嘴唇。直到那张

清俊的面孔完完全全地脱离了阴影，天已完完全全地明亮。他定定地看着这幅画，微微失了神。

地下室里响起"窸窸窣窣"的脚步声，他毫不察觉。"哗啦"，有人掀起了笨重的门帘。

女孩今日比以往早起了很多，齐肩的长发松松爽爽地被挽成一个丸子髻，细长的身材使她举手投足间总有一股轻盈劲儿。她右手拎着一小袋浸泡了一晚上的黑豆，左手拎着一个略有些重的豆浆机。走到凌乱摆放的石膏头像堆的时候，她隐隐觉得有些不对劲，于是停下了脚步。

周围似乎飘着许多影子，她眨了眨眼睛，再仔细一看，的确，是影子。灰色的墙壁上映着看不见表情和悲欢的人影，依稀可辨。有牵着气球的小男孩，有身材火爆的女郎，有佝偻着背举步维艰的老奶奶，他们都是影子，可他们又是那么自如，仿佛下一秒就会从阴影中走出来，脱胎换骨成真真正正的人。

女孩的全身都在发抖，战战兢兢地望着这奇异的情景。突然间，她注意到地上还有一团蜷缩着的影子。更要命的是，那个影子的手里，居然拿着她的画。

女孩也顾不得什么鬼怪神魔了，她弯腰一把抢过那张画，然后转身就往外跑。略有些沉重的豆浆机"哐当"一声砸在了地上，饱满圆实的黑豆蹦跳着撒了一地。影子裁缝呆呆地望着黎明中渐渐远去的少女的身影，心里有股朦胧的东西悄悄地萌发。

在此之前，影子裁缝并未见过女孩和那画中所画的画家，因为天一亮，他就要出发将作品送给客户们。从这天起，影子裁缝便争取在晚上送完所有的货物，白天，他就藏在画室里，静静地看着女孩画画。

女孩后来什么也没有提起，就像不曾经历过那个如同梦境般虚幻的早晨。她还是像往常一样拎着豆子，伴着微凉的早晨打好豆浆，然后分装在两个透明的玻璃杯里，等画家来到画室后，将其中一杯默默地放在他的画板旁。

"早啊。"画家淡淡地礼貌回应，除了这两个字外就再也没有别的话语。画家永远是这样，不是埋头帮学生改画，就是端着一块浅色的画板，在画架前踯躅徘徊。影子裁缝总是感到奇怪，他明明是个有血有肉的人，为什么却活得比影子还要透明，还要沉默呢？他能感受到一杯豆浆的温度吗？

女孩只是开心且满足地微笑着，弯弯的眉毛像细长的柳叶，一泓清泉注满了双眸，清亮亮的。影子裁缝从她的双眼里明白她还想说很多很多的话，只是望着画家淡漠的背影，张了张嘴又把话咽了下去。影子裁缝突然间厌恶起自己来。尽管就躲在大卫的石膏像的背后，他连走出去给女孩一个拥抱的勇气都没有。他只是一个影子。没有脸庞，没有剑眉星目，甚至连一个微笑都没有。从他存在的第一天起，他从未抱怨过自己的身份和命运，他甚至庆幸自己不是一个人类，庆幸自己不用经历失独的痛苦，失恋的悲伤，以及面对苍老与死亡时的不知所措和张皇。然而他今天才明白过来，这一切的一切，不过是因为他还没有身临其境地体会人间百味。他小心翼翼地维持着不曾发生过的淡然，却在今日，溃不成军、一败涂地。

又是一个蒙蒙亮的清晨。

影子裁缝茫然地坐在石膏像中，看着姿态各异的形体日复一日地维持着一成不变的姿势，突然有种同病相怜的感觉。他在裸女的双脚下面发现了两颗被遗漏的黑豆，小心翼翼地捧在手心里，如同托着两颗圆润的宝石。门帘再一次被拉开，影子裁缝下意识地要躲起来，女孩却安安静静地在门口望着他，眼神里有股悲凉和绝望。

他没有躲，他在她的眼神里读出了请求，那个他再熟悉不过的意味。这么多年来，每当有人希望拜托影子裁缝为他们裁剪影子时，都是这样的眼神，如同迷路的小鹿，哀哀地望着过路的猎人。

"我知道你是特殊的艺术家。"女孩说道。

"拜托你了,无论出多高的价钱我都愿意。我只要一个能日日伴我左右的影子,我就满足了。"女孩平静地说完,抬起头看着眼前这一片光亮中的黑暗。

影子裁缝悄悄攥紧了那两枚黑豆。从答应她的那一刻起,他就早早地打定了主意。

某个午后,女孩趴在画板上沉沉地睡去。影子裁缝打开了女孩的回忆,就像是打开了一段长长的布匹,在其中挑拣了一部分。女孩的回忆布匹上颜色素净淡雅,大多是大片大片的灰色泼墨,像水墨画一样。影子裁缝见得太多了,这是失望。唯有邻近末端的一截,五彩缤纷的炸裂之后晕染着一片明亮如同朝阳的鹅黄色。他截下了这一段布匹。

裁剪这一张影子,他没有去收集任何的影子。往常,他会跟在客户的身后,当影子在路灯下渐渐被拉长,他瞅准时机蹲下,在地面上揭起一片冰冷又光滑的薄膜,很像黑色胶卷的质感,但可以感觉到在渐渐变薄、消失。他抓紧时间,两手捏住影子的一端,"呼"地一抖,影子在路灯的光亮中闪闪烁烁,他总会联想起星夜中的大海,波光粼粼。他只轻轻一拽,那片大海便轻易地落了下来,长长地拖了一地。

这一次,他跟在画家的身后,只是静静地跟着。春日的新叶映着粉白相间的花瓣,路旁却满是枯萎凋零的香樟落叶,踩一脚就会变得粉碎。影子裁缝为他们感到惋惜,这个世界的万物来这人间活一场,即便像这落叶化作尘土更护花,到头来也不会有人记着他们曾经来过。这般无谓的牺牲,到底是为何呢。

画家的身影远去了,向着渺茫的远方。影子裁缝回到那间窄小的地下室,娴熟地操起了那把闪闪发光的银剪刀。

"嚓嚓嚓"。他在空气里比画了几下,嗯,还好,它还是那么锋利。

他握着那把剪刀,对这一面斑驳的镜子,把刀锋指向了自己。"嚓嚓嚓"。"嚓嚓嚓"。

看了那幅画这么久，他早已对每个细节了然于心。他近乎苛刻地裁剪着自己薄薄的身体，从每一根毛发、每一寸肌肤，到每一片指甲的弧度、每一根睫毛的毫厘。他很奇怪，自己并未感觉到痛苦，相反，他似乎感觉到有股微弱的火焰在舔舐着他的心。渐渐地，火势越来越大，吞没了他微不足道的身体。银剪刀发出的清脆声响如同伯劳鸟清晨时分的歌唱，在这美妙的歌声中，他突然明白了落叶为何归根，就像他终于明白了他有什么意义什么价值。

黑色的薄纸被吞没在火焰中，无声的灰烬嵌进了时光的点点滴滴。他最后一次望向了那扇门，仿若有光。

"噼啪"。两颗黑豆掉在了地上，不知最终滚向了何方。

他死了。另一张影子却活了过来。

翌日，女孩推开地下室的门，惊喜地收获了影子裁缝留给她的礼物。只是，她再也见不到影子裁缝，尽管她后来整夜拥着他入眠，她的脑海中也不会再有关于影子裁缝的记忆。她还是会在早上煮一杯豆浆，等稍稍放凉了留给画家，画家还是会淡淡地说一声"早啊"，再也没了下文。一切都像是什么都不曾发生过一样，天还是那么晴朗，早晨还是那么明亮，伯劳鸟仍然在大多数人还未醒来的清晨孤独地歌唱，无数的影子仍然跟在主人的身后亦步亦趋，就这样，过了一辈子。

（作者学校：江苏省如皋中学　指导老师：沈红娟）

点评专家 | 顾建平

《长篇小说选刊》主编、著名评论家

这是一篇超现实主义的短篇小说,而且是具有意大利著名作家伊塔洛·卡尔维诺风格的寓言小说。单就这篇文章而言,它是大胆创新、结构完整、寓意丰富、堪称优秀的一篇。

这篇小说的出色之处,主要在于现实与超现实、寓意与故事之间分寸的恰如其分地把握。故事的推进遵循了现实主义的逻辑,而人物的行为能力的设定,以及人物之间的关系又依照超现实的逻辑合乎情理地向前推演。"影子裁缝可以保持自身的独立性。尽管需要光,他可以使自己在黑暗中同样生存。影子裁缝依靠裁剪交易获得这项自由。"这在现实性上无疑是荒诞的,但一旦设定,在故事发展中就自然获得了合理性,就像卡夫卡《变形记》里格里高尔·萨姆沙变成甲虫之后所有行为都获得合理性一样。

影子裁缝在为学画女孩完成一件作品之后消失了,但他在自己的作品中存活了,而得到礼物的女孩浑然不知他的存在。这个结尾使得这篇短短的小说赢得了巨大的寓意空间,可以是忠诚而绝望的爱,可以是默默陪伴的奉献,可以是融入艺术的不朽……参赛作文能写得如此文学,实在难能可贵。

生于河南,养于河南,乐于生活在没有喧嚣的农村,最爱那春天的杨柳、夏天的庄稼,和那飒飒的秋风、素裹的冬雪。

愿于惬意的乡间,携一本书,抑或闲庭信步般游走,去体味人世间的酸甜苦辣咸,以一种乐天派的情怀,走进文学的世界,走进那再也熟悉不过的生活。

若问我为何如此?只因我对这土地爱得深沉!

胡浩然

蒋扈氏

一

地里蹲着的蒋红涛,1986年他爹跟老贺在镇上卖蒜。

老蒋平日里爱在村里瞎溜达,逢人就插一两句,最喜欢开玩笑,没大没小。碰上带孩子的妇女,老蒋会揉揉孩子的脸蛋:"咦,长得中,该找媳妇啦。"而那女的就会说:"老蒋,你浑蛋!"碰上年纪大的,老蒋会笑呵呵地迎上去:"瞎跑啥,有啥主贵嘞。"碰上年龄相仿的:"走,三缺一。"自从老蒋卖蒜之后,老蒋就很少出去溜达,整天除了卖蒜就是憋在家里给蒋红涛讲自己在镇上的故事。蒋红涛最爱听的一个是砍价,一个是戏台。

"我说啊,你这蒜咋卖?""最低价,两毛。""你咋不去抢?便宜点!""姐,真嘞不行,咱又不是老鳖依(吝啬的意思),搞这一套干啥。""甭说了,一毛五。爱卖不卖,不卖我走!""好,好,好。我卖还不行

吗？就当我今天做的是赔本生意！"

而戏台，据老蒋说，戏台早就搭了，最近才来了一个戏班子，都是一家子的人，人家绝活都是传男不传女，这个倒好，传得挺广。虽然蒋红涛听不懂戏，也对戏不感兴趣，但他知道他奶喜欢，只要他奶喜欢，他就喜欢。

再后来，蒋红涛听他奶说，老蒋和老贺生意谈崩了。从此老蒋便得了风寒，卧床不起，直到最后离开了蒋红涛。

二

1989年，蒋红涛十二岁。在蒋家庄和严家庄交接的地方，有一个人造湖，蒋红涛喜欢在一个明亮的晚上对着湖面大喊：娘，你在哪？他希望娘能听见，听见，听见。

蒋红涛从未见过他娘，也没有人告诉他，包括老蒋。他不希望自己的娘是傻娘，因为在蒋红涛家的对门，有一个傻娘，整天不知道说话，走起路来疯疯癫癫，见人只会笑。

这一年，蒋红涛跟着他奶住。

蒋红涛喜欢跟着他奶住，他喜欢听他奶讲以前的老故事。蒋红涛他奶是文盲，大字不识一个。

一天晚上，蒋红涛躺在他奶身旁。

"奶，你家以前是干啥的呀？"

"你个信球，你奶我可是大地主的女儿，家里当时富得流油，要不是突然变卦了，现在说不定还富着嘞！"

"奶，你不要骗我。"

"骗你干啥，当时你爷就是一个穷书生，我根本看不上眼，要不是我爹看中他有文化，我才不会嫁给你爷嘞。"

"奶,你不要骗我。"

"我日你万奶奶。"

"奶,你骂你自己干啥?"

"我日你八辈祖宗。"

"奶,你又骂你自己。"

三

1998年,蒋红涛二十一,他奶七十一。蒋红涛在外打工。

这一年夏天,蒋红涛带着自己的女朋友尤儿回老家看他奶。他奶正坐在自家院子里的樱桃树下,蒋红涛带着尤儿推门进来。

蒋红涛他奶上下打量着尤儿,伸过手来拉着她:"好孩子儿,要是俺家的兔崽子欺负你,告诉我,我打他。"说完,他奶从马褂里掏出一个玉镯子,笑着给尤儿带上:"我认定你是我孙媳妇儿了。"一句话倒说得尤儿不大好意思了。蒋红涛忙说:"奶,你看,人家都害羞了。""乖乖,你弄啥哩,我挑孙媳妇儿还不行吗?"

四

1999年,蒋红涛二十二,他奶七十二。

蒋红涛再也见不到他奶了。

回到家后,他的脑袋"嗡"的一声炸了。

蒋红涛的表弟蒋二对蒋红涛说:"咱奶让我交待你几件事。"

蒋红涛蹲着没有说话,蒋二说:"咱奶说,你要有出息,能干大事,不能穷一辈子。"

蒋红涛蹲着没有说话，蒋二说："咱奶还说，他是看着你长大的，你小时候用的东西她还存着，就在里屋一个黑柜子的上层。"

蒋红涛蹲着没有说话，蒋二说："咱奶说，尤儿是个好姑娘，她相中了，让你好好对她。"

蒋红涛蹲着没有说话，蒋二说："咱奶还说，咱家的樱桃树可好了，让你好好养它，夏天的时候咱兄弟几个分着吃，别争。"

蒋红涛再也忍不住了，"哇"的一声哭了。

五

1938年，老扈潦倒不堪，身边还跟着他女儿。

老扈走在去往山东的路上，打算去投靠他大伯。

这天，老扈来到泰山脚下，带着自己的小女儿，给她说："娃，这累死人了，咱搁这歇会儿吧。"女娃只知道含着手指头呆望着老扈。转眼间，爷俩走进了悦朋客栈。

"哟，爷儿，打尖儿还是住店？"

"嗨，住啥子店，打尖儿就行了。"

"好嘞，您这边请。"

老扈坐在一张方桌前，把女儿叫到身旁坐下，大呼："给俺弄一碗羊肉面，多放点羊油，再拿一个小碗，洗干净啊！"

"好嘞，羊肉面一大碗，羊油多点。"

正觉无聊间，对面来了一个肥头大耳的黑汉子，猛地一坐，桌子"咣当"响，把老扈他女儿吓得脸发白，差点儿就哭了。老扈见状，正要发作，却也吓了一跳。

原来那汉子一直盯着老扈看，好家伙，过了一会儿子才吭声："呀，呀，呀。爷儿,你咋搁这儿哩。"

老扈先是一怔,旋即回过神来,头脑清醒了:"我日,这不是老黑吗,唉,多少年不见就差点儿给忘了。"

原来,老黑曾是老扈当地主时地里的人。自从老扈出事以后,老黑只身一人在山东鬼混,不想这几天到泰山吃了亏,心中的怨气没地儿撒,只能到这店里吃酒解愁,不料遇上老扈。当年老扈对老黑极好,老黑一直不忘老扈的恩,而且,老黑曾帮过老扈好大的忙,老扈也心存感激。

"哥,你跑这儿干啥?"

"唉,哥穷了,这不,带着孩子找亲戚。"

老黑瞧了一眼老扈他女儿,好像想起了什么,对老扈说道:"呀,哥,俺儿也差不多大,他老娘一直催我给他订娃娃亲,你看咋样儿?"

老扈又是一惊,细想:老黑这人虽然没多大本事儿,但是人挺好的,唉,可怜俺妞跟我吃了不少苦。

"中,哥高兴。"

据老扈她女儿后来说的,那天晚上老扈和老黑喝了几个钟头。

不知过了多少年,老黑特意花钱去当铺买了一个玉镯子,亲自送到老扈手里,说是嫁妆。

第二天,就把老扈他女儿用花轿抬回家了。

据老黑后来对老扈他女儿讲的,出嫁后的第二天,老扈因风寒死了。

老扈他女儿至今仍记得出嫁前的那天晚上,她爹对她说:"妞,爹对不起你,没有给你找个好娘,你娘跟别人跑了,就剩咱俩了,现在你又要走了,我就是死了也没人管。"说完,女儿抱着他哭了整整一晚。

又不知过了多少年,老扈他女儿成了蒋红涛他奶,1999 年,又抛下蒋红涛一人。

六

蒋红涛蹲在地里，蹲在这坟头前，整个世界就只剩他一人了。

（作者学校：河南省实验中学　指导老师：张定勇）

点评专家｜施战军

《人民文学》主编、著名评论家、鲁奖和茅奖评委

　　《蒋扈氏》是这个年龄段作者所写的少见的小说上品。让我们记住胡浩然这个名字吧，他将来也许会成为一个好作家。

　　这么年轻，小说的完成度之高，已经令人肃然起敬。他令人联想到现代最好的小说家之一师陀。篇幅尽量精短，不以大悲大喜取胜，但少不了曲折蜿蜒、指此道彼，方言恰当适量又不至于生僻怪异，时有谐趣而略带苦涩，情韵悠长绵厚。这些与胡浩然的《蒋扈氏》有异曲同工之妙。

　　小说的层面感很值得一说。最上面一层是孙子蒋红涛，开篇和结尾都蹲在地里，他孤单的身影外显于世，他的身世充满难言的历程。故事自然地渐渐向内走去，他初期记忆中的往昔开始进入父亲老蒋那一层面，而以确凿的年份和年龄相关联的最里一层则是蒋红涛的奶奶。无论老扈、老黑、女友尤儿、表弟蒋二还是从未见过的娘，他们绝不是打酱油的，在这个小说里都不可或缺，都带着实在和能够清晰想象的模样。

> 在写作中思考，在思考中寻觅未来。在文字的锋利与深邃中剖析矛盾与冲突，触摸脆弱，拷问本真，渴望内心的平和与包容。
>
> 愿做探寻理想与现实的拓荒者，追求真理与美德的筑梦者。"筑梦踏实"是我不变的人生准则。

周欧辰

天德茶馆

天德茶馆，听上去是正经的好地方，实则三教九流，鱼龙混杂。无甚美酒佳肴，老板常年浪迹，只一个蔫头蔫脑的小二守着。那小二偷闲，赊账倒是十分大方，常常月不入寸金，也不深究，浑浑噩噩地赖着一口气罢了。倒养肥了那一群混世的，靠着辣嗓子的烈酒与小镇的奇闻逸事过活的风尘中人。

这一日，人们仍是打诨喝酒。其中一位压着音线，不高不低道："喂，听说了吗！北边有个贪官，前两天被一剑客给收了，那血淌的，这么一大摊！谁知衙门审案，惊动了圣上。开了恩，还封了官呢。"另一个嗤笑道："你的故事都是北边来的，从没听过这样的事，蒙谁呢。""嘿，你别不信。我告诉你那剑客怪得很，审案他去了，偏受赏的时候跑了。赶明儿——"

"老板呢？快着，给我们青林大侠上酒！"颤巍巍的门被一脚踹开，两位风尘仆仆的他乡人跃入人们的视线。小二原在柜台后打盹，瞧见来人气势汹汹，腰间挂着三尺长剑，没来得及穿上脚底踩着的破布鞋，一滑至来人的面前。

"两位客官里面儿请啊！呦，这不是传说中的青大侠吗，快快快，里面

请！"小二弯着腰，几乎将脸钻进来人的衣袖里，额头抵在剑柄上。

对面沉默的客人向后退了半步，怒目而视。小二复小步踮到长木凳旁，肩上的毛巾狠狠地抽打了几下，憨憨地笑着。"两位大侠，这急忙赶路的，要去哪儿啊？"

"我家主人，要去北边儿。"其中方才踹门的忠子说道。"呦，北边儿好啊，北面遇贵人呐！"青林将剑卸下来，明晃晃地拍在桌上，道："上酒！"

旁桌的赵壮汉见了，不屑道："青林算哪个屁？两斤破铜烂铁什么好神气的！""嘘，小声点。小心往你脑袋上来这么一下。""呸！"赵壮汉打量这油头粉面的小生，心中不忿，抬脚欲抽姓青的凳子。

谁知小二端着好大一盏酒，摇摇晃晃地走来，正巧绊在壮汉脚上，膝盖狠狠撞在他的腿肚上，几欲倒时一个转身稳稳地将酒放在桌子上。"对不住了您！"赵壮汉回看了他一眼，方作罢。

"对了，你们听说了吗。前儿，张员外家出了一件大事儿！""怎么了？""碰到一村姑姓甄，那模样儿叫一个俊儿诶！可惜家里许了人，张员外带着聘礼来也不依。张爷哪儿能受这样的委屈，第二天就叫人截了村姑，就放在对面儿永翠楼。放话出去，谁来都不放人呢！"

忠子猛地放下酒杯，右手抚上利剑。

"报官了么？""哪儿能不报啊，那张员外什么家底儿你忘了？四品官儿亲家！衙门理都没理那甄老头！"

青林端起忠子放下的杯子，垂下眼，煞有介事地摇头，再摇头。吹散粗茶表面的浮渣，抿了一口。

"啧，银子果真才是硬道理。要是那剑客还在，不知又要闹出什么天翻地覆呢。"

忠子一把抓住青林的衣袖，还欲开口。青林淡淡地瞟了他一眼，道："小二，我们住一晚。""好咧！"

周欧辰
天德茶馆

第二日，安宁的小镇便像投入巨石的死水，顷刻间沸腾。张员外身死永翠楼，甄村姑不知去向。没人知道一向嚣张却小心的张员外如何身亡，更无人知晓是谁下的毒手。

可八卦总是不胫而走，四散开来。有人看到青大侠一大早久立在茶馆门口，擦拭一把血迹斑斑的剑。有人听闻青大侠就是之前的剑客，淡泊名利，仗剑天涯。戏文里的"青天"出现在这里，像一块巨石，激起千层浪。

那张员外素日压衙门一头，如今墙倒众人推，竟无人细究此案，遂立为悬案。

那青林起初并不回应流传，却只见家家有待嫁女儿的乡绅提着厚礼拜访，妇女偷偷递送手帕吃食，街上众人见了总是嘘声绕行，打量交谈。青林飘飘欲仙，禁锢的脸上终是出现裂痕，展开微笑。和着天德的烈酒，他将那月黑风高杀人夜千回百转地讲来，日日讲，日日有人捧场。

"说句大不敬的话，大侠您的功德几人能敌？若是当今圣上有知，也定会嘉奖不已啊！"小二又一次换上崭新的酒，感慨道。

青林更卖力地讲，他从不知自己的口才竟能比说书先生更好，直叫人神魂颠倒，醉生梦死。忠子劝他走，他偏要留下，留在天德茶馆。直到招来那南方的凤凰，北方的真龙！

"官人！"忠子攥紧拳头，犹豫着开口，眼中是无法掩盖的阴霾，是黑夜的深巷，狂躁而萧索。井边挑水的小二回过头挑着眉："客官是在叫我？"

忠子随他那世家侯门中逃出来闯荡的小公子，留恋过最多情的江南青郁朦胧，也见识过最雄壮激荡的高山大川；驻足过危崖之下，也渴饮于烟雨巷间。小主人有如飞鸟一鸣惊人的渴望，有超然物外的憧憬，亦有挥斥方遒的希冀。

而他自己愿为掌灯人。

但他看着面前的小二，他什么都看不见。他什么都没有，也什么都不想

要。粗布麻衣，轻佻放荡的模样使他难以开口，难以将他与那夜埋藏在剑中的悍勇相连。

小二戏谑地看着他，仿佛知道他一定要说的话，也知道他无法言说的道理，晃晃悠悠地转身离去。

北方来了一位知府，来找一位叫青林的大侠。乐得青林下巴合不上，挺着酒肚，不由分说地跟着就去了。

那知府原是张员外的老亲家，人人皆道青林杀张，为民除害。杀人偿命，他却得意逍遥，实在猖狂。

知府见青林有勇无谋、毫无戒心的样子，心中是复杂的可笑与感慨。老张一世油滑，竟是败在这种货色手中？

是日，青林斩首。全镇的人皆来瞧这位末路英雄，连一向懒洋洋的天德小二与平日不服气的赵壮汉都来了。

忠子冲出人群，抱住关青林的木笼子车，嘶吼道："公子，你说句话啊！你说啊！"青林灰暗的眼睛绽开笑意："说什么啊，阿忠，这是亡大义之人，必遭天谴的。""青林，你梦够没有？清醒一下！你要死了！""我原想着仕途，现在看来不过尘土。阿忠啊，名垂青史岂不快哉！"忠子揪起他的衣襟："你糊涂啊！那夜究竟发生了什么？你那浸了血的剑是谁放在你门口的！人，是你杀的？是小二啊！"

噙着笑的青林一顿，瞟了他一眼。眼神与那日他们初到天德茶馆，自己止住忠子话头时的如出一辙，三分的胆怯中裹挟着七分的不甘。只是那样冷冽的青林怎会是面前顽固偏激的青林呢。

"是天德茶馆的小二！"忠子嗓音尖锐，"我夜里小解，正看到他还剑。忠子一直不说，是忠子害了你！主子，你快醒醒！"一霎，无人说话。青林却笑了，轻声地，安抚地，不由分说地凑到他耳边，说："你，撒谎。这是天，赐给我的，功德。"

再没有下一个剑客救这位"剑客"了，只有一位诋毁他的、背叛他的仆人随他赴死。

赵壮汉再回头，已不见小二的身影。但天德茶馆的小二，还是人们心中的那个小二，懒散的，油嘴滑舌的，不成器的样子。

小镇又终归于平静。庙堂太高，江湖过远。水面吞噬着每一粒石子，不论大小，随着岁月终将被湮没。青大侠的传奇故事终将被遗忘，似雁过无痕，未曾发生。唯有那无数亦真亦假的八卦如暗潮涌入，成为经久不衰的永恒。

"客官，您这是要去哪儿啊？"

（作者学校：北京市十一学校）

点评专家 | 郭冰茹

中山大学教授、著名评论家

周欧辰的《天德茶馆》在很短的篇幅里埋伏笔、设悬念，显示出作者很强的结构故事的能力。

作者通过小二端着一大盏酒，撞到壮汉，却能一转身稳稳地将酒盏放在桌上这样一个细节，将故事引向剧中人浑然不知而读者看完后便恍然大悟的结局，颇有些古典小说谋篇布局的味道。故事中，人物对话生动，颇能体现出各自的身份、地位、处境和性格特征。比如小二迎来送往的客套、主仆二人的故弄玄虚、壮汉的粗俗无礼等，皆能从这些简短的对话中看出端倪。此外，人物性格的双重性构成了这部作品最主要的戏剧冲突，看似漫不经心的店小二实则是位隐匿市井、除霸安良的武林高手；而号称仗剑天涯的侠客却只是一位想要离家见见世面的少年郎。这篇作品中，人物性格的转变，尤其是青大侠的性格变化虽然略有些生硬，但作者能在这么短的篇幅里处理如此复杂的性格，而且处理得相对圆润也非常难能可贵。

> 我是一个2002年出生在上海的狮子座女孩。我跟这座城市有些相似，外冷内热，能静能动。
>
> 我爱好写作、绘画、摄影，喜欢旅游。不追星不追剧，但是喜欢欧美动画，《驯龙高手》铁粉一枚。
>
> 对大自然中的许多东西我有着强烈的好奇，热爱并熟悉各种动植物，尤其爱猫。愿世间万物和睦相处，各得其所；愿流浪动物都能被温柔对待。

黄兰棋

沙　仙

一

"爸爸，"男孩站在沙滩上，背对着一波波向岸边打来的蓝色浪花喊道，"爸爸？"

男孩的父亲转过头："嗯？什么事？"

"我想装一瓶沙带回家！"

"你要干什么？"

"没什么。作为这次旅行的纪念吧。"

"好吧。"男孩的父亲应道，过了会儿，他找来了一个空饼干盒，"你先把沙装在这里面，回家再另找瓶子吧。"

男孩默默地装了一罐头的沙子，带回了家。

黄兰棋
沙 仙

二

回到家，男孩四处寻找，为这堆沙子找到了合适的瓶子——一个干净的广口玻璃瓶。

沙静静地躺在玻璃瓶里，暗黄色的，那种沙漠的颜色，和白沙不一样，这种沙让人容易有一种厚重的神秘的感觉。

男孩十岁，对于这样的年龄来说，他是属于安静内向的。同龄的男孩们喜欢做的事——嬉笑打闹，各种运动，他都不是很喜欢。正因如此，他也还没有交到很好的朋友。闲来无事，他喜欢幻想，想象云的背后有什么，想象圣诞老人坐什么车来派发礼物，想象班里最漂亮的女生成了自己的好朋友……穷尽一切可能。

男孩很喜欢这堆沙。他爱海边，爱那些在海边晒太阳的日子，也爱海滩上一望无际的沙子，但他居住的城市并不靠海，他平常能见到的沙子不过是建筑工地上脏兮兮的黄沙，是一种建筑材料。而他旅行带回来的这些沙子，虽然也是黄色的，但绝不会让人觉得脏。

夜里，男孩睡不着。他蹑手蹑脚地走下床来，拿来那瓶沙，打开床头灯，像欣赏一幅名画一样欣赏着它。

他想摸一下沙子，于是轻轻地拔出了瓶口的塞子。

随着他的手轻微移动，沙以温柔的曲线缓缓地下滑。忽然，一小团沙慢慢从瓶口冒了出来，在空中聚成了人形！

男孩差点尖叫起来，他拼命捂住嘴，好不容易才按住了已经蹿到喉咙口的尖叫。要知道这是深夜，喊醒了爸妈可没什么好果子吃。

"嗨，你盯着我干吗？"那团沙居然开口说话了。它的眼睛并不清晰，只是两条轻微的凹陷。

男孩目瞪口呆。好在这团"沙人"并没有要侵犯他的样子。

在童话里……男孩飞快地搜索了一遍看过的童话里的情景——碰到一些生活中不可能出现的东西时，故事主人公都会说些什么。

于是，男孩也怯怯地问："你……是谁？"

"我？"那团沙抖了抖身子，"我是沙仙！来自近在眼前远在天边、你触手可及然而一辈子都到不了的……等等，我来自哪儿？"

男孩被逗笑了："你不是说你是沙仙吗？"

"正是——啊……我想起来了！我来自一个失落了的文明古国。然而，我的祖国就像古巴比伦一样——消失了。它消失于很久很久以前，在一次火灾中……唉，算了，不提这些了。总之，在那次毁灭性的灾难中，我的同类们的灵魂都被火吞噬了。唯独我，飞得比较快，才幸免于难！"

男孩越听越诧异："你的同类的灵魂都被火吞噬了？那是怎么回事？"

"具体怎么回事——"沙仙有些黯然，"我一时想不起来啦，那是好多年前的事了。总之你记住一点就行：我是世界上仅剩的沙仙的灵魂！"

"你是一个灵魂？"男孩显然被吓到了。

"嗯——对呀！不过你别怕，我绝对不会伤害你！我只是有依附于沙子的能力。不信你看！"

突然间，原来结成一团的沙子散了，掉回了瓶子里。另一团沙——取而代之又结成了一个人形。

男孩嘴张得老大，觉得自己进入了一个童话中，和他看过的那些童话还都不一样，但是更精彩："那沙仙你——你有什么魔力吗？你会做作业吗？"

"做作业？什么叫做作业？"沙仙好奇地问。

"哦，你不会做作业啊！本来我还想你能不能帮我做些作业呢。"男孩略微有些失望，"那我得先睡觉了，我作业还没做完，明天一早还得爬起来做！"

"唉，好吧。晚安！"沙仙也消失在了广口瓶里。

三

第二天一早,男孩醒来,想起了夜里发生的事。他迷迷糊糊地拿起了瓶子。"昨晚我做的梦真奇怪啊。"他自言自语道。

拔开塞子,一团沙蹿了出来,把男孩又吓了一跳。

"我还以为是一个梦呢,想不到竟是真的!"

"哈哈!我当然是真实存在的。你只要相信我的存在,就能看到我!"沙仙伸了个懒腰。

"哦,我妈妈在叫我吃早饭呢,先不跟你聊了,下午放学回来我再找你!"男孩说着,也不管沙仙连声地询问"放学"是什么意思,塞上了塞子。

下午晚些时候,男孩放学回到家,放下书包第一件事,就是奔回自己房间,关上门,打开了瓶子。

沙仙又蹿了出来,欢快地说:"嘿!你终于回来了!快说,什么叫放学?"

费了半天劲,男孩终于让沙仙搞明白了,小学就是一个关着好多小孩的地方,老师就是看管这些孩子的大人,上学就是背着各种各样的课本去学校,做作业就是在一张纸上写啊写啊写。

"好啦,你别再让我解释了。我还有一大堆作业要做呢。"男孩说。

"喂!你……"

男孩不顾沙仙的反抗,不耐烦地一把盖上了瓶塞。他的作业真的很多啊。

四

做完数学作业之后,男孩心里开始不安起来,而且越来越觉得不安,他可是一个很善良、对朋友很好的人啊。他就又打开了瓶塞。

沙仙一下子冲了出来,气哼哼地说:"你这臭小子!我还没问完呢,你就

把我关进瓶子里！真是气人！你想跟我说话就跟我说，不想跟我说话就把我关起来，太没天理啦！"沙仙气得在书桌上空到处乱撞，险些扑到男孩的脸上来。

"反应这么大啊！你快把我吓坏了。好好好，我下次不这样对你了，行了吧？你声音轻点，小心惊动了我爸妈！"男孩没想到沙仙是这么个难伺候的家伙！

"他们才看不见我呢！"

"为什么？"

"只有相信我的人才能看见我呀。你的爸爸妈妈都是大人了，他们是不会看见我的。"

男孩手中写作业的笔停了下来，盯着自己面前这一团人形的沙，满腹狐疑："真的吗？"

"我不会骗你。只有相信童话的人才能看到我。而这类人，都是像你这样的孩子！"

"哦，"男孩有点兴奋起来，"大人看不到？这么灵！来来来，和我一起背古诗！"

男孩的如意算盘是：让沙仙一起来背那些又长又不知所云的古诗。要知道，老师明天就会让他们一个个去背诵，如果老师看不见沙仙的话，哈哈，男孩最头疼的事情就有着落啦！

然而，男孩不久就发现，沙仙的记性似乎比他还要差。想想也怪不得人家，人类的事物与思维，沙仙当然更不容易理解。

五

嗯，沙仙就是这样一个没用的东西。在进入睡梦之前，男孩把沙仙的事情想了一遍之后，得出结论。他并不像童话中的神奇人物那样拥有各种魔力。

但是男孩还是越来越喜欢沙仙了。因为不管什么时候，只要他觉得无聊，打开瓶子，沙仙总会蹿出来和他聊天，总是那么兴高采烈。沙仙跟他讲自己过去的事情，那些奇幻好玩的事情；沙仙也耐心地听他讲话，他生活中的点点滴滴，他的喜怒哀乐，而且，从来不训他。渐渐地，他的话变多了，不再像以前那样安静而少言寡语了。

男孩越来越觉得，他生活在一个童话世界里。在沙仙出现前，他生活中的一切事物，都是普普通通的；但是沙仙的出现给他的生活带来了很大的变化，既然沙仙都能出现，还有什么不可能发生的事情呢？这让他对生活充满了期待。

不久，他和班里最漂亮的女生真的成了好朋友。

六

不知从什么时候起，男孩和沙仙开始有些疏远。

主要还是他更忙了。男孩升入了中学，无穷无尽、铺天盖地的作业，他总要做到晚上九点多，而爸妈规定了他十点钟要上床睡觉的。周末的时候，他的时间则被各种补习班和兴趣班占据。当然，男孩不太愿意承认的一点是，也有他自身的原因，他的朋友越来越多，兴趣爱好越来越多，想要跟沙仙说话的念头淡了。

对于这一切，沙仙很失落，但他没有办法。

终于，在一个夜晚，男孩打开瓶子时，沙仙蹿了出来，直接问道："你最近为什么不和我说话了？而且，还对我爱答不理的！"

"啊？"男孩愣了一下，不知道该怎么回答。

"因为……你也看到了，我很忙啊。"男孩语气软了下来。

"但是，你好像很烦我。"

"我没有。"

两个人都沉默了。

"其实，"男孩开口说道，"我对你并没有什么意见。只是，我确实比以前更加忙了，没有那么多时间和你聊天闲扯。这——我也没有办法啊。"

"那……你什么时候能有空呢？"

"我不知道。可能放假了我会有空吧。但是，那也不一定……"男孩不忍说出口的是，放了假他也有很多事要做，除了写作业、补习班，还要会朋友、上网、打游戏，做这些事情时，他并不希望沙仙在旁边看着，不时说上几句话。

"哦，那我回去了。"沙仙说着，失望地缩回了瓶里。他是有些厌烦我了吧，他想。

七

放学了，然后学校又开学了。与男孩想的一样，确实是，即使假期里，他也并没有多少时间跟沙仙说话。一开学就更忙得团团转，自顾不暇了。

再后来，有一天，那个瓶子不知怎么搞的，滚到了床底下男孩堆放的一大堆杂物里。起初男孩很着急，翻箱倒柜地找，甚至发动全家一起找。爸妈很奇怪他为何对一个装沙的瓶子如此关心，男孩也只好装出一副并不太在意的样子来，"嘿嘿"地笑两声。

可是找来找去，就是找不着。

男孩有些沮丧，可又有什么办法呢？后来事情一忙就渐渐淡忘了。只在偶尔空下来的时间，想起那个喜欢和自己逗趣的沙仙，那些有沙仙相伴的日子。

八

两年后。

这两年，男孩自己也说不清究竟是怎么度过的，好像一不留神，时光就从指间滑走了。

那天，男孩突然心血来潮，想着要整理一下几年都没动过的床底。便开始大扫除。他翻出了无数小时候玩过的东西，一些积满灰尘的玩具，数不清的骰子、乒乓球等滚入床底的小东西，一一翻看了放在收纳箱里的过去的书和课本。突然间，男孩的手摸到了一个冰凉坚硬的、光滑的东西。掏出来一看，竟是那个瓶子！

拂去玻璃瓶上的积灰，他看到，瓶里的沙，依然是当年的颜色，厚重的神秘的感觉。

他轻轻地拔出了瓶塞。

沙仙欢快地蹿了出来。

男孩拿着瓶子，扭头兴奋地叫道："嘿，妈！我居然找到这个瓶子了！就是几年前不知滚到哪里去的那个装沙的瓶子！我小时候还一直想象这里面有个叫'沙仙'的小精灵是我的好朋友，哈哈！"

沙仙轻悄悄地飞到男孩的书桌前，桌子上摊着男孩的几本作业。

沙仙最后望了望男孩，从窗口飞了出去。

"世界上又少了一个孩子。"

（作者学校：上海市青云中学　指导老师：刘犟）

点评专家 | 张洁宇

中国人民大学教授、著名评论家

黄兰棋同学的作品《沙仙》给人留下深刻印象的主要有两个方面，一是作者充满童趣的可爱的想象力，二是作品结尾处的惊人处理及其所体现出来的思想深度。

作品构思了一个小男孩与"沙仙"之间的一段小故事，不仅写出了童年的天真和成长的烦恼，更写出了纯真的丧失。作品从男孩偶然获得沙仙讲起，却让人逐步看到了一个奇幻故事的破灭，先是因为各种学业的负担，男孩无暇与沙仙玩耍，其过程始终伴随了男孩的焦虑情绪。其后，男孩渐渐长大，虽然拥有青春期的喜悦与充实，但同时似乎也经历着某种无可名状的烦恼，直到最后，当男孩的眼睛已经看不到沙仙，作者不无沉重地感叹道："世界上又少了一个孩子。"这声叹息，让人想起遥远的"救救孩子"的呐喊，虽然深度和含义都不同，但同样表现出了某种忧虑和反省。

作品的主题显然来自一名初中生对自己的生活的感受和反思，也值得更多的人对此进行反思。应该说，此类主题在中学生习作中非常常见，但本文的角度新鲜别致，因而取得了引人入胜的效果。但与此同时，本文在写作方面还有待提高，比如叙述方式比较单一，语言稍显粗糙，人物对话的设计也不够生动紧凑。希望作者在未来的学习写作中有更大的进步。

自从五六岁接触文学的美丽以来，愈来愈醉心其中。

喜爱雨和雪。

喜爱秋天落叶的梧桐树。

喜爱能够思考的安静的夜。

喜爱无梦之夏，胜过多事之秋。

喜爱恰到好处的沉默，胜过无谓的话语。

喜爱写作的荒谬，胜过不写作的荒谬。

胡遇时

鱼

陈太太每天早上不到六点就从她出租房的床上醒来，洗漱，梳妆，然后掩上那扇厚重的铜锁门，到楼下越南裔男子的鱼摊上买一尾鱼。在唐人街住了三年，她的英语依旧如小学生一样磕磕巴巴，可她至少晓得楼下那个皮肤黝黑的男子卖鱼时讲公道，从不做给鱼肚灌水压秤这种事。

黎明时分洛杉矶的天空与其他地方是没有什么不同的，同样是黑蒙蒙里的一片静悄悄。东方隐约有那么一点光亮，午夜时还闪烁着红光绿光的霓虹灯却早已黯淡下去了。光鲜亮丽的不夜城变成了脏乱差的早市。可是陈太太却隐隐觉得有那么一分亲切，仿佛这带有鱼腥味的空气更好呼吸。

吴的鱼摊早就摆好了。地上的水池里扑腾着几尾可怜巴巴的生物，摊子上也整整齐齐地码了一溜。看见陈太太走过来，他讨好般咧嘴一乐，黝黑的脸上露出颇不整齐的两排牙。

倾听未来的声音

"Fresh fish！Mrs. Chen！"在唐人街待了不满一年，他的英语还不如陈太太好呢。可是陈太太就喜欢他这股天真劲，仿佛回答问题的小学生期待着被老师表扬。

陈太太选好了鱼，看着吴把鱼放上秤，又照例和那两排牙的主人讨价还价了一会儿。这是条鲇鱼，个大，分量足，实惠。她看着吴吐口唾沫在手上，帮她把鱼装进袋子里。

往常的礼拜天清晨，陈太太买完鱼都会在菜场走走，买几斤水果再回去。可是今天不比往常。今天她步履匆匆，赶火车般忙叨叨往家里赶。她满脑子放不下的，是昨天晚上从邮局取回来的那封信。那封信她昨天晚上就读过了，是二叔寄给她的，信上的内容让她兴奋得半晚没阖上眼。人都快四十了，就是这么一封信弄得她心神不宁的，说起来怎么也有点可笑。

二叔在信里说，他已经打听清楚了，老家城南那座房子，要卖了。

信里提到的这所房子十几年前就卖给别的人家了。那时候陈太太刚结婚，丈夫说要搬家，要搬，不能住在这么破败的地方。他是一个特别要强的人，向往的是北京上海那样的大城市生活，南京这地方太小了，"根本施展不开拳脚"。陈太太跟着他，先是跑到上海住了一阵子。他在那边做生意也没有起色，赔的时候总比赚的多。后来他听说国外的钱好赚，就又动起新念头。旧金山，洛杉矶，多好一些地方。老外住的是豪宅，赚他们的钱总归容易些。结果两个人就这么稀里糊涂漂洋过海，抱着一个高不可攀的发财梦。

可在大洋的这一边，她想得最痴的还是老家的一轮明月，白墙灰瓦，"永久"自行车清脆的车铃声。

陈太太将菜篮换了个手，腾出右手来开那扇笨重的房门。楼下有隐隐的乐声传来，"咿咿呀呀"的，好像是住紧里边那个广东女人在听戏。是在听粤剧？她一向不是很喜欢粤剧，在南京的时候她听的更多的是苏州评弹。但此刻她情不自禁地去辨认收音机里传出略带杂音的唱腔，是《昭君出塞》。

"……今日去天涯，他朝是谁收我既白骨，怕难似苏武还乡，烦劳寄语我既双亲，莫垂老泪望天涯，当少把我呢个王嫱生养，寄语汉宫庭，代我拜上元皇帝，此后莫再挑民女，误了蚕桑……"

鼓声锣声响得热闹，陈太太进了屋，开始随着鼓点"喀喀喀"地用菜刀切着葱姜蒜。在国外就是有一点不好，像花椒大料一类的佐料都买不着，只能自己切点葱花做清蒸鱼。

她身手利落地把一整条鱼收拾了，待水煮开，鱼下了锅，又去把桌上那封信拿来，重新读了一遍。望着白茫茫蒸腾开来的水汽，自己却愣了神。

二叔在信上写明了售房那家人的情况，连同电话写在了信的结尾。只要她打个电话问清楚，把价钱讲下来，再过不到一个月的时间，她就可以回国入住了。来美国这十年里，她吃了不少苦。丈夫五年前就离开她了，说什么嫌她没有上进心、没工作，为人又懒散，转头就娶了个美国女人。这会儿已经拿到绿卡了吧，她想。他一直就是这样，愿意拣高枝飞，可能这样的选择也是没错的。

婚是离了，总归也有好处。她自己拼命工作，也攒下不小的一笔钱。她自己盘算了一夜，回国把那间房子买下，再找个安稳工作，过日子是不会难的。她不想留在这里了。

可她在犹豫什么呢？

她用手摩挲着那信纸，心里却想着初来美国那阵子的光景。他手里还有几张新换的美钞，带她去看电影。她心里觉得好奇，嘴上却说着谁花那个冤枉钱……最后还是去了。深夜两点钟结束的电影，两个人走在洛杉矶寂寥的大街上，她觉得，生活也没有想象的那么糟。

陈太太最后还是把那封信放在了一边，开始整理起内务。之前丈夫还在身边的时候，家里生活费比现在还紧张，她只好去当保姆，干小时工，干一段时间也赚了一笔钱。华人保姆大多手脚利索，说话也爽利。她在那里结识

了比她小几岁的阿芸。阿芸后来嫁给了一个华裔工程师，日子过得比她宽裕。一两年前她们还常通话，后来渐渐少了来往。

她整理了床铺，洗了被褥，又拿出去晾。洛杉矶的清晨晴空一碧如洗，洁白的床单在空中飞扬，背景是灰尘遍地的大街，丑陋而散落着的民居。她低头看下去，路上没有什么人。清早菜贩掉落的菜叶菜梗散乱在街边，被机动车辗过，邋遢不堪。

她忽然转身奔到里屋，颤抖着手拨通了信上的电话。对方的回应十分犹豫，她追问起房子的事，对方说，没这回事。房子几年之前就归他们家了，家里人根本没有卖的意思。她又让人家确认一遍，语气太过急切，甚至显得有些不友好了。电话对面也不怎么耐烦，敷衍地说了句，确实是这样，叫她先核实下消息来源再打来。

她冲着话筒前的空气沉默。越洋电话贵得离谱，她也丝毫不显得心疼。半晌对方等不及，把电话挂了。她这才呆呆地把电话撂下。

要不是电话铃再次响起，她兴许会保持一个姿势，坐到太阳西斜。接起来一听，却是阿芸。这大概是意料之外的。两人寒暄了几句，阿芸便聊开了。她絮絮地说着，陈太太只是听，偶尔机械地补上一两句，不让对话间留白。阿芸说，那工程师太木讷，每天又只顾忙工作，很晚才回家。又说，洛杉矶郊外住宅区实在太寂静了，有时候夜里醒来喝杯水，都看不见四下里有房子亮着灯。

说着说着对面停顿了一下，再开口有些发涩。她说，陈姐，是不是我们留在老家就不会有这些事发生，还是有些事躲也躲不过。

陈太太没法回答。她托词还有事要忙，两个人只多草草聊了几句，就结束了通话。

话筒里传来忙音。她揉了揉发酸的眼，按记忆一个键一个键拨通了二叔家的电话。接电话的不是二叔，而是二婶母。她一开始并没有听出陈太太的声音。

"二婶，是我。"

话筒对面发出了咋咋呼呼的惊叹声，陈太太听见二婶招呼家人一起来听电话的声音。

"我想问二叔一件事，打扰您了。"

"你二叔？早就死啦！"死这个字突兀地撞击着陈太太的耳膜，"几年前就已经没了，老头子脾气还那么怪，不爱用电话……"

"那老家的房子——"陈太太无力地截住话头，"——老家的房子，还卖吗——"

"老家的房子？城南那间房？"话筒传出嗡嗡的声音，"好像从来就没有卖过吧？不过你二叔之前老说，他得帮你留意着，哪天卖了他非要第一个通知你。老天爷知道，这忙可是帮不成咯……"

二婶唠唠叨叨说个不停，直到发现话筒里没了声音才猛地打住。

"哎，文文，什么时候带我们去美国，也见识见识国外的月亮啊？"

"改日一定带您来。"陈太太的声音很轻，"二婶，我先挂了。"

她放下电话，好像什么也没有发生。卧室，客厅，厨房，还是像以往一样狭小而凌乱。房子里很静，老式挂钟的指针不紧不慢地走着，发出规律而单调的声响。

鱼熟了。蒸汽氤氲在灶台之上，肉香飘了一屋。不放些花椒一类的佐料，鱼的味道还是差了些的。

（作者学校：河北省三河市第二中学　指导老师：郭胜）

点评专家 | 滕 威

华南师范大学教授、著名评论家

胡遇时同学的作品《鱼》，很像一篇海外华文文学。年轻的作者能写出如此有沧桑感的故事，令人意外，十分难得。

故事发生在洛杉矶，但人物、氛围、格调都是非常中国味儿的。而且可贵的是，这种中国味儿，不是靠点缀几个中国元素完成的，而是字里行间自然流露出来的。语言老到，英文夹杂其间却不显突兀，看上去拉拉杂杂的流水账，但其实平淡之中别有韵味。从故事的情节来讲，推进得不急不躁，起承转合，水到渠成，自然流畅。整个故事，"未曾发生"的，也许是那封信，也许是那通电话，开放式的文本，给读者留下选择空间。陈太太究竟欲去欲留，全看读者如何阐释，有赖读者自己的文化立场。这样的构思，在中学生中堪称翘楚。而且，短短的故事中，陈太太、前夫、阿芸、二叔、二婶等人物，无论以什么方式出现于文本之中，都面目清晰，形象鲜明，让人过目难忘。总之，这是一篇优秀的作品，显示出作者良好的文学功底和具有创造性的表达能力。

> 与诗歌和鸟语花香为伴，独处余音绕梁的房间。
>
> 一室书香，一汪清水，透过竹叶的阳光。
>
> 充盈的明朗和安然，深藏的刚毅和柔和。
>
> 满满的期待和自知，紧握的梦想和坚持。

贾惠涵

琥珀和南麓

"让它淡淡地来／让它好好地去

到如今年复一年／我不能停止怀念

怀念你／怀念从前

但愿那海风再起／只为那浪花的手

恰似——你的温柔"

琥 珀

南麓说，我是一只非常漂亮的小狐狸。耳朵很大，眼睛是温柔的乌黑，皮毛是火焰一样暖融融的红。她是在银装素裹的大山里发现我的，那时候我已经奄奄一息了，嘴里还衔着一块琥珀。

"小狐狸，你醒啦？"在南麓怀里醒来时，我看见她褐色的眼睛正温柔地对着我，说话的声音像山上的泉水一样清越。她把那块琥珀用红绳子串起来

挂到我脖子上,笑着说:"以后就叫你琥珀吧。"橙红的炉火缓缓跳动,窗外飘摇着大片的雪花。

虽然我不是人类,但我也知道南麓是一个很美的女孩。她的头发是麦穗一样纯净的金黄,皮肤像山上的落雪一样白,低下头笑起来的时候面颊粉如初春的桃花。

南麓有着不同于普通小女孩的懂事——她会很认真地念书,帮妈妈做香喷喷的饭,偶尔闲下来的时候就用软软的毛线去织成温暖的毛衣,拿到镇上卖钱——有时是给妈妈添一件新大衣,有时是给我买一个睡觉垫的垫子,或者宠物店里花花绿绿的衣裳。

一只狐狸穿上衣服总叫人发笑,可是我觉得很骄傲。一有空就甩着尾巴到外头晃悠,想要炫耀给所有人看,这是我最喜欢的人送给我的东西。

南麓一天天长大了,在她十五岁的时候去了县城上学,每星期可以回家住一天。她不在的日子里,我就整日蹲在家门口,怀念她曾经长久地抱着我的样子,怀念她柔软的手轻轻揉摸着我毛茸茸的头:"琥珀是世界上最听话最善良的狐狸。"这时候我就在心里回答她:南麓是世界上最美好、最温柔的女孩。

南麓回家的时候,有时是傍晚,有时是深夜。不管春夏秋冬,狂风暴雪,风雨雷电,只要一瞅到她的身影,我就撒开四只爪子,开心地朝她扑过去。她总是微笑着张开双臂,稳稳地把我搂到怀里。

有一天晚上下雨,地上有点滑。南麓一个站不稳,一人一狐牢牢地跌倒在草丛里。南麓举起糊着泥巴的手朝我扑过来,我吐了吐舌头幸福地在雨里躲闪。我一直都记得,那天晚上雨停了以后,干净的夜空上挂满了璀璨的星星。

再后来,南麓带着一个很高的男孩子一起回了家。南麓蹲下来把我的爪子放到男孩子的手里,轻轻说:"琥珀,这是我最喜欢的人哦,他叫北树。"

我抬起头看他。这个男孩子有着和南麓一样的褐色瞳仁。他蹲下来,双手小心地握住我的爪子,有一种令人安心的触感:"琥珀,我会好好照顾南麓的。"

贾惠涵
琥珀和南麓

在那一瞬间，我看到南麓露出了一个从未有过的幸福笑容。

也是在那一瞬间，我感觉到了一种从未有过的失落。

这个男孩子的目光有一种宁静的辽阔，看向南麓的时候就变得像云朵一样温柔。他会在南麓不开心的时候伸出长长的手臂，将她抱在怀里，为她圈出一个安宁的世界。他也会帮南麓抱起沉重的课本，背起鼓鼓的旅行包。他会在春天的时候拉着她的手穿过蝴蝶飞舞的田野，在夏天太阳刺眼的时候把伞悄悄举到她头上，秋天叶子落了，他会捡一片最好看的夹在南麓书里，冬天大地白茫茫一片时，他就握着南麓的手走过软绵绵的雪地。

我为南麓做的，他都能做。而他为南麓做的，我大多做不了。

在南麓和北树认识的第二年冬天，他们开着北树爸爸的小面包车去镇上买年货。深夜回来的时候开始下暴雪，路上结起了冰。村庄的路本来就崎岖不平，而且没有路灯，迎面高速驶来的卡车让北树措手不及。为了保护南麓，他只能用全力把方向盘尽可能地往离卡车远一些的南麓方向打去，而自己的左侧就没办法去顾及了。

光线交错的刹那，传来尖锐又剧烈的玻璃破碎的声音……

再见到南麓，是在离我们村庄不远的镇人民医院的后门。她满脸都是纵横的泪水，在白色的路灯下，如同撕裂的银河，无助又疼痛。她的声音轻微地打颤："北树流了太多的血了……而且脑部受到冲击，医生说……不知道能不能醒过来了……"南麓用力地把我抱住，沙哑着嗓子："一定能醒过来的对吧……一定可以的……"她抱得那么紧，好像我是唯一的救命稻草。而在这样的心酸的时刻，我竟然有点高兴——因为此时此刻，她是那么需要我。这对我而言，是世界上最幸福的事。

凌晨，又下起了雪。南麓坐在北树病房门口的长椅上，我趴在医院后面的小树林里避雪。这时候，我脖子上挂着的琥珀开始发光，并且越来越热。

"琥珀，琥珀。"我听到有谁在叫我的名字，可是周围没有任何人。

"嘿，我就在你的脖子上呢。"这是一个中年男人的声音，感觉有种慈爱的沉稳。

"你怎么会说话？你是谁？"我用爪子推了推那块琥珀。

它没有回答我的问题，而是问我："你想让北树醒过来吗？"

我一点儿都不犹豫："当然！他……是南麓最喜欢的人……我一点都不想让她伤心。"

琥珀顿了顿说："哪怕……是让你离开她吗？这样你可就再也见不到她了。"

我觉得喉咙有种难言的酸涩，但还是点了点头："我知道……狐狸的寿命很短，可北树是人类，他可以陪南麓很久……如果……真的可以让北树醒过来……"

如果他真的醒过来……一定……会让南麓幸福吧？

温热的琥珀笑了笑："放心吧，北树会没事的。"最后它轻轻说："但是……你很快就要走了。"

雪还在下，但是启明星升起来了。我听见南麓大声呼喊我的声音里透着欣喜和激动："琥珀——琥珀你在哪儿——北树他醒过来了……"我是由衷地开心，想一下子扑到她怀里，用力蹭蹭她的脸。可是我的腿好冷，只能用尽全力去迈动我的步子，缓缓地走出树林。

南麓一眼就看到了我，朝我张开双臂，黑发随风飘扬。我往前冲了一下步，却稳稳地摔在了雪地上，再也没办法爬起来。

视线开始模糊不清，我依稀看到了泪花从南麓眼睛里涌出来，还有她反复一张一合的唇形——那是在叫我的名字。

亲爱的南麓，这多像我第一次见你的时候啊。那时候我也是在你怀里，视线里也是漫天飞舞的雪花。好遗憾接下来的日子都不能和你在一起了，不过我想北树会照顾好你的。来世，真想做一个他那样的男孩，陪你更久更久。

和你经历的这些事，都是在我的认知和憧憬里，从来不曾发生过的。

即使现在要离开你了，我仍然感到幸福。

因为我爱你，很爱很爱。

南　麓

十年前，当我在雪地里发现琥珀的时候，我就觉得这是一只神奇的小狐狸。

它的嘴里叼着一块光滑的琥珀，浑身皮毛鲜艳如明亮的火焰。我把它带回家以后，它在我怀里慢慢睁开了眼睛——瞳仁有种纯粹的乌黑，像宁静的没有星星的夜。

我一直没有告诉琥珀，我爸爸活着的时候，也是有这样一双漆黑温柔的眼睛。

书上说，当我把眼睛沉入你的眼睛，我瞥见幽深的黎明，我看到古老的昨天，看到我不能领悟的一切。我感到宇宙在流动，在你我的眼睛之间。

琥珀的眼睛就有这样的魔力，那里面的语言和温度，总能晕染出一片柔柔的深情。有一次我买来一朵棉花糖，琥珀就用它安宁的目光看着我。我忽然想起来在我很小的时候，爸爸给我买了人生中第一朵棉花糖，他的笑容明晃晃的："你尝尝撒了糖的云好吃不好吃？"

我愣在了琥珀的目光里。它弯了弯眼睛，好像在对我笑。

我是非常不耐冻的人，天气一冷我的手就变得冰凉。琥珀就总是把我的手埋在它的颈窝下面，毛茸茸的尾巴伸过来盖住我的膝盖。红艳艳的，像着火的毯子。和小时候爸爸的怀抱一样暖和。

后来我去县城念书，一星期才能回家一次。傍晚回去的时候，影子被夕阳拉得很长，老远就能看到一团镀了阳光的红色在朝我的方向张望。我张开双臂，那团红色就飞奔起来。最后我和琥珀，还有我们的影子，都会紧紧抱在一起。

很多人都怕走夜路，但我一点儿都不害怕。因为只要想到有琥珀在等我回家，我就觉得格外地安心，还有踏实。即使是在夜里，它的眼睛依然宁静，而且和天上守着我们的星星一样闪亮。

北树和我是在一次演讲比赛中认识的。我们的比赛大厅有几扇大窗户，到我演讲的时候刮起了不小的风，把我的头发吹得有点乱。这时候，我看见一个穿白衬衣的男孩子站起来，一扇一扇地把窗户轻轻关上了。目光相遇的时候，我看到他眉眼含笑，像黎明的光线一样充满朝气和希望。

在北树见到琥珀的时候，他似乎一点儿也不诧异我口中的"亲人"是一只狐狸。我看见他小心地蹲下来，握住琥珀的小爪子说："琥珀，我会好好照顾南麓的。"然后他又笑了，明朗得能够激荡起一阵风。那一刻，我看到琥珀温柔乌黑的眼睛，变得像下雨一样潮湿。

我十八岁生日那天，家里来了很多人。村庄里很多平时和妈妈一起上集市的阿姨和婆婆都帮着我们准备桌宴。有些湿润的木头桌子上香气四溢，琥珀伸出粉色的舌头悄悄冲我做了个鬼脸。邻居家的老婆婆看着琥珀，问我："麓麓，琥珀来你家很久了吧？"我笑着回答："是啊，已经十年啦。"婆婆的白发在炉火的映照下散发着点点银光，声音细不可闻："麓麓，你的小琥珀已经是老人啦。"

从那以后，每次我看到琥珀静静凝视我的大眼睛，我就难过得想要流泪——因为太幸福，所以总是没有注意到流淌而过的日子。

可是，你能够陪伴我的时光那么短，而我的依赖又太长。

北树躺在急救室里时，我唯一想到的就是用力抱住琥珀。就如同回到了小时候那些睡不着的夜晚，自从琥珀来到我身边，只要抱着它，我就会睡得很香很甜。

然后北树醒了，琥珀却闭上了眼睛。那样子很安详，就像在做一个美丽的梦。大雪纷纷扬扬地落下来，却似乎一点都没落到它身上。琥珀身上的火焰，一直到它离开都还在温暖地燃烧。

亲爱的琥珀，我有时会觉得你是爸爸从天国派来的天使，陪我走过了人生最艰难和脆弱的时刻，给了我许多美好的奇迹和感动。并且在我身上，思念这种事，好像从来不曾发生。可我能够确定的是，此时此刻，我已经开始想你了。而未来，你将站在每一个思念的路口，火红柔软的小尾巴一闪而过。

北树曾经笑着问我，你会不会是爱上了一只小狐狸？

甜甜的风拂过我的耳畔，我把头轻轻靠在他肩上：有点不可思议吗？但你知道，小王子也曾很用心地爱上了一朵玫瑰花。

会再见的，小琥珀。

世界上所有的相遇，都是久别重逢。

（作者学校：河南省郑州市新枫杨外国语学校）

点评专家 | 倪文尖

华东师范大学教授、著名学者、教育家

本文主要胜在语言，比较唯美，当然，故事也是。有亲情，有爱情，也还有人兽之情，一切都淡淡的，也浓浓的，融在舒缓而柔情的笔触中。有点朦胧，也有点虚幻，其实真正靠的，还是那么一点实在的个人体验：寄宿生活的，家庭生活的，以及似无若有的初恋情感。固然也很有可能吧，作者所靠的是阅读，是对当下网上线下的流行作品的阅读。

设若当作一篇小说来看，文中这种双重第一人称互文的叙述方式，用得比较简单。我倒是宁可将之视作为一篇童话，就像文末提到的《小王子》，那么，文本之轻之浅，然而真挚，或许，却正配得上作者的这个年龄。来日方长。

> 星城长沙是我出生之地，湘江之滨是我成长的土壤，幸福的家庭是我生活的摇篮。我爱阅读和旅游，在尺寸之间，在山水之中，体验生活，感悟学问，至今足迹已遍我国香港、台湾及韩国、新加坡、毛里求斯。我在体验中感悟，在感悟中表达，在表达中成长。先后获得过全国中小学生语文素养大赛的决赛金奖，也拿过叶圣陶杯全国中学生新作文大赛的决赛一等奖。
>
> 本着"感于哀乐，缘事而发"的目的拿起笔，偏爱静坐书桌前与日记告白的时刻。学习的忙碌和成长的压力让我疲惫，泯灭了我的兴趣爱好，却不能扼杀与心灵说话的机会。
>
> 在写作的天地里，我只愿能遇见未来更加成熟的自己，独守一份内心的安然。

周子霖

七秒钟

"嘿，金鱼，你记得我的名字吗？"课间时一个男生笑嘻嘻地对她说。

她正坐在窗边看书，听见那个男生和同学们在议论，她低下了头，咬了咬自己干燥的嘴唇，继续看书。温暖的阳光透过了玻璃，洒在她乌黑柔顺的头发上，洒在她所阅读的书页上，但是，这并不能改变她所在的地方，是教室里最孤单、最寒冷的一角。

其实，她并非对所有东西容易忘记。

周子霖
七秒钟

刺耳的哨声响起，选手像离了弦的箭一般往前冲，两边的加油声就如火山爆发般响亮，她突然感到不知所措，她一动不动地站在空荡荡的跑道上，呆呆地望着前方瞬间远去的同学。她听到了身后传来的笑声。她仍然站在那儿，眨巴着她长睫毛的大眼睛。那些强烈的目光已经消失了，父亲叹了口气，脸上带着几分愠色，和善的母亲也微微皱起了眉头……

她从书堆中抬起头，凝视着黑板上的班会主题"不曾发生的事……"她喃喃自语着，眨了眨眼睛，又埋下头去。一个又一个同学走上讲台，他们分享的是过去的愉快经历，全班开怀大笑。安安静静地写功课的她，手不禁颤抖起来，她猛然发现，虽然凭着努力考进全省最好的高中，但对过去的记忆却寥寥无几，她真的忘记了许多。"忘记"已经成为她的口头禅，与同学约会迟到时，一句"对不起，我忘记了"就可以使她如释重负。这句万能的借口可以把责任推到九霄云外，也把她的朋友推到九霄云外。她因此获得了"金鱼"的外号。

她走到校园的池塘边，望着在水里那条红中带黄、黄中带黑的正在自由穿梭的金鱼，这只金鱼的两腮长出了长须，就像鱼中的美髯公似的，看样子它在这里已经游弋了很久。可是它在这里的日日夜夜，又能有多少的记忆呢？她警惕地向四周望了望，没有人，于是她向池塘里的那条金鱼喊道：

"嘿——我叫安然——"

接着她便开始计时。"一秒、两秒、三秒……时间到！你还记得我的名字吗？"说到这里，她的脸上不由自主地浮现一丝笑容。冷瑟的秋风呼呼地吹过，扯落了树上的枫叶，她的笑容凝固在秋风之中。

"你叫安然！"

她连忙趴在池塘边的栏杆上低头寻去，那条金鱼依旧红中带黄、黄中带黑地将头部浮出了水面，正在张着嘴巴对她讲话呢。

059

倾听未来的声音

"我的记忆绝不止七秒,但是我从不解释。沉默就是最好的解释。"

这是一条神奇的金鱼,它的记忆确实不止七秒,也不止八秒,九秒……它的记忆力惊人,不,是惊鱼,江湖上号称"老不忘"。最重要的,金鱼还拥有读心术,能够知道对方心中的念想。

"你为什么总是一个人在这里游呢?你的同伴呢?"

"它们啊……都只有七秒钟的记忆……"

她苦笑了一下,真有缘啊,和我的处境一样。她正想安慰一下金鱼,它却神气地摆摆尾巴说:"可我从来不会像你这样感到孤单。"

"为什么?"她一脸疑惑。

"其实我也有健忘的时候。可我忘记的常常是他人的质疑与嘲笑,留在记忆里的便是生活的欢乐与美好。"它满脸正色道,"你还记得那场短跑比赛吗?"

她的心猛然一紧,说不出话来。

那天的场景飞速地在她脑海中放映着。老师的悉心教导,家长的热情呐喊,同学们的无情嘲笑,汇成一道道强烈的目光……她并不擅长跑步,父母的期待,只会成为一种负担,同学的嘲笑,只会使她寸步难行。她低垂着头,身体不禁颤抖着,清澈透明的泪珠,顺着长长的睫毛在脸颊上留下了一道长长的泪痕。

"我们唯一害怕的便是害怕本身。你不知道因为你的害怕,而错过了生活中多少美好啊?"

安然紧紧地闭上眼睛,感觉一个声音从脑海里呼啸而过,像秋风卷着枯叶在地上"簌簌"地响,很快就留出了一条空白的大道来了,仿佛看见一行歪歪斜斜的脚印写在大道上。

课堂上正在学习《渔夫和金鱼》,老师点名学生背诵课文。几个学生站起来，又陆续坐了下去，老师的眉头越来越紧了，在讲台上来回踱着步。

突然，老师指着她说："你……你叫什么来着？你来背最后两节！"

安然放下书本，缓缓地站了起来，同学们的目光瞬间集中在她的身上。她在心里数着一秒、两秒、三秒……时间到！她的声音像从遥远的大海上传来一般，大家屏住呼吸。教室里显得那么安静，像平静的大海上没有一丝波纹，所有的鱼儿都沉入深海，只有她的声音掠过这辽阔又宁静的大海——

  金鱼一句话也不说，
  只是尾巴在水里一划，
  游到深深的大海里去了。
  老头儿在海边久久地等待回答，
  可是没有等到，
  他只得回去见老太婆——
  一看：他前面依旧是那间破泥棚，
  他的老太婆坐在门槛上，她前面还是那只破木盆。

（作者学校：湖南省长沙市周南中学　指导老师：周小友）

点评专家｜张学昕

辽宁师范大学教授、著名评论家

如果鱼的记忆真的只有七秒，那么在七秒的无限循环中，过往对于鱼来说是被遗忘呢？还是被反复强调呢？

对于有着"金鱼"外号的安然，"对不起，我忘记了"只是伤口最外面的那层痂，每一次的"忘记"都同时是打在自己的伤痛处的一记重重的拳头，愈是遗忘伤痛就愈加深重。作者略带魔幻色彩的笔法，将沉重的问题意识一点点氤氲到细节中，主人公带着自嘲口吻的独白，与金鱼奇幻的对话，灵活插入的心理描写，成功地刻画出学校里存在的一类中学生的形象，反映出学生因承受压力过大而产生的心理问题，具有现实意义和深刻的启示。更可贵的是，作者不仅提出了问题，并且从正面、健康、积极的角度给出答案，重新塑造主人公的自信心——"我们唯一害怕的便是害怕本身。你不知道因为你的害怕，而错过了生活中多少美好啊？"这对于青少年的身心成长都是十分重要的。

> 对于我来说，写作带来的快乐可能并不比体味到物理魅力、听到一首悦耳的歌要多。可一旦真正拿起笔，脑中许多杂乱无章的记忆与奇异的经历会和新的故事、新的角色一起留在纸上。在我的小说中，主角身上可以有我所见过的任何一个人的影子，他所经历的可以是我所亲身经历乃至道听途说的故事。
>
> 我的阅历很浅，写自己也许是最"偷懒"的办法了。

张毓琦

李阿三

李 潇

店主李潇从贴着花纸的玻璃窗内向外看，他希望不要看见门口倒闲话的老太婆，或者是花纸下堆积的烟头。

就要到放学时间了，小店里马上会挤满蠕动的学生。总是会有人迫不及待地撕开辣条的包装，油乎乎的手偷偷在柜台上抹；要么就是把汽水瓶、包装纸坚持不懈地往已经满到溢出来的纸箱子里扔。就像是卷上岸边的海潮刚刚退去，海滩上留下的黏腻腻水生动物、湿漉漉的垃圾、缠成一团的水草，像是刚刚被洗劫过的君士坦丁堡。李潇最初是坚决制止这些不文明行为，时间一长，他也开始睁一只眼闭一只眼。

李阿三

店主李潇的名字在那个盛行叫"阿猫阿狗大柱小栓""建国志军小红小霞"的年代里颇显特别。"一定有着很深的渊源。"少年阿三这么想。同桌告诉他的版本是，李潇原来叫一个很挫的名字，具体叫什么不知道，反正他因此深受其害。于是李潇在长到法定年龄这一天，豪壮地跑到民政局（他不知道是派出所）里改了名字。美其名曰"风萧萧兮易水寒，壮士一去兮不复还"。他当时看的是盗版书，把"萧"字认成了"潇"。"真是个豪气的名字"，这是阿三同桌的原话。少年阿三也姓李，名字就叫阿三。李阿三偶然看见"李潇"这个名字的时候就瞬间被迷倒。如果李阿三要是知道莎士比亚的话，那么这句"火焰远不及她的明亮……今晚才遇见绝世的佳人"正可以描述现在的阿三。李阿三自此下定决心，要改成一个至少和"李潇"一样炫酷的名字。不过他也没见过莎士比亚的另一句话——"名字能代表什么？玫瑰换一个名字，芳香依旧。"

李阿三并不懂得太多道理，他梦想着能有一天和那个有着完美名字的男人说上几句话，还有改一个让全班同学崇拜又震惊的名字。

李　潇

店主李潇等着审判的放学铃声打响，睁大眼睛等着"潮水的涌来"，"奥斯曼土耳其的进攻"。叮零零零零，战斗打响了。

李潇分身乏术，在一群活蹦乱跳的小学生中，他感觉自己像是五岁时第一次跟爷爷走进活鱼市场。"哎哎哎，别挤了。"李潇从柜台后面伸长胳膊招呼着。只不过这一次自己就是坐在铝皮大盆后面小板凳上卖鱼的阿姨，从腰部挎着的包里"哗哗哗"翻出一摞毛票熟练地数着一毛、两毛、三毛。

"五毛。"李潇瞥了一眼在柜台前拿着"牛羊配"的李阿三。"五毛!"店主李潇又喊了一遍,李阿三才慢吞吞地掏口袋。"钢镚行吗?"相比较其他活蹦乱跳的小学生,店主李潇觉得这时的李阿三像是铝盆底的长着长胡须的鲶鱼。

李阿三从店门口出来,责怪自己犹犹豫豫像个女的。

李阿三

李阿三站在放辣条的柜子前犹豫了会儿,是不是应该多攒点钱,以后自己改名了,自然和那些乌合之众不同。他没考虑太久——思考时在人群中站太久是不行的。李阿三揣了包吃的,转身踏出了店门。

李阿三就是一个这么容易动摇的人,前不久,他最大的愿望还是开一家满是辣条的小卖部,现在则是改一个厉害的名字。当然,他对垃圾食品的喜爱暂时还没有改变,和他并不充裕的生活没有改变一样。

李阿三家是筒子楼中最靠近垃圾船的一间,简直是四季"飘香"。李阿三并不介意,因为这也方便他最早翻到东西拿出去卖,可以买更多的零食吃。李阿三的宝贝画册也是从那里翻出来的,讲的是英雄好汉的故事。更令他兴奋的是,其中的厉害角色往往都有不同寻常的名字。从此,有个好名字的愿望埋在了他的心里。在思想品德考试卷上,李阿三在"如何做一个品学兼优的好学生"下面写道:"首先,你要有个好名字……"

李阿三的改名计划怕是要泡汤了。

李阿三哥哥在学校里拿了奖,晚饭时李阿三瞅着他爸心情不错,就拐弯抹角地提出自己要改名的事。

"阿三爸给气得是吹胡子瞪眼,抄起笤帚就要往阿三头上抡。"李阿三的同桌第二天在学校是这么给班里同学描述的,"'哐当'一下,你们同个楼的

倾听未来的声音

都听到了吧，好家伙，玻璃碴子碎了一地。啧啧啧，阿三得受不少苦喽。"

当天，李阿三爸不仅砸坏了灯泡，还差点撞倒供奉观音菩萨的香炉。李阿三妈抹着眼泪，一点都没让平时"咯吱咯吱"叫着的木椅子发出点声响。李阿三爸从不知道多少代以前的祖宗提了个遍，嘴里直骂着李阿三不孝，把手里的笤帚撂下换成棍子，吓得李阿三连碗都没放下直往门外冲。李阿三躲到楼外，还能听见他们家窗子里传出他爸扯着嗓子喊着有关天地君亲师的话。

李阿三不敢再回家，就捧着个搪瓷碗拣了根电线杆子在旁坐着。夏天虫子多，嘴一张都能飞进去几十只蝇子，李阿三熬不住，端着他的搪瓷碗在各个楼门口乱逛。逛到学校门口的小卖部，李阿三想起来自己还有几毛没花完的零钱，想去买个叫作"牛羊配"的零食吃。但是小卖部竟然关门了，李阿三头一次见到小卖部木门外的防盗铁门，上面挂着"暂停营业"的牌子。李阿三觉得没有比这天更糟的一天了。

从夏天到秋天再到冬天，李阿三从背心一直到换上了毛衣又穿上了夹袄，小卖部还是没有开门。李阿三想吃零食不成，偷偷攒的毛票已经多到没处花。李阿三心里痒痒，只好每天向同桌打听小卖部的消息。

老李头

多年后，老李头点了根烟，躺在太师椅上研究儿子的来信。忽然有只虫子落到纸上，老李赶忙拿手去拍，两指间夹着的烟头却掉了下来，在左下角烧出个洞。他没有注意到那个洞一点点扩大、扩大，正慢慢蚕食掉信纸上的"李阿三"三个字。

（作者学校：新疆乌鲁木齐市第七十中学　指导老师：郑霞）

点评专家 | 石一枫

《当代》编辑、著名作家

张毓琦的《李阿三》可以被视为一篇角度独特的成长小说，作者从少年人特有的困惑和烦恼写起，对人生困境、代际矛盾的主题都有一定程度的涉及。

本文比较突出的优点，是行文扎实而富有时代感，对许多场景的真切描述令人信服，可见作者平日对生活的观察还是比较细致的，且善于将日常生活中的所见所闻化用到写作之中，这也是一个虚构主题反而具有相当强的真实感的主要原因。虚构写作并非空中楼阁，更不是所谓想象力纯粹地天马行空，而是需要作者用各种细节一砖一瓦地累积出来的结果。当下青少年的写作往往过分注重想象，甚至为了某种理念或者艺术感觉营造空中楼阁，因而这种能够三言两语体现生活质感的写作风格就显得比较难得了。

作者对大赛命题有着相当的领悟力和分析能力，能够找到主题与内容之间的内在联系。如何将文章写得既不太"直"而又能做到相当程度的切题，对作者的要求是相当高的，可以认为，《李阿三》拿捏好了其间的那个"度"，充分发挥了想象力而又呼应了题目的主旨。总的来说，这是一篇相当好读而又耐读的文章。

> 我从未排斥过孤独。但我相信，在这样浩大的时空中，存在着和我志趣类似的人。也许在某个我并不知道的时刻，孤独与孤独相遇，思维与思维重叠。我相信，会有人和我一样热爱理科，能在数学和物理中找到机智的愉悦，也同样会有人和我一样热爱文学，很单纯地热爱，对文字以及生命中的美有敏感的触觉。我是来自南师附中的熊菲，在理科实验班里享受着科学与文学双重的美好。

熊 菲

少 年

明晃晃的日光里，少年不知道该做些什么。

雕花窗棂的阴影柔柔地覆下来，街边茶水和热豆腐的蒸汽也有一层极淡而飘忽的阴影，走动的人群的阴影匆忙得像皮影戏，整个街巷也有自己古旧而繁复的阴影。穿过这重重的阴影，阳光能照到的地方依旧热烈并晃眼，让少年在这样的光亮下有点无所遁形。

少年眯起了眼。街边有妇人搬了小木凳，在茶叶蛋的店铺旁边，她们坐在一起唠嗑，择菜，手上的银镯子很久以前大概也柔凉而光芒微露过，但现在上面有细碎的印痕甚至油光渍亮，镯子时不时也会轻轻撞到水盆的边缘，清清脆脆地响起来。她们穿着松垮的汗衫，弯下腰去，麻利地用指甲轻轻一掐青嫩的菜根，再麻利地将它们甩到一边，陶瓷盆里的水"咣里咣当"地晃起来，盆底绘着的朱红的花瓣竟变得鲜润起来。还有立着不肯动的孩子，他们毛发柔软，脸上在阳光和阴影的分界处能看见细微的绒毛，小小的衣服看上去也是舒服得让人想抚摸的棉布料子，他们一动不动地站在卖炒米糖的老爷爷前面，眼神明亮而澄澈，刚出炉的炒米糖上感觉糖浆还带着温度，软而黏稠，老爷爷一刀一刀下去，便被分成了许多长方形的片片，花生和芝麻的香气温暖又热情地涌上来，然后母亲只好在拽了拽孩子的衣角之后掏钱拎回家一小袋。

少年在被太阳晒到感觉脸上有点发热，站起身走回屋子里，外头日光越盛，里面的光线暗淡便越阴凉，木梁很高，高得有些空旷，贴在墙上的画卷起了边角，上面附着的灰尘以及屋内的不透光使明艳的颜色看上去落寞得慌。他喜欢那个木椅，摸上去凉而滑，像是有温柔如婴孩的纹理，靠背以一种慵懒的姿态向后蜿蜒，在半梦半醒间能闻到一种沉静的香气，那是木头的香气，每家木头的香气都不一样的，那香气里隐藏着一些晦涩而又曲折的过往。屋子里还有灰尘味和淡淡的霉味，这对于生活在江南的人们来说，反倒是最让人熟悉而心安的味道。灰尘味其实也带着些潮湿的水汽，和北方干燥呛人的灰尘味相比，虽然不够直爽，但那样弯弯绕的湿度也是因为熟悉而被忽略的诗意。

外头日光灿烂，里面寂寂无声，让少年有些惶惑，哪一处才是更加真实的生活。他坐在纱帐前看了很长时间的书，光线被纱网一滤之后像是变缓了好多，白天的时光显得冗长却平静。少年口有些渴，站起身走出门外。附近的店铺前，装有茶水的圆木桶，里面有桂花茶，还有酸梅汤。少年舀了一碗酸梅汤，乍一看颜色是深浓的黑红，拿到嘴边，才发现比想象的要透明浅淡好多。这时的街上人很少，阳光有点迷炫，但把酸甜甘凉的酸梅汤喝完，觉得清爽好多。

少年最喜欢的，是暮色四合的时分，人们又开始脚步匆匆起来，但在这样日光逐渐衰微、天边染上冷寂的紫蓝的时刻，匆匆也成了让人珍惜的热闹

的实感。似乎是有很多花，都在黄昏的时候开放，或者在一天将尽的时刻不甘心地散出汹涌的香气。它们代替了逐渐消退的日光与温度，渐渐和夜色一起笼罩整条街道。先亮起来的，是灯笼，红色的光线昏暗而摇晃，映在被晚风吹碎的水面上，跌宕成一长串明灭不定的光路。店铺里也亮起了白炽灯泡，在长年累月的腻腻油烟里熏来熏去，光芒虽然也亮，但显得有气无力。

风声四溢，街上有时会摆长门宴，少年在大家没注意的时候坐了下来，月光圆满盈亮，一点也不吝惜地填满每个石板凹凸不平的坑洼里。放置碗筷的声音，隔着一条街大声嚷的声音，鞋子踩在石板上的声音，擦肩而过衣服摩挲的细碎布料声，凳脚被移动的突兀的声音，也许还有花瓣落在水面上的声音，河水摇晃灯火的声音，火光摇曳的声音，所有这些声音，飘到半空中，就被揉进无声而浩大的黑夜里，和遥远的星辰一起冷寂下去，沉睡下去。

——夜深了，少年安静地睡去，做了一个梦，很遥远的梦，梦里有孤独得发黑的火车撞击铁轨的声音，火车里浑浊的灯光藏起他的心事——梦里的梦里有属于他的遥远的南方。

（作者学校：南京师范大学附属中学　指导老师：周春梅）

点评专家 | 萧立军

《中国作家》原副主编、著名评论家、编辑家

这是一篇少年"意识流"的记录,有着鲁迅《好的故事》梦一般的幽魅和普鲁斯特《追忆似水年华》般的情感四溢。

这是少年敏锐的眼睛。正午强烈的阳光、杂沓的人群,门外喧闹的世界、门内阴凉的味道,直至暮色四合、星河漫起,人们吃喝拉撒家长里短着,在时光的碎影中,少年闻到了生活的气息,流水一样。

这是少年细腻的心灵。在太阳起落之间,生活的油渍,家具的霉味,酸梅汤的清凉,以及遥远的星辰,无一不在敲打着少年心底的琴键,在生命音符的起落之间,少年听到了生命的呢喃,水晶一般。

这是不可多得的文学的感受力,这是少年的心事和星空,是他的梦和远方。在当下青少年的写作中,由于多是追求词句的华美和戏剧性的刻意,经常使作品充满夸张的表情和缺少骨肉的垮态,因此,对细腻的物事和情感的观察和感受能力就显得格外珍贵,一篇作品如果没有体现这种能力,就会使作品丧失真实感,减弱作品的可信度。

> 一个人在路上，总会路过沿途的风景。
>
> 也许会采撷路边的花朵，不忍离去。
>
> 但是，那么一天，花朵逝去昔日的争奇斗妍，唯有孤芳自赏。也唯有逝去才懂得珍惜。
>
> 小黑小白，只是红尘一隅，蒙受世俗的羁绊。他们敢爱，敢恨，会为了那割舍不下的情而后悔终生。但是，这就是最好的结局。因为，这就够了。
>
> 但愿来生一起走。

仲子豪

黑白兄弟

> 被困住的不只是心灵，还有现实的羁绊，当我们蓦然醒悟时，一切为时已晚，化为一把辛酸泪。
>
> ——题记

一

我叫小黑，他叫小白，人们都叫我们"黑白无常"。

其实我们也挺冤的，一旦我们所及之处，人们的叫骂声、斥责声就如潮水般涌来。我们走过一群群吊唁的人群，把逝者带回阴间，其实阴间、阳间都只不过是太虚幻境的一隅，天上的那些"蠢玉"们都想走向自己生活的另一隅，也就是所谓的历尽红尘吧。而我们，只不过是那接引的使者。人们自己甘愿历经红尘，历经沧桑，受爱情羁绊到头来却六亲不认，一撒手走了，与我们又有什么关系？

小白是我的弟弟，天真烂漫。他爱听风吹，爱听雨滴，喜爱凡间的那片灯红酒绿。他常常问我："哥，那是什么呀？"顺着他澄澈的眼眸望去，我会发现我放下了内心桎梏，我恨人类，恨他们不理解我们的酸楚，但在弟弟所及之处，我总是会发现这个世界是多么美好，谛听着蜜蜂拍打翅膀的声音。

二

小白出去了。

"哥，我想去看看人间。"

我的心猛然一紧。一去人间，我们会带来什么？难道又是一个个鲜活的生命逝去。我不敢继续往下想："小白，还是不去了吧——"

"哥！"

那稚嫩的声音把我的一切念想都融化了。曾几何时，在他这样一个如花般的年龄，我却是被囚禁在只能看见"死角天空"的地方，没有任何的声响。那时间太过久远，每一刻都过得那样漫长。爸妈说，一切的一切都是为了我更好的未来。我在漆黑的夜晚中的行走，我看不见明日的太阳。

望着弟弟那澄澈的眼眸，我不想让他被囚禁在这方天地之中，有些路，得他一个人去走，有些人，只有用心才能看见。

我微微点头，小白欢呼雀跃着出去了，我的心也莫名地泛起了一阵涟漪，可是有人说，我是没有情感的，真是奇怪，我感觉一阵莫名的悸动。

三

我是小白，小白的小，小白的白。

好不容易从哥哥那逃出来了，哥哥每天愁眉不展，像是内心灌满了倒不完的苦水。其实，要我看来，又有什么愁的，虽然我们不是人，为什么我们就不能像人一样拥有喜怒哀乐。

我爱人世，爱人世那熙来攘往的人群，爱人世那每天上班族拼命赶早班车的情景，爱家人那说不尽的牵挂。

哥哥说人世就是一个太虚幻境，万物时时刻刻都是在变的。下一秒钟，我们深爱的那个她也许就会变心。下一秒钟，那个陪伴我们走过一路风霜的人可能就会悄然离世。人，犹如被囚在这个拥有虚假外表的世界，表面歌舞升平，其实就是一副没有灵魂的空壳，不足为恋。

但我深爱着，那片天空。

四

灯红酒绿，霓虹灯下。

我穿行在人流之中，看人群从我的身体中穿过。他们面无表情，没有任何情感地穿过。他们如同行尸走肉一般，朝着心中那既定的目标一步一步挪动着自己笨拙的身体。

这不是我想象的。

在这广袤的大千世界里，有那么多能够涤荡心灵的东西，然而人们却视而不见，生活在围城里的人，想要出去，走上另一片通途，住在城外的人，想要进来，施展自己的理想。

我惋惜，我嗟叹。

如下起了毛毛细雨，抒发了我难以溶解的忧愁。

我似乎读懂了哥哥，被囚住的不仅是心灵，更是压在心头上的负担。

五

小白回来了。

不再像去时那份兴高采烈，而是出乎意外地沉默，我揩去小家伙脸上的泪水。

小白，别怕，那一切都只是个梦。

小白蜷缩着身子，睡着了，我也睡着了。其实我们都睡着了，在这偌大的囚笼之中。你看不见我，我看不见你。

六

梦醒时分，一切都是那么平静。

看着弟弟那恬静的笑意，那一切如音符一般从我的记忆中苏生过来。弟弟出生那天，天空中纷纷扬扬洒下洁白的雪花，把高爽的天空衬得一尘不染。

父亲焦急地来回踱着步，我静静地看着，低头不语。我的脑海里竭力勾勒出他的面容，不错，应该有着父亲的英俊，母亲的温柔。那扇门开了，敞开了，走出来了。母亲在房内低低地喘息，父亲迫不及待地捧起他的儿子，闭着眼睛，嗯，还挺像回事啊。

七

小白三岁时，生了一场大病，母亲说要去遥远的地方才能治好小白的病，

我瞥了一眼熟睡的小白,感受到他额头上滚热气息。我真的好心疼,好心疼。

"哥,我想出去玩。"

"哥,我想去人间。"

"哥,我……"

泪水沾满了我的衣襟,我的心一阵痉挛。这个我心中割舍不下的人,他那稚嫩的小手,紧紧抓住我的手不放。

"哥,我不想你走。"

"乖,哥不走,哥不走。"这时他的嘴角总是会上扬四十五度,煞是好看。我感觉我坠入了太虚幻境,扑朔迷离的,我是怎么了?

渐渐收回了遥远的思绪,小白也恢复了往昔的神采。不巧的是,外边一阵风吹过,我知道我们要起身了,收回那个经历人世轮回的亡灵。

风起,转眼,我们踏入医院中。

年迈的老人躺在病床上,鼻子连接着重重的氧气瓶。眼睛微闭着,眉宇之间似乎还能看见往昔的那番飒爽英姿,但终究是个幻影。

儿孙们站在病榻周边,目光呆滞地望向老人。老人紧闭着的双眼猛地睁开了,嘴里吐出那几个字符:

"文墨——我——的孙子——文——墨——"

"文——墨,他赶不回来。"我看见他的眼角隐隐有泪水闪现。他的一生,都是在为儿女做牛做马,以至于他在人世轮回之中,被情囚住了心灵。我叹道,朝小白望了一眼,说道:"时候不早了,该上路了。"

小白出奇地站着一动不动,他向来是温顺的,总是听我这个哥哥的话。

"哥,原谅我,我想听他说完。"

我内心的最后一道防线被击垮了。

八

"哥,爸走的时候,也是这样吗?"

我低下头去,没说什么,我下意识地抱紧了弟弟。

老人说道:"我——这——辈子——没什么——出息,养了——你们些个——孽种。"

老人顿了顿气,又说了下去:

"罢了,罢了,你们——想怎么——弄了,只要——给你妈留口饭吃,我走了你们好好——照顾她……"

话语未了,我领着他的魂魄出去了。

"哥,你为什么不让他说完。"

小白的眼睛红红的。

"你看到了,他们一家本就没什么情意而言,只有那所谓的血脉相承羁绊了他们,他们被囚在一起,心总是不在一起的。"

小白愤愤地朝我看了一眼,摔门而去。

我永远也忘不了那个眼神。

身后,传来一片哭泣之声。我想,我知道人们为什么仇恨我们了,不,怪小白,怪我,把自己囚禁在自己的那一方天地,进退不能。

九

我再也没能见到小白。接引的人告诉我说,小白下凡为人了。我脑海里顿时浮现出一幅幅画面。

不,怎么能让我的小白遭受人世的羁绊呢?

我内心火辣辣地疼。

原来我也是有情感的，可惜知道得太晚了，而有种爱是不可以重来的。

我望了望人世间那片灯红酒绿，毅然决然地投身进去。待我喝下孟婆汤的那一刹那，孟婆告诉我，我错了，其实我们都是人，囚在情的牢笼之中，受着轮回之苦。其实，我和小白就是在这太虚幻境的一隅，镜花水月，一切终究是虚影。

可是太晚，我喝下了孟婆汤。

世界上根本没有小白，也根本没有什么"黑白无常"，我只是茫茫人海中的一个过客，被囚禁在这个轮回之中一次又一次。

十

我叫小黑，他叫小白，人们都叫我们"黑白无常"……

（作者学校：江苏省沭阳高级中学　指导老师：孙悦）

点评专家 | 张鸿声

中国传媒大学教授、著名学者

　　这是一篇有哲思的文章。以作者这个年龄的感受，阐述了对于死亡的看法。既有情节记述，更有说理成分。

　　黑白两兄弟，其实是作者死亡观念的两个方面。两兄弟都是"把逝者带回阴间"的"接引的使者"。不过，小黑愁苦、"酸楚"，对人间的理解灰暗。虽然也不乏宽悯，但经历了太多的人间苦难，知道对于人间来说，死

仲子豪
黑白兄弟

之不能抗拒；小白则温蔼、热烈，有着对生命、生活的留恋甚至向往。因此，死对于人，就有了复杂的状态。

黑白既为两兄弟，当然构成了某种关联，也即"轮回"。小黑的阴郁，来自于对人间恶的体验。活着的人"被囚在一起，心总是不在一起的"。看看那些"行尸走肉"的"笨拙"身体，"犹如被囚在拥有虚假外表的世界里，表面歌舞升平，其实就是一副没有灵魂的空壳"；还有那些"为儿女做牛做马""被情囚禁住了灵魂"的老人，到死也没有儿孙探望的悲剧。相比着黑白两兄弟的绵长情谊，可谓是"人间不如阴间"。这些都是形成小黑愁苦的原因。小白"天真烂漫"，爱风、爱雨，数度要"看看人间"，甚至还要"下凡为人"。不过，小白终究要经历小黑目睹的一切。待他走进人间，就会明白一切，最终"读懂了哥哥"。初到人间的兴高采烈转为幻灭，变得"意外的沉默"。可以想见，小白最后也会变成小黑。这就是轮回。

不过，作者对于人间的理解并不是决绝的，这也是文章的明亮之处。况且，深沉的社会批判意识，也是一种人间爱的表现。文章中，小白虽然几度绝望，但仍然执拗于人间，也因此几度撕扯着哥哥坚固的阴郁，使哥哥几度动摇。而且，死也是虚妄的。既然"接引人"都不再坚定，那么，对于人间来说，死亡也并非不可抗拒。

从技术上来说，文章主要使用了人格化的方法。两兄弟既是两相对照的观念，也是人际中的兄弟。这就更便于将观念之间的纠结、撕扯的复杂关系揭示出来。人格化方法还造成了说理议论上的便利，可以自由地将辩理与对话、心理、情节结合起来。情节进展与心理活动成为观念阐发的过程，辩理当然也就更加透彻。不过，文章首尾呼应的结构，显然来自于作者"轮回"概念的体现。但对于思辨性的文章来说，过于技术化反而并不合适。

> 受父亲影响，自小不爱出门玩耍，喜欢窝在床上看小说。小学看得最多的，一是《三国演义》，二是《斗罗大陆》，后者是网络小说。高中接触武侠小说，开始对武侠世界痴迷。迄今为止，阅读过的网络小说有三十多部，因此写文多少会有网络小说的影子，思维跳脱。
>
> 高二时写成第一部网络小说《八荒剑》，至今已创作字数约有五十三万。我写作的目标并非要写出什么惊天地泣鬼神的大作，只是写的东西不随波逐流而已。

吴宇龙

陪着你长大

四对我来说，是个意义非凡的数字。

我有个妹妹，她小我四岁。

那一年，我五岁，她一岁。一个胖乎乎的小家伙"哼哧哼哧"地骑在我身上，拍着我的脸，甜腻腻地叫着："哥哥。"

你可能无法理解那时我的喜悦。

不过这小家伙手上没轻没重的，像是在打我耳光一样。为了"教训教训"她，我狠狠在她脸上亲了一口。

之后，她"哇"的一下哭了出来。

那一年，我七岁，她三岁。

那个胖乎乎的小婴儿如今已是粉雕玉琢的小萝莉了。她扑到我怀里，声音带着哭腔："哥哥去哪？"

我颠了颠后背上的小书包，摸着她的小脑袋说："哥哥去上学，你要乖哦。"

她把头撞进我胸口里左右蹭着，哀求道："不要哥哥走。"

我只能无奈地捧起她的脸蛋亲了一口，随后走出了家门。身后传来她"呜呜"的哭声。

那一年，我十岁，她六岁。

她的头发又长了些，背着小书包，献宝似的在我面前转了一圈，马尾辫一甩一甩的，嘟着嘴哼哼道："哼！我也上学了哦！"

我坏笑着逗弄道："再有两年，我就去初中了，还是不跟你在一起。"

她一下沉默了下来，忽然一拳捶在我的胸口，捂着脸跑了出去。

谁知她这瘦小的身子能爆发出如此大的力量，那一拳捶得我胸口发闷。等我缓过劲来时她已经跑远了。

我赶紧追上去抱住她，一个劲地认错。

好一阵，她才原谅了我。我亲吻她梨花带雨的小脸，吻去了咸咸的泪珠。

那一年，我十二岁，她八岁。

毕业典礼上，我拉着她的手，把她介绍给我所有的朋友。

"这是我妹妹。"我的脸上写满了自豪。

她羞怯地躲在我背后，死死抓住我后背的衣服。

我笑嘻嘻地把她拉出来亲了一口。

她小脸一下变得通红，紧闭着眼睛，长长的睫毛微微颤抖，上面还带着些水汽。

倾听未来的声音

那一年，我十三岁，她九岁。

小学门口有一家烧烤店，她一直对那里的鸡翅垂涎欲滴。

我上了初中，也有了零花钱，我决定用我第一笔零花钱给她一个惊喜。

想象着她那看见鸡翅后欢呼雀跃的样子我就忍不住偷乐。

于是我用仅有的十块钱买了几只鸡翅，放在小袋子里后藏进了衣服。

我走到家门口。

隔着防盗门，我也能感觉到她那双大眼睛中深深的思念。

一开门，她就扑到了我身上。

忽然，她的鼻子皱了皱，眼睛亮晶晶的，问道："哥哥，什么东西这么香？"

我"嘿嘿"一笑，从衣服里掏出那个印着鸡翅模样的袋子。

她"噌"的一下蹦起三丈高，一把抢过袋子，跳到沙发上就开始大快朵颐。

不一会，茶几上就多了些翅骨。她拿起最后一只鸡翅，刚要下口，忽然停住，看着我说："哥哥，一起来吃吧。"说着，她不好意思地挠了挠头，红着脸嘟囔道：

"虽然就剩下一个了。"

我哭笑不得地过去捏了捏她的脸。

她忽然把油乎乎的小嘴印在我脸上亲了一口。

那一年，我十五岁，她十一岁。

我早恋了。

妹妹发现后，足足一个月没有跟我说话。甚至我再把她最喜欢的鸡翅拿到她面前，她都不理我。

我的心一下空落落的，那是一种最喜欢的东西不见了的感觉。

后来我分手了，她才慢慢原谅我。

"你陪我到我成年！"她忽然说。

我不假思索地点点头道:"陪你一辈子都行。"

"不。"她摇摇头:"我也会长大的,长大了就离开你。"

"……好。"

我亲吻她的脸,她抹着眼泪。

那一年,我十六岁,她十二岁。

"哥……"

"嗯?"

"我想要个手机……"她玩弄着衣角,不敢看我的眼睛。

"要手机干什么?"

有我早恋的前车之鉴,父母坚决不同意给她买手机。

"哥,你上高中就要住校了……我想……我想给你打电话。"

我怔了一秒,随即哈哈大笑。拿出我攒很久钱才买的新手机放在她手上,一点也不心疼。

她跳起来抱住我的脖子,吻像雨点一样落下来。

那一年,我十七岁,她十三岁。

我漫步在街上跟她打电话。

"哥,你不许交女朋友!"她的声音气呼呼的。

"哈哈哈,你管我啊?"

"就是不许!"

"小小年纪还……"

"啊!"

我话还没说完,电话那边忽然传来她惊恐的尖叫。

紧接着,就是刺耳的轮胎与地面摩擦的声音!

倾听未来的声音

"嘭!"

那是什么东西撞在什么东西上的一声巨响!

再之后就没了声音。

"喂?喂?"

我心头涌起一股不安。

我呼喊着她的名字,电话那边却没人回应。

挂了电话,我疯一样地冲到街上。那一定是我跑得最快的一次。

我第一次恐惧得全身发抖。

因为我找不到她。

我也不知跑了多久,累得筋疲力尽。

"叮叮叮叮……"

电话突然响起。

专属于她的铃声!

她的电话!

我握着电话的手不停颤抖着,手机几乎要从满是冷汗的手心滑落。

"喂?"

打来的却是个男人,医院的人。

他满是歉意的声音却是一柄柄刺进我心里的利剑。

车祸。

他还说了很多,我却一个字也没听进去。

我跪在街上,当着来来往往的行人的面号啕大哭,哭得撕心裂肺。

医院。

我毫无尊严地抱着医生的大腿苦苦哀求。

直到交钱时我才发现父母没有来。

后来我才知道,妹妹的手机里只有我一个人的号码。

她满脸是血地躺在担架上，那常常洋溢着笑容的俏脸已是全然苍白，毫无血色。

　　我的心好像被人狠狠揪起，再一刀一刀地割着。

　　父亲来了。

　　我第一次见这个快五十岁的男人掉眼泪。

　　父亲因为手机的事暴打了我一顿，直到医院的保安将他拉走。

　　我倒希望他打得再狠一点，打得我皮开肉绽、头破血流。

　　身上疼了，或许心就不疼了。

　　我一遍遍在心中痛骂自己，可丝毫不能减缓我的自责。

　　我对着医院的白色墙壁祈祷，求求阎王爷不要带走我最亲爱的妹妹。

　　当夜，我点燃了人生的第一支烟，也第一次喝得酩酊大醉。

　　那一年，我十八岁，她十四岁。

　　进了高三，我一下忙了起来。不过还好有她。

　　她像我的小女朋友一样照顾我的生活，舒缓我的身心。

　　"哥！"她怒气冲冲地跑了过来，将我手中的烟盒愤怒地扔到墙角。

　　我一把将她抱在怀里，用尽全身力气。

　　我紧咬着嘴唇说："对不起。"

　　整整一年，我每日每夜都活在深深的愧疚与自责中。如同行尸走肉一般浑浑噩噩。

　　她搂着我，轻轻拍打我的后背。

　　我鼻头一酸，没出息地哭了出来。

　　她捧起我的脸，吻去我的眼泪。

　　那一年，我十九岁，她十五岁。

我按照约定，毕业后带她一起旅游。

她喜欢海，我带她去了南海岸。

我们拍了很多照片，足足能装满一个相册。

我寸步不离地跟在她身边，恨不得自己长在她身上。

"哥……"她红着脸打了我一拳，"你还跟着？"

我眼睛一瞪，郑重其事地道："那当然，出事了怎么办？"

"可是……"

"没有什么可是的！"

"我要去厕所。"

"呃……哦哦。"

她捂着嘴"扑哧"笑了起来，跳起在我脸上亲了一口，俏皮地道："哥，你真可爱。"

那一年，我二十岁，她十六岁。

我人生的第一笔工资，是在叔叔公司打零工得的三千块。

我拿出一半给父母买了保健品，另一半全买了成堆的零食，都是她爱吃的。我用这些零食把家重新"装修"了一次。

她进门那一刻直接呆在了原地，张大了嘴，指着那些零食，又指了指我。喉咙里像是堵住了什么东西，说不出话。

"嘿嘿。"我挠着头一个劲儿地傻笑。

她笑着跳到我怀里，右手食指点在我额头上，嗔怪道："这么多，你想让我吃成猪吗？"

我没回答，只是一个劲没心没肺地笑着。

她亲吻我的脸。

"哥，你真好。"

那一年,我二十一岁,她十七岁。

"还有几个月,我就要走啦。"她笑嘻嘻的。

我愣了一下,随即苦笑。

是啊,再有几个月,她就成年了。

成年,就要离开我了。

再羸弱的小鸟,也有自己面对长空的日子。

"能不能不走?"我转头看向窗外,不让她看我的脸。我的表情一定很难看,所以不想让她看。

"我长大了。"她摇了摇头。走过来,把双手裹在我捏紧的拳头上。

"哥,别把我当长不大的小女孩。"

几个月后。

今天,就是她十八岁生日。

我是三月的,她是一月的。每年总有那么段时间她只比我小三岁。

一早我就跑去了常买蛋糕的小店。

"最大的生日蛋糕。"我对关系很好的店长阿姨说道,忽然想起妹妹不喜欢奶油,赶紧补了一句,"奶油少一点。"

"好好。"阿姨笑了笑,问道:"今天是谁的生日啊?"

"妹妹的。"

"……"阿姨沉默了,表情有些怪异。

"她……"阿姨欲言又止,嘴唇嚅动了一阵。良久,才叹道:"你是个好哥哥。"

我点了点头,没有说话。

傍晚。

我坐在桌前,她在我对面。桌上放着我上午买的巨大蛋糕。

我点了蜡烛,十八根。

关了灯，烛火轻轻摇曳。

我咬着唇，心里五味杂陈。

"哥，谢谢你。"她坐在我对面，冲我眨了眨眼。

我深吸了口气。

"你是我妹妹，我的珍宝。"

她握住我放在桌上的手，轻轻地说："你不必为那件事自责。"

"要不是我，你就不会……"

"哥。"她打断了我，不满地道："那不是你的错。"

"可我……"

"哥！"

我叹了口气。

"你不能老活在过去。"她深深地看了我一眼，接着说，"我也不能老拖着你。"

我又叹了口气。

"我长大了，不再是那个事事都要依赖你的小女孩了。"

我的目光凝聚在了蛋糕上。

十八根蜡烛，十八岁。

"是啊。你长大了。"

我忽然舒了口气，好像卸去了个大包袱。

"嗯！"她笑着重重地点了下头。

"我走了之后，你就找个小女朋友。"她忽然说。

我坏笑着道："放心，我肯定找个比你可爱的。"

"你讨厌！"

"哈哈哈。"

……

"哥，吹蜡烛吧。"她微笑。

我欣慰地点了点头。

她忽然起身,在我的额头轻轻一吻。

"嘻嘻,最后一次了哦。"她俏皮地眨了眨眼。

"生日快乐。"

呼——

吹灭了蜡烛,房间一下黑了下来。

我靠在椅背上,感到一股前所未有的轻松。

开了灯。

我对面的那个位置空空的。

环顾四周,成堆的零食随处可见,一包也没有打开过。

墙角静静躺着一包我自己扔去的烟。

桌上有个相册,那是毕业去南海岸时照的照片,满满一相册,主人公只有我。

我面前的墙壁上挂着一张照片。

灰白色的照片。

她的照片。

五年前,我十七岁,她十三岁。

她和我打电话,出了车祸。

她上了手术台。

可惜没能下来。

但是。

她还在,我坚信。

我最最亲爱的妹妹。

我做你的守望者,陪你到成年。

倾听未来的声音

只是抱歉。

我想得出未来的故事，却想不出你长大后的样子。

我有个妹妹，她是我的珍宝。

现在，我大她八岁。

我们有很多故事。

很多……不曾发生的事。

（作者学校：新疆乌鲁木齐市第八中学　指导老师：刘柳荣）

点评专家 | 葛一敏

《散文选刊》主编、著名散文家、鲁奖评委

"我"五岁，她一岁，"我"十七岁，她十三岁，她是"我"妹妹。

她在街角，用"我"送她的手机给"我"打电话，都市喧嚣，在车轮的缝隙里，她的生命停止在如花如画的年纪。难能可贵的是，作者没有停留于无尽的絮语，自责和追悔，而是引领我们持续见证"我"妹妹青春洋溢的"十八岁"，见证"我"和她青春成长间浓烈的手足之爱。

作者深得修辞艺术之要义，叙述亦真亦幻，在如此情真意美的表述里，致我们深陷其中更加深重的哀婉，不能自拔，难以舍割。由此，不禁让人再次想起那著名的经典语句：死亡是一枚印章，盖在饱含泪水的信上。

空笼

往事飞得越来越远,我们的心空如牢笼。

空欲

> 想做杨绛笔下的香料,捣得愈碎,磨得愈细,香得愈浓烈。
>
> 想做林清玄笔下的流水,身心皆如流水,在闪灭散乱中行走人生。
>
> 想做林徽因笔下千万人之中的一个,随时随地迎接遇见与道别。
>
> 想做好我自己,虽向往远方,仍脚踏实地,时时刻刻都在路上;情系墨香,相伴书卷,以我手写我心。

谭敏萱

打开一个红檀木箱

千千锁住了一个箱子,没想到的是,一个更大的箱子把她锁住了。

孟 春

千千的爷爷买了一个红檀木的箱子。箱子整体都是古红色的,顶上一圈琢着一层红绿的珉石,晶晶亮,泛着珠玉般的光。木箱有着一股木头的青涩香气,淡淡的,弥漫在整个屋里。连它配套的那两把钥匙都那么好看。千千盯着这红檀木箱,喜欢得不得了,甜滋滋地像吃了蜜糖一般。千千跟爷爷打好了商量:木箱的三分之二归爷爷,剩下的三分之一给她放一些心爱的小玩意。于是,一把钥匙给了爷爷,另一把放在了千千床头的铁盒里。千千满心欢喜地跑回房间,琢磨着,该把什么宝贝放进去呢?

可是,千千没有什么宝贝,她捣鼓半天,也只寻着了九九送给她的两个

精致的泥瓷娃娃，只占了木箱的小小一角。

  第二天，千千拾了几片落在她蓝白色单车上的黄杏叶放进了木箱。

  第三天，千千打包了一袋暖得发甜的阳光放进了木箱。

  第四天……

仲　春

  千千的木箱终于塞满了，除了瓷娃娃，还有好多个红色的小织袋，里面有千千每日搜集的小瓶盖、卡片、杏叶，等等。

  九九是千千的小闺蜜，俩人是出了名的"橡皮糖"，黏在一块，怎么扯也扯不开。

  九九第一次看见那个红檀木箱的时候，听到"咔嗒"一声，不知是什么东西发出的声音。真漂亮啊！她从未见到过这么精致的木箱。红绿色珉石泛着的光亮深深地吸引着她。她帮着千千整日搜集那些小玩意，一找到什么，就大声嚷嚷着去给千千看，当千千把小玩意放入小织袋的时候，她就"嘿嘿"地傻笑。

  千千的爷爷也在木箱中放入了他的宝贝：一件他当兵时穿过的绿得刺眼的军装，一个收纳盒。收纳盒里有千千爸爸远在外地打工写给自己的二十八封书信，千千小时候用的铃铛鼓，以及千千掉的第一颗乳牙。

季　春

  南方的溽暑，连傍晚也是湿热的。九九躺在凉席上，跷着二郎腿，左脚一上一下地摆动，手里打着蒲扇，她翻来覆去睡不着。

  这几天，九九那没出息的哥哥刚从技校回来，叫嚷着要娶在技校认识的一个十四岁的小姑娘。爹娘不同意,他就从家里偷钱跑了。爹爹被气得哮喘犯了,夜深人静时,爹爹的咳嗽声更是清晰,母亲守着他发愁。九九家里条件不怎么好,为了供哥哥上学,家里花了不少钱,能卖的东西都卖了。九九在想,母亲还要织多少匹布料,父亲还要搬几个来回的砖头才能补上被哥哥偷去的那笔开销呢?

想到这儿,九九更睡不着了,她从席子上起身,席子太凉了。

孟 夏

千千的父亲回来了,听说挖到"黑金",发了大财。他给千千带来很多新衣服,或素淡,或鲜艳。穿上新衣服的千千在九九眼中就像一只花蝴蝶,漂亮极了。

打那以后,千千的爸爸常从外地寄回来一些好看的裙子、鞋子、首饰,也给千千爷爷寄来许多牛奶、补品……寄回来的礼品越来越多,但他回来的次数越来越少了。千千的小心思全被这些花花绿绿的新奇小东西夺了去,整天待在家里对着镜子打扮自己。千千本来就长得不错,打扮一下,更如天鹅般高傲美丽了。

渐渐地,千千浸泡在她的小世界里,很少跟九九出去玩了。

渐渐地,红檀木箱子里的小织袋慢慢地减少,取而代之的是各色各样的衣裳、首饰。每晚入睡前,千千都会把木箱打开,将衣物整理一遍,再拿出床头铁盒里的钥匙锁上,心满意足地睡去。

仲 夏

九九对这样的千千感到很陌生。

这天，九九兴冲冲地跑到千千家，手里拿着一个红织布袋。"千千，你看这是什么？"

千千正研究父亲新寄来的洗面奶，好奇这白白的膏药怎么涂脸上。

"不知道，你快说！"千千头也没抬起来，夹着一丝不耐烦的语气。

"是鹅卵石！好多样子的，方的、圆的、粗的、细的……可漂亮啦！我今天从隔壁村的那条溪里拾来的。"

九九在一旁叨叨个不停，千千"嗯嗯啊啊"地应着。

"千千，你是不是也很喜欢它们啊？"

"嗯……"

"那咱们把它们放到那个木箱里去，好不好？"

"嗯……"

"那就这么说定了，我去开箱子咯！"

"嗯……"

九九看得出来，千千对自己手里的鹅卵石不感兴趣，可她多希望把这漂亮的鹅卵石放进与它们相匹配的漂亮的红檀木箱里呀！

九九拿着小铁盒中的钥匙，打开木箱的那一刹那，如同被一盆冷水浇了个透湿。那一方小天地，塞满了还挂着铭牌的高级衣服、裙子，红色小织袋全不见了。九九盯着木箱里的东西，一时竟说不出什么话来。

千千扭过头，看到九九正对着她那一箱新宝贝发呆，迅速地跑去把木箱"砰"的一声关上。

"你想干什么？"

"我只是想把……"

"停，别说了！我知道这些衣服很好看，你喜欢也很正常，但是你未经我允许，擅自打开木箱，是不是想神不知鬼不觉地拿一件呀？我真没想到你是这样的人！"

面对千千的咄咄逼人，九九一时语塞。她难过极了，不明白为什么千千会变成这个样子，噙着眼泪跑了出去。

季　夏

九九走在路上，越想越气。千千突然从后面追了上来，边跑边喊九九停下。九九以为千千是来跟她道歉的，特意放慢了脚步。

"你把钥匙还给我！"千千用刻薄的语气地说道。

听到这生硬的语气，九九真为刚刚的想法懊恼，低头一瞧，原来自己还紧紧攥着那枚钥匙呢！

"你先告诉我，你为什么把我们一起收集的东西全从木箱里拿出来了？"九九有些委屈地责问。

"那都是一些破玩意儿，我全部都扔了！你快把钥匙还给我！"

"扔了？"九九不敢相信。她们一起辛辛苦苦搜集那么久的宝贝，顷刻之间就化为了乌有。

站在九九面前的千千，穿着时尚的黑白竖条纹长裙，看上去就像一个密不透风的笼子，把那只名叫友谊的鸟儿紧紧地锁在了那个笼子里。

孟　秋

九九当着自己的面把钥匙扔下小山坡时，千千差点没随着一块跑了下去，可是，她怕弄脏了新鞋子。九九扔完就跑了，任凭千千在身后谩骂。

九九伤心透了。

千千于是拿走了爷爷的备用钥匙。她把九九送给自己的两个泥陶瓷给摔得粉碎。

爷爷看着这样的千千也感到陌生，秋风刮得越来越急，爷爷的身体每况愈下，一个人带着千千本越来越吃力。他希望千千能快些懂事。

那天，爷爷收回了他的钥匙，为了让千千不再沉迷其中。千千气得直跺脚，又哭又闹。可是爷爷铁了心就是不给她。

半夜，爷爷的鼾声很响，千千就大声地嚷："你吵死啦，快别打鼾了。"爷爷只好半闭半醒地等千千睡着了，才能睡去。

仲　秋

也许是加上长期积淀的孤独，也许是操心为儿女生活的烦苦，谁也没有想到，向来慈祥可亲的爷爷被一场风寒带走了。

爷爷走了，带走了千千掉下的第一颗乳牙，带走了千千爸爸的二十八封书信，也带走了那把红檀木箱的钥匙。

千千哭得很惨，九九去看了她。远远地，站在一边。

季　秋

千千要离开了，跟她爸爸去外地。她带走了已经不能打开的红檀木箱。

这天，九九去了趟小山坡，她唤着："千千——千千——"

秋风瑟瑟……

孟冬、仲冬、季冬

整整一个冬天，九九仍过着平凡又平淡的日子。

她还是会在傍晚睡不着，有时也会想一些过去的事，想到千千，想到收集阳光的千千，也想到了穿着黑白竖条纹的千千…

想到这，外面突然刮来一阵风，吹着窗户"哐当哐当"地响。

穿黑白竖条纹的千千渐渐地融入外地的大城市，习惯了那"繁华"的生活，以前的记忆，太轻了，像羽毛似的从她脑海里飘走了。那个红檀木箱却是沉重的，无言的。

孟　春

春天总是会来的。斑驳的青苔，粉嫩的桃花，泄露的春光。

千千收到一个包裹。包裹很小，很轻，有一张小卡片吊在外边。

"我希望它总能打开一些什么的。"

千千感到很奇怪，这是什么意思啊。她打开了包裹。里面，静静躺着的竟是那把红檀木箱的钥匙！

九九从来就没有扔掉它，那天在山坡上扔下去的，只是她拾得的方形的鹅卵石。

穿着黑白竖条纹的千千啜泣着。在打开红檀木箱子的那一刻，她衣服上的竖条纹仿佛正在消失，淡去……

哦，春光下，她穿了一件纯白的衬衫。

有鸟儿在春天歌唱。

（作者学校：湖南省怀化市铁路第一中学　指导老师：邓春湘）

倾听未来的声音

点评专家 | 杨庆祥

中国人民大学副教授、著名评论家、茅奖评委

　　谭敏萱的作品《打开一个红檀木箱》讲述了两个少女千千和九九之间的友谊故事，千千拥有红檀木箱的一部分空间，她和九九共同用一些无用但美好的小物件将其填满，友谊由此被建立和保护。这是少女的情怀，有着天然的赤子之心。后来千千越来越贪恋好看的衣服，越来越物质和功利，她和九九的友谊，也渐行渐远，直到破碎。

　　这篇文章有着浓浓的抒情的氛围，整体气质让人联想起沈从文的《边城》，有一种诗化的东西藏在字里行间。在时间的流逝中，一切美好的事物都在渐渐丧失。作者用季节作为小说的结构线索，也暗示了一种稍微感伤的气氛。整个语调是舒缓的，整个情绪是忧愁的，虽然这忧愁在成年人看来显得过于单纯。

　　小说写情谊的得到和失去，用红檀木箱子贯穿全文，立意非常巧妙。千千和九九两个人物的语言和动作也非常符合人物的性格，爷爷的形象稍微显得有些单薄。整篇文章的叙述非常流畅，文字优美，起承转合都有内部的逻辑。可以说，这是一篇优秀的作品。

> 平时比较闲散，每逢休息日便会作一首小诗，画一点画来追寻雅致的生活。喜欢的作家是宫泽贤治，座右铭是"不惧风雨"。
>
> 《笼目》于我而言，像是一趟提早经受的生命旅程，它以一种意识流动的方式在自我摸索过程之中给予我勇气。也许，冲出笼子的不仅仅是鸟，是笼子，更是羽翼未丰的自我。当它完整地出现在眼前时，我仿佛看到在爬摸滚打中前行的自己。

贺舟舣

笼　目

我怀中的鸟儿已沉沉睡去。

城市上空，一片荫翳迟迟不愿散开。世界一片寂静，仅仅剩下雨水击打在路边肮脏的水洼中，发出的淅淅沥沥声和空气中草的腥味，刺激着我的神经。我的心脏和着雨声，缓慢而有规律地敲击着我的胸腔——不对，我没有心脏，只是怀中的鸟儿给我带来的错觉罢了。我的身躯早已破败不堪，只有几根冰冷的、生锈的、长着红斑的铁杆还在延续着我的生命。

我沉寂得太久太久了。铁锈早已不仅仅满足于侵蚀我的身躯，正疯狂地蚕食着我的神经，让我对这个世界产生了深深的倦意。

我累了。这个阴冷的角隅已囚禁了我近半个世纪，而怀中的这个生命则是被我的枷锁牢牢地束缚着，剥夺了自由的权利。房间里，闪烁着雪花点的老式电视机还在苟延残喘，而破旧的唱片机还在不眠不休地播放着不知从哪儿找到的上个世纪的名曲，有如"吱吱呀呀"的呻吟。

倾听未来的声音

四点三十分。

鸟儿醒了。它用喙理了理羽毛，左右扭动了一下略微浮肿的躯体蹭了蹭我。然而这一瞬间的温柔就有如一瞬间的幻象。恍惚间，它似乎化身为了一个不受控制的火球，企图将我冰冷的骨架燃烧了、撞碎了。但是它失败了，只有猩红的血点散落在了我的脚底。世界又归于寂静，它不语，只是静静地、笔直地透过我，透过窗，凝视着更遥远的地方。

我从它眼中看见一种对远方的强烈渴求，这是从未属于过我的。

四点五十分，门外。

"你们家那鸟可好？"一个尖细的女声问道。

"闹腾着呢，每天都撞笼子，可吵了。"女主人操着沙哑的口音回答。

"那你可得小心了，到时候让那铁锈给划着了，止不得要得破伤风哪！要不，干脆换一个笼子吧？"

"不了，"女主人的声音略带倦意，"反正我以后也不打算养鸟，这只是看在老头子的份上才养的。"尔后，玄关传来"喀啦"的声音，门开了。

五点整。

雨势突然大了起来，暴雨使劲地摇晃着窗，"哐当哐当"。狂风疾驰而过，恍若黑色的魔鬼凄厉的大笑。我怀中的鸟儿像是被这个声音蛊惑了一般，倏地站了起来。它和着暴风雨的葬歌，用它遍体鳞伤的残躯费力地冲向我的枷锁。一次又一次地，剧痛向我袭来。但我忍着，我知道它也在忍耐着同等力量的痛。它跌倒了，一道闪电将世界划成了沉默的黑，无声的白。

它抖了抖羽毛，一阵不属于我的温热向我袭来：它的伤口又深了些。但是它似乎并没有打算放弃，而是选择了踏着激昂的鼓点立在了我的面前。

我顿时慌了神。它始终不渝地追逐着自由，而我呢？我穷尽一生想守护着的，究竟是什么呢？是这一成不变的景色，抑或只是自欺欺人的自尊心？我突然被恐惧攫住，没来由地想要躲藏在这个阴暗的角隅。但是，不可思议的，仿佛是鸟的执念冲昏了我的头脑，另外一种情感也在我心里悄然生根：

"我渴望自由。"

于是，阳光拨开乌云从天空中洒下来，发出耀眼的光。

"呐，你听说了吗？巷子里那个老太太养的鸟跑了。"

"那只金丝雀？"

"可不，那个笼子都被撞坏了。不过那个笼子也用了近半个世纪了吧？"

"真不敢相信啊。"

"我也是啊。不过那个破笼子的铁还可以用，我给阿蓝捣鼓他的旧自行车去了。正好他要个铃铛呢！"

"哎，你家阿蓝手可真巧啊，要是我家的孩子有他一半……"

"阿婆，我可以出去玩吗？"一个稚嫩的童音打断了邻居们的谈话。

"那要小心一点呀，不要去垄上……"

"嗯！"话音刚落，小男孩就推着自行车，沐浴着春日里和煦的阳光在巷子里跑了起来。

"你开心吗？"小男孩问我。

"丁零——"

有如新生。

（作者学校：湖南省长沙市明德中学　指导老师：向红）

点评专家 | 徐则臣

《人民文学》编辑、著名作家、鲁奖评委

这是一篇颇具寓意而叙述角度新颖的作品。作者以旧鸟笼为叙述者,间杂对人们日常生活的细致描述,向读者呈示了一个充满浪漫与幻想气息的对生命意义探索的故事。

将近半个世纪的旧鸟笼"我"遭受"略微浮肿"的金丝雀一次一次的撞击,最终被撞坏,却又因化作"丁零"脆响的铃铛而获得新生。其中,金丝雀遍体鳞伤,却从未尝试放弃,完全颠覆了人们知识经验中的固有形象,而赋予一种对自由的无畏追求的精神。鸟笼最终破败而化身为小男孩阿蓝自行车上的铃铛,"丁零"的脆响声韵味悠长。在作者细致到位的描述中,倦意、挣扎、疼痛、新生的情绪流动尤为明显,鸟笼对自我意义的探索也由此突显。

值得肯定的是,作者在浪漫地童话书写的同时,对日常生活场景的描述也颇为精彩。街坊邻居冲淡平常的琐碎交谈,与金丝雀破笼而出的紧张、挣扎、坚持不懈形成鲜明对比,叙述由此充满张力。

> 如果说十七岁是青春的雨季，那么文字和艺术就是我的秘密花园。
>
> 读书让人生充满新奇，每一段美丽的文字都像一段陌生而令人神往的冒险。记录这些冒险的经历，用纸笔写下不一样的青春。
>
> 青春不只是纸上的舞蹈，如同热爱文学，我也喜爱舞蹈和音乐，曾在各种赛事中获奖。

穆晓婧

猫爪钢琴师

很多年后，我依然记得第一次把猫爪放到琴键上的感受。软软的手掌、暖暖的琴键，用力一敲，"叮咚"声响，像极了猫尾草的味道。

我是一只猫，也是一名钢琴师。

浑身雪白的我自出生便被爸妈寄予厚望。妈妈说，当我睁开眼睛时，她从我蓝色的眼睛里看到了优雅的舞步，因此我注定要成为猫界的一名顶级舞蹈家。

我曾经对着镜子看了很久，除了发现眼睛因为失眠有些血丝，眼角因为喝水太少有粒眼屎外，没有找到一丝所谓的优雅的舞步。还有，我发现我的眼睫毛很好看。

当我把自己的困惑告诉爸爸时，他笑了很久。那"喵喵"的笑声让他长长的胡须在风中左右摇摆，看上去很好玩。

"哪里有舞步，"爸爸捋一捋胡子说，"我明明看到了远方的诗歌。"

听到这句话的那一刻，我有种不好的感觉。我知道，不管他们看到了什

么，本猫的童年都要交待进去了。

爸爸用十条小鱼干堵住了我号啕大哭的嘴，然后把我送进了街角的猫族学堂。在那里，我和很多同样命运的猫们开始了学校生活。

族长戴着厚厚的老花镜，弓着背，念课文时喜欢摇头晃脑。他说，小孩子就要多读书，将来才能考个好学校，找个好工作，为猫族的崛起而奋斗。

每次考试，族长都要求家长在试卷上签字——盖上一个大大的猫爪印。

我把自己的猫爪放在爸爸大大的猫爪印上，感觉到一种慌张——很多年后，我是不是也要给自己的孩子盖这个爪印呢？那时，我的孩子是不是也有和我一样的感受？

本以为妈妈已经忘了她所说的"优雅的舞步"，当我把拼了半条命复习才考来的一百分呈上的时候，妈妈踱着步子来到爸爸身边，两人会意地点点头笑着说："你要有些特长才行，去学舞蹈吧，我亲爱的孩子。"

妈妈同样用十条小鱼干堵住了我惊讶得合不拢的嘴，然后把我送到了街角的舞蹈学校。每天从学堂放学后，我都要去舞蹈学校，在那里，我和很多同样命运的猫们开始了舞蹈生活。

教舞蹈的老师是猫族的明星，舞步优雅，气场强大，举手投足都让我膜拜良久。但是，我真的不喜欢跳舞。不知道谁说的，"猫是天生的舞蹈家"，说这句话的猫一定没有考虑到不喜欢跳舞的猫的感受。

我攒了很久的零花钱，一口气买了二十条小鱼干，将它们整整齐齐摆在桌子上，我要和爸妈谈谈。我决定把吃掉的鱼干还给他们，不再去学校，不再去跳舞。

爸妈收下了我的小鱼干，充分肯定了鱼干的新鲜和美味，又对我敢于表达想法的做法表示了肯定，然后……然后……爸爸用一记狠狠的猫巴掌结束了这场交谈。我清楚记得，他的猫爪盖在我的脸上时，猫爪的掌纹和盖在试卷上的签名一模一样。还有，他的猫爪很腥，因为刚刚抓完我给他们的鱼干。

穆晓婧
猫爪钢琴师

很多年后，我再次回想那次不愉快的交谈，并没有后悔，我为自己敢于说出自己的想法感到骄傲。我知道，当一只猫敢于表达自己的想法时，她已经长大了。唯一的后悔是，那二十条小鱼干，我竟然一口都没尝。

一个沉闷的午后，我躺在学堂外的草丛边，享受着阳光和青草的味道。猫尾草的影子在风中闪动，我把猫爪放在跳动的影子上，在晃动的光亮和暗影之间，时间静静流淌。不知道哪里传来钢琴的声音，欢快的音符随着手掌上的影子一起跳动。从没有这样的感觉，整个世界在钢琴声里变得安静下来，风声也静止了。带着猫尾草香气的琴声拥抱着我，我把猫爪紧紧攥住，久久不想放开。仿佛我的猫爪里攥住了音符，攥住了琴声，攥住了未来。

那一刻，我知道了自己想要的未来——我用我的猫爪弹琴。

我把想法告诉了爸妈，这一次没有小鱼干的撑腰，明显底气不足。

"从来没有一只猫能弹琴，不行！"

"弹琴要有很长的手指，猫爪都是肉垫，不行！"

"是猫就应该学跳舞，这是我们猫类的天性和特长，弹琴，不行！"

"跳舞可以锻炼身体，弹琴坐在那里不动弹，会变得很胖，不行！"

"弹琴会引起气候变暖，海洋上升，岛屿淹没，不行！"

"弹琴会造成经济下滑，鱼干价格上涨，不行！"

"弹琴会让血压升高，感冒爆发，不行！"

"不行，不行，不行……"

我竟无言以对。看着爸爸攥紧的猫爪，我跳开了，我不想脸上再被印上猫爪印。

我打算开始攒钱，偷偷地攒，准备偷偷学钢琴，可是我没有零花钱，这是个问题。

在那段时间里，爸妈很好奇，为什么我食量大增。我每天都让他们多给我买两条鱼干，我要攒着鱼干，攒得足够多了，就去卖掉，卖掉钱用来学

107

钢琴。每天两条鱼干，一个月就是六十条，半年就是三百六十条，一年就是……这算数太难了，算不出来。就这样吧，计划开始实施。

每天两条，我把鱼干藏在卧室，每晚都会在鱼干香香的美味里笑醒，我知道那是钢琴在向我召唤的味道。一个月过去了，钢琴向我召唤的味道越来越强烈，直到把我从梦中熏醒——没放在冰箱，鱼干臭了。

那一夜，爸妈戴着口罩坐在我对面，我和我的六十条鱼干被一群该死的苍蝇包围。我努力让自己保持镇定和微笑，但是苍蝇的"嗡嗡"声让我恶心得作呕，或许是鱼干的臭味吧。

我们就这样面对面坐着，我低着头，搓着猫爪，如实交代了存鱼干卖钱学钢琴的念头，期待着换来一巴掌重重的猫爪印。

爸爸伸出猫爪想捋一捋胡须，可是发现自己还戴着口罩，就放弃了这个意味深长的动作。他走到我面前，用猫爪拍了拍我的头："你居然坚持了一个月，看来是认真的。"

"我知道错了，对不起。"我低着头，等待着重重的猫爪印。

"为什么要'对不起'呢，因为没有把鱼干藏在冰箱吗？"爸爸扭头对妈妈说，"快把屋子收拾下吧，屋子虽然不大，但还是放得下一架钢琴。"

我愣住了，抬起头，我知道自己蓝色的眼睛里已经布满泪水。

"你们同意了？"

"为什么不呢？一个能坚持藏一个月鱼干的猫，还有什么做不成的事吗？"爸爸摘掉口罩，捋了捋他长长的胡须。

钢琴在第二天的下午运到了家中，鱼干腐烂的味道还没有散去。我坐在钢琴前面，用肉肉的猫爪摸着黑白的琴键。软软的手掌、暖暖的琴键，用力一敲，"叮咚"声响，像极了猫尾草的味道。

(作者学校：新疆乌鲁木齐市第一中学　指导老师：霍蒙)

点评专家 | 罗 岗

华东师范大学教授、著名学者

现在各类创意作文比赛的作品，应该说不乏充沛的想象力，甚至可以奇思妙想、天马行空……然而一篇好文章，光有高蹈的想象是不够的，还需要具有一种用想象力穿透现实的力量，这样才能使想象既飞跃云端，又扎根土地。

初读《猫爪钢琴师》，开头就是"很多年后，我依然记得第一次把猫爪放到琴键上的感受。软软的手掌、暖暖的琴键，用力一敲，'叮咚'声响，像极了猫尾草的味道"，感觉很有味道，但也担心只是"拟人化"地描写"喵星人"弹钢琴，可能流于一般。可接着往下读，不仅通过"喵星人"受教育的状况讽喻了现实——"每次考试，族长都要求家长在试卷上签字——盖上一个大大的猫爪印"——这一点也许不难做到，别的作品也会处理类似的问题，尤为难得的是，这种规定好的、似乎与"喵星人"天性相符的教育状况恰恰构成了"猫咪"学钢琴的最大障碍："是猫就应该学跳舞，这是我们猫类的天性和特长，弹琴，不行！""弹琴要有很长的手指，猫爪都是肉垫，不行！""弹琴会造成经济下滑，鱼干价格上涨，不行！"……于是乎，"优雅的舞步"和"软软的手掌"都因为"喵星人"应该"学跳舞"不适合"弹钢琴"而落到了实处。文章中所有的想象都与"喵星人"的特性联系在一起，想必作者是做了一回生活的有心人。可"我"这只注定要不走寻常路的"猫咪"，却要将"不可能"化为"可能"，偷偷攒一个月的"鱼干"，很有童趣，而"六十条鱼干"因为没有放进冰箱最终发臭，看上去是一个"悲剧"，"那一夜，爸妈戴着口罩坐在我对面，我和我的六十条鱼干被一群该死的苍蝇包围"；但为了梦想，能够坚持一个月"攒鱼干"，这份坚持最终让爸妈"点赞"："屋子虽然不大，但还是放得下一架钢琴。""悲剧"就这样变成"喜剧"，文章篇幅虽短，翻转得却颇为自然，可以看出作者的匠心所在，虽然题旨依然着眼于励志，但因为有了这份匠心，才能转陈出新。

> 热爱新知，热爱读书，热爱自然，热爱工程学。常以左宗棠"身无半亩，心忧天下，读破万卷，神交古人"自勉，坚信文由心生，景在眼前。曾获创新作文大赛江苏赛区决赛特等奖，全国高中数学联赛江苏省一等奖。

周稚宜

四郎探母

东窗事发。

聪慧的母亲，文静的母亲，强势的母亲，嬉笑的母亲，精明的母亲，不动如山广厦一般庇我欢颜的母亲。

金井锁梧桐，长叹空随一阵风。

四　郎

想起来当年事好不惨然。

人不一定会将命中所遇的贵人放在心上，但缘何一落千丈，却总会念念不忘。

母亲被铐走以后，生活第一次冲我亮出了它的牙齿，明晃晃的，与母亲带回的英国骨瓷的白完全不同。

我不是勇敢的男人，但我有一个顶天立地的母亲。从狭小而逼仄、充塞着年久失修的徽派建筑的腐木气味儿的小村庄中发家，母亲全副武装，披荆斩棘，用纤小而有力的手，将我眼中的世界涂抹成她希望的颜色。母亲极少与我谈论家中大事，我从她金丝眼镜反射出来的光线里质谱仪一般读取着波长与频率，读取着她的冷静与慌乱、胸有成竹与底气不足。她是多智的孔明，我是玄德的阿斗。

母亲极力铺陈着我的蜀汉江山，即使明知我胸无大志——最欣羡的人是老家村西一个坐轮椅的钟表匠，终日里一面用粗砺的大手捏了精细的工具敲敲打打，一面听收音机里的京戏咿咿呀呀。然事总与愿违，母亲的精明强干，母亲的斤斤计较，母亲迅速委顿的秀美面容，让我深陷在母乳的暖流里，万劫不复。母亲用密密匝匝的白发为她的独身爱子编织了一张华丽的蜀锦，渴盼着我去添花。可怜花未添，锦先乱。

母亲耗尽盛年为我筑起的重重保护，一夕之间，灰飞烟灭。

孤　村

村长说，每一个靠大冶发家的地方，都会有山穷水恶的那一天。这是市场经济规律，与尊敬的杨女士无关。村庄始终是杨女士最坚强的后盾，无论下一家分公司开到哪里，杨女士始终是村庄的女儿。

村庄用腹中千年未动的矿脉，小心翼翼地哺育着杨女士。这位曾经的县供销社会计，凭借与生俱来的"邪门"的商业才能，在方圆百里上万民众中第一个跳出计划经济的牢笼，成为最先富起来的那拨人。村庄见证了她平地起朱楼、宴宾客的金钱奇迹之后，心甘情愿地为她奉上自己的所有——矿藏、流水、土地、乡民。杨女士也仗义，别人写籍贯时，具体到地级市，只有杨女士饮水思源，竟会具体到村庄。能够出现在一位全国性商业名人的籍贯里，值得这座小村庄奉上所有，毫无保留。

杨女士的大冶，占领了村庄经济的制高点，短短十几年间，村庄的规模翻了数倍，多半归功于此，杨女士本人，则成了一个高不可攀的神话。为了

倾听未来的声音

留住这位金主,这座村庄已成孤勇,尘埃满面,山穷水恶,赴汤蹈火也在所不惜。

琵琶别弹

铁镜公主:莫不是抱琵琶您就另想别弹?

杨四郎:想这皇宫内院,美景非常,那秦楼楚馆,焉能比得?

母亲从没告诉我,不做阿斗,去做一个钟表匠,也是有门槛的。我用了整整一年时间,学会了如何成为一个钟表匠。

故乡的空气很腥,呼吸之间洋溢着浓重的金属气,村庄古老的徽派建筑的白墙,蒙了厚厚一层灰尘,像是新丧了夫、戴了黑纱的幽怨的小寡妇。母亲大概没有常来她的金钱之源,我的蜀汉江山的龙脉所在——那个笼罩在重型机械摧枯拉朽的轰鸣声中的冶金厂,她的衬衣领子永远是那样洁净,一尘不染,光亮如新。

我没有遵从母亲临走时的暗示,而是将她藏得严实的余财全部提取出来,填了村庄里的废弃的矿坑。站在濯濯童山之上俯视,几个巨坑,如婴儿号啕大哭之时张开的嘴,我被冥冥之中无形的婴儿巨大的啼哭声所惊吓,不惜一切地填了矿坑,内心的惶惶惴惴才有所减轻。干净的新土之上,我给母亲种了一株甜梨,生长得很快,斜斜地伸出一条枝桠,供我挂上收音机,听杨四郎唱他失落番邦十五载,抛母弃妻。

金井梧桐

刚被收监时,她整夜整夜地睡不着。

时代在变迁,祖国的面貌日新月异。大冶,早已跟不上这个时代了,倘若当初不恋旧情,早早结束,也许一切都会不同,是故乡拖垮了她。

正所谓无商不奸,刚刚下海根基未稳时,却也违心地做了几件事,岂料时隔多年,旧账一朝被揭,还未来得及为那个不成器的小子安排好一切,便被锁拿。

她有时会想起自己鲜花着锦、烈火烹油的生意场,担忧起自己怯懦畏缩、胸无大志的儿子,一个女人最好的青春与盛年,被她不留余地地奉献给了二者,永远都在赶班机,永远都有生意洽谈,她亲手构建起的大厦是如此金碧辉煌,以致于在施工之时瞎了眼迷了心,忘了给自己预留一个安全出口。现在,她是一个老女人了。

她有时会忘记自己的少女时代是何种模样,连自己是长发短发,家里的祖屋有没有阁楼都不再清晰。忘掉诗歌与旅行,忘掉戏楼里听管弦的痴态,忘掉凤仙花与百褶裙……监狱的死寂像一汪时间的深潭,在被铁栏杆守护的、慷慨赐予的时光里,记忆的枯草返青、蔓延。

金井锁梧桐,长叹空随一阵风。

空薄的戏文,却也煽情得很。

一滴泪,还清了一辈子。

京 剧

"统领貔貅战沙滩,失落番邦十五年。高堂老母难叩问,怎不叫人泪涟涟。"

幼年随母亲去参加故乡某剧院的落成典礼时,没能记住那剧院的名字,反倒记住了墙上的一副对子——演悲欢离合当代岂无前代事,观抑扬褒贬座中常有剧中人。

物是人非之际,愚笨如我,才渐渐品出味儿来。

母亲挂念故乡,牵惦故乡的徽派小楼,替我起名叫言徽,不想与那出著

倾听未来的声音

名的《四郎探母》中的杨四郎杨延辉同名。一身武艺，仪表不凡，我是一样未沾，也无国仇家恨系身，也无性命之虞牵念，更无铁镜公主为我骗得令箭。

但我时常感到，从四盘山穿越时空，杨四郎的魂灵不远万里而来，蜿蜒生长在我的血脉里。独处之时，时常能听到他唱些"关口阻拦，插翅难飞""思想起来，好不伤感人也"；我与母亲争执时，杨四郎在我暴突的青色血管里舞枪弄棒，龙泉太阿，悲歌慷慨，留下成片成片的震动与钝痛。"我有心宋营中前去探看，怎奈我无令箭焉能出关？""驸马，一夜不归，你当如何？""黄沙盖脸尸骨不全。"杨四郎躁动的、摇摆的心，引发了我年少的共鸣，每每听他叹些"我在南来你在番"，都有落泪的冲动。

母亲搂着我，套在血缘的长枷里，跳着破碎的舞步。我在母亲的暖流里窒息，母亲在我的攀绕里衰老。我是一只早秋的风筝，在自己与母亲之间摇摆不定。

令　箭

梨花开得猝不及防。

洁白，轻盈，东风一吹，跌跌撞撞飘向远方，云雾飘荡的远方。母亲的梨花，开了。

村庄失去了母亲这位金主之后，安静了许多。逐利而来的异乡人结伴而走，那座小村无法承受的冶金厂，终于成为遥远的伤疤，只在阴雨沉沉之时隐隐作痛。疲于奔命的村庄终于得了闲，不用再费力迎合我的母亲，而是着力于畅想自己的未来，畅想远方的故事。

我折下母亲的梨花，拜访了母亲曾经工作的县供销社。兴许真是门庭冷落，母亲当年的照片，惊人地保留在废弃的宣传栏里。乌发柔顺，眉眼盈盈，小白鸽一般，隔了浩荡的岁月，隔了市场经济的尘嚣与壮阔，以小乔初嫁式的天真烂漫，与我隔岸相望。我站在时光这头，与少女母亲静静对视，她的眼眸里满是期许与憧憬，而这份青春的期许里，本没有我，本没有故乡。

为母亲种下的梨花，开了。我，也长大了。折纸一般脆弱的梨花，花期很短，催促我去见见被我赦免的英雄，我的母亲。

探　母

幽囚狱中，母亲却年轻多了。

聪慧的母亲，文静的母亲，强势的母亲，嬉笑的母亲，精明的母亲，不动如山广厦一般庇我欢颜的母亲。

无数风风火火的母亲形象从我的身旁呼啸而过，无影无踪；当俗世的三千烦恼斩尽，她又是那只小白鸽了，蹦蹦跳跳，飞上我的枝丫。

我惊叹于生活的剧情反转，感到胸腹之中有浩然之气在回荡，足可号令万马千军。母亲甚至向我殷勤地炫耀，她学会了织毛衣，可以轻易织出十几种花式。

是的，成为囚徒的母亲，感受到了在随意号令我与故乡时都未能体会到的自由。

我不是佘氏太君的杨四郎，不是文武兼修的杨四郎，不是在宋营与番邦之间左右烦恼的杨四郎。我的长大，母亲的退守，救了我们所有人。

母亲、故乡、我，连同这个时代一起，刑满释放。

登高一呼，山鸣谷应。

举目四顾，海阔天空。

（作者学校：江苏省淮阴中学　指导老师：张玉群）

倾听未来的声音

点评专家｜邱华栋

鲁迅文学院常务副院长、著名作家

卡尔维诺说过：故事总是相似的，但绝不会相同。那么对于后现代式的写作来说，无论是套用或是改写前人的故事，都不可能是对前人的袭蹈，而只是为了表明作者的别有怀抱。周稚宜的《四郎探母》就是这样一篇"琵琶另弹"的作品。

本篇作品不同于传统京剧《四郎探母》的是人物关系的反置，负罪之子变成了犯法之母。这是一个非同一般的母亲，是"聪慧的母亲，文静的母亲，强势的母亲，嬉笑的母亲，精明的母亲，不动如山广厦一般庇我欢颜的母亲"。强母弱子的定律注定了"我"只能处在一个阿斗的位置。这种设定不仅是生活角色的定位，也预示了各自命运的不同走向。在市场经济的召唤下，母亲利用供销社会计的便利"占据了村庄经济的制高点"，下海经商打出了一片天地。在母亲的庇荫下胸无大志的"我"却津津乐道于做一个钟表匠，母亲的哀叹可以想见。

命运的逆转来自于母亲的入狱，欲望世界消失之后，阿斗的日常生活开始显示出意义来。"我"替母亲还清了欠下乡村的心债，还乡村以她应有的宁静。如笼中鸟般的母亲，从心比天高的欲念世界中回到烟火弥漫的人间，在宁静之中回到了生命的本色。在庸常的生活中，"我的长大，母亲的退守，救了所有的人"，"母亲、故乡、我，连同这个时代一起，刑满释放"。

作品在化用京剧《四郎探母》结构的同时，其剧情也成为作者推动情节的要素，"演悲欢离合当代岂无前代事，观抑扬褒贬座中常有剧中人"。图圄之灾终将母亲带出欲念舞台，解除了心灵的枷锁。

另外，作品在语言表达和意象设置上也是颇值得称道的，如"生活第一次向我露出它的牙齿，明晃晃的""我从她金丝眼镜反射出来的光线里质谱仪一般读取着波长与频率，读取着她的冷静与慌乱、胸有成竹与底气不足。她是多智的孔明，我是玄德的阿斗"等多处以"陌生化"的手法加深了读者对作品的情感体验。作品中以梨花的意象作为乡村命运转折的象征，也成为母亲内心获得解放的暗示——母亲那被尘世之链锁住多年的青春，在她回归之年重新绽放。

综上，这篇作品结构严谨、情节有序、意象出色、语言精彩，是篇非常优秀的作品。

> 生在上个世纪最后一个春天的白羊座，天生乐天派，对整个世界怀有极大热情，爱笑爱闹，爱胡思乱想。把文字看作最好的朋友，想用自己的笔表达一切和反映现实，希望能一直写到人生暮年。

延安琪

酒旗风

朱 贵

他故乡本在沂水。二十岁时，和弟弟朱富到梁山脚下接手了年迈叔公的酒店。

酒店屋舍几间，枕溪靠湖，疏荆篱落，门前一杆酒旗。他第一眼就爱上了这里，连带那水泊八百、梁山百仞，想着将来也埋骨此处最好了。每日总有晚归的渔人猎手到这儿来要两碗烧酒吃，很快便与他两兄弟混熟了，于是酒肉伺候，谈笑风生，说邻里人物，说贪官弊政。朱富酿酒，他经营，衣食绰绰有余，闲下来就望望远远的山色水光，日子好不安逸。

他们刚到时，叔公细细地告诉他们酒店大小事宜，讲梁山水泊的过往轶事、诗句文章。后来渐渐神志不清，连自己养了二十年的鸟都不认得，每天只是坐在院中，呆望着远处，常常咕哝着："要起风了。"

"叔公，没风啊？"朱富望着轻轻拂摆的酒旗。

"要起风了……"叔公执着地念叨。

朱富摇摇头,忙活去了。

叔公故去后,那只风烛残年的鸟也死在了铁笼中。兄弟俩堆了个小冢,把它埋在叔公墓边。笼子洗刷了,门大开着,竟有一只毛羽稀疏颜色黑黄的怪鸟自个儿飞来,扑进笼子不肯出来,两只浑圆的眼睛像瞪着人。

朱富试着赶它,它怪叫着就是不肯出来。

朱贵拦了弟弟:"来都来了,还有不纳之理?一只鸟,养着便是了。"于是这只宽敞精美的铁笼中,就住进了一只不算好看的怪鸟。

此后不久,风真的起了。

朱富实在看不惯王伦一伙的做派:"说是占山为王,他还真当自己是个王了?还圈禁了水泊,不许旁人打渔?这梁山水泊何时成了他家私产?"

朱贵却在王伦的喽啰找上门时,选择了投靠王伦,做他山脚下的一个耳目。为此朱富与他大吵一架,欲回沂水。

其实,朱贵不过是想好好地保住叔公留下的小店罢了,何况,他自己还盼着守着这山水度过余生呢。

"哎,怪鸟,谁都是迫不得已,是不是?"他对着鸟笼苦笑。

李　逵

他小名铁牛,力如牛猛坚如铁。

父母、哥哥都是老实巴交的田户,纯朴顺从。不知怎地,却生出他这么个莽撞憨傻之人。自小目睹父母村邻受乡官小吏欺压,他对贪官对奸臣对昏君有着无比强烈的痛恨,不共戴天。

少年时偶得一双巨大板斧,自此将它随身携带,轻易舞得生风。后来他离家闯荡,用这双板斧杀了个乡里无赖,因此入狱,却没有磨了他的性子去,出狱后仍然是横冲直撞一条黑旋风。

结识宋江后他上了梁山，就如鱼入了水一般。

"铁牛，你可说得出梁山哪里好吗？"吴用曾笑问他。

"梁山上兄弟们都是直爽汉子，没那些什么鸟官鸟皇帝！在这儿啊俺铁牛来去自在快活，金银论秤称，酒肉大碗吃，怎不比在外头好？"他大喇喇地答。

"哦，铁牛认这里作快活林，就如同朱掌柜那怪鸟认那铁笼？——说起来，那怪鸟也是通体炭黑，和铁牛真有几分相像呢。"

"军师哥哥你是个学问人，偏爱拿俺开涮！俺这么个大活人何曾在笼子里关着，怎么说像只鸟呢？"李逵悻悻地。

"怎的不像？那怪鸟在笼中张狂，引了猫来却伤它不着，乐得它怪叫。我看哪，与你黑旋风撒泼的样子倒像一个模子里刻出来的。"吴用摇着羽扇，笑着离开，留李逵在原地跳脚："这么好的梁山泊，便真是个笼子，俺也心甘情愿关在里头，一辈子不出来！"

"瞧瞧，更像那怪鸟了……"铁牛不曾注意到吴用羽扇后掩过的悲凉之色。

李逵眼里只有他慷慨义气的宋江哥哥。他不熟识从前的山寨之主晁盖，虽然他也为晁盖戴过孝，但令他更为高兴的是宋江哥哥要坐第一把交椅了。他乐，抱了酒坛满山找人跟他一起喝。

可是宋江哥哥却有个让他最难接受的地方，就是一心要接受招安。

"招安招安，招甚鸟安！"他愤愤地骂，在宋江面前撒过泼耍过赖，拼了命地想改了哥哥的想法。宋江一气之下差点要砍了他，好在众头领一齐劝阻，才保住了他一颗脑袋。

"你的皇帝也姓宋，我的哥哥也姓宋，你做得皇帝，偏我哥哥做不得皇帝？"下一次见了诏书，还是没有学乖，他任着性子一吼，把宣诏的钦差吓得一哆嗦。

可是他回头，这次他看到了宋江的眼神。纵他生得再没心肝，也分明看

出那眼神复杂无奈，是他从没看过也无法懂得的。他吓得气势减下去一半。

哥哥毕竟是哥哥，铁牛拼了命想让哥哥做皇帝，哥哥不做，铁牛又奈得他何？他渐渐泄了气，只想着他那双黑铁板斧，还能砍得多少人呢。

卢俊义

"非是卢某说口，金帛钱财，家中颇有。赐与之物，决不敢受。"头一次上梁山，卢俊义不肯落草，梁山泊众头领捧了盘缠珠宝送他。那时他正是个员外，不卑不亢地谢绝。

那时的他当然无法预见到之后的一切，就算能预见，如吴用那般心思缜密，又怎么躲开呢。他便想起吴用扮作算命先生时的唱词："时也，运也，命也。"

"小乙啊，梁山泊众人心太狠太毒……"后来，逃亡中有一日喝得烂醉，他搂着燕青低低说了这么一句。然而自始至终，燕青也只听他提过这么一句对梁山泊的不满。以后，他像是已经接受了天翻地覆的一切，或者说，不得不就这样苟且。

上山那日走进寨门时，卢俊义忽然停了脚，站定，回头看了一眼。身后是梁山泊的景色，之外是更大的天地。可是现在，那些都与他无关了。"小乙，我们这一上山，这辈子都下不去了。"他回过头来，拔脚继续走。

宋江见他上山，大喜，众人为他接风洗尘，大宴一场，一派喜气洋洋、和气融融。此后一连多天，他却窝在自己房中沉闷无比，燕青担心，劝了几次，他却不肯哪怕出门去转转。

"有何益，有何益。"燕青听他轻叹。

某日至忠义堂议事回来，他偶然瞥见朱贵手中提的怪鸟，直瞪着笼外的人。他神色黯然，盯着那怪鸟看了好一会儿，末了又叹口气："说起来，人也不比鸟好到哪里。"

他带燕青上阵，极速活捉史文恭。多年未经的沙场血战让他找到了一点生的感觉，可能只是这样才能缓解他的不安，暂时忘却自己仍在笼中。

回山后，活捉史文恭成了他的一大功劳，宋江吴用等苦请他做山寨头领。他推让，如同官场的礼节程序。当然最后第一把交椅还是宋江去坐，他无所谓，可他厌恶。

看到朝廷招安令的时候，好像有一丝的希望升了起来。想一想，自己觉得好笑，没用的，自己早就知道，一次上山，这辈子无论如何都下不去了。

"慷慨疏财仗义，论英名播满乾坤。卢员外双名俊义，绰号玉麒麟。"回想起街头巷尾对他的传说，恐怕百年之后自己定将以另一种形象成为评书唱本里的常客。而那个形象上，他自己看得分明，烙着"贼寇"。

吴　用

前路如何，是他自从上梁山后就在苦苦思索的问题。

可他知道，如今虽然朝廷腐朽，烟尘四起，却远不是三国时那般景象。他道号"加亮"，以诸葛亮为先师，也确是足智多谋。可纵他有能耐用计给梁山带来胜利，让山寨上下痛快振奋，却绝无力保梁山泊在朝廷的围攻下撑到出人头地胜者为王。

后路不多，谁都看在眼里，最直接的便是朝廷不时发来的招安令。

他星号"天机"，洞察世态人情，他看得清楚。自创建始，山寨里就明明白白地分了两派。一派痛恨贪官弊政，只爱杀人放火，就爱这山上的天高皇帝远，无拘无束，如何肯就此招安，受人束缚？另一派都是朝廷命官出身，被他们或骗或掳上了梁山，也一同被视作反贼，名不正言不顺，孤魂野鬼，都盼着一朝招安得回自己的名誉。

他自小仰慕史书里的谋臣贤相,于是抓住生辰纲这个机会,上了梁山,做了军师。所以他不属于任何一派,但看到自己忠于的头领宋江明白地要招安,也就是表明了他的立场。何况,难道还会有别的路走吗?

连续几日和诸头领长谈,计较前路,走出议事厅时他有些发晕。远远地听见朱贵朱富兄弟正争执着什么,便也凑上前去:"你兄弟二人好端端的这是吵闹什么?"

朱贵脸色平静,"没什么,不过是一直养着的那怪鸟忽然不见了。"身边那只大铁笼子紧闭着,空空荡荡,一点羽毛都不见。

"笼子是紧闭的,问了一圈都说无人动过,我正和哥哥争执不下呢。"

"奇就奇在,那鸟在笼中住了这几年,不曾迈出过笼子一步,赶都赶不出。这一番,却自己走了。"朱贵说着,望向他。

让他说什么呢?低低头,羽扇掩风。"那鸟既已飞走,怕就再难回来了,两位兄弟就不必去想它了。风大,两位兄弟也早歇了吧。"

朱 贵

招安后大军南下征方腊,付出的代价如同预料中的惨痛无比。一路恶战,大将接连折损,连那江南的如画风景也似浸了无数人的血色,更无人有心去赏。

方五月初,大军驻扎杭州。他闻到这客地的春风中,夹着盛开的桃花的香甜气,与梁山泊大异。于是他又怀念起他的水泊梁山来,此刻的梁山,桃花该也已含了苞。梁山的桃树与别处不同,枝干短粗,像极了矮脚虎王英,大喇喇地随意生长,原始野性。

只是偏偏在这时节,杭州瘟疫盛行,他也染上,病倒了。

卧病在床的日子里,他记挂着来时托付给几个喽啰照管的小酒店。酒旗好久没换洗了吧,该褪色蒙尘了。地窖里还藏着朱富新酿的酒,也不知道哪天才能搬出来，无负无担大醉一场。那笼子估计还摆在自己房中，那是叔公亲手制作的啊，本该叫人包了收好的，怕要锈了。

可是他好久都没有梦了，几乎要忘了那片山水——他曾立下志愿将来要埋在其中的——的样子。

他痴痴地想着，努力勾勒它的形象。恍恍惚惚地他看见，昏黄的天幕下，风刮得怆然，自己的小酒店空洞倒塌，旗杆折了，酒旗半埋进黄土。叔公的墓上青草萋萋，和着两旁的松涛。山上屋舍空空荡荡。水泊面积又扩大了，滩上芦苇随风摇曳得幻灭。自由了，全都自由了。忽然，他听到怪鸟的熟悉声音，它瞪着眼，却说起人话来：

"花开南北一般红，路过江淮万里通。飞盖靓妆迎客笑，鲜鱼白酒醉船中……"

我

2013年，我和朋友一起去梁山泊遗迹旅游。

北温带的秋风带着一股虎虎之气，那草莽味道不知从什么时候起成了这山水的一部分，不可或缺。

陌生的大门上"AAAA景区"的字样明摆着自豪无比。可知这片看似普通的土地，自豪的资本又从何而来。生意火爆，人山人海，操着各地方言，在各个仿制场景里举着剪刀手留念。后山有处山壁，刻了大字"水泊梁山"，常见的电脑字体，红漆填了，面对着重建的"忠义堂"。工作人员或粘须或涂黑脸，穿上古装扮演着我熟悉又陌生的千年轶事。

堂前"替天行道"的大旗也重新立了起来，机器细细绣了边，和随处可见的酒旗们一起，迎风招展。阳光刺得我眯起眼。

这梁山泊，何时能解脱呢？

"你怎么了?"

"没什么,做了个梦。"

"梦见什么?"

"梦见我变作了只怪鸟。"

(作者学校:山东省广饶县第一中学　指导老师:丁子庆)

点评专家｜郭冰茹

中山大学教授、著名评论家

朱贵、李逵、卢俊义和吴用是《水浒传》中非常经典的人物形象,延安琪的《酒旗风》以一只自投罗网、毛羽稀疏的怪鸟串起了几个人物,借鸟喻人,借古人之感抒个人之怀,足见作者在构思和立意上所下的工夫。

我们曾读过许多对经典的戏仿或重写之作,这些作品往往通过重塑经典人物形象的性格或者改变他们的命运,来制造出某种陌生化的效果,然而《酒旗风》并没有作如此游戏化的处理。这篇作品在不改变原著人物基本性格命运的前提下,融入了作者自己对人物性格和遭际的理解,并借此生发出一种怀古的幽情,这在某种程度上有点接近借古喻今或借景抒怀的正剧。对于作者而言,梁山泊不再是英雄聚义,豪情满怀,承载文人墨客千古侠客梦的理想国,而更像现实生活中的"围城"或"鸟笼",它虽然可以成为一些人的安全庇护所,但又何尝不是另一些人心心念念想要挣脱的无形枷锁?这篇作品虽然在模仿古人语气方面略显生硬,但通篇来看,文通辞顺,构思新颖,寓意深远。

> 我对写作从来都带有一种敬畏之心，就像祖辈对粮食的敬畏一样。曾经见过奶奶把掉落在桌边的饭粒一粒一粒地捡起，放进嘴里，慢慢地嚼动再下咽，这几个动作在我眼里充满了神圣感。在我写每一个文字的时候，这幅画面一直出现在眼前，提醒着我写作不是带给自己骄傲与荣誉那样的东西，而是我生存的意义和某种精神支柱。

杨琳欣

鹤

十八岁那年的冬天，我看到一只白鹤立在白雪皑皑的小山头上。它仰头望着天空，洁白的羽毛覆盖着细长的脖子，正在一点儿一点儿地吞咽着什么。我靠近它，并出声恐吓，它也不动分毫，专心致志地吞咽着一条鱼。

我把它带回了家里。

我用黑色布料拧成了小绳，用绳把它的左腿和院子里的桂树绑在了一起，我坐在门槛上，在看理查德·耶茨的作品《十一种孤独》，直到天空渐黄，有几点细小的微光时，我呵出了口雾气，起身用手拍了拍屁股，走向集市。

我将几条鱼扔在它面前，它闭目把头弯到胸旁，一动不动，鱼在它面前疯狂地拍击地面，原本洁白的雪面化成了一摊污水。它依旧立在那里，像是与世隔绝的仙君。我叹了口气，把袖子放了下来，遮住了手臂上条条刀痕。几条是新生的，嫩肉被夹在缝隙里，有时候如同蚂蚁啃咬一样痒，伸手去抓，又是几条血痕。

倾听未来的声音

　　我盛饭坐在餐桌边，吃着夹生的米饭，咽不下去时灌了几口白开水，就这样把一碗饭给吃完了。母亲已经有两年多没有回来了，留下不少钱，叫我自己照顾自己，我没有理她。事实上我已经四年没有说过话了。洗好碗后，我在一片黑暗中走回了房间，我每夜都被一种不明情绪折磨哭，已经不能宣泄出什么了，我从口袋里摸出一把美工刀，"滋啦啦"，我把刀片全推了出来，我靠在衣柜的边缘，左手颤抖着伸向右边。只要不割断血管，是不会死的，我只是要看血液从流动到凝固，这样可以让我得到冷静下来的感觉。

　　我听到院子里传来鹤的叫声，放下刀，赤脚走向院子。鹤在吃鱼。眼下是冬季，几点雪花落下，被月光映得像天空中的星星。雪落在鹤身上又化成了水，滑向了地面。我站在院子里许久，脚早已冻得没有知觉，直到它吃完，用嘴修理毛发后，才转身离开。原本被鱼尾拍化的污水，在新雪覆盖下又如最初一样。我若有所思地把那把生锈的美工刀扔进垃圾桶，摸着划伤慢慢睡着了，梦里面是一个冰冷的铁笼，有一只黑色生物在冲撞着。

　　醒来时已经是中午了，很早以前就没有了时间观念，一切都随感觉作息，特别是在衣柜里睡时，一片漆黑，就算多明亮的太阳也照不进来。偶尔几天会按时起床，吃饭，注射镇静剂，睡觉。但按不按时有什么关系呢？我只不过是一团脂肪包裹的腐肉，受着太阳的照耀也不能使体内的浊气消散，麻木如同苟活的苍蝇。

　　我爬出了衣柜，不小心勾下了一件衣服。我看着这蓝白相间的肥大的校服，想不起我有多久没有去过学校了，有一年多了吧，为什么我已经忘记了，那个原因就如同潜藏深处的浮冰，挖出来，融化出一摊摊血。我把校服扔回衣柜里，又对着它吐了一口唾沫。

　　下雨了，豆大的雨点打在万物上，发出的声响全是它们痛苦的嘶吼，我抓起雨伞走向院子，那只鹤被雨打得全身湿透，可它没有挣扎，仍然立在那

杨琳欣
鹤

里,一动不动。我撑着雨伞站在它身旁,解开了它脚上的黑绳,它还是没有动,我用手去推它,它突然伸嘴过来啄了一下我的手。我的雨伞掉了,雨水一点一点打湿了我的头发、身体——我被淹没在雨水里,和这只鹤一起站着。我只愣了一会儿,转身回房间,坐在木凳上,看向院子,那只鹤立在那里,雨水冲刷得它好像更加洁白,甚至近乎透明,一会儿消失在雨中,一会儿又显现出来。

我晃了晃脑袋向浴室走去,把门打开后,打了一个很响的喷嚏,一瞬间从天灵盖到脚底板中的每一条神经都抖动起来,浑身痒麻痒麻的。好像脑浆有什么污垢杂物被炸裂了出来,我按了几下太阳穴走进了浴室,打开了花洒,又一次被淹没在水中。我用手搓捏身上的每一寸皮肤,直到泛红,有一些刀伤和撞墙的瘀青都冒出了针头大的血点——我洗了两个半小时的澡。

那个晚上我在床上睡得格外安静,浮躁的情绪似乎都被催眠了。我又梦到了那个铁笼和里面的黑色生物,不同的是,铁笼边上血迹斑斑,有几根铁丝早已变了形,黑色生物蹲坐在一旁"呼呼"地喘着粗气。

大约在凌晨四五点时,我好像听见了鹤在院子里张开翅膀拍打地面的声音,我想撑开眼睛去看,可眼皮如同有千斤重,无法撑开,不单是眼睛,浑身都无法动弹,像是被无数细丝绑在床上一样,我只能听见鹤扑腾的声音,除此之外一切都是空白,在我意识逐渐模糊又欲陷入睡眠时,我听见了一声尖而细长的鸣叫,我猛地醒了过来。

我披着一条毛毯跑了出去,院子里没有一丝鹤生存过的痕迹,没有黑绳,没有爪印,有的只是一层薄薄的雪地,我走了过去,地上有一张黑白的相片,上面是一个年老的女人,那是我母亲的遗像,我把它拿起来抱在怀里,露出了两年来第一个微笑,但随即是号啕大哭,树上的积雪融成了冰水落了下来,折射着太阳光到我的脸上,我在哭到意识模糊时,仿佛看到了那只黑色生物在冲破铁笼后化为一只白鹤冲向青天,而那个破烂不堪的铁笼,正在静静地

接受阳光的照射,像是在等待一场春雨来冲洗身上的血迹。

在更多的冰水落到脸上时,我意识到——春天来了。

(作者学校:广西平南县中学　指导老师:岑景宇)

点评专家｜刘川鄂

湖北大学教授、著名评论家、鲁奖和茅奖评委

我愿把这篇文章看作是一篇"作品",一个虚构的故事,而不是一个少女的真切的人生片断。因为它有与花样年华不该有的灰暗,甚至有点血腥,尽管作品最后还算有个哪怕朦胧但也算"光明的尾巴"。女孩睡衣柜、做噩梦,以锈刀自残,一年多不上学,过着一种令人恐怖不安的反常态生活。她"只不过是一团脂肪包裹的腐肉,受着太阳的照耀也不能使体内的浊气消散,麻木如同苟活的苍蝇"。十八岁那年的冬天,她拾到一只白鹤,带回家中。渐渐地,这位"与世隔绝的仙君"的高洁形象,感染了她,启悟了她,融化了少女心中的坚冰,缓释了她寒夜中的梦魇。更如一场痛快淋漓的热水澡,暖身更暖心,使她从母亲去世的悲痛中走出,走过冬天,走向春天。

一系列极端化的场景,因"仙君"的君临而陡转。意象繁复,情绪冷艳,笔力简省,寓意深邃。尽管意象群之间的关联性尚可进一步推敲打磨,但本文仍可视为一篇出色的带有现代主义意味的心理小说,显示了作者超出同龄人的写作功力。

对我来说，阅读是一种享受，更是一种放松。去享受书中的故事，去感受书中的人物，看书时我甚至可以忽略周围的一切。写作时想到哪写到哪显然是不切实际的，书中的每一个人物，每一个故事情节，每一个细节都需要反复斟酌去定型。

所谓"书中自有黄金屋，书中自有颜如玉"，而作品中的"黄金屋""颜如玉"都将由你创作，你需要反复思考，如何去描述你所想要表达的，如何让读者理解你要表达的是什么。相信自己，写出好的作品并非那么遥不可及。

吴君瑶

归

我是知道的，眼前这个混合着各种文化元素气息的世界并不属于我，可是我却心甘情愿，做一只笼中鸟，被这个世界束缚，忘却我的世界的一切。可是，我却不知道，这样的我为父母筑成了一座更加巨大且坚固的牢笼，将他们深深困在其中，不得逃脱。

——沈归

手机世界：沈归

"欢迎宿主来到手机世界，请输入您的昵称……"

随着这冰冷的系统提示音，我缓缓睁开眼睛。我不知道自己是谁，也不

知道自己为什么会在这个地方，确切地说，我失去了记忆。咦？可是我为什么会知道这是失忆呢？我为什么可以理解那不知什么东西说的话呢？

抬头看向眼前，我嘴角耐不住抽搐起来。虽然我的脑海一片空白，可是我还是知道眼前这种搭配格外另类！街道由奢华的大理石铺成，两边林立着各式各样的房子：童话故事中那散发着甜蜜气息的公主城堡，欧美风的哥特式建筑，中国古代的经典阁楼，日式的和屋，更是有各种水果外形、野兽外形的房子散布在被做成碗状、茶杯状等功能明显的建筑附近。行人的衣服也是千奇百怪，汉服、和服、乞丐装、公主裙……

吐槽完周围的房子，我循着那一直没有停过的声音望去。一个黑色的小方盒子凭空悬浮在我的右侧，嗯，那是手机。我尝试着伸手碰它，成功将它拖到了我的跟前，屏幕上显示的正是那一直在重复的话。

"欢迎宿主来到手机世界，请输入您的昵称，我将带您……"

我手指在那栏目上飞舞，毫无意识地，"不归"两个字便出现在了屏幕上。

手机传出一阵欢快的铃声，又重新回到我身体右侧，一个小人从屏幕中钻了出来。齐刘海，梳马尾，一身整齐的校服稳稳帖帖地套在身上，脸上洋溢着甜美的笑容。她和我不一样，并非实体，而是和那个手机一样的半虚幻。

我扬扬眉。

她笑嘻嘻地开始向我介绍她自己和这个世界："主人您好！我是您在这个世界的引导者，您可以叫我阿谬。手机世界是个如金字塔般的世界，分为九层，一层为最低层，也就是社会的最底层。您可以根据任务提醒完成任务升级，冲击最高层。当然不可以死亡哦！不然就真死了呢！"

金字塔的最高层，是多少人一生的追求，我也毫不例外，眸中渐渐涌上火热："如何开始任务？"

"主人要先到主殿领取身份，学习能力哟！"我从她的声音中辨出了一份得意……

我的身体下意识打开地图，连我都不知道为何，但还是顺着地图去了主殿。结束了一切琐碎事务，阿谬开始发布任务。

"'与逃婚的公主成为朋友'，赛瑞欧公主……"

现实世界：医院

冰冷的病房散发着刺鼻的消毒水的气味，白色的墙，白色的床，一切都是那么毫无生机。一张病床上躺着一个十七八岁的男孩，面色苍白，全身连满了各种管子，旁边的仪器"嘀嘀"地响着，曲折的心电图显示出他还活着——正是沈归。

床边的两位中年人，黑发中掺杂着点点白发，皆是满脸痛苦，泣不成声——正是沈归的父母。

窗台上放着一部似乎还是新的黑色手机。如果沈归在，一定会认出来这正是悬浮在他身体右侧的那一部。可是现在，并没有人注意到它，更不用说注意到它诡异的一闪而过的亮光……

手机世界：阿谬

我是手机世界创造的程序之一，编号6666，这是我第一次执行任务。

沈归是我选择的宿主，我把他带入了手机世界。

我深知每个人内心的欲望，以金字塔那最高层诱惑他，看他迫不及待地和我建立起联系，开始了在手机世界的冒险。

我在他看不见的地方得意地勾起了嘴角：我会完美完成任务的。

倾听未来的声音

<h3 style="text-align:center">手机世界：沈归</h3>

我和赛瑞欧公主成为朋友，开始了刷任务、打怪升级的征服之旅。

我的经验条越来越满，渐渐开始升级。

一级

两级

……

五十九级

六十级

我开始慢慢向金字塔最高层进发。

一层

两层

……

六层

七层

我觉得我和这个世界的人毫无差别，一样地冰冷，一样地伪善。

日子真是越来越无聊了啊……

<h3 style="text-align:center">现实世界：医院</h3>

沈归的父母更加消瘦了，满头几乎已经找不到几缕黑色。

沈母哽咽着为他擦着身体，细细地擦拭，不愿意让自己的孩子脏兮兮地躺着。边擦边细声跟他说着话："阿归，快些醒来吧，妈妈做了你最爱吃的糖醋排骨……快点醒吧，你要做什么妈妈都由着你……"

沈父在门外和医生交谈。

"沈归他……现在情况如何……"

"情况似乎不是很妙,要早些做准备。"

"医生你救救他,救救他……我求求你了……"

窗台上的手机又闪过诡异的光芒。这一次,恰好推门而入的沈父貌似发现了这诡异的现象,他的心突然剧烈跳动起来,一个荒谬的念头浮现在脑海……

手机世界:阿谬

沈归貌似不耐烦了呢,我去看过他的父母很多次,总是一副惨兮兮的模样,祈祷自己的儿子醒过来。哈哈,真是愚蠢的人类啊,你们的孩子怎么会醒过来呢?他连记都不记得你们了!醒过来?我是不会让它发生的!

我将完美地完成任务,才不会像3565、5453他们一样愚蠢,被世界销毁数据的!

手机世界:沈归

我以为日子就将一直这样,一成不变,一直到我到达金字塔的最高点,直到我遇见了阿希。

那时的我初到第七层,正要和赛瑞欧、阿谬一起吃饭,然后我们进入了一家名为"家"的餐馆。

家?嗯,貌似是个很熟悉的词呢!

然后我见到了阿希。

我觉得他和我们不一样,我渴望靠近他,他身上有种我们都不曾拥有的一种名为温暖的气息。

倾听未来的声音

赛瑞欧的公主病越来越严重了，阿谬最近也莫名地焦躁，我们分开行动了，于是我有更多时间和阿希待在一起。

我知道了他的故事，他是自愿来到这个世界的，因为他失去了所有的亲人，他在引导者阿样的带领下打怪升级，后来渐渐冷静了下来，和阿样开了一家餐馆，想要带给大家"家"的感觉。

我突然感觉到了我心脏的跳动，莫名地带着震撼的跳动，似乎我也是一个"人"了，可是，我到底是谁呢……

现实世界：医院

沈归仍然静静地躺在床上，被收拾得利利索索的，一个个指甲都剪成了弯月弧状。

他的父母这次没守在床边，他们围着那部黑色的手机，痛哭流涕，求它将自己的儿子还回来。虽然这很荒谬，沈归的父母也知道，可是就算只是抱着那么一星星的希望，他们也希望自己的儿子可以醒过来。

沈父看到了手机那诡异的光芒，而且在那场车祸中，这部手机竟然完好无损……

手机世界：阿谬

我觉得我快要疯了，我竟然不小心被沈归的爸爸看到了！他们现在天天求着我，烦都烦死了！

沈归最近也不对劲了，天天去找阿希，不提醒他，他根本就不想再去升级了！

一个个都反了！

呵呵！你们想让我把儿子还给你们，不可能！

可是看着他们短短几个月便已经全白了的头发，我突然就有那么一点不忍心了……

手机世界：沈归

阿谬越来越焦躁了，天天逼我去打怪升级。可我突然就觉得没意思了，我倒是更想留下来陪着阿希，和阿希在一起我觉得我渐渐也有了温度。

阿谬最近很是魂不守舍，毕竟一起待了好些年了，这次我没让她催着，自己出了城，她满脸复杂地看着我，也随我出了城。

我表示完全不能理解她那复杂的表情。

我奋力杀着怪，一双手将刀子舞得飞快，不顾一身的血污与泥渍。

幽暗的森林中乌鸦凄厉地叫着，我的心脏突然跳得飞快。

我抬头看向出现在我面前的一对老人，只觉得心脏就要跳出胸膛！此时我没有注意到身后扑来的怪物……

"阿归！"那妇女嘶吼着向我扑来，鲜红的血瞬间染红了我的双眸。

啊，我想起来了呢！

我叫沈归，高二，最喜欢的东西，我的手机。

眼前的这对老人应该是我的父母，可他们老了太多了。

我或许是死了？还是成了植物人？

是的，我出了车祸，因为玩手机没有看路。似乎到现在还能感受到飞驰而来的汽车撞上身体时的那种痛楚。

眼前的场景如蛛网般开始破碎——"咔嚓咔嚓"。

我的意识陷入一片昏暗……

倾听未来的声音

现实世界：医院

"嗯……"沈归挣扎着睁开了眼睛，一片刺目的白。他眯了眯眼，缓缓转过头，温柔地注视着拉着他手的父母。

沈归的父母也转醒过来，看到冲着他们笑的儿子，那带着厚厚黑眼圈的红肿的眼睛中终于有了光彩，顷刻间泪如雨下："阿归……"

沈归抱着父母，和他们哭成一团："爸妈，我错了，让你们担心了……"

窗台上的黑色手机不再崭新，屏幕蛛网般碎裂了，似乎传来阿谬的哭泣……

手机世界：阿希

我在城门口看着不归，不，现在应该叫归了，我看着归和他的父母离开，送上我最后的祝福，愿你们幸福……

手机世界：阿谬

其实沈归并不是我看上的第一个宿主，但却是被我带入手机世界的第一个。在他之前我还瞧中了好几个人，喜欢渣游戏的男生，热衷于煲电话粥的女生……

你问我后来他们怎么样了？嗯，大多都在我把他们带到手机世界之前改"邪"归正了呢！

我是世界编制的第 6666 个程序，你或许要问其他的呢？他们大多都被销毁了，就像现在的我。将宿主送回了他们自己的世界是我们的世界所不允许的。

我曾经认为我绝不会步入他们的后尘，我会一直冷静地将沈归带到金字塔的最高点，可是……

我看着自己逐渐变成光点消散的身体，并不觉得后悔，我终于知道为什么那些同伴宁愿毁灭也要将他们的宿主送回自己的世界：没有什么能深得过血缘羁绊。

沈归，祝你幸福，从此再也不会有"鸟笼"困着你了……

现实世界：家

"爸妈，起来吃饭了！"沈归边端菜上桌，边叫着父母。

"唉，你这孩子，高三了说了不让你这么累了！"

"我乐意！"

（作者学校：河南省郑州市第二外国语学校　指导老师：李瑞芳）

倾听未来的声音

点评专家 | 李敬泽

中国作家协会副主席、著名评论家

在吴君瑶的作品中,"叛逆""成长"等青春的关键词不是以一个个描述性的标签呈现的,而是通过一种奇幻的手法加以体现。

在青春期少男少女群体中,视父母之慈、家庭之爱为牢笼的不在少数,代际隔阂是他们最真切的成长经验之一;而在当下,手机"低头族"俨然成为一种信息时代症候,信息时代的冷漠在无边地蔓延。本文巧妙之处就在于,作者将青春期症候与手机低头族的信息时代症候并置于同一个叙述框架,且用充满奇幻、不落俗套的笔触,向我们呈示了一个关于"低头族"、关于代沟、关于成长的青春故事。某种角度上,任务、打怪、升级,是目前值得正视的一种青少年生活状态,因而也有理由成为文学表现的内容。由此,文中对虚拟世界和现实世界之间的情节变换、情绪转化,并无违和感。

主人公名字有意味地从"不归"到"沈归",是重归成长的藩篱?还是青春的突围?在这里,作者给出了一个明确的答案:文末为父母做早饭时清脆的一声"我乐意",可视作一份坚定的青春告白。这份告白不是依靠教化的说辞,而在一种青春、奇幻的情节设置和叙述背景下得以宣示的,但同样启发人们反思种种青春命题。

> 在书籍的指引下充实浅见，用拙笔思索社会与人性。沸腾时如脱兔四奔，读书时则心静如水。在儿童文学的哺育下一路走来，向往文字中干净纯真的世界，亦渴望真理的灼灼光辉。心中但留一片四时原野，看夏意四垂，白雪莹莹，鸟雀呼晴，叶染静秋。若问我去向何方，尽自己所能，给温室的苗圃以阳光，给荒野的花芽以溪流。追寻信仰的漫漫长征，我刚刚上路。

李月馨

米菲，米菲

一

这天傍晚，夏小小很晚才赶到实验室。当她不慌不忙地迈进实验室大门的时候，周围的同学已将实验进行了大半。夏小小只匆匆扫了一眼黑板上关于对兔子腿部缝合的步骤提示，脑中便已清晰地浮现出了书上密密麻麻的知识点。她胸有成竹地坐下，漫不经心地看了一眼剩下的最后一只兔子。

就因这一眼，她正戴了一半手套的动作突然停住了。

这兔子长得和世上千百只白兔一样普通。同样洁白的兔毛，同样颀长的双耳，长长的眼线下，涩红的兔眼一转不转，并无半点异样。可叱咤于医学院这届毕业生的夏小小却就这样愣在了一只毫无特点的兔子面前。

她呆呆地看着那只红玛瑙般的眼睛，有些失神。似乎多年前，有一双同样美丽的眼睛也曾这么温柔地注视过她。

她感到那葡萄酒浆液般醇厚的眸子像是被施了咒术，直将她卷进记忆的

通天旋涡。有什么东西正呼之欲出——

"小小，米菲和你一样，都是生命。你答应我要好好照顾她！"

米菲……

米菲是谁？

夏小小被自己脑中突如其来的这句话惊了一下。

二

夏小小第一次见到米菲，是在小学四年级的时候。那一天，她九岁零两个月，米菲刚满月。

夏小小就读于县医院属下的子弟学校。那一年，不知院领导商量了些什么，秋天开学时，学校里一下子多了十几只小兔崽，说是让学生认养，兔子的饲料由学校负责。

当好奇的夏小小从拥挤的人群中钻出头时，第一眼便看到了米菲，出众的米菲。在一群灰黑色的兔子中，米菲就像个落入凡间的小仙女：一身洁白的绒衣，两只粉嫩的白耳朵。短短的白色睫毛下，一颗红石榴籽儿般水灵的眼睛当场便俘获了夏小小那颗闹腾的心。

大家谁也没有想到，全校最调皮的假小子夏小小会突然冲出人群，郑重地向人群宣布：从今以后，她就是我的妹妹米菲，你们谁都不许欺负她！

温老师笑了，走来拍拍小小的小脑袋："小小，要好好待米菲啊！"

"那当然！"小小撅着嘴说。

因为害怕米菲吃不好，小小便把米菲抱回家，天天从外面割浆液丰富的奶草回来。小小常趴在草地上，幸福地看米菲饿死鬼一般吞草，乐得两颗虎牙包都包不住。

都说和动物处久了，人也会变得更加善良亲和。

从前的夏小小，爱爬树掏鸟窝，爱捉了蝴蝶撕翅膀，院儿里的男孩子没一个打得过她，引得奶奶跟在后面不住地责备她"女孩子家家的没点儿像话"。可她越说，小小却越来劲，奶奶只好拿她没法儿。

现在的夏小小，依旧喜欢爬树，却不掏鸟窝了；依旧喜欢扑蝴蝶，但曾经的"蝴蝶杀手"再也没有抓住过那些翻飞的精灵。小小依旧是个活泼开朗的小女孩儿，可在米菲的身旁她就骤然变得安静了许多，喜得小小奶奶一个劲儿地感谢老天爷。

这种情况，一直维持了两年半。

三

夏小小要满十二岁了，该去县里的寄宿中学上学了。就算她对周围的一切有再多不舍，也统统无济于事。子弟学校败给了社会的变迁，夏小小的童年败给了成长。

夏小小只得红着眼睛背上行囊。

学校那栋破旧的教学楼，被医院安排重新装修了，噪声日夜响个不停。学校内的十几只兔子不知被送去了哪里。米菲依旧在夏小小家的院子里蹦来蹦去，只是身旁再没了那两颗晶晶亮的小虎牙。

夏小小喜欢上了每周回家对着米菲说话。米菲很乖，总是趴在一旁静静地听，眼睛眨也不眨地看着那个已经蹿得超过了墙上贴的身高尺却仍旧兴奋有如孩童的伙伴。

多年以后，当夏小小回忆起那段日子时，她常想，假如时光可以回到那被余晖温暖了的一人一兔的剪影前，她一定会用尽全力去阻止事情朝着某一方向急速崩塌。但那时的她只是天真地以为，她们一定还会有无数个相似的傍晚，以为她永远会是那只纯白色小兔儿的姐姐。

当时学校的教学楼改成了医院的实验室。听说由于经费不足,那十几只兔子还未被采购回来,就已经被规划好了结局。

夏小小很紧张,她怕有一天会有人想起少了一只兔子,跑来把米菲也抓去做实验。

小小爸妈有些不以为意。作为医生的爸爸告诉夏小小,动物们那是在为人类的发展作贡献,那是它们应该做的。"更何况,没有它们的死,也许就没有你。最近医院资金很紧张,我们应该协助他们不是吗?"

"可米菲不是物品!她也是一条命,为什么偏偏要她去死!"

"它们不死,你死?"

夏小小死咬着嘴唇说不出话来。

"小小,你要知道,我们专门为全世界献身的动物们立了一座丰碑。它们死后会受到全世界人民的尊敬。"

"可她们问过米菲自己愿不愿意吗!丰碑和死后的尊敬有什么用,米菲和我们一样拥有活下去的权利!而且……我答应过温老师,要好好照顾她!我还和她拉钩了!"

"小小……物竞天择,适者生存……即使米菲活在野外,她还是会被鬣狗之类动物的吃掉……"

"可我们不是鬣狗,我们是人;米菲也不在野外,是在我们家。爸爸,你不是说,人是不一样的吗?"

被小小拽着胳膊的爸爸硬硬地叹了一口气,皱着眉头不作言语。

夏小小自以为说服了爸爸,依旧欢天喜地地跑去找米菲玩。

四

那天夏小小回家,刚进院门,迎上她的便是爸爸淡淡的一句:"米菲叫她们要去了。"

夏小小当然知道"她们"指的是谁。

小小不信,目光转向妈妈的眼睛。妈妈转过头去看雀儿争食,一言不发。小小看不到她的表情。

身旁那一群瘦小的麻雀"叽叽喳喳"地哄吵,夏小小只觉两耳嗡嗡,什么都听不到。她紧抿嘴唇,低头道一句"知道了",然后回房去做作业。

背后,爸爸扭头看向眉头蹙成一团的妈妈,一副运筹帷幄的样子。

当天边第一颗微亮的星被月亮的光辉彻底湮没时,夏小小起了身,轻手轻脚地摸出了家门。她决定亲自救出那个误入陌生时空的米菲。

借着月光壮胆,夏小小走到了黑漆漆的楼前。门卫室昏黄的灯光被窗帘所遮掩,只有大厅里"安全出口"四个荧绿的大字透过玻璃门发出森森的冷笑。夏小小蹑手蹑脚地溜了进去,猫腰混入了黏稠的黑暗之中,当她试图拉开第一间房门时,她才发现一圈粗大的铁链重重地拴住了两个门把。

小小遂用一只眼往门缝里瞧。只见眼前一片漆黑,连物体的轮廓都看不到。她有些急,使劲眨了眨眼睛又接着往里瞅——突然!在漆黑中一个红色的亮点猛地闪出,似流血的眼睛在半夜里发着光。

夏小小一个激灵,大叫一声,风一般撞出了实验楼。

小小跌跌撞撞地跑回屋,任凭闻声上来的爸妈再三询问都不说话,只是瞪着眼睛缩在被子里。她不敢闭眼,因为一闭眼就会有骇人的东西出现在她眼前,或血淋淋,或阴森可怕。她怕米菲来找她,怕她责问自己为什么没有保护好她。

"我就说你那个方法不行吧!看看,现在孩子都成什么样儿了!你开心了?"

"我也是没办法呀!"小小爸拍着手背,"你看这孩子都十二岁了,还跟个不懂事的小娃娃一样。我是想让她快点成熟些啊……"

"不行不行,你还是去和她们说说,把兔子要回来吧。"

"你别老惯着她！再说，兔子是星期一送去的，现在八成已经不在啦。"

"那你说说现在怎么办吧！"

"要不……找个心理医生看一下？"小小爸试探着提出建议，"我看开导估计没什么用，干脆让她忘掉好了。就当什么都没发生过。"

于是，夏小小被爸妈领去见了一个"多年的好朋友"，恍恍惚惚地进行了一上午的交谈。

手脚冰冷的夏小小感觉迷蒙中有什么东西被硬生生地撕扯去了，钻心地痛。她想回头去看，却被一股强大的推力驱使着继续往前走，顶着风暴，不停地走。她挣扎，她怒吼，她抵抗，但没有用。那力量不许她回头。

渐渐地，夏小小开始想，是她多心了吧。也许，并没有什么丢失了。

风停了，身边温暖起来，夏小小看见了出口的光亮。

五

多年后的夏小小又回到了这个小小的县医院。这一回，她的身份是外科实习生，终日忙忙碌碌。

时间洗去了夏小小曾经的稚嫩，她长大了，性格也沉稳了许多。曾经平头假小子变得高挑美丽，扎得高高的马尾抖下一身的阳光和帅气。现在的夏小小是医学院的女神级学霸。

现在的她，可以从容地割开牛蛙的脊椎，观察神经结构；也可以熟练地将一条狗的胸脯剖开，练习心脏的取换。夏小小再也不会像小时候那样本能地被两只从天而降的"吊丝鬼"吓得跌下树去。人们都说，夏小小真的长大了。

而此刻，长大了的夏小小正面对着一只再寻常不过的白兔手足无措。

夏小小强迫自己把手套带好，将兔子抓出来，却被头脑中的风暴扰得心神不宁。在旋涡的最深处，是兔子满含深意的眼眸。夏小小感到头有些涨，

李月馨
米菲，米菲

像是有千万只手试图从中抓出些什么来。

"小小？夏小小！"身旁的好友见夏小小皱着眉头发愣，以为她忘记了步骤，便放下手中缝合了一半的兔子，抓了她的手道："啊呀呀，大学霸，怎么昏头到连该干啥都忘了！来来来，先把腿割下来……"

刀落下，原本一动不动的兔子突然一个蹦子蹿起来要往桌外跳。夏小小敏捷地伸出手，精准地抓住了那个跃在半空中的影子。兔子颤抖着，后腿被划了个大口子，鲜血染红了一大片兔毛，有大颗大颗的血珠接连着往下滚，像是艳极了的玛瑙粒，又似鲛人泣出的血泪，甚是骇人。

"你没打麻药？！"好友惊异地看着那只浑身发抖的兔子。"我看它一动不动的，还以为你已经处理过了呢！"

夏小小干脆利索地按住兔子，右手熟练地将一针试剂扎进浓密的兔毛里。兔子的身体很快停止了抖动。

"小小，米菲和你一样，都是生命。你答应老师会好好照顾她……"

又是那个缠着自己的声音……

夏小小暗想自己今天这么不在状态的原因是不是晚饭吃多了。一向喜欢实验室消毒水气味的她这回却怎么也下不了手。冥冥中，她总觉得，自己正面临着什么抉择。

夏小小犹豫了不到十秒钟，便逼迫自己持起了手术刀——既然决定要当一个出色的外科医生，就决不能跌倒在这些小困难上！她咬着牙，竭力保持着往日头脑的清醒，冰冷的右手将刀子牢牢地攥紧。不顾一切的夏小小顶着头脑中的狂风暴雨，吼叫着扑向旋涡深处。

随着一声肉纤维被割开的钝响，夏小小脑中积蓄到极致的阴云在顷刻间轰然辟炸开来。雨过天晴，夏小小感到兔子滚烫的体温通过手术刀传到了她的手心。

"小小，你说过的，米菲是你的妹妹，你答应过我要好好待她……"

倾听未来的声音

米菲是谁？或许，那只是小时候看过的童话书里的哪句吧。

夏小小淡然的脸上露出了风信子般的微笑。

夜，似浓墨般浸染着人间，街边的路灯打着哈欠照亮着有限的土地。不远处，那栋漆黑的大楼未拉窗帘，兔笼上的呼吸灯慢慢地闪耀，一个一个血红色的点，像极了兔子那红石榴籽儿般的眼睛。

（作者学校：新疆生产建设兵团第二中学　指导老师：王艾）

点评专家｜陈晓明

北京大学教授、著名评论家、长江学者、茅奖评委

成长的故事有千万种，如何突破自己恐惧是最常见的一种。《米菲，米菲》就是一篇充满了弗洛伊德色彩的"长大成人"的故事。

主人公的精神创伤来自于童年时代的一只叫作米菲的兔子，夏小小精心养护的兔子最后被送往了医院的实验室，这让与兔子朝夕相处的夏小小产生了精神崩溃，虽然经过心理医生的治疗有所好转，但作为成长过程中的心结就此拧在了心头。

解决之道最终必须来自于自我的治愈。大学毕业后的夏小小立志要做一个出色的外科医生，这种志向逼迫她必须要越过给兔子做手术这一关。来自于童年的记忆此时变作温暖的动力，在动刀的那一刻，她的体温与兔子的体温融合在了一起。此时，米菲离记忆远去了，而小小复活了。

作品通篇充斥着忧柔的情感和人性的温暖，使人读来有流水般的解放感。不足之处在于：作品的前半部分故事的发展比较真切自然，而后半部分创伤的治愈部分略显生硬刻意。这也许和一个中学生的阅历有关，毕竟，"读万卷书，行万里路"这句古训，他们正在进行前半部分，如果作者能有心进行后半部分，对未来的写作将不无裨益。

> 生长于涟水岸边，爱青山，爱绿水，素爱且行且交友，喜幽默旷达者，恶刻薄小气者。余以为人生在世不过你我之间，故皆以真心待人，虽偶被欺，亦不后悔。

钟沁溪

老　易

老易一个人在江边溜旱冰，冬天还没到，但老易却觉得寒意刺骨。他缩着脖子，紧了紧黑色的皮衣，更用力地向前滑去，周遭全是一片灰蒙蒙的苍白景象，旱冰鞋捶打在水泥地面上发出的闷响，像大地之肺的一声声叹息。

"易老师，还玩溜冰呐？"隔壁的黄大妈提着菜篮子朝老易招手。我已经不教书了，我也不是在玩，老易心想。但他还是点了点头，稍稍放慢了速度。

老易是三年前开始滑旱冰的，街坊邻居见他穿着溜冰鞋扶着墙一步一步往前挪的时候，都劝他：您这都五十多岁了，一个不小心，可就麻烦啦！老易也不理会，每天早早地起床，扶着墙慢慢滑。也不是没摔过，有天晚上下了点小雨，他一个不留心，脚下一滑，就磕在了地上，动弹不得。送到医院后，医生说："您这不是跟自己过不去吗，溜冰鞋还是收起来吧。下次可就不是断根骨头的事儿啦。"老易就这么在医院里躺了三个月，结果出院不到一个星期，老易又踩上了那双四个轮的鞋，比从前练得还勤。

街坊们都说，老易是退休了闲得没事干。老易从前是教书的，每天早出晚归，三年前突然就从学校辞职了，闲在家里。街坊们没人知道为什么。但

有传言说，他其实是被学校给辞了，碍于面子才说是自己辞的。这么说也不是没有道理，因为没了工作的老易，每天除了溜冰就是待在家里，总是闷闷的，怎么看也不像是自个儿主动离开学校的。

其实，大家都忘了老易三年前刚辞职那会儿的样子，那时候他每天都乐呵呵的，像是天上掉了馅饼直接砸他头上似的。这种状态大概持续了两个多星期吧，之后老易突然就成了现在这样一个不苟言笑的怪老头。

只有校长知道为什么他会变成这样。

三年前那个下午，应该是春天吧，校长记得。他看到老易快步走进办公室的时候，老易的笑容明明就像春光一样灿烂。"有事吗？"校长有些疑惑。老易抿了抿上扬的嘴角，却难掩兴奋地说："校长，我儿子要接我去加拿大啦。"校长知道老易有个儿子，听说在加拿大结了婚生了孩子后就再没回来过，如今要接老易去加拿大，倒是有几分惊讶。"是吗？""是啊，两个星期之后就走，他还说家旁边就是个溜冰场，叫我没事就能去玩玩儿呢，呵呵，我五十岁的人了，溜什么冰啊，嘿嘿。"老易的笑容又在脸上绽开了，校长也笑了，他想，老易总算是熬出头了。那天下午老易就办好了辞职手续，开开心心回家去了。

但两个星期之后，校长却看到了在路边扶着墙艰难地往前挪动的老易，校长站在街角犹豫着要不要打招呼，这时，老易也回过了头，恰好看到了正注视着他的校长。老易什么也没说，只是扶着墙的手，指节有些发白。校长叹了一口气，快步离开了。

老易再也没有回去教书，只是，有时候他也会踩着旱冰鞋到校门口看看。

毕竟，他曾在这里看到过春天里的一缕微光啊。

（作者学校：湖南省长沙市一中）

钟沁湲
老 易

点评专家 | 赵 瑜

中国报告文学学会副会长、著名作家、鲁奖得主

  钟沁湲的《老易》篇幅虽短，只有区区一千来字，但在一定程度上体现出了作者敏锐的观察力和精妙的构思能力。

  如今，中国的留学生和移民群体正在日渐庞大，留在大洋此岸的"空巢老人"群体现象愈发突出。钟沁湲成功地通过简洁的文字与平和的语调叙述了"空巢老人"的"这一个"。在这篇短文中，作者选取"溜冰"这一日常生活细节为切入口，设置了一个推进自然、叙述流畅的故事结构，并且从中敏锐地捕捉到了"空巢老人"老易一种难言的从欢愉到失落的情绪转变。情节不至突兀，形象也显鲜活。

  老易辞职两个月后，远在异国的儿子为何没有接自己团聚？作者在此处巧妙地运用了空白手法，并未明确交待原因，却用老易"扶着墙艰难地往前挪动"这一细节的描述替代。无言之言，无墨之墨，带给人们无尽的情感体验。文末，有关老易踩着旱冰鞋偶尔去校门口体味"春天的一缕微光"的叙述，更是令人喟叹。

> 四体不勤，五谷不分，爱插画爱民谣。创作于我，是生活经验和天马行空在脑壳里的反应物的倾倒。
>
> 我觉得，把那些只有自己能懂的小想法堆成一个五脏俱全的纸上王国是一件神奇而快乐的事情：恍惚中会觉得自己是堆沙堡的孩子，书和双眼则隐隐约约变成了手上的铲子。

蔡忱瑶

鸟　倌

一

"笃笃笃。"

"进来吧。"鸟倌手里夹着一根老式的烟斗，一边惬意地吞云吐雾，一边对着门外用他那沙哑的声音说道。

打断我们谈话的来者，是个眼眶凹陷、头发干枯的花衣中年女性。在她身旁一同进来的，是个身穿褪色衬衫、有些憔悴的男孩。

我注意到，女人的眼中有一种悲哀，又似乎有一种莫名的渴望。

鸟倌也肯定看到了这副神情。他压低烟斗，把头凑近我的耳边，轻轻说道："正好给你露一手。"

看到我们开玩笑般咬耳朵的样子，女子似乎有些不快。她紧抿着的苍白嘴唇中，发出无力的声音："我——"

"你是来做手术的吧，我知道。"鸟倌打断她，"有什么不好的事情发生了吗？"

蔡忱瑶
鸟倌

听到鸟倌开门见山地发问，女人略微松弛。她坐到了我们对面的那张小凳子上，把孩子抱上了她的膝盖，深深叹了一口气，鸟倌则干脆收好烟斗，双手相扣搭在面前掉了漆的红木桌子上。

"是这样的，我丈夫——这孩子的父亲，"女人顿了顿，"昨天城里的工头来了信，说是在十二楼，安电梯时出了事故……现在已经……"

她开始不住地抽泣，膝上的男孩也抬起头，轻轻地安慰母亲。

倒是鸟倌竟不为所动，反倒挤出了一个略带歉意的笑容。他从装烟斗的小袋子里，掏出一角绸布，递给那个已泣不成声的母亲。

"你想忘掉你丈夫，是吧？"鸟倌直接问了下去。

女人使劲而痛苦地点了点头，但这一下却让她的抽泣稍稍缓和了。

"那这个孩子也要……"我忍不住问。

男孩澄澈的大眼睛看了过来，轻轻而犹豫地点了点头。

想必是被生活压迫到绝望的一家人了，敏锐的作家直觉告诉我。

"明白了。"鸟倌点了点头。他站起身，抖了抖裤腿上的灰，招呼着我、女人与孩子，"到这来吧。"

我们走到一扇虚掩着的木门前，鸟倌伸出手把门推开。女人一边啜泣一边把门轻轻掩回。

鸟倌走到女人的身后，拿起手边檀木柜子上的灯，照向女人的后脑勺，又把灯递给我："拿着。"

我取过灯，鸟倌的手中不知何时多了一柄小玉刀，在灯光下，那刀格外黯淡，却是无瑕的，就如鸟倌黑得单纯的手一样。

他拿着小玉刀，轻轻地从女人的后脑正中开始画圈，拳头大的圈。

我沉默而紧张地注视着眼前发生的一切。

"啾啾……"

随着玉刀划的圈数越来越多，女人的脑后竟然渐渐开出一个洞。透过那

151

个小小的洞，我看见，在她头颅中，如同鸟窝似的长了一大群土黄色的鸟。它们争相向外探头，叫声各异。

"这就是您说的心鸟吗？"我的眼睛没有从那一群鸟儿身上离开。

鸟倌点了点头，没有回答，伸出两根手指向洞中捉摸。

"有了。"

鸟倌的手指从洞中抽出，夹了一只成年的鸟儿，那鸟儿的眼神，有种超乎自然的忧伤，羽毛也格外凌乱，就像刚从高处的树枝掉到地上似的。但尽管如此，它仍然同其他的鸟儿一样，一刻不停地"唧啾，唧啾"叫着。

鸟倌用眼神示意我伸出手，然后把鸟放到了我的手上。

他快速接过我手中的灯，把玉刀也交给了我，"接下来你做！"

"什么？"

"像我刚才一样，用刀开我的头，接着把这只鸟放进去……把一只特别小的灰鸟取出来，就好了！"他的语气仍是那么不紧不慢。

我支吾着答应了他，于是他把灯举过了头顶。我照样用刀一圈一圈在他的脑门上画圈，竟也打开了个洞。

和女人脑中一色的土黄鸟不同，鸟倌脑中像禽鸟馆一般，鸟儿五彩缤纷。那只灰色的，在洞口颤抖的小鸟，变得格外地好找。我先将那只似没有换过毛的小鸟小心地捧出来，再将那只黄色的伤鸟送进洞，生怕出了些什么意外，就会把它们弄碎了。

两只鸟各自进了洞，奇异的是，鸟倌和女人头上的洞，瞬间一起愈合了。

"好了！接下来是你！"

孩子顺从地与女人交换了位置。

灯光中，我注意到，女人的眼睛虽然还是红着的，但脸色竟润泽了许多，甚至露出了些许待嫁闺女的神气。

孩子的手术大抵是一致的。只是，他脑袋中的鸟儿统统是乳黄色的，而

且竟有一只同样"啁啾"叫的虚弱的伤鸟，我拿它换了鸟倌脑中一只灰色的独眼老鸟。

打开那扇门，我们都松了长长一口气。

"要不要给您钱呀？"女人的声音变得清脆而亢奋，就连男孩的气色，也不自然地好了一些。

"不用，不用。"鸟倌笑道，帮母子二人打开门，"'啁啾'，对吧？"

刹那间，母亲的脸色一变，转眼间又恢复了刚才红润的样子，她轻轻点了点头，然后一边道着别，一边拉着男孩向山路的另一端走去。

我看着男孩不断向我们招着的细弱的手，沉默着。

"他们真的把那个男人完全忘掉了吗？"

"是啊，"鸟倌说，"只要不听到一个人、一件物的心鸟叫声，就永远不会想起关于它们的事情了。把那只鸟儿的位置用别的鸟替代，那么再痛苦的事情，也会有它的解决办法了……"

二

第二天，我仍来找鸟倌谈天。他是个好的谈话者，总是那么开朗而无忧，像个孩子一样什么都不牵挂，见的人与事又多，随口都是天下的故事，相比之下，寡闻的我更需要这些故事来填满我的书。

鸟倌的老烟斗塞住了。他呼了好几口气，却一点响应都没有。

"您应该试试香烟，"我无奈地开玩笑，"或者干脆不抽了，抽烟对您老人家身体也不好。"

"怎么可以不抽呢……"

"吱——"

闯进门的是个行色匆匆的青年，穿着一套半新不旧的衣服，背着个青色

的大布包。他大口喘着气，手支在门上，身体被包压得直不起身。

我正准备上前扶他一把，他猛然抬头：一眼就看到了鸟倌。

"先生……"他喊完这句话，又开始喘气。

鸟倌双手抱在桌上，又摆出昨天那副正经的姿态："怎么了？"

比起昨天的女子，青年似乎是有备而来了。"我想忘掉我的老家，还请先生务必……"

老家？

在鸟倌面前坐定后，青年显得自在了一些——无论谁看见这个笑得晴朗的老人心情都会放松些。他开始讲述自己的理由。

"我出生在附近的村子，"他拿手比画了一下方位，"最穷的那个。"

"我到城里打工，一个人，在哪里都受挤兑。他们一看我，就觉得我从骨子里就是个'乡下人'……"

青年的口音，仔细一听，的确有些令人不习惯的土渣子味儿，磕磕巴巴，吞吞吐吐。

"每逢过节，我都被当成小偷……"

"你想从头学起，做个城里人？"鸟倌打断他。

青年点点头。

我们把青年脑袋里一只黛色的、温暖而沉默的大鸟，换了鸟倌头中一只叫声沉闷的冒着烟的老灰鸟。

现在，青年和这间小木屋的土气景象，一点都不合拍了。他双脚八字打开，仿佛那些耳濡目染得来的阔佬气派，一下子就成了他生来便拥有的。

三

之后的几天，我忙于把得来的故事编成文字糊口，也就没空去鸟倌家了。

蔡忱瑶
鸟倌

但偶尔出门，仍能看到，越来越多的男女老少向鸟倌家的方向走去。

也许是那些成功忘记痛苦的人们，开始将他的本领宣传开了吧。

繁忙的间隙，我偶尔来帮把手。

在鸟倌的灯下，我看到过叛逆而离家出走的少女，交出头脑里慈祥的父亲母亲。

我看到过言语困难的老人，轻易地丢弃脑中多年未归家的儿子儿媳。

我看到过中年，少年，体面的，不体面的，远方的，邻近的，忧心忡忡地去，喜气洋洋地回，偶尔一挤进门，便是一群渴望而悲伤的眼神。

我看到过灰色的鸟，一只只去了五湖四海，鸟倌最后不得不掏出别人的心鸟来替换。

一次，我在那小房间里帮鸟倌翻找玉刀，突然看到杂物堆中一张边框破碎的黑白全家福，上面有瞎了一只眼的白发老妪，没有表情，不肯正视镜头，有手中捧着一张小女孩儿遗像的女人，以及眼中充斥着悲伤的青年。

他们看着我，和手术前的人们一样，迷茫，绝望。

渐渐地，村口去墓地的路没什么人理睬了，也没有了忌日，每天都有歌声飞进我的家门。人们手拉手轻快地从我的窗前行过，一弧弧相同的笑容像是戏剧中夸张的彩绘脸谱。

渐渐地，老一辈的人去了，连周边的村子都不再有人留下——除了鸟倌家每天以十百千计的人们。

那天，鸟倌和我一起坐到了他家门前的石阶上。

正是夏天的傍晚，晚霞把他的脸与手中的盒装香烟统统染上一片彤红。村落归为寂静，偶尔有稀疏的鸟鸣响起。夕阳下还剩下几名老常客，面向太阳与远山痴痴地笑着。

人们仿佛除了幸福什么都没有。

人们仿佛除了幸福什么都不缺。

鸟倌点上一支烟，和我像往常一样，看着被冷落的一座座老房和田埂上那些空荡的背影，怔怔地让不那么好闻的烟蒙上我们的眼睛。

烟雾散开，我看看他，他看看我。

他的眼神与曾经见到的已然不是一人的了。比起那份无所牵挂的快乐，被夺走所有心鸟的眼睛里，是一种浑浊：震撼一切的浑浊。

我在鸟倌的眼睛里，读出了一种生活在一元世界里忘却一切的绝望。

记得母亲吗？忘了。

妻子去了哪里？忘了。

女儿怎么了？忘了。

老烟是什么味道？忘了。

被抹杀了痛苦和回忆，只剩下快乐的人们，把旧时光，一段段地丢进了焚尸炉。

鸟倌凝视着我，慢慢地，慢慢地把头低下。

太阳寂静地沉下山。

"你也觉得，不能再这么下去了吗？"

他低沉颤抖地说着，递出那把已有些磨损了的小小的玉刀。

我接过刀，一级一级，登上台阶，蹲坐下来。

去吧，都去吧。

鸟儿们兴奋地呐喊，让我不得不捂住耳朵。它们扬起翅膀向着西方的落日飞去，那颜色比红霞还耀眼。这条无声的彩虹，从那个小小的洞口，一直延伸至山的尽头，然后分开，伸向四面八方——

许久，灰色的鸟儿零星地从远方飞来。

这是归家的游子啊。

四

　　我的书出版时,已是第二年了。点着那不菲的报酬,恍然间我意识到:许久未见鸟倌了。

　　通往村子的路上,时不时走过一些壮实的村人:村子已不至于那么颓败了。

　　在来往劳作的人群中,我看到那位花衣女子与长高了不少的男孩,从他们的脸色可以看出,两人都已准备要开始新的生活。

　　几位村人从鸟倌家的方向走来,我迎上去,指着前面问:"那里还做手术吗?"

　　"手术?"一位村人挠了挠头。

　　"您把老人家当医生了吧!"另一位村人咧开了嘴,"您不知道啊,那里的老人家最近开始做'心理咨询',不过今天他去开导几个想不开的孩子了。每天都有人要帮,忙得很呢!"

　　"他可真是会讲话!和他聊上几个小时,干活都有力气了……"

　　他们笑着点着头,米酒般甘醇的眼神和小麦色额头上细细的汗珠,仿佛可以入画。

　　我松了一口气。

　　小木屋比过去精神许多。我看见那位背包青年,正在往门边帮忙钉着"心理咨询所"的牌子。他的背包口,露出几片芹菜的叶子,一抖一抖,绿得可爱。

　　心鸟自由了,拥有心鸟的人,也自由了。

　　我看着青年朴实的笑容,在锤子的"咚咚"声中,不自觉地从衣兜里掏出那把我一直带在身边却从未用过的小玉刀。

(作者学校:浙江省玉环中学　指导老师:苏素)

点评专家 | 王 尧

苏州大学教授、著名评论家、长江学者

《鸟倌》一文胜在立意巧妙，寓意深长。人们通过鸟倌的奇妙手术，忘记了丧夫、丧父之痛，忘记了卑微的出身，忘记了其他种种痛苦、不快，而获得所谓的幸福。但这种忘记，何尝不只是一种逃避？正如作者笔下所揭示的，靠逃避带来的扁平化的幸福是值得质疑的。技术性地通过手术摘除心鸟，远非消解苦痛上策。唯有通过自我的调整，或者说勇敢面对苦痛，才能获得真正的幸福。

文中，因丧夫而绝望的中年女性摘除心鸟后脸色润泽，"甚至露出了些许待嫁闺女的神气"，打工青年通过手术后俨然顺畅地融入城里生活，也有叛逆少女因此试图摆脱慈祥的父辈，孤苦的老人轻易丢弃亲人的记忆。迷茫、绝望不复出现，"人们手拉手轻快地从我的窗前行过，一弧弧相同的笑容像是戏剧中夸张的彩绘脸谱"。"人们仿佛除了幸福什么都没有。人们仿佛除了幸福什么都不缺。"但是，在单向度的幸福中，亲情、责任、劳作等都被人忽略，人们陷入一种可怕的不可承受之轻。

告别这种"幸福感"，开始新的生活，从而获得真的自由。这是颇具启示性的表述方式。米兰·昆德拉曾在他的作品中提问："我们将选择什么呢？沉重还是轻松？"或许，我们可以从这篇作品中，体悟到从离别大地到重回真实生活的意义。

在我眼中，文学与绘画是相通的，它们都同属艺术的阵营，而写作的人，就好比是一个手握毛笔，心中正蠢蠢欲要泼墨行彩的画家：那街头一丝不苟用碳素笔精心描摹客户的速写画家，不正秉着"望尽天涯路"的虔诚与执着，力求着是绘画也是文学中最基础的真实；蒙娜·丽莎唇边那一弯浅浅的微笑，不正是达·芬奇"为伊消得人憔悴"，穷尽一身技艺也要追求的难得生动；蓝山翠雾，源于生活却高于生活的泼彩山水，正是张大千在经历了花鸟画的真实、美人图的生动之后，所悟得的"蓦然回首，那人却在灯火阑珊处"，是绘画的最高境界，亦是文学的最高境界——那就是创造。

文学是真实，是生动，最终，文学是创造。

方佳璇

靛颏囚笅

能者辈出兮华夏，异人咸集兮蓟燕。召公封晋以厚币，郭隗聚贤于金台。易水汤汤兮北国不复，玉髓冉冉兮奇绝常在。昔有匠人兮綦毋，融金石兮锻碧玕。金石有灵以知天地，碧玕毓秀而晓人事。尝制笅以赤金，天工异绝不可谓之言矣。

昔有幸者，得瞻其貌，华词艳藻，欲详世人。笅之万分，所叙尚不足一二；肚肠几尽，悉列以观文章：纤纤金缂丝，巧匠复精工。珠花笅上戴，表玉笼中空。芙蓉桃李开，珊瑚杏子红。银盆琼浆满，黄丝作帘笼。日啜琬琰酒，夜宿金埔城。谁家相思鸟，愿作笼中翁。

其外尚且如此，其内更觉无穷。银枝横斜，栖凤梧桐犹不及；玉叶疏影，女床翟鸾亦自叹。宝顶金穹，银巢玉阙，凡人不得，更与鸟焉。

置鸟笈中，其名靛颏。春熙如沐，袅袅其音，银铃击奏，娓娓其歌。翎毛青翠，背羽柔梳。目沁春水，笈甚爱之。伏暑炎夏，有金阙翳蔽；数九寒天，有银巢可居。无露宿风餐之辛苦，无鹰隼鸦鹫之窥伺。笈遂自得，以为尽心也；顺意从心，鸟必悦之矣。

网罟不知池鱼，笼笈堪晓雀鸟。靛颏所望，不过长天之一阙；究其渴慕，唯有山海之一木。方寸之地尚不得，悉为金玉而感哉？

鸟遂不欢，抑自嗟叹。无穿林抚树之欢歌，常望庭对户以哀音："生桂枝兮栖佳木，啜清露兮啖林果。翔于桑兮控于榆，游槐枋兮无所拘。今有笈兮囚身形，黄笼密兮出不得。琼玉易得兮芳芷难求，樊笼常闭兮复日难期。珠花艳兮无芝兰之芳，金穹耀兮无荫翳之凉。欲振翼兮羽锁系，欲决跃兮趾牵连。天之苍苍兮无穷尽，笈之辉辉兮只容膝。金之笈兮不知我愁，华之笼兮未明我忧。何困囚吾兮于樊笼？悉不释我兮归长空！"歌罢声嘶，曲断词消。杜鹃啼血，鸿雁哀鸣。鸟雀有泪当为之哭，草木多情亦为之悲。

有父兮威，有母兮慈。父为子计深远，母为儿筹细密。凤顾其冷暖，宿探其温饱。子欲出户，忧有横灾危祸加其身；欲与友交，恐有邪佞奸盗伺其周。三岁未出绮户，六岁不识邻童。子学于堂而母每察之，子与人游而父必详之。子甚恶之，而莫逆拂。祈高堂以自由，羡邻人之不拘。虽无食宿锦裘之患，但有樊笼困顿之愁。寒暑数载，欲报父母以养育；谆谆孝子，岂为己私而逆违？池鱼之心，但潜之深渊；羁鸟之志，唯匿而不言。父母之爱溺，鸟雀之金笈也；子命之不主，靛颏之哀叹也。

置鸟笈中，其名靛颏。鸣而坚玉碎，唱而香兰泣。笈甚爱之，躬自供之。昆山玉膏与其饮，竹溪金粟供其食。既盼翔羽而成鸾，又望盘亘以为凤。有朝鸣而群鸟起，旦夕舞而百凤朝。此心既有，倍而关之。雏凤将展之翼，恐鹫鹫凶禽伤其羽；雄鸟高亢之喉，虑颠茄商陆损其声。限步以笼中，每每而察之。羽翼悉全方安，音容无恙始宁。

方佳璇
靛颏囚笈

啜琼浆，啖金谷。笈以为悦，遂而喜。然不见翼羽油彩，常闻戚戚哀音。碧翎暗淡，背羽凋零。春水不复，目噙寒泪。音歌颤而鸣声凄，容貌损而周身陷。笈甚忧之而难究其因，笈甚疑之而不明其歌。唯加之以尽心，岂靛颏之所求？鸟愈憔悴，笈甚悲之。

尽心为之无所余，倾力供之但成空。清灵之雀何至此，靛颏之鸟复何求？食有源兮不见喜，宿不漏兮但闻悲。玉膏过喉成嘶鸣，金谷入腔化泪星。龙凤之盼尚未成，昔日光彩已熬空。为尔蔽日忍炽烈，驱寒遮风添憔损。忘春光之享，略草木之芳。不感吾兮空自泣，岂知哀鸣煞我心！

笈亦悲切，光华俱陨。锈迹生于赤金，铜绿发自碧玺。彩泽渐黯，人甚罕之。赤金致纯，何有铁锈斑之？碧玺甚坚，何至铜霜腐朽？笈非凡器，缘有情思。悦则通体金彩，悲则周身破败。如此形状，足见其殇。

有闻者笑之，以为不足取。但闻羁鸟之哀鸣，何见笼笈之泪星？鸟困樊笼而伤，而笈又何悲焉。真猛兽之哭足下，鸷鸷之悲趾爪也。以笈之无情，唯浅陋之短见。人亦如此，况笼笈乎？

有父兮威，有母兮慈。父为子计深远，母为儿筹细密。常置子于睑下，时顾之以安怀。行径难主，其子之悲也。子遂不欢，郁郁寡言。母甚忧之，父亦察之。三餐齐具，无辘辘之因；卧榻常就，非乏困之象。见子之消靡，无应对以良方。父母夙夜殚之，容损而神衰也。

当户织锦鸡未鸣，半宿春梁犬俱眠。良辰无暇，春光尽忘。百事做尽，子蹙而不展；父母之期，东流殆消尽。期年回首，散邻友以察功课；不偿所失，拒宾客以专阅读。也无山水之乐，难尽佳朋之叙。数年督子，失己之洒脱；寒暑相顾，忘自身愉乐。岂鸟之因于樊笼也，樊笼之亦困于鸟乎！

天长而苍，鹏鸟尽展其翼；世广而阔，谁人足于容膝？天地之大，何愁鸟之无巢也，人间繁纷，何患子身难安也。呦呦鹰雏，终纵崖而翔也，父母爱子，需出世方立身也。出入过切，则爱如弱水溺其子；昼夜相牵，则情如

铁枷锁其亲。金笼囚鸟，鸟之独悲焉？为鸟锁系，笈之亦悲也。

启金阙之门，释困顿之徒。鸟出樊笼，喜难自胜。怒飞于长空，盘桓于苍松。复清铃之欢歌，自由无所依拘。金笈释鸟，倏而轻松，飘飘无碍，得其自在。享四时之景，度静日余闲。无须寒暑劳碌，复得昔日自由。光彩熠熠，一如往昔。

父母爱子，当亦如是。何困子以虚室，徒陷其于空愁？当启樊笼，当解锁枷，任子出入，无碍去留。骙马入世，潜蛟腾空，子之复得自由也；生活如常，岁月得享，亲亦复得自由也。人生在世，各有其事；父母亲子，各有其志。勿强子以己志，则厅堂常闻乐也；勿限子以亲愿，二者皆无所碍也。

笼笈囚鸟以形，鸟困笼笈于心。当启笼笈以释鸟雀，当释靛颏以解樊笼。

（作者学校：北京市八一学校）

点评专家｜方　麟

北京大学文学博士

《靛颏囚笈》一文，徘徊于赋体与骈文之间。陆机说："赋体物而浏亮。"文章极尽铺陈之能事，状笼笈之华美，适足以见靛颏之不悦；拟父母之多爱，宜见乎子女之寡欢。靛颏这种鸟，素来不喜笼养：轻则绝食，以死明志；重则撞笼，以死抗争。作者用靛颏囚笈，类比子女为父母之爱所笼罩。盖爱之为物，也要符合中庸之道，少之则不行，多之则易令子女失去自由。父母不能以爱的名义，限制孩子的天性发展，西谚曰："自由高于一切。"若以己之爱，戕子之自由，其毁人伦灭人性亦大矣。不如启牢笼，释鸟雀，则笼笈靛颏、父母子女，各得其情，各全其性也。

鲁迅先生说过："有缺点的战士终竟是战士，完美的苍蝇也终竟不过是苍蝇。"作者铺陈笼笈的华美，并不是为了驰骋才气，而是为了揭示出一个道理：再华美的牢笼，也是牢笼。好的文章，要有比兴寄托，能在细微处见精神，否则，再多的描写与铺陈，也只能是可怜无补费精神。

> 安东尼·德·圣·埃克苏佩里在《小王子》中写道:"如果你爱上了某个星球的一朵花。那么只要在夜晚仰望星空,就会觉得漫天繁星像一朵朵盛开的花。"
>
> 我爱上那颗象征着写作的星星,它代表着青春写作的希冀。我愿意展开隐形的翅膀,用我最初的信念,抱一份坚持。执起手中的笔在文学的夜空中书写青春的光圈,缔造永恒的繁星时空。
>
> 一纸一水印,一笔一咫尺,一瞬一传奇,幸福天际。

章佩芷

樱兰的故事

逝水流年,老房子屋檐下的风铃声随着风儿"叮叮当当"飘向大山尽头。山桃花开了又落,你来了又走了,渐行渐远的却是再熟悉不过的身影。明日,是朝阳和晚霞的距离,是天涯与海角的距离。风轻云淡之际,转身回望,只见两道如极光般的倩影温暖肆意在天际。

童 年

七岁的樱兰和奶奶住在大山深处,她最喜欢做的事就是和两个玩伴——鹦哥小雪和天堂鸟阿灵一起坐在山顶的磐石上看金色的流苏渲染天际。院子里有一个中式大鸟笼,当太阳隐没了光辉,两只鸟儿便会飞回到鸟笼中。说来樱兰也不感到奇怪,两只鸟从来都是形影不离,自从她把两只小可爱带回

家的那一刻，它们便走在一起。

　　樱兰的童年一直和两只鸟交织在一起，大山之中的每一处都会留下他们的脚印。阿灵那宽大的尾部羽毛总会为樱兰制造一片阴凉，那如同树荫的阴凉却让樱兰的心底涌上丝丝暖国的温柔。小雪的鸣叫似天籁之音，传奇般的鸣叫传遍山谷，引得阵阵合奏悦耳动听。除了奶奶，樱兰最在乎的便是两只鸟儿，也正是因为小雪和阿灵让樱兰的童年充满乐趣。

纯　真·

　　樱兰挎着奶奶的手臂拎着小竹篮去摘山桃，身边没有小雪和阿灵的陪伴。她调皮地逗着奶奶，一只手偷偷地伸进竹篮抓一个山桃儿。悄没声儿地，奶奶便抓住了一只贪吃的小手，咦？是樱兰？转过头慈祥地望着孙女："兰儿，你又想吃桃儿嘞？过几日还有呢，着啥子急嘛！""奶奶，这一篮桃您又留给小雪和阿灵啦，兰儿看着粉扑扑的肯定好吃！"奶奶抿起了嘴角故意生气道："十岁的大孩子和两只鸟拼桃儿，再贪吃下一拨也别想吃嘞……"小樱兰撅起小嘴气鼓鼓地跑回院子，花短裙一摇一摆衬得两条腿白皙皙的。

　　樱兰极不情愿地用小刀切下粉嫩的桃肉喂给笼中的小雪，还不忘调侃它："瞧你饿的，满身的白毛都要扑棱下来了，看看人家阿灵多温柔。"卧在一旁的阿灵目不转睛地盯着桃子，趁着樱兰一不留神和小雪一起抢走了手中的桃肉，留下樱兰一个人呆滞地蹲在笼子旁：这两个可爱什么时候这么机灵了？

　　那天晚上山中迎来雨季，樱兰靠在奶奶的怀中进入梦乡。窗外淅淅沥沥的雨打在屋檐上，阿灵水润的双眸寂寞凝望着深紫色的夜空。云巅之上变幻着颜色，绝美的白紫色闪电似落满初雪的长剑，刺破云层的羁绊穿透天际，沉寂许久的阿灵在这白紫色的光晕下展开她的双翼，绚丽的羽翼挡不住她骨子里渴望的自由。小雪张开白色的羽毛，她希望自己可以飞到山林去——鸟笼外的世界。

只是这一切樱兰都不知道,她还在做着自己幸福的梦。

那天,樱兰发现小雪和阿灵变了,她的生活变了,她自己也变了。

青　春

褪下从前青涩的花短裙穿上整洁的校服,樱兰不再是天真可爱的小姑娘。一束干练的马尾辫搭配格子领的衬衫,眉眼中透出一丝丝怅然。

笼中的阿灵再次发出那次雨夜中的鸣叫,茫茫深谷回响不绝。樱兰的眼眶湿润了,她很难相信从前那个爱和小雪抢吃的又喜欢展开翅膀宣誓主权的阿灵,现在只是孤单地卧在鸟笼的角落独自凝望着天空,深邃的眼眸丝毫没有情感。在鸟笼的另一边,小雪纯白色的羽毛上覆着一层难以言喻的灰。

樱兰用力招呼小雪飞出鸟笼,使出全力把阿灵拽出鸟笼。她没有料到阿灵突然间挣脱自己的手,召唤小雪飞向山岭,青翠的枝条掩映着,覆盖着,缠绕着,连缀着,从中清晰地听见小雪欢快的鸣叫。霞光刹那间,从树林中飞出一个狭长的身影,阿灵浑身散发着与世隔绝的美丽,在晚霞的反射中为她的双翼镀上了一层柔和的金色。如果说小雪是精灵穿梭在树林之间,阿灵就是天空的使者,象征希望与自由。樱兰被这景象深深吸引,心底涌上丝丝的不舍和依恋。那天晚上樱兰久久不能入睡,她知道小雪和阿灵是留不住的,一想到这儿,樱兰的心像被绣花针轻轻刺了一下感到痛楚;她既希望把自由给两只鸟儿,又想与它们朝夕相伴。此时此刻,樱兰的眼睛填满了泪水,幸福的泪水。

第二天一早,樱兰沉重地打开鸟笼,在朝阳的召唤下,小雪头也不回地飞向山林,白色的身影在林中跳跃,清脆的一声鸣叫群鸟相和。阿灵站在笼子门口徘徊了许久,一双眸子紧紧盯着樱兰身上整洁的校服,终于拍打翅膀

165

飞出院落。在那一刻，樱兰发现了阿灵的秘密，那神秘的七色羽毛在第一缕阳光的照耀下，在老房子屋檐下的风铃上折射出彩虹的光芒，或许那就是樱兰心中最美的诗篇。

　　樱兰再也没有关上鸟笼，两只鸟自由了这鸟笼便自由了。樱兰知道大山外面是一个现代化的世界，少了一份静谧多了一份喧嚣。年年岁岁花相似，岁岁年年人不同，和奶奶告别后，樱兰带着自己的行囊，再望了一眼那熟悉的鸟笼，走出院子走出家乡，去那个拥有高楼大厦，学院工厂，车水马龙的地方，经历一场属于自己的青春时代。这一次，樱兰也自由了……

　　天堂灵鸟迎暖霞，人间雪鹦鸣春时。樱兰眷恋开心笼，倩影流年绽青春。

　　后来樱兰再回到故乡，这片种满山桃树的大山之中，唱起一首自己再熟悉不过的山歌默默等待回应。不一会儿山林中的小雪踏着绿枝条飞上露风石和樱兰一起等待那个极致的身影。晚霞之中，阿灵携着金色的流苏飞回到樱兰身边。老房子屋檐下的风铃被春风吹得"叮当"响，那个鸟笼被金色的晚霞映衬得格外清新。

　　樱兰寻到自己久违的自由，与岁月长留的自由。

（作者学校：北京市一零一中学）

章佩芷
樱兰的故事

点评专家 | 葛一敏

《散文选刊》主编、著名散文家、鲁奖评委

  章佩芷的《樱兰的故事》，讲述了少女樱兰与关在笼子的两只鸟儿的故事。樱兰自小与两只鸟儿形影不离，一只小雪一只阿灵，它们让自己的"童年充满乐趣"。最终，樱兰将鸟儿放归山林，"鸟自由了这鸟笼便自由了"，她也将"经历一场属于自己的青春时代"。

  樱兰和两只鸟儿一样，越过家乡河流清泉山岗，决意追扑青春之旅。新叶繁茂，春风十里，"童年，纯真，青春"，这一永恒话题，作者凭借巧思演绎妙意，准确有力地呈现作者人生片段，让我们心怀追念，如影随形，格外珍视。

> 曾获第十六届、十七届新概念作文大赛二等奖，第四届浙江省十大新锐写手评选一等奖。闲暇时喜欢听歌，练字，看书。喜欢乔治·奥威尔。
>
> 生活是写作的蓝本，写作是对生活的二次创造。我一般会选择自己或者身边人的经历进行改编，生活化的叙事让我感到真实，也是表达自我的一种最佳途径。当然，生活也是写作的老师。要学会去细致地观察，不同的天气，不同的环境下，观察看似毫无意义，但是却能为自己写作的细节增料。

胡馨媚

美 术 课

教育不是折磨，不是遥不可及的幸福，而是当下的幸福。

——马小平

关明管着教室电风扇开关，尽管无人承认，但这也成了他戴上"二道杠"的理由。关明的二道杠，不是别在肩上，而是在衣角上，贴着校裤，斜斜地挂着。他平时不挂，放学挂，昂首挺胸地回家。但看见熟识的同学，就急忙背过身去，把衣角往宽松的裤里塞。

关明独占教室最后一排。老师都喜欢请整个小组的同学回答问题，轮到关明这组，前面的脑袋一个个地升起落下，每次都刚好到关明前面的那个脑袋为止。关明也并不是从不发言，只是他都提一些稀奇古怪的问题，回回都勾起班上同学们的好奇心，让老师下不了台。但他确信，自己是有存在感的，这种存在感不在课堂上，在春夏之交时分尤为突出。那时，闷热潮湿，偶尔又会微冷，电风扇开不开，全看关明的心情。

梁老师就是在这时候出现的，穿着长裙，安静，瘦高，和跟在后面进来的穿着长裤而暴躁、臃肿的班主任形成强烈对比。梁老师的声音细细的，说自己是新来的美术老师，以后美术课就由她来教。班主任绕着桌椅走了一圈，见班上的学生都安安静静地听新老师说话，满意地离开。同学们都松了口气，开始说起话来，梁老师没有皱眉，反而很高兴看到大家说话的样子，她拿出一摞画纸发给大家："这学期的书本还没到，所以这堂课就给大家自由画画。"

关明拿起笔，开始创造他的世界，从纸张的边缘开始画上一排排兵器，利刃闪闪发光，枪炮口还有着弹药的气息，最上头的小兵们一个个站直了身子待命。关明俨然听见了激烈的交战声，密密麻麻的兵器和小兵布满了画纸，都动了起来。

"很精彩哦。"

从自己的世界被拉回到现实，关明正想开口埋怨，说话的竟是新来的梁老师。她微微倾着身子看着自己的画纸，和蔼地笑："其实你可以再向我要纸，拼在一起打个够。"关明艰难地挪动嘴唇，想要吐出一句话时，梁老师已经在另一个桌子边俯下身子。他眼里的梁老师，就像是一个长出了翅膀的仙子，在教室上空盘旋，飞到这飞到那。

这时，放学铃响了。美术课是最后一节，关明收拾书包，忍不住又去看梁老师。梁老师正一边收拾着画纸，一边瞅着讲台上的手机。"老师，我来帮你吧。"梁老师抬头，冲关明笑笑，指了指教室后面的三角橱，拿起手机和包匆匆离开，高跟鞋在地上敲打，"噔噔噔噔"。

关明迈着步子得意扬扬地走上讲台，今天自己是怎么了呢，他很骄傲，但教室里扫地的值日生并没有抬起头注意他，连他经过扫帚旁边，也不抬头看他一眼。你们没有意识到我的价值，但梁老师意识到了，关明心想。

回到家，口干舌燥的关明只想喝水。姆妈在厨房里坐着，看到关明来倒水，就走到门口去换鞋子，边把脚抠进已经变形的鞋边叫着："关明，跟我买菜去！"

关明"咕噜"喝完水，胡乱用袖子把嘴一抹，挎上篮子套上鞋跑下楼去，跟在姆妈身后，低着头，怕迎面撞见同学。

姆妈总是爱贪这样的小便宜。傍晚时，小贩为了早早收摊，蔬菜和肉的价格几乎都是早上的一半，虽然新鲜度也有所折扣，但在姆妈眼里都是一样的。老爹每天晚饭前总要喝点小酒，说说工作上的事，姆妈就要拿出菜来，要是没有肉，老爹的抬头纹就挂一晚上。

然而今天在外面摆摊的屠户们都早收摊了，关明看见菜场里的肉区还亮着灯，便同姆妈一起去看。卖肉的师傅只有一个，坐在案板旁的高板凳上，拿着扇子扇着风。见了姆妈也不似小摊主似的站起来，而是继续扇风。

姆妈把案板上的肉翻来翻去，终于中意了一块，让师傅称量装好。关明盯着师傅的手指，粗粗的，胖胖的，像一根根泡胀了的萝卜条。

"姆妈，你说师傅的手指，像不像萝卜条，咦，九根萝卜条，有一根被猪吃了吗？"关明咋咋呼呼拿着老师傅打着趣儿。姆妈压低了声音："关明，别胡闹，没礼貌！"

师傅绑好袋子，扔到案板上，报了价钱，姆妈掏钱包数出零钱。师傅就坐下，眯着眼开始打量关明。他看着关明的校服说："你是街那边那个小学的？"关明把肉放进篮子里，说："是。"师傅若有所思地晃晃脑袋，睁开眼："真巧啊，我女儿也刚调到这个小学教美术，她可能会教你哦，小朋友。"

关明脑中掠过那微微俯下的身影，看了看师傅，那脸和梁老师怎么也不像，于是他说："师傅，我们班确实新来了一位美术老师，不过不是你的女儿，因为她很漂亮，和你一点也不像，哈哈，还有，别叫我小朋友，我不小了，我叫关明。"姆妈抓紧关明的手，回头瞪着关明要他别再多嘴，然后转过身去向师傅赔笑。关明提上篮子，在姆妈身后做了个鬼脸。

在那之后，关明就开始盼望着下一堂美术课的来临，他常常在课堂上望着自己满草稿纸的兵器，痴痴地以为在讲台上的班主任会走下讲台俯下身子说："很精彩哦。"关明就这样发了一周的愣，直到第二堂美术课。

关明怕梁老师热，早早地开好了风扇。梁老师搬了厚厚一沓美术书进来，书循环用过，但看上去也是崭新的，封面上的两个花里胡哨的小泥人一下子就吸住了关明的眼睛，他恨不得"哗啦啦"地翻开书，把书里的色彩都吞下肚，呼吸淡淡的油墨味，一遍一遍抚摸光滑的内页。美术书堆积起的彩色山正一点点地变矮，变矮，一组一组从前往后发，关明听到了书页翻动的声音，听到了同学们赞叹的声音，他站起身来，梁老师已经在发自己这一组了，但手上的书也所剩无几了。

快一点，快一点！关明坐立不安，边啃着自己的手指甲，边看着梁老师手中的书，还有三本书。太好了，他已经伸出了手，就等着梁老师递给他，他想自己会说声谢谢。

"对不起，没有了哦。"她挥了挥手上的一本美术书，很无奈地向关明摇摇头。

"可是，老师，"关明喉头一紧，哑着声说，"您手中还有一本书。不应该是给我的吗？"

"这是我讲课要用的书。"梁老师转身走上讲台，关明甚至看不清她的表情。他盯着自己的桌面，想，这不是梁老师的错，是课本不够了，一定是班主任又忘记了有老师的份的，所以少了一本，都怪班主任！他越想越不甘心，于是他拖动着凳子，想凑过去看前桌的书。凳子在粗糙的水泥地上摩擦，发出刺耳的响声，全班人的目光聚焦到关明身上，关明知道这不是好事，便把凳子往回拖，这一拖又弄出一声长鸣。

倾听未来的声音

"关明同学！请不要扰乱课堂秩序！"梁老师脸上有了愠色。

"可是老师，我想看美术书。"

"只怪书少了！我也没办法！"

"以前我们的美术老师不用美术书，也讲课！"关明一脸无辜。

"关明同学，你纯粹就是扰乱课堂秩序，你不尊重老师的教学方式，看来你是不想上美术课了，到外面罚站去！"

关明乖乖闭嘴，低下头走向走廊，他偷偷看了一眼梁老师，她安然自若地讲着课，好像什么也没发生。他站在走廊上往墙角吐口水，抬头看见教室讲台那块区域的天花板上，风扇快速地转动。关明第一次觉得一节课是这样的漫长，每一秒都掰了一分钟出来。都怪班主任！他往班主任办公室的方向吐口水，然后用脚抹掉，再吐，再抹掉……

这天，关明走路的步子格外地拖沓，晚些回家就可以不用和姆妈去买菜。路边的公交车站里站着一个熟悉的身影，是梁老师。他绞着书包带子，思忖着要不要上前打一个招呼。他还在踌躇，梁老师已经叫住了他。

"梁老师，今天我真的只是想看看美术书，没有想到会惹你生气，对不起。"

"关明，这不是美术书的问题。你认识到自己的错误了吗？"

错误？关明咬住了嘴唇，我哪里做错了？而梁老师就在眼前，等待着自己的回答，他埋下了头，说："认识到了，老师。"

"很好，你一定要记住，要学会尊重人。"

尊重人？关明心里"咯噔"了一下，这哪跟哪啊？难道梁老师糊涂了？他抬起头来，说："老师，我并没有不尊重你。我一直觉得你是一个好老师……"

"是吗！"梁老师的声音突然尖利起来，"关明同学，我之前回家听我父亲说了，你在菜场取笑他！就因为他缺了一根手指。说是'萝卜条，猪吃了'，你平时也这样嘲笑同学吗，怪不得老师让你一个人坐。你应该自己回去好好反省！反省！"一个个字"噼里啪啦"从她嘴里蹦出来。关明噤了声，低下头去看梁老师的鞋尖。耳边响起了汽车到站的刹车声，鞋尖开始移动。

那个老头是梁老师的父亲吗？为什么不管住自己的嘴呢？关明开始发抖，拖着两只脚走回家。姆妈已经做好了饭，桌上传来阵阵肉香。"关明，今儿回来的有些晚了啊！"

"我替同学打扫卫生呢……"关明把书包往地上一扔。然后到桌边拿起碗去盛饭。

他看着那盘青椒炒肉，咽了咽口水。然后他想起了"九根萝卜条"，夹了些蔬菜只顾扒饭。姆妈和老爹都没察觉到关明的变化，三个人围着桌子，各有心事。

关明的日子又开始变得索然无味，他又失去了一门值得期待的课程。事实上，是多了一门令他害怕的课程。他害怕梁老师，他的脑海里不断重演那段在车站的谈话，然后就不由自主地发起抖来，那些兵器再也画不出了。

夏天来了，操场毫无遮挡，阳光直射下来，几乎能把人晒成干。空气黏稠，即使吹着风也是闷热的。体育课一般是最后一节，体育老师吹着哨子让学生跑着圈，而其他老师大都提前下了班。关明时常在下午感到疲倦。他早就发现，只要待在班上不下去，也没人注意到。只要放学铃一响，自己就可以大摇大摆地背上书包走下楼去。

关明为自己有这样的想法而感到得意，他关了教室里的灯，关了前门和后门，转身看见了敞开的三角橱，像一个巨大的嘴巴。三角橱不大不小，关明把东西统统往边上一扫，自己窝了进去，关上橱门，刚好容得住关明的身子。黑暗吞噬了自己，在小小的密封的空间里，关明看不见任何东西，一切都静得出奇。他从来没有这么安稳地入睡。

倾听未来的声音

下课铃响起的时候,关明被吓了一大跳,他差点以为自己睡了一天一夜。他想伸个懒腰,手撞到橱壁,发出一声闷响。然后他听见了高跟鞋敲击地面的声音,"噔噔噔噔",越来越响,声音的主人离自己越来越近。

关明两手抱膝,不敢发出一点声响。声音消失了,他松了一口气。然后他感到白光从四面八方包围了他,他的狼狈样子在那人面前暴露无遗。眼球一时间适应不了明亮,瞳孔开始变大,他看不清了,但声音的主人他认识,是梁老师。

"老师……"他窝在三角橱里,瑟瑟发抖。

"关明!你怎么在这?快出来!"梁老师似乎被吓了一跳,但她马上又改口了,"你等等,你别动。"

他又犯错了?梁老师是来找自己的吗?

关明拼命睁大眼睛,好不容易适应这个明亮的世界。他看见梁老师拿出了相机,硕大的镜头对准了自己,镜头里的眼睛,有着彩色光圈的眼睛,开始转动,同时发出刺眼的白光,眼前的世界变成了白色的,自己的眼睛为了适应强光,再次失去了焦点。

他听见梁老师说:"放学了,你快出来。待在那里干吗?要不是我要过来拿粉笔,你不会一直待一晚上吧……真是的!"

关明低下头,眼睛因为疼痛,而不由自主地眨着。他爬出三角橱,把自己桌上的文具一股脑扫进书包,狼狈地逃跑。他拽着书包到了楼梯口,突然想起了什么,停下了脚步,抓住自己别着的"二道杠"使劲撕扯,衣角便烂成两道片片。他盯着那个有两道红条的小片片,咬烂后用力地将它向外抛去。

什么事情都不曾发生过。梁老师依旧还是个受大家欢迎的老师,穿着长裙,安静,瘦高,和喜欢穿着长裤而暴躁、臃肿的班主任形成强烈对比。

盛夏的教室好似蒸笼,窗外的蝉鸣又叫人发躁。梁老师拿着美术课本在教室里走来走去，看着同学们沙沙运动的笔尖，走回讲台发现闷热无比，原来是电风扇没开。

"坐在后面的同学，开下讲台的电风扇。"第一、二排的同学直起了身子，期待令人惬意的风的来临。

然而并没有，梁老师的额上已满是汗珠，她划动着手机，然后尖声叫起来："后面的同学，开一下讲台的电风扇，没听到吗！"

全班的同学都看向那个后面的同学，关明站起来，他强烈地感受到自己的存在。他走过去扭动电风扇的开关，一下下地扭，"啪嗒啪嗒"地扭，直到最大挡。

风扇"吱呀呀"地转起来，他昂着头，说："老师，我叫关明。关心的关，明亮的明。"

（作者学校：江西省宜春中学）

倾听未来的声音

点评专家 | 顾建平

《长篇小说选刊》主编、著名评论家

在中学生作文大赛中，写作虚构文体的人越来越多，比重越来越大，这是我近年来观察到的现象。命题作文，写成小说或者剧本，难度之大不言而喻。这么多参赛同学迎难而上，纷纷写成虚构故事，原因何在？一是跟他们的阅读经历相关，媒介的丰富使他们不知不觉中接受大量虚构作品的熏染；二是中学生正值想象力、心理活动最丰富的时期，只有虚构作品能容纳这么活跃的心智；三是许多作文大赛对文体没有特别限定，但字数设限比较高，而议论文、散文很难写到三四千字。

《美术课》是一篇结构完整、富于意蕴的短篇小说。像很多顽皮又敏感的男孩子一样，关明一直在寻找他在学校、班级里的存在感，这一存在感具体落实在开关电风扇这一动作上，小说起始和结尾呼应得很自然也很巧妙。小学生关明对教美术的梁老师的美好印象，被现实一点一点消解掉。老师也是普通人，也有喜怒哀乐、着急不耐烦的时刻，他们不经意的言行，在孩子们心中会被无限放大。所谓"润物细无声"，值得每个为人师表者时刻牢记并身体力行。

或身体或心灵，人总有一样东西在路上。身体会受到物质的限制，但精神上，我可以永远自由。

喜欢在安静的图书馆里独自转来转去，在整整齐齐的书架前慢慢踱步、穿梭，偶尔拿出一本翻两页，有时会遇见惊喜，有时只是失望。

阅读，并不是为了炫耀，并不是为了展示，只是为了丰富自己，抑或是从纷扰的世间寻一丝清明。所以，阅读还是随着自己的心意，读喜欢的，看想看的。就算身体不得不停下来，也不能阻止心灵继续前进的步伐。

孙 洁
门

穿上黑色短裙，小心地画上眼线，对着镜子勾唇莞尔。镜子里那张稚气未脱仍带着婴儿肥的脸同样笑得灿若春花，妩媚得有些生硬。走出房间将房门上锁——这是她最后的领地。似乎是听到她落锁的声音，对面的主卧室门悄悄打开个缝。

她扫了一眼显得冷清的客厅，心知母亲还没有回家。假装没有看到那微微晃动显得犹豫与挣扎的门，大摇大摆地走向大门，高跟鞋叩响地面的声音充满节奏，谱出孤傲又脆弱的乐章。那乐章同样叩在门缝另一头的人的心上。男人从门缝中探出头来叫住了女孩，女孩转过头抬起下巴，描着精致眼线的大眼眯着瞟向男人，挑起眉毛似是询问似是挑衅。男人对上了那双眼，像被刺到一样慌乱地避开，张了张嘴似乎想要说什么，静默了一会儿，女孩不耐

烦地拉开大门，男人见了猛地拉大门缝，站直身体一脚踏出房门，顿了一下又缩了回去。他望着女孩走出大门的背影眼含担忧又小心翼翼地开口："十二点必须回来，你妈妈还……会担心的。"回应他的是一声摔门的砰响。

热辣的音乐震得人们头昏脑涨，酒精与香烟迷乱了空气也迷乱了人群，尖叫、欢呼、号哭，闪烁的彩灯下一张张模糊的脸在释放着白天的压抑。女孩坐在角落的矮桌上，桌面散落着酒瓶，有几个滚到了地上，没有任何人在意。不知是谁打翻了酒杯，微黄的酒液恣意地流淌。女孩的妆有些挂花，她跳得累了，脑袋也晕乎乎的。她有些迟缓地翻出一根烟点燃，却并不凑到嘴边——她并不会抽烟，也不喜欢那熏人的味道。她盯着烟头的红光睁大茫然的眼发起了呆……

母亲穿着红色的大衣。鲜艳的颜色将她的脸也映出了几分晕红。她看到笑得羞涩的母亲把显得僵硬的男人推到她面前。"快叫叔叔！"母亲笑得甜蜜。她知道这并不是普通的"叔叔"，她忽然发现自己无法动弹，身体慢慢飘了起来，她十分惊恐想要挣扎，却连指头也无法动一动。她想向母亲求救，却连嘴都无法张开。她毫无办法，只能拼命瞪着眼睛，所幸被天花板挡住了没有继续向上飘去。她僵着手脚背紧紧贴在天花板上，她看到了男人紧张又僵硬的笑脸，看到面无表情的自己，看到母亲笑着将她拉近……

手指一阵灼热的刺痛拉回了她的神智，她随意地把烧尽的烟头甩到地上。感到酒精带来的晕眩感消退，她不满地嘬嘬嘴又从桌上拿起一杯酒，仰头将酒液倒进嘴里。因为喝得太急，几丝酒液顺着下巴滴落在裙摆上，晕出几点深色。冰凉的酒液滑入空荡荡的胃袋，火辣辣的感觉从胃烧向全身，重新点燃她的神经。手机屏幕亮起，她垂头，是男人的电话，她静静地盯着屏幕，没有接，也没有挂断。她看了一眼时间——快到一点了。她把手机丢到包里不再理会。

她踉跄着走到路边，四周一片寂静，微凉的夜风抚过她通红的脸，她忍

孙洁

不住抬起头看着浓墨般的天空，心里渐渐涌起的孤独与无力压得她弓下了腰，不得不坐在地上。她知道这里打不到车，但她不想挪动身体，也不想回那个所谓的"她的家"。

夜凉如水，由远及近的摩托引擎声划破了寂静。远光灯刺得她不禁眯眼。摩托在她左手边停住，引擎还没关，车上的人就利落地下车。她茫然地看着急急向她走来的男人，头发乱糟糟的，鼻翼额头带着汗水，满身狼狈，步子急促。男人一把拉起地上的女孩，抬手就是狠狠一巴掌。女孩抬头想问些什么，就被男人突然的一巴掌打得蒙住了。"啪"的一声，两人都明显一怔。男人有些不知所措，女孩本能地捂着脸，又是一阵沉默。夜风打断了沉默，男人看着女孩单薄的衣服，转过身："上车，先回家。"女孩看着他的背影默默跟上。男人把车骑得很快，风把女孩的头发撩起，女孩明显瑟缩了一下。男人把车停在路边，脱下身上的外套递给女孩，示意她披上。重新启程，男人减缓了车速，背脊挺得笔直。女孩愣愣地看着男人穿着薄衬衣单薄却十分宽厚的背影，披上外套，温暖的感觉让她不禁缩了缩脖子。

两人一路都没说话，沉默地上楼，沉默地进门。女孩的母亲出差还没回家。女孩径直回了房间，没有说一句话。

女孩关上门在镜子前坐下，看着镜中自己有些模糊的脸，有些可笑。

她洗净一身颓废的气味，换上印着大兔子的家居服，镜子里的女孩看上去清秀斯文。她将男人的外套整齐地叠好，坐在床沿发着呆。敲门声响起，她知道只有男人才会礼貌地敲响她的房门。她打开门，地上的托盘里有一碗热腾腾的面和两个水煮蛋，男人背对着她，忙碌地整理着并不乱的桌子。听到她开门的声音，男人的动作停了一瞬又继续忙碌起来。"用鸡蛋揉一下脸……可以消肿。"她听到男人有些僵硬的关心。她抬起托盘转身回房，这时默不作声收拾屋子的男人又开口了："虽然你……没叫我一声'爸爸'，但……我是真心把你当女儿，不要再赌气去那种地方了……要是你还不能接

倾听未来的声音

受我的话……我……会搬出去的。"女孩端着托盘没有动,然后快步走进房间关上门。男人停下手中的动作,微微叹了一口气,回了卧室。

天蒙蒙亮起,穿着整齐校服扎起长发的少女显得格外精神。她敲响男人卧室的门。男人还穿着睡衣,看到女孩露出了惊讶的表情。女孩有些别扭地扭过脸咳了一声,摸了摸鼻子开口:"可以送我去学校吗?还有……我房间的钥匙丢了,可以帮我多配几把吗?叔叔。""好的!你等一下!我马上就好!"男人飞快地关门换衣服。

女孩走下楼,从口袋里掏出一把钥匙,悄悄丢到花坛里。抬头,晨光熹微。

(作者学校:云南省普洱第二中学　指导老师:林军)

点评专家｜葛一敏

《散文选刊》主编、著名散文家、鲁奖评委

简短篇幅之内,容纳了"我","母亲",还有极其敏感最具核心力的那个人——他是将要成为"我母亲"的新丈夫。既是"亲"者,又是非正常"亲"者,看似简单却难以摆放的尴尬关系,何从何去?这是一个难题。

市井生活,折射社会复杂大问题,在作者层层剥离的表述中,万箭穿心于情理间,在预料外,消解消融。坚硬的新写实,却驾轻就熟,一气呵成,使得寒凉犹如春天饱含暖意。

破壳

破壳而出的，是另一只壳。

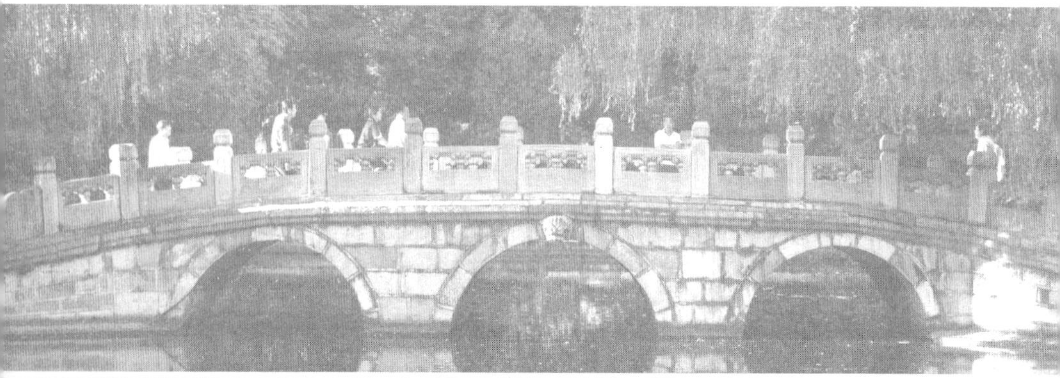

> 我是性格较平和的人，但总期盼着生活的波澜起伏，这也是喜欢写小说的原因之一——见一切未发生之发生是莫大幸福。此外也偏爱散文、诗歌，以此来调和自己的实与虚，不过分耽溺，也不过分庸俗。
>
> 顾城、海子是喜欢的诗人。爱伦坡和太宰治是喜欢的小说家。
>
> 对于写作，一直相信灵感与巧合，并且把写作当作一件纯粹和愉悦的事情而非强求得之。个人爱好纷杂，包括乐器、雕刻、绘画、视频制作和剪辑。

王瑾妮

没有壳的人

在我看来，这世界上的人大多都活得很辛苦。

因为他们每天都在不停地换壳。我所见过的人中，有最多层壳的是一个杂货店老板，我曾经看他站在柜台前，忙不迭地脱壳、穿壳……满头大汗。他整整换了十五层壳！

我也曾试图和别人讨论这件奇怪的事情。我在街头拦住了一个可爱的小姑娘，问她："你每天换几层壳？"哪知她急匆匆地扒下了身上这一层壳，套上了另一层，对着我啐了一口，大喊："疯子，滚远点！"我只好又回到了我栖身的桥洞底下，继续在光怪陆离的世界里审视来来往往的人——无数的人换着无数的壳。

那一天——我很想写下那个日期来说明这事儿并非为我虚构，但你们都知道的，越想记住的事情忘得也越快——我正极认真地观看树底下打电话的一个年轻男人，他每打一个电话，就换一层壳。我聚精会神地看着，想弄清

楚他有几层壳。那可真是一件有意思的事情。

  接通第一个电话时，他的那层壳，眉梢是上挑而带着悦色的，眼睛弯成窄缝，咧着一张嘴谄媚地笑着，可那一套神态又是那么空洞僵硬，叫人一眼便能察觉，这层壳他穿上的时间太久，已经有些老化了。第二个电话时呢，他艰难地扯下了第一层壳——它已经快长在他身上了——套上了第二层壳。这层壳的面目神态却是十分蛮横的，原先那双窄缝般的眼睛瞪成了两个天井，青白的眼珠子愤恨恼怒地四下乱跳，那嘴仍是咧着的，却不再是笑，上下张合着，唾沫横飞。我猜他一定是在给他的家人打电话。我见过的人太多了，大多数人总爱把脾气最坏的一层壳用来给对他们最好的人看。我觉得荒谬可笑，可似乎他们都认为这是理所当然的，因此我也无法再说些什么。当然，也没有人愿意花时间去听我要说什么，他们面对我的那层壳倒出人意料地统一——嫌恶不屑，又带着一股子莫名的优越感，狰狞扭曲。

  讲到这儿，您一定以为我要偏离主题，可是并不，我要说的重点仍是那一天，十分特殊的一天。那个男人在换完了四层壳之后疲惫地离开了，我漫无目的地移动视线，开始盯着男人刚才靠着的树发呆。这时我忽然意识到了一件大事，这也令我担忧起来——树竟然是没有壳的！在这里生活了这么长时间，我觉得没有壳的生物在这个世界上是非常危险而可怜的，就像是一个赤身裸体的乞丐在一群衣着华丽的贵族面前接受审判与检视，那么所有的嘲笑和鄙夷都是再合理不过的了。哪怕贫穷如我，至少也有一层壳呢！我通常在那些自诩高贵的人面前套上它，面带傻笑，一言不发，带着可怜兮兮的哀怨眼神，这样才能让他们露出冰冷的微笑，往我面前的破碗里丢几个肮脏的硬币，而不是被他们丢进黑暗的铁笼子里，不为人知地腐烂。

  于是我决心为树也找一层壳。

  但很快我发现，不仅仅是树，除了人之外几乎再没有其他的生物有壳了，是的，一层也没有。这让我陷入了无尽的困惑之中。没有壳的它们是如何生存下来的呢？我在那个桥洞中冥想了很久，一直到那一天的傍晚。

能思想是件好事，这种能力让日子变得漫长，让生命变得短暂，还能碰见与自己同样有着稀奇古怪想法的人。我之所以给出这样的论断，是因为在那一天的黄昏，在我的思想还没有取得任何结果的时候，我旁边出现了一个人。他好像是从明黄的落日余晖里晃出来的，没有一点儿声息，连样貌也模糊不清。我眯缝着眼打量他半晌，却依旧什么印象也没能留下。我简直要怀疑我的眼睛是不是出了问题。于是我又转头去看别的人，却发现他们仍然忙碌着穿壳脱壳，和平常并无二致。

这真是倒霉的一天。那时我这么想着。我居然接连碰见了两个我无法解决的疑问，可我并没有什么办法改变这样的局面，只能和那人一起干坐着。我以为他坐在我旁边是刻意要来和我搭话，但过了很久，才发现他只是觉得这个角度很适合欣赏落日。这令我产生了一点不愉快，可我是个性子温和的人，于是我决定容忍一下他的失礼。

"这落日多美啊！"那人忽然开口。

此时地平线已经吞噬了那颗滚烫的圆球，散发出闪闪的金辉来。

"也许吧。"我耸耸肩，"不过现在已经没有了。"

那人遗憾地叹了一口气。

"落日可以燃烧掉他们身上的重负，可他们却总蜷缩在高楼大厦的影子里。"他抬手指了指周围穿梭而过的人流，带着不掩饰的惋惜与同情的神色。

这言论是我从来不曾听过的，我是说，我不知道落日竟有这样令人齿寒的可怖功效，简直是有毁灭世界一般的威力。

可那人却望着最后一点金光，一副欢愉又享受的模样。

"我总要在日落的时候找个合适的地方晒一晒，那样我会觉得很轻松。正因为有这样的念头，我也经过了很多的地方，看过很多背着壳的人。今天你这儿的余晖最好，我才小坐一会儿的。"他补充说。

倾听未来的声音

我骇然地望着他，一时竟无法吐出只言片语。这时我才恍然发现，那人身上是没有壳的。正因为没有壳，他才是流动的、模糊的形状，如同太阳随意挥洒出来的一个光斑，跃动着不属于这座城市里的灼热气息与炽目光芒。

"你还好的……"他上下看了呆滞的我一眼，"你只有一层壳吧？很容易就能烧得掉。但有的人可就麻烦了。身上的壳太多把他压得只有一丁点大，烧完了壳之后脆弱得如同虫豸。可如果不烧壳，他就会慢慢变成一个空蛹，除了壳，里面空无一物。"

"你难道用不着壳？"我终于缓解了些惊惧情绪，很艰难地说出话来，声音也压得很低，我觉得他现在的处境很危险，"我是说，你这样很容易被……那什么的。"

他大声地笑起来，好像从来没听过这么有意思的话。

"你觉得那种累赘有必要吗？哈哈……除了增加自己的负担以外，还有什么其他用处？"

"你这样是很危险的。"我不得不摆出一副严肃面孔来警告他，"你会被那些人折腾得很惨！"

"我不信，"他说，"没有壳的人才应该受到他们的尊敬，因为我比他们活得轻松自在。"

他站起身来，留给我一个有些高傲的背影，头也不回地走了。

我没有办法，只得继续想着树的壳，以及其他许多生物的壳。想着想着我睡着了，死死抱住自己仅有的一层壳，睡得无比安心。我还做了一个非常美好的梦，梦里所有的花草树木，虫鱼鸟兽都有了壳——它们对上等人换上一层枝繁叶茂、光鲜美丽的壳；对下等人换上一层黯淡无光、平凡普通的壳。

然后我痴痴地笑醒了。

过了很长一段日子，我几乎要忘却那个没有壳的怪人，他却再一次出现了。这回我可明明白白看见他了，他胡子拉碴，形容憔悴，还有一双因痛楚而怯懦跳动着的黑眼珠子。他一屁股坐在我旁边，叹了一声很长的气。

"你是对的。"他说，"没有壳的人是没办法融入他们的，没办法在这儿活下去。你知道吗，那些有钱有势的人家里，连一套餐具都要套上那该死的、恶心的壳。"

"我很欣慰你终于知道了这一点，"我微笑着说，"没有壳的人就像那些低等生物一样，卑微又无力反抗，只能任人宰割。"

"所以我也找了一副新壳，"他疲惫地从随身的破烂布包中小心掏出一套崭新的壳，"并且我以后也不再想看落日了。"

我看了一眼他的新壳。和我的很像，面带傻笑，一言不发，带着可怜兮兮的哀怨眼神。

"很好，"我说着，拍了拍他的肩膀，"那么，为了躲开那恶魔一样的落日，我们可以一起搬去一个新的桥洞。"他赞同地点了点头。

我想了想，决定把自己伟大的理想也告诉他："并且，我们还要帮其他的生物也长出壳来——光是想一想就觉得那是一件壮举！一个人人有壳、树树也有壳的世界！"

他咧开嘴笑了，仍然显得疲惫不堪。

"那可真是伟大啊。"

（作者学校：湖南省长沙市明德中学）

点评专家 | 谭旭东

著名评论家、鲁奖得主

王瑾妮的《没有壳的人》可以说是一篇带着跨文体特点的作品，不过，我还是愿意把它归到小说里，缘于它有这么几个特点：第一，它有小说的叙述技巧和精彩的故事，所采取视角也很有意思——以一个乞丐或者流浪汉的口吻来讲述故事；第二，它也像是一篇自叙性的小说，着重心理活动的展示，让读者跟着主人公来观察审视各色人等，一起剖析人性，从而批判人的变异和社会价值观的扭曲；第三，它的语气自然，读起来很轻松，但细细品味起来，却具有一定的深度。作者喜欢用调侃的话，甚至带着自嘲、嘲讽，有内在的幽默。尤其是对话，写得非常老练、深刻，颇能知人见性。

读这篇小说，好像在读一篇现代小说，也好像在欣赏一篇后现代的小说。在《没有壳的人》里，有着作者的娴熟的文字技巧和灵动的生活智慧，一个中学生能够写出这样的作品，能够展示自己的思想深度，是难能可贵的。因为，"北大培文杯"的决赛，要求选手在有限的时间里进行命题写作，这是很有难度的，真的是要考量作者的真工夫的。令我惊喜的是，王瑾妮交出了非常优秀的答卷，以优质的作品赢得了评委的肯定。相信经过不断努力，长期坚持向经典致敬，王瑾妮定会写出更好的作品。

> 我爱做梦,爱思考,爱幻想。我悄悄地在心中搭建起了一座属于我的心灵城堡——它坐落在湛蓝的海边,花丛萦绕在它身旁。
>
> 平日里,最爱做的两件事:放起思维的风筝,让它跃至云端,瞭望更广阔的风景;抛出藏着秘密的心愿瓶,让它沉入深海,等待有心人的开启。
>
> 我在做,也将会继续做的事情——惬意而简单——写下出现在我生命中的所有可能,在这世界里留下我的痕迹。
>
> 所以趁着年轻,趁着血气方刚,趁着梦想仍晶莹地闪耀在眼前,我愿意等待心中的蝴蝶破茧而出,展开翅膀飞向那片花丛。

黄嘉曦

带皮毛的午餐

《晨报》第三版右下角:

"即日起,现代艺术家奥本海默的作品《物品——带皮毛的午餐》将在本馆进行为期十日的展出。欢迎广大游客前来本馆参观游览,地址如下:城郊现代艺术馆二楼……"

六岁孩童

嘻嘻,这个毛茸茸的杯子好可爱啊,是巧克力冰激凌的颜色。可是,这样喝咖啡,里面的皮毛不就脏兮兮湿漉漉了吗?不过,这给了我一个好点子——我的小公主安妮的生日就要到了,对,她是我的同班同学。我要用妈

妈做衣服的碎布把我的小瓷杯裹起来送给她，她应该会喜欢我的礼物。哎呀，不和你聊了，我要去找我妈妈了，她在哪呢？

匆忙赶路的游客

唉，你有什么事吗？这个？老实说我走太快都没怎么留意到。哈，真讽刺。这怎么还给咖啡杯和勺子穿上皮毛了呢？难道区区一个杯子还会怕冷吗？难道现在的艺术家都脑子出了问题吗？难道整天除了无所事事地折腾这些极其普通的东西就没别的事做了？依我看，还根本谈不上是艺术，也丝毫没有展出的必要。你难道不觉得这多此一举的皮毛十分荒唐吗？

现代的艺术思想都太古怪，我们大众审美不能接受这般离奇的创作，还是馆那头色彩明丽、线条优美的画作更能吸引我。我的评价够多了吧！

失恋的女士

我觉得这个作品挺好的，看完以后我的内心得到了一丝慰藉。老实说，我刚从一段失败的感情经历中走出来，内心凉得一如冰冷的咖啡杯与勺子。我不需要午饭，我需要温暖，正如那层质地柔软的皮毛能彻头彻尾包裹起瓷杯，从此它就不会那么轻易地遭受到外界的伤害一样。作为一个女性，我最大的感触是：我不必总把自己晶质透亮的外表露给别人看，我要寻找真正能包裹我的皮毛，来抵御生命的寒冬。

学艺术的学生

大师不愧是大师，敢于打开脑洞，颠覆众人"信奉"的常识。我是在报纸的一个小角上看见奥本海默女士作品展出的消息，然后就被吸引过来了。瞧那咖啡上的皮毛，色泽均匀、质感细腻柔软；瞧那摆放的位置，看似随意却又别有用心。我相信大师一定是用上等的皮毛与精心烧制的瓷杯制成这件艺术品的，虽然颜色朴素，但却带着光环，显出别样的高贵。

我学习艺术已经六七年了，在艺术院校里，老师只是循规蹈矩地教我们。比如，油画应当调出怎样的颜色才能烘托出应有的主体？素描时应当怎样注意着笔力度才能使画作更显真实？如今欣赏《物品》，我看见了满眼的不真实，然而凌驾于不真实之上的是大师异想天开的创意！作为学生，我敬佩不已。

奥本海默

啊！什么？人们觉得我这个作品有问题？抱歉，我觉得你这个提问方式就不恰当。任何人心中都有他们评价美丑的一把尺子，对于一件作品的看法大相径庭也相当正常。

对于我的这件作品，也许我需要解释一下。毕加索先生曾经说过，一切东西都可以套上皮毛。那么我就想，既然如此，那么咖啡杯和勺子也可以穿上皮毛。有了这个创作灵感，我便急忙回到我的创作室，从某个乱箱子里翻出了一段皮毛，随手把我的咖啡杯、勺子、碟子包裹起来，没想到效果还不错，于是就成了你现在看到的这件作品。

你现在是会记录下我的话么？好，那我想对年轻的后生们说几句：一件作品的创作过程也许可以很简单，但绝不能没有想法而进行看似费心实则机械的创作。学习的过程不拘泥于课堂，也不应只注重表象。你们真正要做的，是敢于去开动脖子上顶着的那个脑瓜子，睁开澄澈的双眼去发现这个世界。正所谓想象无边，创意无边嘛！

毕加索

  我也没想到我的一句话能给奥本海默这么大的启发。但说到底,真正的艺术就是敢于打破常规的美。现在是咖啡杯与勺子穿上了皮毛,将来有可能就是一副眼镜、一条鱼、一辆自行车了。

  艺术源于生活,而创意使艺术高于生活。正因如此,"皮毛包裹的咖啡杯"中盛着的,也不再是我们通俗意义上讲的午餐了。它只给静下心走进这个作品的知音提供盛宴,也只为思想灵动的人开启创意的大门。

咖啡杯上的一撮毛

  哎哎哎,怎么没人采访我呀?我可是今天的主角呢!说起我的经历,那可就滑稽了。我原是小农场里一头下等老牛耳朵上的一撮毛,因为老牛老了不中用了,就有人把我和成千上万我的弟兄们胡乱地拔下来,洗去我们身上多年的尘土,然后统一粘在一张与我素未谋面的皮上。偶有一天,我被一个神经今今的人买回家,本以为我会"大有用武之地",谁知一连被扔在角落里好几年——直到被奇怪地裹在了这个咖啡杯上。

  如今我由丑小鸭变成了天鹅,安逸地躺在精致的玻璃箱内,接受众人的敬仰与赞美。也好,不用备受磨难,就能平平安安地度过我这辈子,你说我幸运不幸运?

后　续

  一日,一个顽皮的小男孩因没看路而冲撞了摆放《物品》的架子,整个玻璃箱轰然倒塌,完美的玻璃片碎了一地。所幸的是,由于咖啡杯、勺子与碟子有了外层皮毛的保护，落地后竟完好无损。

（作者学校：广东省中山市第一中学）

点评专家 | 石一枫

《当代》编辑、著名作家

　　黄嘉曦的《带皮毛的午餐》可以算是命题作文中少有的机智文章，作者从多个视角对同一主题进行了多元化解读，合情合理而又别开生面，这显示出了相当程度的知识面以及层层剥茧的分析能力。相对而言，记叙文要比议论文更好写，讲故事比直接说道理要更有说服力，因而相当多的作者都会选择记叙文，而本文作者敢于挑战更加理性化、思辨化的文体，这说明了她对于自己的思考能力、表述能力都是相当有自信的。

　　自信需要能力的支撑。作者也非常精彩地完成了这篇文章的写作，条理不乱，层层递进，更加令人赞赏的是，作者在结尾处完成了一次看似幽默的升华，既有画龙点睛之意，又体现了作者相当独到的个人思考。尤其考虑到写作的时间有限，作者没有条件去长期酝酿乃至"妙手偶得"，但却能够写出这样一篇无论从结构、层次还是趣味而言都令人眼前一亮的文章，足见她思维的敏捷以及写作时高度的专注。

　　题目的限制并没有成为作者写作的束缚，反而为作者提供了一个通向未知领域的阶梯，这自然与本次比赛题目的开放性有关，但能够驾驭这样的题目，也是需要相当的写作能力的。这篇文章的写作是符合创意写作精神的，也相信这是一位善于思考而又别出心裁的作者。

写作和画画是我认为世界上最棒的事儿。我最喜欢的作家是卡尔维诺，他的想象天马行空、奇妙无比；我仿佛能看到，他的种种幻想与遐思如云彩般从晴朗的天空流过。而我则梦想有一天自己也能写出如此优美精彩的作品。

我是一名有"社恐"症的"旁观者"，喜欢观察别人的一举一动，在心中细细揣摩，有时还故意夸张搞怪地讲给朋友听。我想也许是这个习惯让我逐渐看到了现实生活的魅力：我们的生活是那样多姿多彩，每天总有形形色色的人，还有讲也讲不完的故事。

古往今来的艺术家们，或用纸笔，或用颜料，或唱，或跳，把世界上的种种绚丽展现给世人，他们的名字因此不朽。正如毛姆在《月亮和六便士》中所说："艺术是世界上最伟大的东西。"我愿意追随这最伟大的东西，梦想着成为他们中的一员。

丛　元

午餐与玫瑰

哭泣的女人

我戴着一顶火红的帽子，帽檐上是一朵蓝玫瑰。又是一个平淡无奇的日子。我围好毛皮领，坐在椅子上，开始哭——我生来就是个哭泣的女人。

我是画中的人。许多年前，自从一位名叫毕加索的画家画下我，我就开始哭了。我无法不哭。当一群群游客从我面前走过时，我的眼泪就下雨似的淌下来；我不住抽泣、大声哀号，他们便都放轻脚步，专注而费解地打量我。见到我的人无一不惊奇于我苍白的面孔、恐怖的眼睛，他们指着我身上粗糙的线条发出高谈阔论，却没有人明白我为什么哭。

啊，我无时无刻不伤心欲绝！可我又怎么知道为什么哭呢？人们总是揣摩我的心情，可我却同样无法理解他们。起初，我被挂在许多面墙上，他们的赞美声便充斥了整座展厅；许多年过去，当我失去鲜艳的颜色，就再没有人来品评我的种种美妙与奇异。他们把我装进一个旧木框子，扔进一间又潮又冷的小黑屋。我流着眼泪，看着人们关上灯、锁上门。对面墙角里还躺着一摞摞我的兄弟姐妹。他们都用发亮的眼睛看着这一切。我在这之中看见了小艾琳的眼睛。那双出自雷诺阿之手的纯洁的眸子在黑暗中闪烁着，像遥远的星星。哦，星星，我再也看不到星星了。

我又在哭了。没有人再来看我了。

管理员

唉，天一热起来，连鸽子都不叫了。又是一个平淡无奇的日子。

扫完最后一条走廊，今天上午的活儿就可算是全干完了。最后的最后，我把阿波罗和他的恋人从雕花的金画框中卸下，装进一只旧木框。我把画搬上推车，一路哼着小曲来到了储藏室。一开门，连天的灰尘腾起，似乎无数年代的无数故事都飞了出来。我站在门口，打着手电，仿佛听到许多耳语。

唉，真倒霉！怎么偏偏是我来管这堆没人要的旧画？一看见它们一摞一摞地堆在这间破屋子里我就头疼。要是没有它们，我早就不用在这里呼吸灰尘了，我就能像其他画廊管理员一样，穿着体面地站在一幅幅绚丽夺目的画前为游客讲解。唉，那些挂在墙上的才是真正的杰作啊，可我却只有一屋子废品。

倾听未来的声音

我打开手电筒在屋子里照了一圈儿。不错,一幅没少。唉,看看你们各位,一个个灰头土脸,连小偷都不愿把目光多停留一会儿。唉,唉,唉!可惜我只能和你们打交道了,因为我也是这样脏兮兮的、暗无天日的啊!那一位位坐在墙上的优雅人物,那一段段令人舒心的音乐,统统和我没关系。我能干啥呢?我只能推着这辆破车来回往返于展厅与储藏室之间,送几幅旧画,擦几只画框。唉,生锈的脏水桶、破漏的抹布还有永远四处弥漫的灰尘……这才是我的生活啊!唉,唉,唉!别想啦,别想啦,还是吃午饭吧。

我坐下,打开午餐盒,忽然看到身旁画上哭泣的女人。她的颜色不再鲜艳,只有那帽子上的蓝玫瑰依旧精致。一道道歪歪扭扭的线条在她脸上组成一个无比悲伤的表情。大姐,你有什么可哭的呢?你享尽了游人的目光与赞美,还有什么不满足?唉,唉,唉!你就别哭啦,还是我哭吧!

我开始吃午餐。唉,都凉了。

哭泣的女人

没有星星,没有月亮,没有一声赞美。

我捂着脸,眼泪一刻不停地流。昔日里往来的人群开始出现在我脑海里,他们的一声声称赞似乎还在我耳边,仿佛就是昨天的事。我待得越久,那些声音就越清晰、越鲜活。可这里什么也没有。黑暗的日子里,只有小艾琳的眼睛偶尔亮亮。她有时久久凝视着某个方向,又逐渐隐入灰尘中。

陪伴我们这些可怜人的,是一位推着小车的管理员。他有永远叹不完的气,每天都挥着抹布穿行在我们中间。中午,他又唉声叹气地回来了,抱着他坑坑洼洼的铁饭盒坐下,每吃一口饭就叹一口气。"大姐,你哭个什么?"他把手电照向我,"你瞧瞧,我的午饭都凉啦!"

怎么,怎么?他在对我说话?

他怎能这样对我说话？他怎么不赞美我？他怎么能？他怎能不欣赏我的忧郁、赞叹我的美丽？难道他看不见我金子似的发丝、我珍珠般的眼泪？难道他的眼睛被灰尘蒙住了么？天哪，怎么会有这样的人！

我油彩的心脏像是被什么东西炸了个窟窿。可人类的心脏又是用什么画的？他们表面上看起来都千篇一律，可他们的想法却又千奇百怪的。难道他们都这样吗？

他嚼着冷饭，坐在浮浮沉沉的尘埃里。四周的画都看着他，看着他半扣上饭盒，又开始叹气。他从口袋里摸出一只小蝴蝶结，捧在手上。哦，多么土气的小东西。

管理员

这是我唯一买得起的小发饰。我把它捧在手上，借着手电筒的光端详它。

那是一只粉色的蝴蝶结，正中心镶着一枚玻璃珠，在一簇微弱的手电光中静静地亮着。唉，我可爱的女儿戴上它，会是什么样子呢？我忽然想起那些展厅里的画了。相信我女儿一定会比画上的人物还美，她会成为最美、最美的小女孩。

唉，要是没有这一屋子的旧画就好了。那样我就可以多在家陪伴她，等她好起来了，就带她来画廊里。她一站在那儿就再也没有人看画了，因为所有的画都失去了颜色。而她，她就像个画上走下来的公主，唱着最最快乐的歌，带给人祝福。她将蹦蹦跳跳地走过每一条走廊，留下一串又一串笑声……

哦，哦，我看见她了，我看见她了！那就是她呀，她正站在窗前望向外面的鸽子呢！瞧呀，她的头发像缎子一样披散，比站在贝壳中间的维纳斯还要美一万倍；她的脸颊像甜奶油一般柔嫩，比钢琴前的玛丽皇后还要迷人；

她的眼睛闪着纯洁可爱的光,比树下的小艾琳还要……不,不。小艾琳的眼睛在她面前简直黯淡得像烧尽的炭。哦,哦,我的小女儿!世界上怎么可能有人比你可爱?你比所有最美的艺术品加起来还要美……好啦!今晚我就把它送给我亲爱的女儿,这样她总是堆满愁云的小脸儿上就又能露出笑容了。

我把蝴蝶结小心地放下,忽然无边的灰尘又包围了我。四周黑漆漆的,只有一簇手电光亮着。我又独自一人了。

唉……但愿她能开心起来。

哭泣的女人

他说什么?他说什么?

难道我们所有这些最美的艺术品都抵不过他女儿一人?为什么他会这么想?难道我们真的只是些颜料的堆积物,只是些过时的废品吗?我说不出我心中的感受,我只有继续哭泣。如果我们一无是处,那么人们曾经给我的赞美与掌声都是些什么?他们总是做些令我费解的事,总是在我面前露出种种滑稽的表情。难道他们活着就是为了供我们取乐?

既然这样,我们存在的意义又是什么?没人欣赏我的美丽了,我为什么还要哭?

原来我竟然和人们一样荒唐。

也正像这个管理员一样,他的生活难道不是被埋在层层乏味的工作之下吗?他的全部精神难道不是耗费在擦画框与打扫房间之中吗?为什么他上午还唉声叹气个没完,下午就哼起了小调?为什么他刚才还垂头丧气地吃着冷午餐,现在却又幸福得像换了个人?

人类,我可怎么理解你?

现在我的心又乱成一团了。管理员走了。我张皇地看向空无一人的黑暗,企图弄明白这个问题。我看到不远处沉思的伦勃朗——他把自己也画进油画中了。他披着黑袍子坐在一抹静谧的光里，眼中混杂着怜悯与哲思。你那么智慧，你可知道这是为什么？

黑暗中，我看见伦勃朗闪烁的眼睛。也许他也想起了自己的孩子。

管理员

我把午餐盒推到一边，推着小车出了门。刷子、扫帚一个个躺在大大小小的桶里，随着小车的颠簸"叮叮当当"地响。午后的走廊里只有成片洒下的阳光，鸽子又叫起来了。我在窗前停下，看着它们一连串从树上飞起。

唉，我可怜的小女儿！当她还健康可爱的时候，她手中摇的铃铛不也是这样响的吗？她常常挂着窗台，指点着或灰或白的鸽子，得意扬扬地数给我听。可现在呢？现在她躺在病床上，整日喝着苦得难以忍受的药汤，哪里还有摇铃铛的力气？我再也不能在窗前看到她小小的身影了，那扇窗户现在只剩下聒噪不已的鸽子叫，还有昏暗一片的重重树冠。

我握着扫帚，来到金碧辉煌的展厅。一群群衣着体面的游客正昂着头打画框下方走过。他们轻声细语地交谈着画作，他们的孩子打闹着走走停停。我赶紧躲开，悄悄站到墙角里。我忽然不敢看他们了，仿佛每个人身上都发出了刺目的光，令我无法直视。

唉，我可怜的小女儿！从前她也在门口的街上，像这些孩子一样玩闹。她握着粉笔在路石上画出一串串歪七扭八的图案，有时还捡树下的榆钱串成链子戴在手上。我站在门口，总觉得整个世界都被她的笑声点亮了。可现在呢？现在她只能隔着窗户听一听树上无力的蝉鸣，看着墙上的影子移来又移去。她问我什么时候可以好起来，还央求我带她去画廊里转转。可我却只能不断地对她摇头，告诉她今天风太大。

我沿着墙壁走,一幅幅真正的杰作就挂在高处,画上的人都看着我,不知是祝福还是怜悯。他们真美啊,真美啊。可我怎么配与他们站在一起呢?唉,艺术!唉,高雅人物!我是多么渺小、多么丑陋啊,我只配站在角落里,永远仰望他们的美。我仰起头,看向画上的少女。她打着秋千,笑得无忧无虑,似乎对画框外这个苍白的世界一无所知;我们的目光向对方望去,却仿佛永远无法真正到达。她依旧笑得开心,脸庞比红裙子还要鲜艳。

唉,我可怜的小女儿!我最美的艺术、我生命的光辉!无论我做什么,眼前都总是你的身影。求求你,好起来吧!如果有一天,我又能看到你快乐地坐在秋千上,我一定会感激地跪下来。我会流着眼泪,说着疯言疯语,一把将你抱在怀里,再也不松开……

唉,我可怜的小女儿!

哭泣的女人

没有星星了,现在我终于想通了。

也许我们真的只是些颜料的堆积物,只是些没人欣赏的旧画。

我对着黑暗,呼吸着尘埃。数十年交错的目光在我眼前流淌过去,那些总在我脑海中萦绕的赞叹声渐渐模糊,我看不清人们的脸了,他们融化成一片柔和的光影,像一场刚醒来的梦。

现在我明白了,我根本不为任何事而哭。我的眼泪有什么意义呢?我的悲伤又有什么意义呢?我哭,只是因为我一被画出来就是哭泣的。那些伤心欲绝的日子,在人们看来,不过是一片看不懂的线条。他们停下来,看看我,送我几个若有所思的表情,然后又重新回到他们的生活。而我在墙上默默地观察着,无力选择自己的行为,却要随着人们的心跳或激动或惆怅。

那么,人呢?人们也不知道他们为什么生活。又有谁要求他们这样做呢？他们生活，只是因为他们一出生就已经在生活了。他们无处而来，无处可去，像木偶般被放置在戏院的舞台上，从出生到死亡，上演着一出出他们自己也说不明白的戏剧。他们往来匆匆，无可选择，只有对着我们时才流露出一点真实的神情。

我忽然感到顺畅了。我们和人类，有什么区别？画框里的艺术和画框外的生活，又有什么区别？大家站在两个世界中，隔着画框，彼此望着。大家互相猜测，互相揣摩，最终却谁也猜不透谁。

屋子里静悄悄的，只有我无声的呼吸。

也许我本没有什么存在的意义，但曾经一双双赞美的眼睛给了我意义。我可以带给人安慰，又或许是希望，又或许是别的什么缥缈的感觉，又或许是一种精神上的温暖，又或许我本身就是一种温暖……

我呼吸着尘埃，缓缓抬起手，摸到了我的毛皮领子……

管理员

傍晚，我推着小车，疲惫不堪地回到储藏室。唉，又是平淡无奇的一天。想什么画廊里光辉的艺术呢？这些洗也洗不完的抹布才是我的生活啊。

行啦，我得赶紧回家了，我可爱的女儿一定正望着黑漆漆的窗户盼着听到我的脚步声呢。我摸黑去拿饭盒，心却早就飞回家了。忽然，我的手陷进一团柔软温暖的皮毛，吓得我差点跳起来。天哪，这是什么东西！

我赶紧打开手电，又再次被眼前的景象吓住。只见那原本坑坑洼洼的旧饭盒上竟然包裹了一层柔顺的皮毛，活像一只蹲在桌上的狮子狗。连同勺子、筷子，也一同卷进了皮毛中，如同春天密葱葱的草，又如同一团团蒲公英。我的手陷在中间，像是被一只小熊抱在怀里，又像是被一圈柳树包围，还像被一股太阳晒暖的海水托起来；它托着我的心起起落落，竟让我连手都不知

道怎么放了。

可是这……这为什么会……

我愣在原地，把手电筒的光柱扫向另一边，忽然就明白了眼前的一切。

瞧瞧，我看见了怎样的一幕啊！午餐后摆在桌上的小蝴蝶结竟不见了，取而代之的是一朵精致的蓝色玫瑰。手电光照在花心上，映出一簇飘零的灰尘。而向上看去，画框里原本哭泣的女人竟露出笑容。她肩上的毛皮领子没了，帽子上的蓝玫瑰也没了。她双手交叠在一起，抱着那顶红帽子，正冲着画外的我微笑。她金子般的头发披散下来，正从她光辉夺目的笑容两旁垂下。而在她的头顶，在她头发中央，一只粉色的小蝴蝶结正静静地躺在那儿；那正中间的小玻璃珠映着手电筒的光，在飘满尘埃的寂静中，亮得像星星。

我从桌上捧起蓝玫瑰，站在画前呆望着。我仿佛听到有人在唱歌，仿佛绝美的歌声正回荡在星空中……这是幻觉吗？我是在做梦吗？哦，别让我醒来，别让我醒来了……我不敢动，不敢呼吸，一时间，画中女人的笑容与我小女儿的身影重合在一起，仿佛一道光射入我心中。我忽然一个字也说不出了。天啊，天啊……

我捧着蓝玫瑰，泪如雨下。

毕加索

七点半，我画完了这幅肖像，踱到阳台去抽烟。太阳要落下去了，最后的光辉映在瓷杯子里，红彤彤的；而在远方，一片片轰炸过后的废墟里，一道道烟尘轻飘飘地升起，带着人类沉重的苦难，笼罩了落日。太阳还是落下去了。

我的手指扫过瓷杯上渐渐消逝的红色。这就是艺术。这就是美。最后一抹阳光就是艺术，就是美。我把这句话记在笔记本上。

是的，人类无疑是最渺小的动物，我们只能生活在无穷无尽的苦难中，仰望最瑰丽的光芒却无法触碰。我们微弱的光如何与太阳相提并论？

一道鸽子"咕噜噜"叫着，穿过天空。

可我们为自己创造出艺术。我写道。它就是我们对黑暗生活的补充，也是希望之光。它除了温暖与希望不会带给我们任何东西，正如和平鸽不能真正熄灭战火，人类也无法仅凭几幅画就得到救赎。

可有了希望，就足够了。

我再次看向茶杯。茶凉了。我忽然想到，给杯子裹上一层皮毛，能不能保温？

我摇摇头把这个念头赶走，走进屋把画裁下来，装进框子。我最后看了一眼那个画上的女人，她正哭得伤心。

但愿你能为人类带来希望。但愿你总是布满愁云的脸上露出笑容。

天黑下来，再也没有一点声音。我回到阳台，等着。不久，第一颗星星亮了起来。

（作者学校：北京市十一学校）

点评专家 | 谢有顺

中山大学教授、著名评论家、长江学者、茅奖评委

  展开想象之力，重新解读毕加索的名作《哭泣的女人》，以哭泣的女人和管理员来作为叙述者，讲述自己的故事，难免有荒诞、梦幻的色彩，却包裹着现实的内核。抱怨的管理员与画中失去赞美后哭泣的女人，"午餐"与"玫瑰"的象征，延伸开来看，是生存的艰涩，平淡无望；理想生活的光鲜与落寞；人与人之间无法理解的天然隔膜……

  主题意蕴的丰富性还在于作者通过叙述者的思考、追问，来探寻那些有着终极意义的问题，比如，存在的意义，活着的理由，艺术的价值。看来，年少的作者也是把青春的困惑——关于生命和人生的诸多命题，通通写进文章，也不知这样的抒发，或者借人物的思索，是否能够舒缓那些精神的郁结？但是，可以肯定的是，写作确是一条朝向内心的路径，就像文末作者有意识地等待和寻找希望——亮起的星星。

  作品中的哲理性，虽显得有些许概念化的痕迹，但是把对生存意义的思考放置在人本身的境遇当中，真切，不做作，并能够用丰富精准的语言描述出这种处境，从中也可以看出作者有着不错的驾驭叙事与语言的能力。

> 小女子正值豆蔻年华，却不料这雨下得过早了些，面对学习之路上的豺狼虎豹仍能"多愁善感"。如今，一条充满诗情画意的路铺在了我的面前——"北大培文杯"。
>
> 如果说编代码有一种创造世界的感觉，那么我认为写作便是借灵感塑造一具具有情有义的血肉之躯。在写作时我便是一位"灵魂设计师"。这次作文大赛是我检验自己作为设计师是否合格的一个平台，更是我通过文字展示自己青春个性的一个机会。相信我一定能从这次比赛中学到很多，悟到很多。
>
> 剑客执剑走天涯，我愿执笔度苍生。

曹馨午

餐具先生与艺术品小姐

碎花床单上卧着一个美丽的女人。

她身着样式复杂的花纹长裙，纤纤玉足裹着舞鞋，仿佛是一位公主，刚从舞会上回来，因纵情舞蹈而疲劳至极，还未换装就睡着了——除却她已经停止的呼吸和冰冷的身体。

"秦戈，把烟灭了！"法医不满地瞪着这位名叫秦戈的警察。

"啊！是是是……"秦戈手忙脚乱地熄灭了烟，尴尬地冲法医笑了笑。

"死者大概死于昨夜十二点，死因是服用过量安眠药。"

警队队长倚在窗户边，右手搔着下巴——那是他思考时一贯的动作。他喃喃自语道："服用过量安眠药……这应该算是自杀吧。"

"队长,死者的资料查到了。"秦戈一边把文件递给队长一边说,"死者名叫安晴,是个画家,患有心理疾病,在后街的心理诊所有过就诊记录。"

"心理疾病……那自杀概率更大啊。"

"安眠药不一定是死者自己放的啊。"法医开口道,"这种案件千万不能武断。"

"秦戈先去心理诊所。"队长眯了眯眼,命令道。

他顿了顿,又道:"其余人回警局,我在现场再待一会儿。"

秦戈和心理医生握手后,直接开口问道:"请问您的病人中,有没有一位叫安晴的女士?"

"是的。不过,我从她的各方面表现中并没有发现她有什么——呃——心理不正常的地方。我觉得她可能是过于寂寞,只是想找个人聊天罢了。"

"嗯……那她一般都会和您聊些什么呢?"

心理医生投来疑惑的目光,秦戈告诉他安晴死了。

"什么?"医生的脸忽然变得苍白,身体摇摇晃晃。他倚在了墙上,仿佛下一刻就要昏过去。

"你还好吧?"

"没事,只是有点儿震惊。昨天上午她还和我聊过……"

医生领着秦戈来到内务室,从抽屉中捧出了一幅画。

"安晴她经常和我提到奥本海默,她说奥本海默是她最崇拜的画家,这幅奥本海默的《带皮毛的午餐》是她最喜欢的画。昨天上午她把她自己临摹的这幅画作品送给我,还说希望我能看懂,然后作出抉择。"

"抉择?"

"嗯,但是我没看懂这幅画,也不知道她是什么意思……"

线索应该在这幅画上,秦戈心里想。

一阵急促的手机铃响起了。

"喂。队长，怎么了？"

"快点过来，我们现在在安晴的前男友家里，地址是前街××号。"

沙发上坐着一个瘦削的青年，他把头深深地埋在双臂间。良久，他抬起了头，眉宇间尽是伤感。

青年颤声道："虽然我和安晴已经分手一年多了，但是听到她……"青年哽咽了，显然已说不下去。

"那么，你知道安晴自杀的原因……或者，她可能被谁所害吗？"队长问道。

青年垂下了头，半响，低声说道："你们看过那幅画吗？"

"是不是奥本海默的那幅？"秦戈问。

青年的脸上掠过一丝诧异，但很快被悲伤代替。"是……我想和你……单独谈谈。"

队长看了看秦戈。

"走，我们去卧室……"青年起身向里间走去。

秦戈握了握拳头，青年注意到他紧绷的神经，微笑着对他说："你可真警惕。"

"过奖了。"

"那么，你看懂那幅画了吗？"

"没有。"

青年自顾自地说了起来："一套餐具，套上了皮毛，就成了艺术品，并且永存于世，但它却失去了餐具应有的价值。"

青年看了一眼秦戈继续说："它不能再用来盛食物，只具有观赏的价

值……"

"警察先生，如果你是一套餐具，你是想套上皮毛，成为艺术品永存于世，还是只作一套餐具，实现你盛食物的价值，直到你摔碎的那一天呢？"

"我从来不会想那么多。"秦戈盯着青年，"我只是尽我警察的职责，直到我该退出人生舞台的时候。"

"安晴偏偏想套上皮毛。她穿上自己设计的衣服，想在开始变老之前成为永远的艺术品。所以，她自己服了安眠药。"青年苦笑道。

"艺术品？"

"是的，她曾经求过我，在她死后第一时间把她画下来……"

"昨晚，我画了整整六个小时。"

"你是看着她死的？"

"……是。我劝过她，她从来都没有听进去过。"

房间里一片寂静。

"可以把画给我看看吗？"

"好。"

画布上，依然是那个美丽的女人，依然让人感到惊艳。

只是，让人感受不到呼吸和体温。

（作者学校：安徽省滁州市实验中学）

曹馨午
餐具先生与艺术品小姐

点评专家 | 张福贵

吉林大学教授、著名评论家、长江学者

  作为超现实主义最典型的作品，奥本海姆的《带皮毛的午餐》从诞生之初，就被加以了各种"隐晦的"而让人"不太舒服"的解读。以此为题为文，既需要对于原作意蕴的准确解读，又要展开极其丰富的想象力。曹馨午的《餐具先生与艺术品小姐》从构思到表达，都实现了这一境界。作品从画作的表面形态——穿皮毛的餐具，延伸出的人生的价值和选择进行考量，可以说是很不错的角度，也更贴合原作的延读，而且更具有现实意蕴。

  故事以一具十分精致而冰冷的年轻女尸开篇和结尾，用一幅画作串联了死者、警探、医生、前男友等多个环节，构成了整个事件的"探案"过程。十分明显，这只是作品的表层叙事，深层里则是作者欲带领读者试图对人生价值进行探讨的过程。"如果你是一套餐具，你是想套上皮毛，成为艺术品永存于世，还是只作一套餐具，实现你盛食物的价值，直到你摔碎的那一天呢？"当餐具被赋予的价值和餐具实质的价值发生了矛盾，这期间的选择和定位就尤其重要，在最后一句"让人感觉不到呼吸和体温"里，作者很明显也给出了自己的价值倾向：刻意的定格是苍白而冰冷的，人生的价值体现在人生本身。

  《餐具先生与艺术品小姐》作为一千多字的短篇作品，在细节的铺垫和行文的逻辑上稍有表述不足之感，比如医生退场的突兀、人物之间对话的简单生硬等。但是，这些技术上的欠缺并不能遮蔽作品视角的独特、人生命题的切合和思索的深刻，这对于一个"00后"的中学生来说，实在是难能可贵。

> 获得第三届"北大培文杯"一等奖，第二届"北大培文杯"三等奖，第三届"小作家杯"二等奖，"叶圣陶杯"二等奖，"超苗群芳杯"前二十强，第二十届全国青少年爱国主义读书教育活动特等奖，发表文章数十篇。
>
> 文字于我，如表现内心音律的音符一样，它不是氧气，而是淡雅的花香。就像海顿曾说过的那样："当我坐在那架破旧古钢琴旁边的时候，我对最幸福的国王也不羡慕。"
>
> 路还长，你我，都还在路上。

胡向真

破　　壳

一

奶奶老了，这是真的。

仲夏之时，太阳已辣得不行。中午放学后，我头顶着太阳，绕过一条又一条弄堂，回奶奶家吃饭。我一直都随着奶奶生活在这座城市里最渺小且平淡无奇的乡村中。是的，这座城市很繁华，可在它东南一隅的乡村中，有的只是盛夏的闷热，我多么希望自己能随着盛夏的气流，蒸发在这片无边无际的虚无中。

推开腐朽的木门，弥漫开来一转转尘埃。"奶奶！奶奶！"我喊道。可回应我的，仍只是那一转转毫无生命可言的尘埃。

也是，奶奶老了。耳朵不好，又怎么可能听得到呢？我不再理会家中的

胡向真
破壳

寂静，穿过木门走向后院的木房子——那是奶奶的厨房。

奶奶很节俭，她不愿装煤气，嫌贵。于是，日复一日，年复一年，她还是守着自己破旧的灶台，用砍好的木材当燃料，在饭点升起属于她的那缕炊烟。

"今天吃什么？"说这话时，我已经站到了她身后，踮起脚尖往锅里瞄。

"给你弄了条鱼——隔壁阿公送的，杀了只鸡——那鸡快不行了，我怕再不吃就该死了。你也快考试了，给你补补。"

我不再理会她，自顾自地坐下，许久，她将两盘毫无色彩和香味可言的东西放在餐桌上（事实上只是用木条支起的小木板）。

我用筷子挑了挑盘里的菜，鸡背上还插着很多毛，鱼鳞也没刮干净，甚至连筷子上都布满了霉迹。我望着这顿带皮毛的午餐，迟迟难以动手。这样的场景几乎是从小上演到大的，这么多年了，我想自己还是难以融入这样的生活。

"我爸妈什么时候回来？"我问奶奶。

"快了吧，快了吧，等奶奶老了，他们也就回来了。到时候啊，你就可以跟着他们一起到国外生活了。"

事实上，这样的对话已经重复了无数遍。从春夏复述至秋冬，再至来年春夏。四季更替了一遍又一遍，有时候，我甚至怀疑今日是昨日的复制，而明日又只是今日的拷贝。

奶奶已经够老了，我这样想，我一直很期待奶奶变老，因为人越老，就离死亡越近了。我想，只要奶奶去世了，我就可以永远地逃离乡村，去往国外和父母一起生活了。

我从未见过父母，所有关于他们的消息，都是由奶奶转述得来的。在奶奶的转述中，我知道了他们在国外工作，等奶奶老了后就会接我过去一起生活。

偶尔，我会看到奶奶在和爸爸妈妈打电话。我凑上前去想听听他们的声音，只是每一次，奶奶都会借口话费太贵，匆匆把电话挂了。

二

我爬上后山的小坡，盘腿而坐，小坡的另一边，是一座破旧的坟墓，旧到碑上的字迹已被岁月磨平，分辨不出。我常常会想象那破坟墓其实是奶奶的，奶奶住在里面，而外面的我被父母接走，此生和奶奶、和这座破旧的乡村再无交集。

奶奶已经很老了，我啃着狗尾草，回忆奶奶的样子。她的头发已经很白，背已经很驼，耳朵开始听不清，甚至眼睛也不太好。最后，我试着回忆她的脸庞，可是，过了很久很久，除了一张五官模糊、满是皱纹的脸之外，我竟记不清她的模样。

想到这，我觉得闷热难耐，身体像是裹上了一层厚实的毛皮大衣。

三

从学校到家，会路过一个菜场，我挺喜欢那的，那是乡里唯一"繁华"的地方，我只有在那，才能感受到拥挤，而在拥挤中，我会觉得自己仿佛置身于城市。

上午十点半，我逃了自习课，往菜场走去，远远地，我看见一个衣衫褴褛的老太婆，匍匐在一个小摊前，像是想从一堆死鱼中挑选出稍微新鲜些的带走。我走近，发现这人的背影有些熟悉，我几乎要叫出声来了，这是奶奶！她"跪"在摊前，从摊主不要的死鱼堆里挑鱼，我想起昨天中午的那条鱼，忽然觉得反胃，差点要吐出来。我又想起昨天吃鱼时她一动不动在一旁注视着我吃下的样子，不由觉得好笑。原来，她一直在以自己的方式偷偷羞辱我。我跑上前去，气呼呼地喊道："奶奶！"然后转身而逃。

我瞥见她吃了一惊，摔倒在地上，一副狼狈的样子，又看到她眼里噙着泪水死死地盯着我的背影。我厚实的皮毛有了松动，很想敞开心扉和她谈谈。可最终，我还是狠了狠心，跑走了。

我在外面游荡了一圈后，看了看表，已经过了饭点。我往回走，穿过木门走向后院的厨房，我已做好了和奶奶大吵一架的准备。可是，当我跨过石阶进入厨房时，里面空荡荡，只有几转流动的尘埃。桌上摆着昨日未吃完的带皮毛的鸡和中午刚做的鳞片没刮干净的鱼，我摸了摸盘子，食物已经冷却了，不带有一丝温度。

奶奶从后山走了出来，眼睛红红的，有哭过的痕迹。但她绝口不提早上的事，只是沉默地坐在灶台边，往里面添着木柴。

我很想跟奶奶道歉，可一想到我已经越来越接近成功，她只要打电话告诉我的父母她已经老了，带不动我了，我们就可以彻底两清了。

在炎炎夏日里，我往自己的心上裹了一层又一层的皮毛，把心裹得越来越厚实，直至密不透风。

"快了，快了。"我这样告诉自己。

四

已经快冬天了，奶奶的身体越来越差，好几次都严重到几乎下不了床。可即使这样，她还是不厌其烦地拖着身子，为我准备那一顿顿带着皮毛的午餐。

她已经很老了，皮肤松弛得不成样子，软塌塌地黏在骨头上。我猜，她已经熬不过这个冬天了。

"我即将逃离这儿。"我有了种强烈的预感，这是前所未有的。

天气越来越冷，冷风不停地从透着缝隙的窗户里灌进来，我蜷缩着，瑟瑟发抖。奶奶呢？她能熬得过这个冬天吗？临睡前，我想着。

第二天一早，我醒来，发现奶奶已经走了——彻底离开了这个人世。她

睡得那样安详，仿佛只是做了一个很长很长的梦。

我没有想象中的激动，只是平静地摸了摸了她的脸，然后轻声说："对不起，奶奶。"

做完这一切后，我翻箱倒柜地寻找，企图找到我父母亲的联系方式，然后彻底逃离这座寒冷的乡村。只是，我一无所获，除了一本领养证。

原来，这一切不过是奶奶的谎言。否则，十七年了，为什么我从没见过我的爸爸妈妈，甚至连他们的声音都没听过。早在我走近时她慌乱的眼神，以及匆匆挂断电话的样子中，我就隐隐怀疑了。可我不愿相信，我反复欺骗自己，他们只是忙，没时间联系我。我告诉自己，只有奶奶老了，我才能成功逃离。

我心上裹着的皮毛一层层地化开，然后随着秋末时的那股气流，被迫蒸腾。只是，冬天就要到了，褪去皮毛的我好冷，好冷。

我做了一个很长的梦，梦到了奶奶，梦到了那一桌桌带着皮毛的午餐，以及她那双噙满泪水的双眼。

在梦里，我竟如此深刻地记住了她的五官——长满了皮毛，被埋进后山的那座小坟中。

奶奶老了，这回是真的。

（作者学校：浙江省乐清市第二中学）

点评专家｜张 莉

天津师范大学教授、著名评论家、茅奖评委

决赛题目中,《带皮毛的午餐》更抽象,相对也更有难度些。它需要作者对"带皮毛的午餐"这一问题作出自己的理解。本文惊喜处在于,作者并没有拘泥于图片本身,也没有受限于题目中对"创意"的强调,而是别开路径,将"带皮毛的午餐"现实化,即在作文中构建一个"带皮毛的午餐"的现实。

之所以有"带皮毛的午餐",不是因为要标新立异,而是年迈的奶奶不得已为之,因为年纪,也因为贫困。文中,"我"要逃离的是这"带皮毛的午餐",也是要逃离奶奶,逃离一种贫困的生活。作文更为精巧之处,将"皮毛"隐喻化,因为隐瞒,在"我"和奶奶的关系中,皮毛变成了屏障,皮毛之下所包裹着,则是一个老年收养者的良苦用心。

一个被收养的孩子生活在善意的谎言中,以为父母在国外,但事实却非如此。奶奶去世,真相被揭开,这是一个收养者对孩子深沉的爱。"我心上裹着的皮毛一层层地化开,然后随着秋末时的那股气流,被迫蒸腾。只是,冬天就要到了,褪去皮毛的我好冷,好冷。"

带着一个秘密生存,就像是带着皮毛生存。作品背后的点题是"我做了一个很长的梦,梦到了奶奶,梦到了那一桌桌带着皮毛的午餐,以及她那双噙满泪水的双眼。""在梦里,我竟如此深刻地记住了她的五官——长满了皮毛,被埋进后山的那座小坟中。"

好的作文要有支撑读者相信的情感逻辑,要自圆其说。这篇作文基本做到了这一点,故事有一定说服力。另外,作者文笔流畅,看得出有着良好的阅读习惯及写作基础,尤其可贵的是,在构建一个曲折的故事时,文中有真情实感的流露,那种忏悔,那种幡然醒悟最终打动了读者。

> 我是一名热爱文学的理科生。我从小热爱写作和阅读。获得过北大手拉手、叶圣陶杯等大赛的奖项。
>
> 我爱好音乐，随旋律感受世界；爱好旅行，行有所思；爱好计划，让一切都变得井井有条；爱好冥想，雨夜的窗台是我的瞭望塔。
>
> 我性格温和，性情真实，敢哭敢笑，和身边的人相处愉快。三年的班长和两年的团支书锻炼了我的领导力，让我变得更加自信。
>
> 我追求完美，每一件事都会尽自己最大的努力，让自己不留遗憾。
>
> 这就是我，一个敢于追逐梦想的女孩！

沈 玥

带 皮 人

他将双手比画成一个圆圈，就像我们平时在跟另一个人比画一块月饼："这么大，真的，真有这么大！"但他不是在比画一块月饼，那样子更像是在比画手下咖啡杯的口径。打量了一会，他的手指细微地动了动，向杯子四周摆了摆，然后忽地向上一撑，两个大臂带动手腕向下一甩，"呼呼"，一声低沉从杯壁上发出。他四下张望，装出一副"这杯子大小正合我意"的样子，大摇大摆地走开了。

下一分钟后来到咖啡杯前就座的男子显然不清楚发生了什么。他把公文包放在自己旁边的座位上，取了一份挂在左手边的《今日早报》，右手去扶那斜躺在杯中的银色小勺。

那只手刚伸出去，却突然如触电般缩回来，左手中的报纸甚至也趁机滑了下去！男子一脸惊恐：刚刚他摸到了什么？毛茸茸、软绵绵，像只有皮毛的动物趴在那杯子上！

他又瞅了一眼那勺和杯子：以规矩的样式摆放着，洁净，但无光泽，上面并没有什么异物。他再次试图拿那勺子，可同样一种毛乎乎的东西隔住了他。

咖啡店的老板也纳闷得很，为啥今儿个所有的杯子都出了问题？生意都没法做了！

一头雾水的他们并不知道，刚刚有位特殊顾客来过，正是他把这里所有的咖啡杯，甚至小盘子，全部套上了"隐形皮毛"，没错，就是一种看不见却摸得着的皮毛，于是，所有人都无法再喝咖啡了。

这位"特殊顾客"很得意，为自己高贵的身份，也为自己的所作所为。

他是"带皮人"。

带皮人，你好

你肯定会问，世界上千千万万美如画的名字，叫哪个不行，非得叫"带皮人"？就跟饭店点菜有"带皮猪肉"似的。

带皮人，"带上皮毛的人"简称。工作内容为替生活无用品戴上隐形皮毛来阻止其使用；工作周期为周一至周六，周日要保养隐形皮毛；来源地？或者说故乡？这个不详，而且身份也是神秘莫测，说不定就是住你对面的那个烫泡面头发的广场舞大妈，或者是气派办公楼里端着咖啡梳着背头挤着电梯的小青年。但不管外表如何，带皮人的任务只有一个——整治不务正业的人类。

"整治"方法十分简单："无用之物"套上皮毛，当其被判定由"无用"转为"有用"时，便将皮毛摘下，恢复自由之身。比如咖啡杯，当用于"放松心情"时被判为无用，当其用于"提神醒脑"时被判为有用。

这位带皮人是位学富五车的"资深"带皮人，出生于血统纯正的法官世

家，父母都是"有无用法院"的法官。可以说，带皮人是看着一摞摞卷宗长大的，世间万物皆熟稔于心，对一个物体有用无用的判断也是自有办法。早先模拟训练之时他便表现不凡，如今正式开始工作更是让同行赞不绝口。他游刃有余地切换到一个又一个身份中去，表面上体验着这平常到无法再平常的"无用"生活，实际是在挥汗如雨地完成他的工作。

这位带皮人而立之年，一身黑西服，脚踏黑皮鞋，脸上架一副黑方框眼镜，融入到清晨上班族中毫不费力。可你还是能分辨出他的双眼无神，皮肤白皙但毫无光泽，像平面画中剪出来的一个人物，看上去怪怪的。

也是嘛，带皮人似乎认为世间一切都"无用"，也许享受太阳的照耀也被列为"无用"了吧！人又不是植物，没有阳光也一样生长，那就把自己身上套上隐形皮毛吧！等科技发达到人能像植物那般光合作用，再摘下来。

瞧！这就是带皮人的"有用无用论"，一切太绝对，太死板，太严苛，难怪他们脸上从来没有表情。

至于为什么使用"隐形皮毛"而不是"隐形塑料""隐形纸张"，答案十分简单：皮毛质量好，使用时间长；毛发减弱噪声，同时保护器具；触感丰富，给人带来全身一震的恐怖感……

带皮人工作

带皮人工作规矩得很，来到一处，行动，离开；再来到另一处，行动，离开……

花店。"呼呼"！带皮人双手拢圈，手指上撑，手腕下沉，瞬时完成全部工作。原本娇艳欲滴的玫瑰百合茉莉月季，全部成了"照片"，无光泽，无立体感，一点也不可爱了。他走出花店，站在门口看着来来往往的情侣脸上的失落、惊讶、愤怒、困惑……像在看哑剧，真是有趣！

买什么花！送什么花！谈恋爱只会耽误工作，无用！真是无用！

糖果工厂。"呼呼"！带皮人双手拢圈，手指上撑，手腕下沉，瞬时完成工作。他走出工厂，站在旁边的巧克力店门口，看着来来往往的大人小孩。失望、沮丧、撒娇、赖皮、哭闹……哈，真是笑话！

做什么巧克力！吃什么巧克力！吃这东西只会使人发胖，甜得人头脑发昏。无用！真是无用！

新华书店。"呼呼"！带皮人双手拢圈，手指上撑，手腕下沉，瞬时完成工作。他躲进角落，看学生们走近巴金小说、毕淑敏散文……又看他们无奈、低沉地走远，拿起一本本习题集、练习册、提分宝典……

读什么小说！看什么散文！全是些闲书，对学习成绩有害无利，无用！真是无用！

儿童乐园。"呼呼"！带皮人双手拢圈，手指上撑，手腕下沉，瞬时完成工作。他坐在旁边的小熊椅上，看小宝贝们"哇哇"哭着放下画笔，放下芭比娃娃，放下变形金刚，一抽一噎地开始读爸爸妈妈选来的早教书："山、天、地、人、火……"

画什么画！玩什么玩！从小就不务正业，未来还有什么出息？无用！真是无用！

电影院自动取票口、游乐园扶梯、冰淇淋的自动贩卖机、粉色舞蹈鞋，甚至整条街上的小商品店……全部被覆盖了隐形皮毛。

带皮人生活

虽说带皮人的生活极其神秘，可若你有心，或许会看到一幢房子或一个窗口，死气沉沉毫无光泽，像是画在墙壁上。我保证，那就是带皮人的家了。

他的房子平时被套上皮毛，只有需要晾衣服时才摘下来。邻居们很喜欢

这个"努力工作"的小伙子，竟有人有意招他为婿。

他开锁，进门，沿着一条既定轨线有棱有角地走向内间卧室。你我都会觉得，那轨线旁必定是大堆隐形皮毛，但事实却并不如此。内屋中是大堆显了型的皮毛，棕黄颜色，乱糟糟一团团，"显形"即是对它们的保养。门外那条"轨线"是带皮人计算后得到的最近线路，走其他地板格也无用，于是带皮人给它们都套上了隐形皮毛。

房间不大，街头宣传册中的常用构型，但少了很多装饰品和必需品，空空荡荡像个仓库。也对，我们眼中有用之物在带皮人看来也许连套上皮毛都不值得，也就直接没有购买了吧。

他机械地整理着显形皮毛，翻起，摆正，翻起，摆正……重复这动作整整一天。他靠在椅背上稍稍闭一会儿眼，周末便结束，正式工作立即开始。

他的西服、皮鞋、眼镜从未见过更换；那么多的隐形皮毛也不知从何而来；他工作的时候不知是否曾被别人发现端倪；他平时又过着一种怎样"有用"的生活……

可我们永远也无法知道答案的，因为神秘的带皮人永远都不会回答这些问题，对他来说，我们问这些，真是无用！

还是赶紧躲一躲吧，免得他把咱们的嘴巴也套上隐形皮毛！

带皮毛的午餐

带皮人工作了好久，累得他每天回"家"都气喘吁吁的。在这段时间内，带皮人完成了十分伟大的工作：他完美地控制了副食产业、玩具产业、娱乐产业、旅游产业、餐饮业……总之，只要跟"学习""工作"无关的一切事物，都被套上了隐形皮毛。

不过带皮人觉得他也许无法，当然也无须再回来帮他们摘掉皮毛。以他资深的经验，那些乱七八糟的玩意儿是应该被彻底销毁的，只是我们这位带皮人职业素养十分之高，为不惊扰社会，硬是不辞辛苦一个个地套上皮毛呀！

唉！可怜的人们，好自为之吧！现在我已帮你们全面地提高了工作、学习效率，业绩成绩也早已超出所望，继续加油啊！

带皮人知道人们并不理解他所做的一切，更没有办法亲手揭开那隐形皮毛，于是放心地在他首次光顾的那家咖啡店门口的长椅上人间蒸发了，在一个没有阳光的清晨。

人们的生活完完全全地改变了。工人每天工作，学生每天学习，各类游乐场健身厅玩具店茶馆咖啡厅早已关闭，只剩下了餐馆——人们还是要吃饭活命的啊！

可带皮人忘记了，他们有些许特殊之处——他们无须吃饭。所以当带皮人一边错误地将所有饮食用品全部套上皮毛时，一边还在咒骂这世间为什么有这么多杯杯盏盏！

可怜的人们没办法了，只好隔着皮毛做饭、用餐。食物在大锅上空悬空飘着，不舒服地挤来挤去；人们喝着悬空的咖啡，吃着悬空的米饭，就着悬空的青菜，旁边是一小碟悬空的辣椒调料，红彤彤的，灯笼辣椒。

人们面无表情，只听有用的，不听无用的；只看有用的，不看无用的；只做有用事，不做无用事……

譬如，吃饭时看对方的嘴巴，就是极其无用的事。

过了好多好多年，人们谁也没发现别人吃饭时嘴角显了形的棕黄色皮毛，当然自己也没有感受到这毛发引发的毛茸茸软乎乎痒痒的触感，因为感受这个，是极其无用的。

所以，他们直到现在，也没有发现，自己吃的其实是带皮毛的午餐。

一切正遂了那带皮人的愿。

（作者学校：山东省临沂市第一中学）

点评专家 | 杨庆祥

中国人民大学副教授、著名评论家、茅奖评委

沈玥的《带皮人》严格来说是一篇短科幻小说，故事描写了一个神奇的族群——带皮人。他们的工作是将一切无用的事物，包括休闲时喝的咖啡、送给情人的花朵、小孩子爱吃的糖果，对考试没有任何帮助的书籍等，全部用一层皮毛将其包裹起来。其目的，是为了让人们不在无用的事物上浪费时间，只做有用的事情。最后，甚至是吃饭用的餐具也被裹上了皮毛。

带皮人工作认真，一丝不苟，有钢铁一般的意志。这类人物，其实在日常生活中也能够见到，那些完全没有想象力，刻板地在既有规则下生活的人们，不就是带皮人的缩影吗？在这个意义上，这篇作品有一定的现实批判意义。带皮人在某种意义上是实用主义时代被异化的人类的代表，这让这部作品在黑色幽默中又有一点反乌托邦的意思。

作品立意巧妙，语言准确，故事的发展符合逻辑。在天马行空的想象中又直指当下社会的弊端，这说明作者在生活中善于观察和思考，并具有一定的理论建构和形象思维的能力。这对于中学生来说，是一个非常了不起的起点。毫无疑问，这是一部非常优秀的作品。

> 我是一名地地道道的理科男。不同于一起参赛的其他自小热爱写作、在文艺的熏陶下成长的同学们，以往的我是"熏陶"在视频制作、机器人编程和研究制作各种"新鲜刺激"的设备中的。我也是学校创客空间首批成员之一。
>
> 应该说，我真正的写作之路是由参加"北大培文杯"开始的。即便无法在这条路上走得那么远，我也定要看看这沿途不一样的风景。

朱超然

毛皮下的妮卡

"那个妮卡已经不是妮卡了。我每天都得不断喂养她，打扮她。我不知道这样的日子还要过多久。"走出我的心理咨询室前，妮卡——我的一位病人，这样对我说，"医生，谢谢你能倾听真实的我。我每天都有写日记，下次来的时候，我想我会带上它的。"她轻轻带上门，离开了。

妮卡一走，我就把她抛到九霄云外了。在我看来，妮卡，一个为不得不在朋友圈"晒幸福"而苦恼，却又无法自拔的普通白领。在我看来，都市人都有这毛病。眼下我必须把精力放在另外几个比较复杂的病人身上。

然而几天后，两名警察找上门来，带来的消息令我大吃一惊。妮卡死了。服用过量安眠药自杀了。一番问话结束后，警察给我了一沓资料。"这一份是妮卡日记的复印件，她曾指明要将它们交给您。还有这一份，是妮卡发在朋友圈的信息，她自杀的原因也许和这些有关。先生，您是妮卡的心理医生，如果您有任何新发现，请及时通知警方。谢谢您的合作。"

我对比着翻了翻两份文件,结果发现,妮卡的情况大大超出我的预估。

妮卡朋友圈 2015 年 9 月 14 日:炎炎夏日如果能在哈根达斯店里美美地舔上一只雪糕,那真是再开心不过的事情啦!(附上几张和雪糕的亲密合照)

评论 1:真羡慕!评论 2:土豪!壕!

妮卡日记 2015 年 9 月 14 日:今天我站在哈根达斯店的门口,犹豫了一下。我看了看自己,觉得衣服搭配得还可以,只是款式有些旧了。想到我好几天都没有在朋友圈里收获"赞"了,最终还是决定走进去。然而一进去我就后悔了。我觉得好多人的目光都在打量我,好像在打量一个乡下姑娘那样。我努力让自己从容起来,尽量用平稳一致的步伐径直走到柜台那儿,好让别人觉得我经常来这里一样。排队时,我能听到身后那人不耐烦地在用脚点着地,那服务员接待我的时候也分明没有像接待前一个顾客那样热情。他们不是真的把我当成乡下姑娘了吧?

妮卡朋友圈 2015 年 10 月 5 日:明天是我的生日,我给自己美美哒买了一条项链!

妮卡日记 2015 年 10 月 5 日:明天是我的生日,想到上次在雪糕店的窘迫,我想该给自己打扮一下了。找到一家挺高档的服饰店,我尽量挺直了身子,学着韩剧里那些千金小姐们的步子走了进去。但我明白,那店员一定是一眼就看出了破绽。我小心翼翼地取下一条打折的连衣裙,询问她能不能试试。"可以。"但那条裙子不太合身。我又找了另一条,"我可以试试么?""可以。"我心里祈祷着快让这条裙子合适吧,但它宽了一大截。我又试着找找其他款式的连衣裙,我不敢再要求试穿了,只是拿它们在身体面前比一比。我感觉得到店员在不耐烦地整理前两条裙子。我多么期望有其他顾客赶紧进来,好让她别再注意着我。终于我找到了一条看起来特别合适的连衣裙，我拿着它转向店员，想直接买下来算了，店员却直接说："你不可以再试了。"我一下子懵了，脑袋里一片空白。接下来，我慌慌张张地走到首饰区，抓起一条看起来挺贵的项链，就匆匆地结账离开了。为了它我以后要吃一个月泡面了。

妮卡朋友圈 2016 年 2 月 14 日：（一束收到的玫瑰花的照片）。
评论 1：这么好，谁送的呀？评论 2：秀恩爱，分得快！
妮卡日记 2016 年 2 月 13 日：我看到我前男友在提前秀恩爱了。噢，他的新女友真是恼人地漂亮。那小嘴，那小腰……哎，我可不能让他这么得意了！我要让他知道，我也是有人疼有人怜有人爱的，我更幸福！于是，我在楼下的花店给自己订了一束玫瑰，这样明天就可以发到朋友圈上了。

妮卡朋友圈 2016 年 5 月 2 日：看！我现在在纽约现代艺术博物馆。（一张《物品——带皮毛的午餐》的图片）这可是毕加索与奥本海默的智慧结晶哦！一套餐具穿上皮毛意味着什么呢？嘻嘻。
评论 1：想不到你这么有艺术细胞哦！评论 2：有思想的女孩最美！
妮卡日记 2016 年 5 月 2 日：排了这么久的队终于到了我那些女伴们常谈论的什么"艺术殿堂"了。在这里我看到了一大堆莫名其妙的东西。

妮卡日记 2016 年 6 月 3 日：今天我前男友结婚了。看到照片上他那洋溢的笑容，我觉得心被人狠狠捏了一把，酸疼酸疼的。怎么可以这样！不行，不能这样。我一定要让他嫉妒我，让他后悔！我现在活得这么幸福快乐，这么多人羡慕点赞，他知不知道？他一定会知道的。一定。

妮卡日记 2016 年 6 月 27 日：今天我前男友带着他的女朋友——现在是

妻子了,去美国度蜜月了。还在纽约现代艺术博物馆里我上次拍的那个《带皮毛的午餐》前照了相,还@了我,说什么与众不同就是艺术。可那些还算得上餐具吗?为了可以被别人摆在展厅里观赏拍照点赞,它们永远失去了本来的样子和原本的生活,这其实挺悲哀的吧。

妮卡日记 2016 年 6 月 27 日(补加):挺悲哀的,这餐具,不就是,不就是好像我一样么。我,唉,我这几个月来都怎么了。其实我真的好累,一直都好累,但我停不下来,怎么办?我是不是该去看看心理医生了?

妮卡朋友圈 2016 年 7 月 3 日:好想死,不想活了。
评论 1:怎么啦?前几天不还好好的吗?评论 2:发生了什么?别想不开啊!有什么事可以说出来,别憋着,你看大家都那么关心你。
妮卡日记 2016 年 7 月 3 日:到底有多少人爱我?到底有多少人真的在乎我?如果我现在真的死了,有多少人真的会为我落下眼泪?也许他们只是在朋友圈里唏嘘而已吧。我每天这么精心地在朋友圈里打扮自己,可如果我现在真的快死了,会有人真的心急如焚地跑来我家,拍打着我的房门大声告诉我"妮卡,我们真的爱你"吗?

妮卡朋友圈 2016 年 7 月 7 日:(一只血淋淋的手)
妮卡日记 2016 年 7 月 7 日(一):一定有的。一定会有人在乎真正的我是什么样的,而不是只在意朋友圈里那个光鲜的妮卡。看,我把红墨水倒在手上,他们就会跑来我这里,来陪真正的我了。让那个妮卡去死吧!

妮卡日记 2016 年 7 月 7 日(二):我听见了,我听见了!我听见了他们的呼喊,听见了他们用脚踹门,用身子撞门的声音了!哦,我听见了那句

"妮卡，我们真的爱你了"。哦，天哪，我现在好想冲出去拥抱他们，对他们大喊，我爱你们！

妮卡日记（最后一则，笔迹潦草）：就刚才那一霎，我看到了自己的手。一只被颜料染红的手，如果他们知道了……哦，不！我不是那种欺骗关注的人。怎么办怎么办？我该怎么解释？他们会不会再也不理我了？对了，我想到了，拿真的刀来。可我不敢真的划下去，我怕疼。对了对了，还有安眠药，安眠药。

每日新闻2016年7月14日：今日警方在世贸大厦的广场前逮捕了一名发了疯的心理医生。只见他脱光了衣服对着众人大喊："脱下皮毛！脱下皮毛！"现已被送往精神病院。据悉，他的一位病人前几日刚刚自杀，他可能由于过度自责而发疯。

每日新闻2016年7月15日：今日，经精神病专家鉴定，心理医生被确认无心理问题而出院。在接受记者采访时他表示，他是在呼吁大众脱下皮毛做真实的自己。令人奇怪的是，他并没有指明皮毛指代什么，而大众身上也明明没有穿皮毛。

（作者学校：广东省广州市执信中学）

点评专家 | 张学昕

辽宁师范大学教授、著名评论家

　　通信技术的发展让人类的生活变得越来越便利，电话的发明到互联网的联通，人与人之间的联系似乎愈加地紧密起来，不论隔着几重山几片海，一句语音留言一个视频链接，就可以瞬间缩短一切距离。但是正如硬币的正反面，随着人们联系地越加密切，个人生活的透明程度在主观的选择下被越加地放大，因此给人们的虚荣心留下了空档，朋友亲人之间真挚的情感背后衍生出拜金、攀比、嫉妒、虚伪、做作等负面的情绪，甚至会造成心理疾病。

　　这篇小说的作者刚好抓到了人类隐藏的痛点，通过日记和朋友圈的文字记录、对比，直观地将主人公虚荣的隐秘曝光在读者面前，同时也暴露了现代人冷漠、自私又孤独的弊端。"皮毛"象征着人类为自己打造的华丽而虚伪的面具，医生的疯狂举动正是呼吁人们脱去伪装回归真实。小说的取材贴近当下，利用网络、日记和新闻三种"客观"的叙事方式，加之医生主观的叙述相辅相成，独特而有深意。

> 本人2002年出生，性格开朗、活泼，爱好广泛。喜欢英语、写作、主持、钢琴。现为吉林省青少年作家协会会员。先后在《新文化报》《长春日报》等刊物上发表各类文章二十余篇，部分作品收录在《青柠时代》《小荷初露》《最美吉林》等作品合集中。
>
> 本人喜欢的名言是：宝剑锋从磨砺出，梅花香自苦寒来。

董亦婷

白夜·物语

我记得，这是1936年的夏天。闷热的天气使我昏昏欲睡，作为咖啡馆里一个优良的咖啡杯，这种状态也真是让我有些惭愧——不过这也没办法，谁让巴黎这座大都市每年的夏天都来得如此迅猛，又迟迟不肯离去。

我想我是羡慕老板娘精心摆放好的那些"艺术品"，可以优哉游哉独享清静……唉，这样美妙的生活，我一个普通的咖啡杯还是算了吧。

我感到一颗炽热的"心"缓缓沉了下去。

门外传来一阵声响，我猛地一惊，将视线转向门口——两位西装革履的先生在侍者尊敬的目光中迈步进入这小小的咖啡馆。

"嘿，诺曼，你见过那两位绅士吗？他们可是艺术家奥本海默和毕加索先生啊。"旁边的勺子克莱夫低声向我说道。

我顿感眼前一亮，欣喜地打量两位大人物。令我更为惊讶的是，他们几步便走到我们所在的桌前坐下。"艺术家！"我惊叹，多么令人向往的称谓啊！

侍者将我斟满异常香醇的拿铁，我看到奥本海默先生礼貌地笑了笑，然后轻啜一口咖啡。很久，他们也只是品尝着杯里的咖啡，未曾开口说一句话。

倾听未来的声音

我有些激动的情绪渐渐随着时间的推移平稳了下来,隐隐有几许失落。

就算是艺术家又如何?我依旧还是那个易碎的咖啡杯,本身没有发生任何变化……

"一切东西都可以套上皮毛。"突然坐在对面的毕加索说,打量着四周的一切,目光坚定而又自信。

这很正常,我想,谁在冬天不穿皮毛呢?

拿着杯身的奥本海默突然顿了一下,旋即狡黠一笑,微笑着将我放回茶碟:"既然如此,那么咖啡杯和勺子也可以套上皮毛。"

我微微一怔,想了想。

然后我也笑了。

好了,我亲爱的读者们,现在是1939年。如您所见,我和我的勺子兄弟都套上了皮毛。唔,的确,套上皮毛的过程有些痛苦,不过还好啦。我——套上皮毛的咖啡杯终于成了一个居住在奥本海默先生家中的艺术品之一。

见过我们的人都露出惊异荒诞的表情,可我不在意,甚至心中有点小得意。这没什么,只因为我是一个被创造出来美妙的艺术品。

不过近来四个月内——六月到九月,来访先生家中的人似乎少了很多,先生也基本足不出户,许多时候也都在家中踱步或收拾什么。好多次我听到他低声像是在祷告一般:……战争就要来了……

是的——我听说——九月一日早晨,战争爆发了,不过这又有什么关系呢?我依然是我,一件艺术品,自得其乐地生活着。

然而,令我意想不到的是,奥本海默决定出售他的艺术品,以及他居住了许多年的住宅。我不记得那一天自己是怎样度过的,只看到一个人带着我几乎从未见过的欣赏目光将我带走。我不知道他支付了多少——十万?一百万?我不想知道,只是呆呆地望着愈发模糊的居住地,没有和勺子说一句话,尽管他一直在喋喋不休。

我忘记了是怎样来到新家的。在我回过神之前,新主人已经脱下皮鞋,抱着我进入了房间,他走得很急,气喘吁吁。

"亲爱的。"他开口说道,我听出他是一个德国人,"看看我给你带回来什么了?"

他的声音听起来充满欣喜,然而当女孩转过身时,我看到她的双眉微微蹙起。"这是什么?"

她冷冰冰地开口道,将主人说得愣在原地,好久才涨红了脸结结巴巴地说道:"我从奥本海默先生那里买的,是……给你的礼物。"

"哦?礼物?"她挑了挑眉,声音尖利得像一把刀子,"这种垃圾给我当礼物?"我看见男人脸上原本期待的笑意变得僵硬,像一朵鲜花尽数凋零,旋即他颓废地坐在沙发上,双臂抱着我和勺子克莱夫,一言不发。

"那女人真不识货。"克莱夫轻蔑地冷笑了几下,他看向我,希望一直沉默的我可以给予他肯定的鼓励。

"唔,也许吧……"我含糊地回答着,脑海中不断闪现的依旧是"垃圾"这个词。

艺术品怎么会是垃圾呢……我有些愤慨,却也夹杂着几丝困惑。我想,我也不知道,当初充满喜悦的"心"此刻却塞满无奈的苦涩。

克莱夫接下来说的话我一句也没有听进去,男人欣赏兴奋的眼眸已然彻底消失不见,我和他也许在思考同一个问题——我究竟是所谓的"艺术品",还是实实在在的垃圾?

不幸的是这个问题还没有解决,我与克莱夫便不得不踏上另一段漫长的旅途。

其实在新主人家中待的时间足够长,只是对回答这个问题又太短——三年了,我不知不觉从1939年走到1942年。是新主人据理力争将我们留下并

妥善照料。可以说我度过了愉快的时光——当然不包括女主人像是看垃圾的眼神冷冷盯着我，也许是因为她发现怎样都无法将我摔碎。

我本以为就是这样度过余生，然而就是1942年，又一个夏天，新主人——一位伟大的飞行员在一次事故中死去。

我为他感到悲伤，也为我们的未来感到忧虑。不出意外，我们已被扫地出门，放置在巷口那堆散发着阵阵恶臭的垃圾中。

这一待，又是二年。

每天早晨，我们在极不显眼的位置，看着一波垃圾离开，接着另一波垃圾到来。勺子克莱夫不再像往常一样总是说个不停，他现在和我一样，大部分时间都在发呆。我相信，我和他的心情应该是相同的——苦涩、哀伤、无助，还有一抹莫名的悔恨。

"克莱夫……"有一天我终于开口。

"天，你终于说话了！感谢上帝，我都快被这无聊透顶的苦水淹死了！"他激动地打断了我。

我无奈地看了他一脸的意外和狂喜，心中却无半点反感。我继续道："你说我们会不会在这里一直待下去？就像垃圾一样？"

他突然认真地看着我。"不会的，相信我。"他的语调充满前所未有的正经和坚定，"我们不会一直在这里待下去。"

或许是被他所感染或深深打动，我在这二年里第一次露出微笑。

"嗯，我相信你。"

转眼到了1944年暮秋。也许是秋天过早地席卷了柏林城，大部分金黄色的银杏树叶纷纷从树梢脱落，蹀躞着在空中无声地划一道道优美的弧线。

这是柏林。我还来不及感喟它的美，便被一列运送牲畜叫"帝国列车"的火车送往一个"好地方"——奥斯维辛。

听克莱夫介绍，德国和其他德占区的犹太人纷纷被送往此地开始他们的新生活。我不禁对这个地方充满好奇和期待——不知道什么样的生活在等待着我们去享受。

"到了。"与我们随行的一个犹太人轻声说道，他美丽的蓝眼睛盯着木板上的字：奥斯维辛——劳动就是自由。他的唇角无意识地轻轻扯起，嘴中不断吟颂着赞美弥赛亚的诗。

我也满怀向往地，随着将我们从垃圾中拾起的那个老人，进入了这座大的牢笼。

我不知道前方会是什么，但看所有人的神情都预示着这将是一个天堂一般的地方。

1944年11月。

老人——就是再一次将我和勺子克莱夫带向新生活的犹太牧师死了，被两个身着深灰色军装的党卫军活活打死。我亲眼所见。

我们目瞪口呆。

十天前那个应该是天堂的地方怎么变成了人间地狱。到处是叫骂惨叫声，绞刑台永远在颤抖，焚尸炉永远冒着股股黑烟——我一时还没有反应过来，只觉得一切都在嗡嗡作响。

克莱夫比1943年还要沉默，我猜他应该是被吓到了。

我不记得在苏联红军到来之前，我们在这里究竟待了多少天。只记得我们浑浑噩噩地被不同人倒卖，一双手接了过去，将浓汤尽数倒在里面，却发觉大部分汤水已被我身上的皮毛所吞噬。他绝望地将我扔在一边，咒骂一般说道："该死，它要是一个咖啡杯该多好！"

该死，它要是——它就是——曾经是——一个咖啡杯。

多么讽刺——多么可笑！

我第一次为自己成为一件所谓的艺术品感到懊悔。我想脱下皮毛，回到

最初的样子。

也有人真的那么做了,只是他用尽全身的力气也没有将身上的皮毛拽下一丝一毫。我忽然绝望地意识到,它也许与我融为一体了。

也就是这时,我与克莱夫分开了。

在这炼狱般的日子里,不断有人哀号着死去,而我原本会被叫声揪起的心也渐渐变得麻木。

我一直没有忘记那个问题:垃圾,还是艺术品?

这也许对我,已经不再重要了吧。

2016年。

过去将近八十年,如今我置身于美国纽约的现代艺术博物馆。柔和而明亮的灯光笼罩在我的周围,身下是柔软的垫子,过着清静"艺术品"该过的生活——但不知为何,我早已没了1936年的喜悦兴奋。

幸运的是我和克莱夫又重新相聚,只是如今的我们谁也不愿意再开口,穿着皮毛的,成为艺术品的我们,却什么也感觉不到了——只有无尽的孤独、孤独、孤独……

皮毛终究只是皮毛,满足了虚荣却带来了无法磨灭的伤痛,失去实用价值成为艺术品真是够蠢的,我时常自嘲。遗憾的是,没有一个人停下来看到我落寞地扬起又垂下的唇角。

对了,"垃圾还是艺术品"这个问题我想明白了,在和平年代中只有在艺术家眼中才是艺术品;在战争时期,饱受磨难的人们看我们都将是垃圾,一文不值,理应被丢弃,无用的垃圾。

"喂,诺曼。"

我听到克莱夫再一次开口,他的声音轻得像是一片虚无。他呆呆地看着我,视线没有聚焦点:"我想回到从前,安分地做一个汤匙,快活不必受人非议的目光的生活。"

我叹了一口气，什么也没说。

可惜，你再也回不去了。

就这样吧！

（作者学校：吉林大学附属中学）

点评专家｜陈旭光

北京大学教授、著名学者

此文构思极巧，颇有创意：把艺术品拟人化，从艺术品的视角，自叙、反观自己如何被创造，如何在一些人之间辗转接手，又如何经历二次大战，遭遇奥斯维辛集中营，以艺术作品的视角见证人类文明的历史。这是小人物（器物）与大历史的融合！

作为中学生，能在决赛规定的时间内，在不一定了解——甚至可能没有听说过这个艺术作品（这本来就是一个非著名艺术家的非著名艺术作品，女画家奥本海默在本文被虚构为"绅士"）的前提下，虽然这个艺术作品作为超现实主义的名作，有明显的隐喻性、先锋性、标新立异等艺术哲学意味。可贵的是董亦婷同学，扬长避短，迅速抓住1936年这个时间点（二战即将爆发），把这个艺术作品纳入人类历史之中，一下子就有东西可写了。这真是创意制胜呵！当然，文章还是紧紧抓住了艺术品的特点，还是贯穿了诸如"垃圾还是艺术品"这样颇为"高冷"的思考。

另外，本文的童话般的拟人写法，也容易让我们想起诸如《美女与野兽》《钟表店的故事》《玩具总动员》等著名艺术作品中器物拟人化自成一个童话王国的故事结构。或许是有意借鉴化用，或许是无意识，但英雄所见略同，或许是"积之在平时，得之在偶然""英雄不问出处"的灵感火花——这都不重要，重要的是，这篇文章创意力十足，给了我以超强的想象力、创意力和语言表达能力的享受。谢谢你！

> 回首来路,我在追寻文学旅途中留下了点点足迹:2014—2015年有六篇格律诗习作发表于《中华诗词》月刊;2015年获第十六届全国青少年"春蕾杯"作文竞赛一等奖、第三届中国汉字听写大会全国巡回赛北京赛区决赛优胜奖、第二届"北大培文杯"全国青少年创意写作大赛决赛初中组二等奖……
>
> 沙上留痕,淘漉自有光阴。俯仰世间,愿携翰墨为侣。那未曾涉足的远方,那缀满星辰的梦幻,引我上下求索,望断天涯路。

李岱宸

无字之谜

艺术博物馆,是艺术品暴露于天日之下的陵园,亦是人类向那难以企及的真与美祭祀的神坛。

厚重的玻璃罩幽幽地泛着冷韵清辉,一件件被人类抟造矫饰的艺术品被禁锢其下,接受着一道道目光温暖的叩问,抑或冰冷的质询。而无论是轻轻一瞥、锐利一睒,或者是长久的凝视,都在抛出同样的疑问——你是什么?你又意味着什么?

艺术的意义——这是人类对于宇宙人生的无穷浩叹,亦是亘古至今人们不懈求索的对象,承载着艺术家和匠人的慧心与巧手,担负着寄予它的殷殷深衷,一件件艺术品脱胎而出。它们无口不能言,但在长久的沉默中,在无声的倾诉中,万种千般的内蕴与希冀如清溪自无形中涌出,不竭地注入文明之河。

乍见这奥本海默的惊世之作《带皮毛的午餐》,心中的惊奇自不待言——

这深褐色的朴陋粗拙的器物，竟能触动观者的心？但细细端详，这件艺术品所呈现的荒诞的表象，矫饰的外貌，似乎昭示着一个攸关人性的巨大秘密。且让我与它对视，以管窥天，以蠡测海，化身眼前的茶具，去叩问，去体悟，自己皮毛之下的艺术真谛……

我是一套茶具，刚刚脱胎于炉窑烈火中。我与我的同伴们或由泥土抟造，或由枝柯琢成，出于自然，且终将归于自然。我深知自己原是质朴无奇的，但，我亦坚守自己生命的意义：斟满潋滟的甘露，并等待一刹那的倾注。对此我深以为傲，毕竟万物之灵人类，也不过是一件血肉凝成的、精巧温热的容器罢了，惟其中盛贮的灵魂，在时光中酝酿，在沉淀中芳醇，优雅明净，才是那生命的精华。

然而，1936年巴黎一家咖啡馆里的几句谈笑改变了我的命运，令我与同伴们分道扬镳。我终究是不同的，因着毕加索一句不着边际的话："一切东西都可以套上皮毛"，遂引来了奥本海默的奇想。遂令我，一套平凡的茶具套上了奢靡的华服。

最初，我似乎与装裹在外的皮毛相安无事。每一段皮毛的剪裁都严丝合缝，每一缕绒毛都柔顺如锦缎。只是，心中涌动着莫名的悲戚，似乎人类惠赠的皮毛于我并非华服，乃是枷锁。这些皮毛不知从何处借来，它本不属于我，我亦不属于它。我质朴而来，还应质朴而去，不带走一丝冗饰，可如今却是不能够了，我只有追忆自己尚是自然之子时；遥想自己重归于泥土后的亿载兆年，我发觉眼下的矫揉造作的形态，虚幻得如同缥缈的晨雾，只是人类社会稍纵即逝的幻象。

在这虚幻的形态下，我不再是我，我被妆饰成了玻璃罩下的困兽，被剥夺了返璞归真的权利。玻璃罩外的人注视着我，享受着"熟悉事物带来的新鲜感"。而我，只觉自己好似一面镜鉴，映出了人类社会的种种虚伪与不堪。

艺术家利用形象的变体,将我随意地引导到近乎荒诞的方向,于是我和这个世界之间的关联,就变得如此脆弱、多变、可疑。难道人类文明不该为他们加诸我、也加诸他们自己的痛苦而深感愧疚吗?

透过那厚实的毛丛,我悲慨地吟唱:

"有谁能撕去这袭皮毛,还我为自然怀抱中的赤子?"

"有谁能抟我为无瑕的泥,重回大化的无限无垠?"

可惜,这些都是徒劳,我依然被锁入了纽约的现代艺术博物馆,也被锁入了一种残酷不仁的命运里——空以新奇的外表为人瞩目,本真的面目却被人忘却。

我恐惧,惧我将在展柜里腐朽终老。冰冷的玻璃罩是一道藩篱,篱外是苦乐交融的人世间,篱内是千秋万代的延宕和无人理解的凄凉。世界被分割为篱外和篱内,篱外的同伴游走在餐桌上,流转于人们的手心里,他们怀抱的是茶烟袅袅,或是咖啡在荡漾,人们将俯察它腻白如玉的纹理,细聆勺在杯中搅拌叩击的戛戛金玉之声,兴许还会赞一句:杯里乾坤大,壶中日月长!

而这一切于我都成梦幻泡影。我无数次地想象自己作为茶具时的情景:香醇的咖啡刚一入杯,那层厚重的皮毛便迅速胀饱了,黏腻的毛丛在杯底飘飘荡荡,仿佛交错缠结的水草,令人不忍卒睹。我想,我的生命之魂已被皮毛闭锁,永远的喑哑黯淡了。但我隐约感到,承受如此命运而不自知的,远非我这一杯一勺。

也许这便是我诞生的意义吧——默默接受一双手的改造,以自己的毕生蹉跎,换来人们对存在之意义的反观。人们啊,我无声的警讯,你们听到了吗?这则无字之谜,你们读懂了吗?

一段荡气回肠的喟叹,在物品的纤缕络丝间萦绕,令人怔忡失神,有泪如倾。一件直径二十多厘米的艺术品,竟在我心中掀起如斯风浪,不知这可是奥本海默创作的初衷？八十年前这作品被注入的一缕不灭的精魂，飘荡至今，令我默然会心。

是呵，"夫天地者，万物之逆旅也"，茶具与人终归一理。可为什么，套上皮毛的物品惹人惊奇，博人怜悯；而身着皮草、脚蹬皮靴的人却对自己的处境懵然无知？

不知何时起，人类剥夺动物的皮毛为己所用，不再是为了蔽体，而是为了矜夸。在衣香鬓影的遮饰下，人们将深心掩藏，掩藏在野兽的皮毛下，与本真隔绝。臧否人物的准则，也悄然从金玉般的品格，转变为霓虹般的外表。"幻来亲就臭皮囊"，却丝毫不论，那华美皮毛下，究竟是血肉，还是蓬蒿？

想起梭罗在瓦尔登湖畔的冷眼观世："这虚伪的人类社会啊！为了尘世的'伟大'，将天上的欢乐淡化得无影无踪。"

那"天上的欢乐"岂非是以本真之体，以赤子之心，徜徉自然之中，寄情俗世之外的一份旷达与洒脱？岂非"挟飞仙以遨游，抱明月而长终"的乘化归尽，物我为一？

这样的物我为一，在当下可还能见到？大约，不是人操纵了物，便是物限制了人罢！呜呼，"既自以心为形役，奚惆怅而独悲"！

我无以释怀，唯有捧起梭罗洞烛世情的诗篇低诵："我在夜晚步入丛林，因为我希望活得深刻，活得有意义，汲取生命的精华，将非生命的一切都击溃，以免当生命终了，发现自己从未活过。"

这件艺术品是一道宿命的警讯，意味深长——现代都市的繁华与虚伪，从每一道孔隙渗入人心，皮草锦服如是，珍馐细脍如是，将人们的性格消磨得锋芒尽褪，匆忙之间为葆皮毛光鲜，将灵魂也弃在了黑暗的一隅，却不知找寻、拾起。最终只落得一个无心无魂，以他人的啧啧赞赏与欣羡的目光为最高追求的境界。殊不知，皮毛会朽化成灰，缺乏意义的生命会湮灭无闻。皮毛看似光鲜，实则是吮人灵魂的吻。

《带皮毛的午餐》依旧默默卧于博物馆中,在玻璃罩下,迎送纷至沓来的复杂而幽微的目光。这"餐具"令每一个品尝其中真味的人如鲠在喉。它无言地散发凝重的气息,像一则无字之谜,有着荒诞的表象与无章的情韵,却无端令我着迷,令我痴狂,仿佛覆在它身上的皮毛,就密密围裹在我的心上。

(作者学校:中国人民大学附属中学)

点评专家 | 邵燕君
北京大学副教授、著名评论家

对于艺术的理解,向来是多种多样的,并且随着时间的推移,同样的作品所带来的艺术体验会更加趋向多元,并能引发人们对当代社会的反思。在《无字之谜》中,作者对一个诞生于1936年的超现实主义艺术品《带皮毛的午餐》的理解也已超越了时代,直抵现实焦虑与困顿。

这部作品的写作手法是夹叙夹议的,而在叙述中,作者也转化了一次叙述主体,直接以皮毛餐具本身的视角,以其之口来阐释。这样的写法是具有新意的,文字的应用也较为细腻。值得一提的是,在这里,皮毛餐具对人类社会有窥视、有评议,这样的评议与前后文人类对它的理解形成了互文,带来了一种独特的错位体验。

事实上,《无字之谜》的结构非常严谨。若是仔细阅读,不难发现作品严格遵循着"起—承—转—合"的架构,看似兴之所至,实则笔笔谨慎。当作品的篇幅进入中后段,主题的升华也如约而至——通过皮毛餐具,这篇作品想谈的并非皮毛下的餐具,而是皮毛下的人。在这里,作者带领着我们真正进入了对《带皮毛的午餐》这艺术品真谛的探索。

总体而言,《无字之谜》是一篇有想法、有洞察、有追求的佳作。虽然在作品中,一些疾呼和说理有时会来得过于"实诚",但其对艺术的体验和对现实与人性的观察,已经超越了我们中的很多人。

阅读是我品尝灵魂的方式；舞蹈是我面对生活的模样；写作是我宣泄情感的姿态。

在我看来，文字是一种浸染和传递生命的神奇媒介，它的排列组合和变化无穷，它的包容和力量，足以将时间长河里的所有生命网罗其中。

已出版《百馆游》《名篇伴我成长》等四本书，分别被英国剑桥大学、中国现代文学馆收藏。曾在《人民日报》《少年文艺》《美文》等报刊发表多篇文章，主编《孩子眼中的京杭大运河》一书。

做一个被文字吸引的人——又或许，多了那么一点点运气，能够用自己的文字在你的心中荡起一圈小小的涟漪，那真是一件最幸福的事。

吴宛谕

变成穿着皮毛的咖啡杯，敬你

变成一盏穿着皮毛的咖啡杯

装上清冽的、珍珠色的美酒，敬你

在洁净的黎明之中，敬你

看着你一饮而尽

看着那残剩的珍珠一点一点地

渗入我那浅棕色的皮肤里

将人间囚禁

你皱着眉头对我说，不够
你说众人皆醉，而你
受够了独自清醒，你以为汨罗的江水
会是最清澈的
却不曾想苍老而坚硬的河床上，也有
红的尖刺，也有绿的泥淖
当你用足尖轻触时会泛起阵阵混沌
你怜惜地抚着我的皮毛
好像在抚摸着你百孔千疮的祖国
"我有多像你。"你看着我轻声说
浑浊的老泪中，渔夫踏着歌远去了
你的泪滴落在我的胸口
是灼热的，放心
我会把它收藏在心里，一刻不离

你酣畅地对我说，好酒！
我却分明看到你苍白的胡须上闪着琥珀的光
想必是喝得太急罢？
众人皆说你与月为友，嗜酒如命，说你是仙人
说你"天子呼来不上船，自称臣是酒中仙"。
当你报以疲倦的微笑时，他们说：
"看，他又醉了呵！"
你看着我轻声说：我早已不会醉了
然而你又有些惶惑
"我只是个凡人而已。"

吴宛谕
变成穿着皮毛的咖啡杯，敬你

是啊，当你拜服于金銮殿的玉阶之上
抬头看清那高居台阶尽头的人间帝皇时
刹那间我明白了你洞察一切的眼神
幸运的是
青崖之间，还有一匹可以飞翔的白鹿
等着你
你骑着它遍访天下名山，回到我身边
你深情地抚着我的皮毛：
"我有多像你。"

你淡然对我说，一杯足矣
你说幸好这不是孟婆汤，我还放不下这世界
在这个风雨飘摇的人间
你在旁人惊异、思索、亵玩的目光中
以一曲胡笳十八拍
惊起从夜达明的鼙鼓
所有的矫情自矜年少轻狂都被胡风吹远了
朝堂之上，你跪在汉家丞相脚下恸哭
哭到肝肠寸断，却依旧倾国倾城
至此，不再无枝可依
你向着夕阳举起我，往嘴里一倒再倒
直到一滴不剩，你的容颜美丽如昔
你对我说："我有多像你。"

你一小口一小口地品着

倾听未来的声音

粗糙的唇掠过我柔顺的皮毛，你笑了

你端详着我，目光深邃而清明

我紧张地看着你

你会嫌弃我这身古怪的皮毛吗？

你没有作答，只是眼神更加晦暗

在那个麻木的人间你振臂直呼了啊

在那个多病的世界你拿起笔了呀

你写下一行又一行

笔锋犀利

我叹息了一声，望着你，也许

你也知道这一切都无法阻止吗？

尽管你曾手按《新青年》，说这是徒劳

但你终究表示要"也来喊几声助助威罢"

你摇晃着铁屋子里的人们，叫醒他们

你也要向着曙光挣扎着出去

你要给那些聚焦在地平线的青年以希望啊

我以崇敬的目光看你

你依然是笑着的

"你是多么像我啊。"

我惊异地抬头，看你拿起同样紧裹着皮毛的勺子

凝视着。

"也许很像以前的我，而不像现在的我罢。"

你大踏步地走了

留下汹涌的暗流和被打湿的巉岩

吴宛谕
变成穿着皮毛的咖啡杯，敬你

你凝望这满杯的殷红，像是在谛视自己的信仰

我知道

法庭以侮辱神和腐蚀青年思想之名判你死刑

你，雕刻匠的儿子，不愿逃亡

你说城外的树木，城内的人，都是你的朋友

你说你是一只牛虻，叮咬，是为了给你的城邦以力量

而在我眼里，你更是区别自我和自然的智者啊

那么，在你饮下毒酒之前，请接受我的致敬

我的皮毛，就是为了包裹一生中相遇的最大的麦穗

让我，遵从你的法则，为思想接生

麦田里那枝枝向上的麦芒啊，

多么像我

你把信仰一饮而尽，然后

安坐于麦地的尽头

而你，一手拿着画笔，一手端起我

"你是件极棒的艺术品。"

我激动地屏住了呼吸，却瞥见你左耳上

凄惶的伤口，你到底

还剩多少光亮和希望呢，也许全世界

都在谛听你离去的脚步吗？

"一切东西都可以套上皮毛。"

你说出了这句毕加索说过的话

若奥本海默有一天与你相遇会是怎样的场景？

我无法告诉你，其实我来自未来

也无法让你看见穿上皮毛之前的我

那是一个洁白无瑕晶莹透亮的我

那也是作画时的你

是凝望着熏衣草和向日葵的你

在夜晚的咖啡馆，在星夜，在乌鸦群飞的麦田

我真想告诉你

我有多像你，而且

你有多幸运

在这个平凡而神奇的世界上啊

没有人见过我

但所有人都会见到我

当无数的世代都过去了以后

人们会喝干我送给他们的美酒

有的人一饮而尽啧啧不已

有的人眼含热泪细细品味

清澄的倒影中他们看到的，不是我的未来

而是他们自己的过去

也许每个人都已经懂得，所以他们会说

"我有多像你，你有多像我。"

我是一盏套着皮毛的咖啡杯

杯里有一只套着皮毛的勺子

我站在套着皮毛的盘子之上

盛满了美酒，等着你

吴宛谕
变成穿着皮毛的咖啡杯，敬你

变成一盏穿着皮毛的咖啡杯
装上你最爱的酒，敬你
在初升的太阳之下，敬你

（作者学校：中国人民大学附属中学）

点评专家｜西　渡

著名诗人

　　这是一首情感饱满、文笔老到、具有相当思想深度的诗歌，作者通过化身咖啡杯向历史上的杰出人士敬酒的方式，与他们展开跨越时空的心灵对话，抒发了作者爱国、爱美、爱真理的少年情怀。其构思相当精巧。命题要求考生围绕奥本海默的《物品——带皮毛的午餐》调动想象，创作一篇三千字以内的作品。"带皮毛的咖啡杯"本身是想象的产物。由于想象的介入，日常物品改变了存在的形态，也改变了其功能和意义：物品变成了艺术品。此题命意旨在激励考生运用想象，打破常规（这次决赛的另一命题同样如此）。这是"北大培文杯"在命题上的非常规发球，这个球怎么接，既考验作者的创新勇气，也考验作者的创新能力——在本题中主要是想象力。

　　应该说，作者对命题者的这个非常规发球接得相当出色。作者顺着"咖啡杯—酒—敬酒"的思路展开想象，在这个统一思路下，把一首一百二十八行的诗统合成一个有机的整体，显示了可贵的全局观和统驭力。诗人致敬的历史人物包括屈原、李白、蔡文姬、鲁迅、苏格拉底、梵·高等六人，涉及古今中外，涵盖文学、哲学、美术多个领域，则展现了作者较宽的知识视野。与这些历史人物的对话，表现出作者对人物个性、情感、思

想的具有相当深度的理解和领悟，故模拟人物口吻能得其仿佛。譬如，模拟鲁迅口吻，寥寥数语，神情毕现，实属难得。此外，作者还能比较自如地运用跨行、重复、押韵等诗歌技巧，使全诗具有一气相贯、反复咏叹的音韵效果。在两个半小时的考场内，能写出这样有感情、有想法、有技巧的长篇诗作，委实难能。

美中不足在于没有对"带皮毛的咖啡杯"作出一个想象的解释，也没有对咖啡杯何以要敬酒（为什么不敬咖啡？）作出说明。作者大概也意识到这个问题，所以才会在诗中问道："你会嫌弃我这身古怪的皮毛吗""你看见穿上皮毛之前的我／那是一个洁白无瑕晶莹透亮的我"，这两行其实已经非常接近一种解释，可惜没有顺势展开，又处于与梵高的个别对话中，而不是前、后关键处。此为遗憾。当然，这个解释的缺位并不影响作品的整体成色。也许，对这种看法的反驳就隐含在命题中：咖啡杯可以穿上皮毛，为什么就不能敬酒？

文学，是我心中一直向往的伊甸园。

我爱看书，沉浸甚至沉醉于那一部部文学名著中。书中那浓郁的人文气息，沁人心脾，让我不由得深陷其中，无法自拔。

我是一个细腻的人，内心情感非常丰富，时常会有对事物的独到看法。生活中的我爱哭，爱笑，爱唱歌，更爱写作。从不低头的我，只要认定了一件事，无论如何都一定会倔强到底。

蒲柏说过："感受最深的人才会有传神的笔调。"我愿用心感受世态变化万千，体验世事冷暖，让最真实的感受从笔尖倾泻而出。

这就是我，一个思想复杂而渴望新事物的人。

张珺然

带着皮毛的人

火光冲天。漆黑的夜空也被染红。

灼热的空气不断扭曲着，村民们的脸在这扭曲的空气中显得狰狞无比。

"烧毁他的皮毛！剃除他的一切毛发！让他与我们同化！"愤怒的吼声响彻云霄。

阿远的眼瞳里倒映出他的模样。他高昂着头，目光炯炯地望着他来的方向。

这是个奇怪的村庄。这里的人全都没有毛发。头发、胸毛、腋毛没有，甚至连眉毛、眼睫毛也没有。他们养的家禽没有皮毛，鸡鸭狗猪一律露出光秃秃的肉。就连这附近的野兽也没有皮毛，狮子老虎成了一个模样，豺与狼

也分不太清了。

"你们好。不知我是否能在这里留宿？"

守村口的小兄弟一抬头，眼珠都要吓出来了。来人不仅身材高大，更令人难以置信的是，他浑身上下都是皮毛！他的胸毛与头发胡子一样浓密，腿毛打着小卷儿，还披着一件不知道用多少皮毛做成的毛皮大衣。他手中拎着一个用皮毛编织成的笼子，里面塞着几只长满了毛的鸡鸭。他的目光毛茸茸的，仿佛只要看向哪儿，哪儿就会长出皮毛来。两个小兄弟惊慌得不断检查自己的身上是否也被"传染"上了皮毛。

正在干活儿的农民们瞧见了他，纷纷扛着锄头就往村口冲。其实，那位异乡人自己也被吓了一大跳：这儿的人怎么都没有皮毛？薄薄的肉下面青紫色的血管都叫人看得根根分明。他疑惑地搔搔头皮，几根头发掉在一个小男孩脚边，男孩的脸都吓白了。

"你从哪儿来？"村民好奇极了。

"我从遥远的北方来。"

"北方？那是哪儿？"大家伸长了脖子。

"那里与这儿不同。这儿人口众多，那儿人烟稀少；这儿四季鸟语花香，那儿终日寒风凛冽。啊，最重要的是，我们那儿的所有动物都毛发旺盛，但你们这儿却……"

"毛发？你是指你身上的这些细细密密的'丝'吗？"刚才的小男孩鼓起勇气指指他的毛皮大衣。

"一点儿也没错。"他温和地笑着。

"无论如何，你还是先进来吧。先到村里的餐馆饱餐一顿如何？长途跋涉来此，你一定累坏了。"浑厚低沉的嗓音响起，一名长袍老者从人群中走出来。

好凌厉的眼神！他吓了一大跳，急忙连声道谢，随着带路人走进酒馆。

进了酒馆，他从随身大衣的大口袋中掏出一套餐具和酒杯。服务员揉了揉眼睛：所有的杯盘刀叉都是带皮毛的！难道他要在皮毛上吃饭、喝酒吗？服务员嘀咕着走进厨房。

"这些东西都是你的餐具？在皮毛上吃饭不会将皮毛弄脏吗？"不知什么时候，村口提问的那个小男孩从餐桌底下钻出来，眼神晶亮地望着他。他用带毛的手掌摸摸男孩的小光头："这皮毛防水防油，不管是什么东西，只是一沾上去就会立刻滑落。"

"真有意思！你有这么多皮毛，我以后可以叫你毛皮人吗？"

"毛皮人？哈哈哈哈！真是一个贴切的名字啊！"异乡人发出粗犷的笑声，"可以呀！反正我也没有自己的名字！"

"我是阿远！咱们下次见！"男孩跑远了。

他若有所思地玩弄着刀叉上的皮毛，"阿远，有这个名字的人，一定要走到很远的地方去啊……"

于是，"毛皮人"这个称呼很快被大家所接纳，整个村里，再也没有不认识他的人。

然而，无毛村的村民，仍然对毛皮人有着一种与生俱来的恐惧。他们没有皮毛，也从来没听过世界上还会有有皮毛的东西存在。他们不太敢接近皮毛制品，更不敢靠近毛皮人住的小屋。妇女带小孩子路过毛皮人的住处，她们往往要紧紧捂住小孩的口鼻，以免闻到这"令人恐惧到战栗的皮毛气息"。毛皮人的毛发脱落了，也没有人敢帮他打扫。皮毛在毛皮人的家门口堆成小山。毛皮人的长了羽毛的鸡走在路上，其他正在路上踱步的无毛鸡瞧见它，会一边发出"咯咯咯咯"的惊恐叫声，一边慌不择路地跳进路边的水沟里躲着。

但毛皮人并不孤独。每当夜幕降临，毛皮人都要在屋内点起柴火，他会坐在柴火堆面前沉思。这个时候往往会响起敲门声。他刚打开门，阿远就像

一尾鱼一样灵活地蹿进他的小屋，盘腿在柴火堆面前坐下。

"跟我讲讲你的'北方'吧。"阿远满脸期待地望着他。

他在阿远身边坐下。"那儿，是我出生的地方，也是你从未去过的地方。那里与这儿也有很大的不同。当然，北方的气候可比这儿恶劣多啦！我的父辈们总可以推断出，太阳直射点在什么时候开始向南移，那就是我们要准备储存食物的时候了。等到冬天一来，北风呼啸的时候，天空会下起鹅毛大雪，一下就是几天几夜，那雪深得甚至可以没过你的头顶呢！"

"我的头顶吗？这么深！"阿远惊呼。

"没错。这段时间我们足不出户，当然也没法儿出去，于是就靠先前准备的大量食物熬过这漫长的冬天。"

"因为无法忍受北方的严寒，所以才会来这里的吧？"

"不是这样的。我们生性热爱闯荡，走向未知的世界去探索更能让我们热血沸腾。"毛皮人的脸上露出骄傲，"这一次我大概走了很远很远，才到达你们的村子。你们真的和我们很不一样。"

阿远羡慕极了毛皮人的经历。

他突然坐直了身子，轻轻抚摸着毛皮人身上的毛皮大衣问："那么这些皮毛呢？又是从哪里来的？"

毛皮人理了理他的大胡子，将阿远揽进他的怀里，充满皮毛的怀里，"因为我们要抵御寒冷，所以身体会自动进化出一些御寒的装备，比如我身上的这些毛发。然而这还不够，我们得从带皮毛的动物身上获取一定的热量，所以我们利用动物的皮毛让自己变得暖和。"

阿远的瞳孔清澈，一如北方透明的冰："我想去北方。"

"傻孩子，就这样去北方，会被冻死的呀！你得有足够的毛皮外套才行！"

毛皮人爱怜地摸摸他的头。

"我不愿意就在村子里无为地度过一生。目前我们村子里还没有人走出过村子，我想去看看外面的世界，就像你一样勇敢！"

"哦，不，是带着皮毛的勇敢！"

他兴奋地一头扎进皮毛里。

自从毛皮人来了无毛村之后，阿远就像着了魔一样。

他在半夜经常会说梦话，早上醒来就两眼发直。

睡觉时他总是无意识地把被子蹬到床下，惹来母亲的数落。后来有次母亲在帮他掖被子的时候终于听见了他的梦话："我要……离开村子……""北方！我的北方……""皮毛……我也要……"母亲被他的话吓得面色惨白。

小伙伴们也排斥他。因为他去过毛皮人家里后，身上总会或多或少地沾上毛发。小伙伴们担心被"传染"，总离他远远的。

他原来非常活泼好动，现在一有空他就会坐在家门口，一边摸着自己光溜溜的小脑瓜，一边想着谁也不知道的事儿。这一坐也许就是一整天。

所有人都察觉到了阿远的异样。

但谁也没察觉到他眼中多了几分旁人无法理解的光芒。

村子的会议大厅紧锁着大门。大厅里有一张圆桌，几十个人围着圆桌正召开着秘密会议。

"村长！这可如何是好？我儿子的行为越来越怪异，您快想想办法！"一个男人焦急地喊着，暴躁地捶着桌子。

"阿远爸，别慌。村长总会有办法的。"

"村长，自从这个毛皮人来到我们村，阿远就跟丢了魂似的，夜里还偷偷摸摸往毛皮人家跑！这太不像话了！"

"该不会是毛皮人对阿远施了什么法术吧？让阿远这个好孩子对'皮毛'这种东西沉迷到这种地步了！"

愤怒的人们七嘴八舌起来。

"肃静。"

大家立刻安静下来。

"明日夜里，将毛皮人抓到广场的空地上，对他进行拷问。"村长沉声说道。

"村长，这惩罚也太轻了吧。"

"如果再不惩治他，我们可能就要被他同化了，或许还会长出可怕的毛发！"

"……"

"然后将他烧死。"

村长的眼睛里流露出强烈的杀机。

毛皮人被拉扯到广场上。

人们将他的毛皮大衣粗鲁地从他身上扒下来撕扯得粉碎，将他的毛皮鞋使劲踢远。

毛皮鸡被村民们捆了个结实甩在一旁，毛皮鸡"哐当"一声狠狠撞在鸡笼上，嘴里发出悲鸣。鸡笼里的无毛鸡纷纷蹿出来，将毛皮鸡身上的羽毛啄了个精光。毛皮鸡浑身鲜血淋漓，它挣扎着想要站起来，最终还是"扑通"一声摔倒在地，再也没了气息。

"你施了邪恶的法术勾走我们阿远的魂儿，该怎么处置你呢？"村长直勾勾地盯着一点儿也没有惶恐神色的毛皮人。

"烧死！烧死！"群众怒吼着。

"说不定我们村会有更多的人，无辜的、没有皮毛的人受害！你这野兽，别想同化我们！"人们咬牙切齿。

"烧毁他的皮毛！剃除他的一切毛发！让他与我们同化！"愤怒的吼声响彻云霄。

他的头发、胡子被毫不怜惜地剃下，连同他的大衣、鞋子等一同丢进了火堆里。

　　阿远被父亲拦着。他的嗓子早已喊得嘶哑，只能无声地流泪，死死地盯着毛皮人虚弱的笑容。

　　"有任何遗言吗？"村长居高临下地看着他。

　　毛皮人轻轻摇摇头。

　　阿远清澈的眼睛里倒映出他的模样。

　　他高昂着头，目光炯炯地望着他来的地方。

　　"那么，动手吧。"

　　火光猛然升高。

　　……

　　村里似乎又恢复了宁静。

　　没有皮毛的人在田里日复一日地劳作。没有皮毛的鸡鸭在路上跑来跑去。

　　阿远成了一名守村口的人，然而他并不满足于现状。他知道，他真正想做的是什么。他只是需要一个时机。

　　然而这个时机，什么时候才会来呢？

　　"你们好。不知我是否能在这里留宿？"

　　阿远猛地抬头。他晶亮的瞳孔里倒映的，是一个穿着毛皮大衣、浑身长满毛的异乡人。他温和地笑着，很不好意思地搔搔头皮，几根头发掉在了阿远脚边。

　　"当然可以。请进。"

　　阿远将手伸进口袋。口袋里装着的，是一颗烧焦了的长毛的心。

　　他觉得头上有些痒。他摸摸自己的头，突然摸到了一撮头发。

　　　　　　　　　　　　（作者学校：湖北省武汉市洪山高级中学）

点评专家 | 倪文尖

华东师范大学教授、著名学者、教育家

"北大培文杯"的决赛,是即兴而限时的写作:当场看到题目,给你两个半小时;况且,命题人也特别追求创意,给的材料作文往往不那么好下手。本文是我阅卷当时所读到的最惊艳的一篇。

这是一篇相当成熟的小说:开头即先声夺人,结尾还余音袅袅;两个主要人物,阿远和毛皮人,着墨并不算多,却很"立"得起来;尤其是无毛村里众人的颟顸闭塞,既是作品的核心主旨和锋芒所向,也构成了小说叙事的动力所在。作者很善于写场景和对话:阿远拜访毛皮人问询远方、村子里的秘密会议,以及毛皮人的广场处死等,人物性情与情境氛围都拿捏得恰到好处。作者非常注意细部的处理:无论是那句"所有的杯盘刀叉都是带皮毛的"对命题的照应,还是"阿远的眼瞳里倒映出他的模样。他高昂着头,目光炯炯地望着他来的方向"与"阿远清澈的眼睛里倒映出他的模样。他高昂着头,目光炯炯地望着他来的地方"的前后呼应,都显示了非一般的老到。

这篇小说不能不让人想起鲁迅,想起《药》,想起《铸剑》,非我族类其心必异,小国寡民闭关锁国,这类主题的相通之外,是语言和笔法上的明显借鉴与传承。篇末,毛皮人的重返,确乎又有点卡夫卡或现代主义的气息了,如果不是装神弄鬼的话。

要知道,这是篇急就章,是篇应试作文,是在两个半小时内完成的。当然,这小说也不是没有缺点,比如,村里人最初的热情怎么就走到了后来的结局?到底是匆促的。

然而归根到底一句话:后生可畏!

静园

蔷薇谷里,时钟关掉了。

维
园

美术生，爱设计，想开中国最好的平面工作室，出产中国最好的文化品牌。崇拜与孩子乐成一片的丰子恺先生、自学成才的木刻大师黄永玉先生，宁愿穿越回去为他们端洗脚水。

女文青，热爱文学，尤爱严歌苓、余光中、汪曾祺。喜欢昆曲京剧，崇拜"左派"艺术家孟京辉，想学舞台美术，写剧本，自编自导。梦想去北影学导演，做中国新生代青年导演，拍卖座的文艺片。有天成名，与侯导孝贤握一握手。

狂热民俗追逐者。爱一切有中国味的东西，想去湘西古城学蓝印花布印染，想去故宫跟老先生学修文物，想去杨柳青做一张版画，想去金溪探访古村落，想去西藏磕一万长头，想去潍坊扎一只风筝。

我有好多好多梦想，我要付诸一生去实现。

王瑞敏

红 葫 芦

细米发现别人家也种了葫芦是在七月末的一场雨后。

细米家在石子巷七号，纵深的青石板路尽头。小院是爷爷传下来的，到爸爸这一辈整修过一次，比原来齐整些，细米爸又在小院儿的东北角搭了个木架，撒上葫芦和金银花的种子。夏天是细米最欢脱的时节，有金银花蜜可以吸，又有葫芦藤子可以任他去扯。

细米十岁了，开始蹿个儿了。石子巷的孩子王名叫李天天，一干男孩子当面叫老大或头儿，背地里都叫他天瓢，天瓢，李天天继承他爹，拥有一个光

溜澄亮的大光头。李天天也不觉丢人，继续做他的孩子王，他打架在石子巷的男孩子堆里可是无敌的，单从个头讲，李天天就比同龄的细米高出一个头。

细米家的葫芦熟了以后，照例细米要把属于自己的几个小葫芦送到李天天面前，让他先挑，李天天挑了个儿大的别在短裤的腰带扣上，把瘦不溜秋的小葫芦扔给细米，细米一边不甘心，一边忙不迭地拾起来。细米爱葫芦，葫芦是细米的宝贝。

一天，天瓢又在发号施令了，说他在金华巷发现了一个总是见不着人的小院，好像没人住，或许可以作为他们的秘密基地，要大伙儿和他一起去看看。说着，天瓢一边用手摩挲着他的大光头，手指甲里全是黑糟糟的泥巴，细米盯着这双手，想象它将怎样对待细米的葫芦，心里胡思乱想着，直到听到一声大吼"前进"！细米回过神来，一帮小弟已经跟着天瓢冲了出去。细米来不及想，跟上队伍。整个人被冒着傻气的激情感染，也成了一名游击队员式的开拓者。

老大在金华巷最里停下了。正值中午，阳光炙烤着青石板缝隙中无处可逃的苔藓，似乎在逼着它们褪去浓绿色，与青灰色的石板融为一体。细米还没来得及喘口气，一只手揪住他的衣领向前一搡，细米腿一软，"咣当"一声坐在了地上。

天瓢笑了，露出他沾满牙垢的黄板牙。"你去看看。"天瓢指着金华巷最靠里的小铁门对细米说。细米抬头，槐树细密的花影落在他脸上，随风在他脸上流淌。

"看什么，去啊。"天瓢踹了他屁股一脚，双手抱臂，一副唯我独尊的模样。

细米站定在这个几乎和自家一模一样的有锈迹斑斑的小铁门前，心里并不多么有底气。只是厌弃自己这么没力气，打不过天瓢。"等有一天……"细米狠狠地想，伸手拍了拍门。

王瑞敏
红葫芦

无人应答。细米扯开嗓子:"有人吗?"惊起了树上的鸟雀。但小铁门里仍是静静的。他攀上铁门旁的老槐,不顾毒辣的大日头,一脚踩在这家的红瓦墙头上。

葫芦,好多红色的葫芦。细米大惊,竟没有听见天瓢的叫唤。小院整整齐齐的,地上却堆满了一丛丛金字塔似的葫芦塔。细米再定睛一看,墙根阴凉地儿有一桶红油漆,脚下的红瓦红得刺眼,与那成山的红葫芦一般颜色。细米的好奇心上来了,自顾自地跳下红瓦墙头,他沿着墙根走了一遭儿,还有一把老旧的破轮椅和几小盆白茉莉。

这天早上刚下了雨,八九点雨停,阴凉处的花儿上还有水珠子在滑动。太阳只是毒晒着,气温在一点点升高,但眼下空气里还是湿湿的。

并不像天瓢说的那样没人住,莫不是细米走错了?细米疑惑着,一转身,看见墙头上天瓢正吆喝着让男孩们一个一个进来。

细米并不理会天瓢的怒叱,自顾自地走到一个竹竿搭成的木架子旁边,竹竿上绕满了葫芦藤,一串接一串地,在小细米心里绕满了柔情。

男孩们正在天瓢带领下拨拉着碎了的红瓦片,啐,没用。一块红瓦落在细米脚边,细米回头不服气地看了一眼骑在墙头上的天瓢,又转过身盯着地上的一堆堆宝塔出神。

瓦片是男孩们模拟战斗必不可少的装备,男孩们捡了一块又一块,手指被晒化的油漆带上了红色,往兜里塞,鼓囊囊的,个个模样都很滑稽。只有细米,一个人呆立在一旁,仿佛一群在天上,一个在人间。

"啊!"不知是谁叫了一声,"那个在草房子里翻垃圾的疯子!"细米回身,发现铁门旁不知何时多了一个小老头儿,穿着浆洗得发白的中山装,背有一点驼,手里拿了一根破竹竿。天啊,这么热的天,细米想。湿热的空气里,老头在他眼里开始逐渐带上一点神秘的色彩。

"撤!"天瓢一骨碌跳下墙头,一帮半大小子有点傻眼,一时间墙头乱作一

团。细米看着老头儿，老头儿却像什么也没看见，沉默着绕过葫芦，进了屋。

这下，细米更好奇了。他尾随一帮男孩翻离小院，完全没注意自己已被天瓢踢出队伍了，心里激动着，下决心总有一天一定要弄清这老头儿的底细。

而后的几天里，细米每天早上都要早早埋伏在槐花树后，他的心中有难以名状的兴奋，完全忘却了失去玩伴应有的落寞。暑假过去一个多月了，细米在剩下的半个月里每天蹲点，忘了热，忘了蚊子，渐渐从一个细细高高的小白伢子变得皮肤粗糙发黑，露着暴晒过后的紫红。

做了好多天的侦探，细米终于摸清了老头儿的生活。老头儿每天清早到菜市口去卖葫芦、卖花，他只卖白茉莉。白茉莉花连盆装进一个脏兮兮的泡沫箱子里，箱子放在露出海绵的轮椅坐垫上。红葫芦的梗连在一起，拴住，整串儿挂在把手上。老头儿就这么推着到菜市口去，除非下雨，日日如此。

买他花儿的人很少，因为别人问价他总是摇摇头，红葫芦更卖不出去了。细米猜他根本不是想卖钱，为了什么，细米也不知道。

有次细米斗胆拿了十块钱到他面前去买葫芦，红葫芦上漆得很仔细，个个儿精致光滑，阳光一照如稀世珍宝。老爷子看向远方，细米拿钱在他眼前晃了晃，老头儿摇摇头，什么也不说，只是摇摇头。

细米还有一次见他坐在轮椅上，花给搬到人行道上，紧挨他脚边。老头儿穿着一板一眼的中山装，一手拿着啤酒瓶子一手拿着一根去了皮的老冰棍，啤酒瓶子冒着嘶嘶的白气，细米站在他面前，看他喝下一口啤酒，再咬下一口冰碴儿，似乎感觉不到冷热，只是想走一个过程，走一个形式。

到了中午，老头儿推着轮椅蹒跚地回到小院儿。老头儿不紧不慢地给葫芦架缠的秧子淋点水，把箱子搬下来放回阴凉处，自己又一个人出去了。

细米总是跟着他来到那片空地，不光石子巷的人，其他人也把垃圾扔到

王瑞敏
红葫芦

那片空地上。草房子似乎已经存在很多年了，在细米眼里，每一根稻草都浸润了年岁。收垃圾的大妈每年都会添新的稻草上去，但细米还是觉得它很破很旧。

细米家都是细米丢垃圾，但细米从没见过这个人，大概老头儿总是在响午头儿上去，而细米中午都在大嚼特嚼或呼呼大睡，两人错开也是应该的。

细米跟着老头儿，难免要牺牲掉午睡，好奇心旺盛的他总是趁老头儿搬花浇水的片刻回家大扒几口饭，又跟着老头与草房子重逢。

老头儿只是一直在翻，一直在翻，从来不见他挑什么出来。细米看他穿的板正，也没有一点叫花子的模样，心里有很多种猜测。细米也曾见别的小帮派的男孩子戏弄过他，但老头儿什么也不说，谁也不理，一有垃圾扔进草房子，他就上去翻，天天如此，重复着这一个机械的动作，像一个没了方向的木偶人，只知道寻自己的主人。

细米有点可怜他，但又不知这可怜从何谈起。老头儿似乎并不缺钱，要不哪能种那么大一丛葫芦，哪能住那么别致的小院子。细米也渐渐同别人一样相信他是个疯子，一个不会说话看起来像个正常人的疯子。

再后来细米终于厌倦了，重新回到天瓢身边做起了小弟，他整个人黑壮了一圈，妈妈过年给他新添的鞋似乎又挤脚了，细米不再每日好奇又着迷地跟随老头儿经过小巷的每一片砖瓦，也不再为趴在红瓦上弄脏衣服而遭妈妈的骂，细米坚信自己已经长大了，因为他开始不再纠结于一个无法挖掘出土的真相，只是当他再经过那个草房子，总会惊叹自己竟不知不觉与它相处了那么多个响午。

草房子仍在风来时摇摇晃晃，仍能在某个时刻被人添上一捧新的稻草，只是草房子前那个弯腰翻找什么的人的身影不曾变过，中山装更旧了，发灰的底色也被浆洗得发白。

细米上初中搬家前，穿上了白底的潮牌板鞋。他想再翻墙上去看一眼红

263

葫芦塔还在不在，但心里又实在很舍不得他的宝贝新鞋。于是他没有再踩着槐树干再翻一次墙。

细米在新的中学里遇到了天瓢。天瓢戴着天衣无缝的假发，只有细米知道，曾经的李天天多么神气又多么不在乎地露着他的光头。但细米不会告诉任何人，因为他们都长大了。

多年以后，细米回到久无人居的自家小院，清扫过后把父母、邻居都请回来摆了一桌家宴。席上细米与父母说起自己小时候的蠢事，以及那个总在翻垃圾的疯子，兴头上不禁模仿起当年的动作来。邻居家的阿姐端了两碗米饭上桌，听到此处插了一嘴："你说的那个疯子我们都知道。年轻时是个颇有名气的雕刻家，自己种了葫芦自己漆自己雕，花样儿可好看了。'文革'时被造反派折断了祖传的老刻刀，当着他的面，丢进了那个草房子里，从此便疯了。老婆喜欢白茉莉，再心疼他，无奈也受不了一个疯子，于是离家出走，再没回来过。他每天早上推着轮椅到菜市口，总希望妻子见了茉莉能够回来，中午去翻垃圾，也是因为想要找回他的刻刀，一直到死。"

席间一片死寂，没有人再开口说话。

（作者学校：山东省淄博实验中学）

点评专家 | 谭旭东

著名评论家、鲁奖得主

读了王瑞敏的《红葫芦》，还是蛮喜欢。《红葫芦》有几个优点：一是小说的语言自然，也有些老到，用了一些很日常的话，口语化，甚至还有些方言。但最重要的是，她的语言显示出了她的较为丰厚的阅读经验。看得出来，她读了很多小说，也读了不少纯文学期刊，因此，她的语言不像一般的中学生很青春气，过分地新鲜，反之，她给读者一种熟悉，或者说熟稔。

第二，小说的视角很好——第三人称，也就是从细米的视角。一读，读者是很能洞察孩子的心灵的，而作者也很容易实现与读者的交流。

第三，小说的叙述比较徐缓，情节性不强，甚至，关于那个小院子里的老人的故事，都没有很好地展开，但在有限的写作时间里，作者已经尽了最大的努力。给那个老人的故事留点神秘感，让读者和孩子一起疑惑，也不是坏事。

第四，"红葫芦"已经意象化了，在小说里，起到了牵引主题、凝聚思维、形成审美效果的作用。总之，成长之季，对外部世界的神秘感，真是童年生命的张力。我觉得，《红葫芦》隐约之间，书写了童年的故事，已表现了成长，展示了少年的文字悟性。

> 在我内心的一片净土中,有一处是关于湖州南浔的。
>
> 那是徐迟笔下水晶晶的家乡,是"木舟在碧云碧水里栖止的林子"。因传说范蠡曾带西施等美人于此河边洗脸而得名的洗粉兜,弥漫着些许绮丽色彩,则是诗人旧居所在。
>
> 美景,仅是想象,脑中就不觉排出了一串文字,美景,是文思泉涌的初心。也因此,喜欢一切美的事物,"恶恶臭,好好色"。美的文字、艺术,美的意象、造型……都能成为我灵感的源泉。
>
> 徐迟先生说,学诗就是为了知文字,为了知文采,为了知文心,而文心可以雕龙。
>
> 愿热爱文字之人,人人皆能有一颗文心。

潘语瑄

化　　鲤

一

冬日吴庄,如同北地回春,少有冬寒,气温适宜,空气润泽,湿润的暖意几乎渗进了骨子里。一位青衫打扮的年轻茶商便依景放慢了脚步,沿着碧水河在河街上慢慢寻着去处。

青衫人是来此探亲收茶的,等到开春,便是茶树吐新绿,也是收购明前茶的好时节。吴庄颇盛产茶,质量又偏上,大抵是因着采茶姑娘们的一双巧

潘语瑄
化　鲤

手，久之便出了小名。

小年祭祀，吴庄里家家户户都早早张罗起来。吴庄人崇鲤，认为鲤鱼有灵，可镇压水患，护佑平安，因此祭祀多用红鲤。青衫人坐进茶居，与相熟的店伙计寒暄时，正听他说起此次迎春祭祀的诸般热闹，还有一则关于鲤的小小坊间传言，说的却是一少年遭遇水患落水化鲤后又出没江面一事。

伙计讲得入神，年轻人也听得入神。

二

江南西道以南的地区，临山的位置坐落着小城吴庄。吴庄背后有一条名唤碧水的小河。小河旁依山搭建了一间结实的草房子，这草房子里住着一名唤作红瓦的少年，孤苦无依。

红瓦极善凫水，这里的习俗，善水的孩子会带有一只葫芦，而孩子们为了醒目则将其漆红。少年红瓦也有一只这样的红葫芦。因他会水，加之又勤奋苦干，为维持生计，早早地就去为渔民们当下手，随后又成了渔民中的一员，日日外出乘渔船到江上捕鱼。

一天下来，少年甚至能够得到朴实的渔民们馈赠，多带几条鱼回家。

傍晚时分，渔船靠岸后，天色暗得迅速。他背着鱼筐，拎着提灯照亮着回家小路，忽听河边传来阵阵水声，却是有人在洗衣，水声中间或糅杂着采茶时的山歌。灯光匆匆扫过，映出了一张少女的面孔，因风火烛摇曳，衬得女孩柔顺的脸忽明忽暗。

红瓦悄然路过，只瞥见了女孩的侧脸。

翌日清晨，采茶的姑娘们乘着乌篷路过河边的草房子时，少年正要外出捕鱼。但见其中一位女孩儿笑容明丽，歌声清越，正是前一晚河边洗衣的姑娘。姑娘们正挎着箩筐欢笑打趣，只听得同船的同伴们唤她"宁红"。小城

中，宁红素来是以采茶的灵巧，在同辈间出了些名儿的。

红瓦在一天捕鱼后所分得的鱼，其中一些会被他用来与同城的人家换些细米粮食。

这晚他提着几条鲢鱼敲响了山脚下距草房子不远处的一户人家。门开时，屋里暖黄的灯光下虚晃映出一张年轻的脸，却是那名唤宁红的采茶姑娘。她盯着少年的眉眼看了一看，注意到他手中洗净的鱼时，不由善意一笑："听说你要来换些细米，快请进吧。"

红瓦腼腆笑了笑，说不必了，他在这里等着就好，而女孩儿则拽着他进了屋子，红瓦拗不过她，只好进屋寻了处地方坐下。

趁着女孩儿的母亲装米时，她说："我随家里刚搬到这个地方没多久，许多事情还不甚了解，恐怕很多事还要麻烦你帮忙呢。"

红瓦说没问题。宁红又道："听说这片区域最善凫水的便是你，若你有时间，也请教一教我凫水吧。"

少年点头应允，一时间面上竟存了几分羞赧。

这时细米装好了。红瓦告别了宁红走上返家途中时，往后又看了一眼，窗户里正透出柔软的暖黄光影，衬得这暗夜不再寒冷。

教女孩凫水的那天，红瓦早早地抱了个许久不用的红葫芦在小河旁选了个水浅的区域。他示意宁红抱着红葫芦下水，自己则同样下水跟在宁红身后，教她一些基本的动作。

水流平稳，宁红抱着红葫芦学得很快。路过一丛芦苇湾时，女孩忽然惊叫一声。红瓦马上稳住她手中的红葫芦，疑惑道："怎么了？"

宁红神情有些颓然，称自己生日时，母亲送她的一块名为蜻蜓眼的玻璃饰物被自己不小心掉在水中了。

少年听着女孩儿的描述，马上屏气"哗"地沉入水中，只见水面上一阵咕嘟的气泡，不一会儿少年的黑脑袋冒了出来，手中正举着女孩遗失在水中的"蜻蜓眼"。

宁红极为欢喜，杏眼晶亮得就像有时红瓦归家抬头时看到的星星。她抱着自己失而复得的玻璃饰物，犹豫了半晌，又将它递给少年，说："听闻蜻蜓眼可辟邪，作为答谢，望它能护你平安。"

红瓦憨笑着摸摸后脑勺，接过了这份礼物。

后来，红瓦平日里捕获的鱼也便常多分给宁红家。

学凫水时，宁红常听红瓦讲起捕鱼之事。少年也常用略为自豪的语气与采茶姑娘分享一些捕鱼的经验。

"我们渔民，在江上待的时间长了，仅凭水花就能分辨出鱼的种类呢，"他伸手清晰地比画，"像这样，水花不连续，声音比较清脆的，是鲢鱼。而像这样，水花相对温和一些的，是鳙鱼。"

宁红听着红瓦的讲述，一时间倒也极有兴致。

"渔民们的眼睛，可真是厉害。"她说着又指了指远处的茶山，"我们采茶姑娘，自然也有着不输你们的细致，有着一双巧手，能准确掐下嫩青茶叶的巧手。"她不经意间竟松开了抱着红葫芦的双手，身体因为不稳突然下坠，女孩不由慌张，再次抱紧了红葫芦，一时间，少年嬉笑声令女孩儿涨红了脸。

年少的生活，好不快活。

只是待到来年，女孩儿就随父母搬到北方去了。

那段时日，恰巧江西一带连续暴雨，山洪常发。少年红瓦清晨外出捕鱼时，江面极不平静，水势浩大，波涛掀翻了渔船。

碧水河旁的那间草房子，从此便空了下来。而门外拴着的一只红葫芦，依旧醒目。

幸存的渔民却称船上有一名唤红瓦的少年人明明聪慧，却逞匹夫之勇，捕鱼那日，船摇晃得剧烈，忽然他兜中掉出一小巧的玻璃饰物落入水中，他二话未说一头扎进水里，激流扑来，瞬间拉远了人与船的距离。

也许他只是化作赪鲤，叼着蜻蜓眼游向了远方，说不定游向了那名唤宁红的姑娘的新家。也有人称，次日江面平静时，还真出现了鲤鱼跳跃时甩出的水花。

三

青衫打扮的年轻人听着店伙计讲到兴处，不由温润一笑。这暮冬时节，北方正飘着薄雪，南方一带仍是其气如春。昔年水患的踪迹被如今秀丽的山图水景掩去，碧水河也依旧清碧，采茶姑娘们清晨唱着的山谣渐渐催醒小城，渔夫们乘着渔船撒网收网早出晚归。

也会有那么一条小赪鲤，叼着块名曰蜻蜓眼的精致饰物，出没于江面，不时跳跃，鱼头朝北。鲤鱼祥瑞有灵，可镇压水患。人们之所以会有化鲤的传言，不过因为自那以后，吴庄周围即使雨季，也鲜有发大水的时候。

（作者学校：北京市八一学校）

潘语瑄
化　鲤

点评专家 | 孔庆东

北京大学教授、著名学者

　　潘语瑄同学此篇《化鲤》，妙语如萱，实乃聪慧之文。其脱颖而出，胜在故事构思，用一个镜框般的插叙结构，讲述了一则美丽的传说。应该说，这个故事是很"曹文轩"的。气息很纯净，线条很匀称，带着一种向上的神奇和淡淡的忧伤，隐含着对真善美的爱恋，却又洒脱婉丽，清浅不执。江南的氛围和水乡的钩织，令人想到了《春江花月夜》的余波。

　　作为竞赛文章，现场之作，可见平时功力非弱，自有锦心绣笔之底蕴。故事有起伏，细节不马虎，浪漫与现实兼顾得当，表现出作者的大局观。而命题要求的五个元素，不仅全部用到，而且用活了三个，特别是"红葫芦"和"蜻蜓眼"，成了故事中不可或缺的重要道具，买椟而未还珠，殊堪赞叹。而"草房子"和"细米"之用，有些取巧，若能略添一两笔，使之与人物情节发生有机契合，则更上层楼也。

　　作为高水平的少年文章，须在语言上指出其略有瑕疵。作者追求古雅韵味，模仿某些白话小说语句，而功力未到，致使某些地方半通不通，影响了阅读语感。而从结构上讲，首尾出现的青衫茶商，只作为主体故事的倾听者，未免可惜。若能深化构思，将青衫客与红瓦少年之间虚抛几丝游痕，则全体故事骤然化鲤，顿增"洪荒之力"也。

> 为什么选择文学。除了热爱,别无其他。
>
> 倘若你来文学的世界信步,你将在何处遇见我?
>
> 或许在唐风宋雨之中你寻一方避雨的屋檐,就在那平仄交错间与我碰面;或许在花间新月之中你觅一处避世的郡邑,就在那康河的柔波里偶遇了我。
>
> 这一辈子,不种木兰不栽松,只和文字一起在生命里探索幽微。
>
> 一路墨迹涟涟,一路笔耕不辍。

顾宇庭

三三的江

我叫三三,我看不见你。

盲女三三屈膝坐在草丛里,垂落的裙裾遮蔽了一只聒噪的纺织娘。

"扑棱"一声,我收起了我的翅膀,沉默地等待着巨大的云朵的移动。

盲女三三泥垢的小脸上显现着一丝惊喜。她小心翼翼地提起裙角,试探着迈出一步又一步。她总是踉踉跄跄着跌跟头,衣裙上沾满了泥巴污渍,手臂上还有被茅草尖儿划出的深深浅浅的伤口。她冲着我站立的方向灿烂地笑着,脚尖轻盈得似乎随时即将开始奔跑。

"走吧。"她笑着。

"走啊。"她叫着。

顾宇庭
三三的江

在落日的余晖即将收敛的那一刻，远山的火焰终于变得明亮起来。先是一只细细的火舌轻柔地舔着薄薄的云岚，然后是剧烈的波浪，狂热地扭动着腰肢，一点点吞没树木、松鼠、秋千……

最后是那座草房子。那是三三的家。

金黄色的屋顶仿佛可以滴出油来，"毕毕剥剥"的声响就像尖尖的麦芒硌着人的掌心，怪痒痒的。

是三三放的火，我知道。她什么都没带走。就连阿爸的鱼篓和蓑衣，还挂在顷刻间便倒塌了的墙上。

阿爸多年前葬身于江中。三三和阿娘从未见过江。那时，三三还未出生，阿娘独自一人将她养大。但好景不长，阿娘染了肺病。三三还是个小女孩的时候，阿娘也走了。

阿娘临走前握着三三的小手，阿娘的哽咽声里时不时夹杂着剧烈的咳嗽声。

"三啊，不要离开这里，也不要去找阿爸，听话，啊。"

唯一被带走的，只有一只红葫芦。阿娘死后，骨灰装在了里面。

三三一直把它带在身边，就好像阿娘一直陪伴着她。

"哎——不走吗——"三三趁我发呆的空儿，早已跑出了好远。她挥舞着双臂，冲着我的方向呼喊着。我望着这个倔强的女孩，终于下定了决心。

"嗯。走吧。我们一起去寻找那条江。"

于是，我们启程。

翻过了连绵的山脉，一片森林横亘在我们面前。传说这里神秘无比，只有去往远方的勇敢者才能穿越。

倾听未来的声音

入夜之前，我们找到了一个树洞，我和三三费力地蜷缩在里面。即将被夜色笼罩的森林散发出一阵阵蒸腾的雾霭，鸟鸣渐渐淹没，孕育着什么，等待着什么。

"喂——"就在这时，头顶突然传来一个愠怒的声音。

我们吓了一大跳。定睛一看，一个原始部落的男孩倒挂在树上，怒气冲冲地说道："你们不可以在这里过夜。"他双手交叉在胸前，一副一本正经的样子。

"为什么？"三三从惊吓中反应过来，听到这番话，登时站了起来。

"哈？你们不知道吗？怪不得呢。"男孩从树上一个筋斗跳了下来，重新恢复成一个孩子的俏皮和天真。

"我叫根鸟。刚才把你们吓着了吧？"男孩不好意思地挠了挠头发，掉落出几粒种子和草屑。

"我叫三三。我们要去寻找一条江。一条真正的江。"

根鸟歪着头，若有所思。"说实话，我没有走出过这片森林，我也不知道江是什么样子。"

"不过，"他睁大了眼睛，"我倒是见过溪流。或许无数条溪流汇聚在一起，就是江了吧。"

"那么，为什么今晚不能留在这里？"

"因为，今晚是亡灵复生的日子。他们会幻化成萤火虫，在这里与世界作最后的告别。"解释完了，他又用双臂抱起脑袋，漫不经心地说，"我是这里的守护者，一辈子都必须待在这里。"

三三听后，同情地点了点头。随后望着系在腰间的红葫芦，不再说话。

"没办法，谁让我扎根在了这里，即使是一只鸟也无法飞翔。"根鸟耸了耸肩，有意无意地瞥了我一眼，扭过了头。

"其实这里没什么可怕的。不如你们今晚就留下来,我们一起看萤火虫吧!"根鸟眨了眨亮晶晶的眼睛,开心地说。

是夜的森林的确与往日有些不同。我们依偎在小小的树洞里,屏气凝神。

渐渐地,从无声无息的黑暗里幽幽升起几点萤绿的光芒,就像夜空中忽明忽暗的星星,再然后,是一簇、一群、一片。最后它们汇成一条闪烁不停的光带,变幻着、舞动着、跳跃着,恰似一条欢快奔流的溪流,而我们仿佛置身于被绿光笼罩的白昼。

"这,便是我见过的溪流。"根鸟轻声地说。

我看呆了。那些即将永远投入黑暗的精灵,用这曲盛大的舞蹈向世界作最后的告别。突然,三三腰间的红葫芦剧烈地抖动起来,三三仿佛感应到了什么,慢慢地向着一个方向走去,口中轻轻呼唤着:"阿娘,阿娘——"

淡淡的微光里映出了阿娘的模样,阿娘还是那样慈爱地微笑着,向跌跌撞撞的三三伸出了双臂,将她瘦小的身子搂入怀中。

"阿娘,你说过不让我去的。"三三呜咽着,断了线的泪珠打湿了系在腰间的红葫芦。

"去吧,孩子。"阿娘摸了摸她的脑袋,在三三的额上留下一个浅浅的吻,"说不定,那里有你意想不到的风景啊。"

阿娘的声音渐渐隐去了,萤火虫开始奋力地向天空飞去,森林里渐渐恢复静谧的黑暗。但不一会儿,夜空中的繁星密密匝匝地亮起来了。

根鸟看着泣不成声的三三,突然想起了什么似的,从他藏在树底的百宝箱里摸出了一块红瓦。"这是很多年前一个路过这里的人留下的。不过,他似乎再也没有回来过。这上面画着这里的地图,说不定可以帮到你们。"

我衔起那块红瓦,感激地向他挥了挥翅膀。晨光熹微,我们再次出发。

按红瓦上的标记,只要再翻过一座狭长的山谷,我们便能到达江流的尽头。山谷的名字很美,叫蔷薇谷。

走进蔷薇谷,宛如走进一场旧梦。漫山遍野都是白蔷薇,地上铺开着,空中轻舞着,枝头攒动着,目之所及全是开得细细密密的白色花朵。白色的香气笼罩了三三的全身,她的发梢、指尖,甚至是那串细细的足印,都沾染了白色的絮状的香气。

三三却浑然不觉,只是深深地吸了好几口气:"真香啊。"

花丛里缓缓走出一个老奶奶,也不知道从哪里走出的,恍惚间就是一朵蔷薇花幻化成的,身着素白的衣裳,挂着一根白色木手杖,还有一头银白的头发,神采奕奕,声音爽朗。

她笑呵呵地拦住了三三,弯下腰仔细地瞧了瞧,然后拍手笑道:"是去江的尽头不是?"

三三有些惊讶,点了点头。

老奶奶又笑了,用手杖轻轻地敲击着地面,

"我这里没有江,倒是有一片海。"

转瞬之间,山风"哗啦哗啦"地一溜烟儿跑过山谷,蔷薇花盛开成一片无边无涯的海洋,在风的拨弄下荡开一浪一浪又一浪。

"怎么样?"老奶奶转过头来,笑吟吟地望着三三。随后,她弯下腰,在三三的耳边耳语了几句。风儿顿时静止了,花儿们也静止住了,好似在等待一个呼之欲出的惊喜和期待。

我只看见,三三轻轻地摇了摇头。

"实在是对不起。"她仰起了小脸儿,然后坚定地再次摇了摇头。

"对不起,我无法接替您成为掌管蔷薇花的花神。"她攥紧了拳头,流露出令人钦佩的勇气和决心:"这里的确很美,但是它不是我要寻找的地方。"

蔷薇谷的微风又"呜——呜——"地唱了,好似一声叹惋,一声怜爱。老奶奶却毫不惊诧,反而折下了一朵蔷薇,别进了三三的辫子里。"去吧,孩子。"她的身影渐渐隐没了,而在花丛深处,一朵即将枯萎的蔷薇花悄悄地落了,无声无息,就像不敢惊扰一个梦境。

我们走啊走,也不知走过了多少个日出和日落,终于在一个雨后的清晨,抵达了江水的尽头。

水流声渐渐变得明亮且轻盈,直到最后,蜿蜒曲折的江水消失不见,取而代之的,竟然是一道弯弯的彩虹,拥有着七色光芒的美丽的彩虹。它的一端连接着江水,另一端则没入云端,不知是江水汇成了彩虹,还是彩虹化作了江水。

我的双脚重重地一蹬,同时张开洁白的羽翅,向着天空发出久违的呼唤。用一圈又一圈的盘旋,告慰我这久违的家乡。

我是一只江鸥。

我的视线中,岸上三三的身影越来越渺小,最后就像一朵小小的蔷薇花开在了岸边。小小的三三昂起了美丽的脑袋,自豪而欣慰地微笑着。

无论来时的道路多么崎岖不平,一切的一切,在历经波折之后,都将归于平静绚烂。

都将是一道彩虹,明丽动人,令你热泪盈眶。

三三将腰间的红葫芦取下,轻轻地放进了江水之中,目送它缓缓地融入那片彩虹。

我栖在她的肩头。在她的眼睛里,我同样看到了一道弯弯的彩虹。她看

不见这一切，可我知道，这一切，就在她的心里。

丙申年仲夏记梦

（作者学校：江苏省如皋中学）

点评专家｜谢有顺

中山大学教授、著名评论家、长江学者、茅奖评委

读完顾宇庭同学的《三三的江》，会自然地想起沈从文的那句：美丽总令人忧愁。此文本意不在讲述一个多么曲折的故事，而在于点染的氛围中所托寄的寓意，也许也只是一个美丽的梦矣。

故事中飘散着不可知的命运感，淡淡的哀愁与喜悦，单纯乐观的盲女三三，有着凄苦的身世，但这并没有阻止她内心的成长，对美好的向往。她最大的愿望是去看那条遥远的江，那是阿爸葬身的地方，在阿娘的眼里意味着未知的凶险，坎坷的旅程。

在阿娘离世后，三三还是选择远行，踏上寻找的路途。正像三三历尽辛苦，看到了不一样的风景，我们也无不感受着她内心的澄明与笃定，或许这才是作者想要展现与诉说的吧。也正因为这样，情节的简单，人物形象的单纯，反而映照出作者急于想表达的，还有内心同样的忧伤与明亮，这也让我再次体会到青春文学的动人力量，往往在讲述他人的故事时，其实写的都是自己的心梦，年少的心情。

从作者干净、节制、有力的语言中，我们感受到了一种叙事的节奏，从容，娓娓道来，像是潺潺的溪水；当然，还有一种哀而不伤的美学力量。

> 我，生于河南，养于河南，乐于生活在没有喧嚣的农村，最爱那春天的杨柳、夏天的庄稼，最喜那飒飒的秋风、素裹的冬雪。
>
> 一方水土养育一方人。而我，则愿于惬意的乡间，携一本书，抑或闲庭信步般游走，去体味人世间的酸甜苦辣咸，以一种乐天派的情怀，走进文学的世界，走进那再也熟悉不过的生活。
>
> 若问我为何如此？只因我对这土地爱得深沉！

胡浩然

故 人 庄

要我说，四儿他娘的就是个浑蛋！猪狗不如的东西！

一

郏文孝第一次见到刘庄村委书记四儿是在乡办事处的二楼会议室里。作为刘庄拆迁一事的负责人，四儿刚从县里面开完会回来，郏文孝一听说四儿回来，就知道他肯定要安排拆迁的事，忙赶到乡办事处。

四儿："哟，哥，找俺干啥嘞！"

郏文孝："咦，俺能有啥事，就是那个拆迁的事，咋搞啊？恁不是刚从县里面开完会回来吗？四儿。"

四儿："嗨，上面说咱刘庄的火神台刚评上AAAA级旅游景点，将来啊，人是肯定得多，恁再看看咱这庙会，哪一年人少啊？"

郑文孝："可不是嘞吗？咱庄每年都有一堆人在庙会的时候干生意，赚的都是钱。"

四儿："赚钱是赚钱，但是恁看看咱庄这屋子，盖得乱成啥啦，再看看这地，弄得都是啥。上面说了，刘庄要是不拆迁，来火神台的人绝对会少，所以刘庄必须得拆迁，还得赶紧拆。"

郑文孝："恁可别骗俺。那这上面给拨多少钱啊？给少了俺这儿可都不同意啊。"

四儿："咦，能让恁吃亏不？要是让恁吃亏，俺才不干嘞。恁尽管放心好啦，咋说咱这房子也得两千一平米。"

郑文孝："中，那俺这要搬哪儿去住？"

四儿："放心，到时候肯定有住的地方。撑不过一个礼拜就得量房子。"

四儿："还有嘞，哥，现在啊，赶紧回去干活儿，趁着天黑，到自个儿地里面盖个屋，往自家儿屋子上加层泡沫板房，那都是挣钱嘞。就这几天啊，一定要天黑偷偷地干，白天会有人来检查，小心着点儿，叫人家看到还没盖好的屋子，赶紧说点好话，给人家弄点儿好的东西，肯定能混过去。俺现在都准备着在其他庄整个屋子，以后肯定有用。"

郑文孝："老弟啊，恁好好干，俺这儿是绝对不会为难你嘞。"

二（一）

天刚擦黑儿，郑文孝沿着用煤渣填平的土路回到家里，看到郑於氏正在淘细米，而自己早就笑得合不拢嘴了，赶忙把她拉到院子里的石榴树下，自己躺在太师椅中，逍遥快活。那漏水的屋顶上面的黑瓦，那破窗外面挂着的干瘪的葫芦瓢，在落日的涂抹下，在老郑看来，就是红瓦，就是红葫芦，就是美滋滋的。

"哎，我说，老於，恁知不知道咱家这回要发了。"

"咦，我看恁个孬种想钱想疯了吧，恁个瞎话篓子，净搁这儿瞎放屁！"

"老於，瞎咋呼啥，俺可告诉恁，咱这儿马上就要拆迁了，等再过一个礼拜就开始，现在赶紧地，只能晚上偷偷盖房子。咦，咱可有活干了，等活一干完，咱就等着数钱吧！"

"乖乖，真嘞啊，那还等啥，赶快干呗。"

"这不是回来跟你商量事儿吗？你看你急嘞。头先咱俩定媒的时候，恁咋不着急。俺看啊，今个儿先放一放，明个儿商量好咱就好好干啊。"

"中中中，听你嘞。"

二（二）

刘庄热闹起来了。

第二天一早，郏文孝就忙东忙西，比庙会的时候干生意还急。

老郏："哟，老单，这日头恁拉一车子水泥想弄啥嘞？"

老单："俺说老郏啊，恁不会还不知道吧，咱这个庄要拆了，只能等晚上偷偷盖屋子，恁再不开始盖屋子，过了一个礼拜可就摸不到钱了呀。哎，不说啦，俺急着拉石料。"

郏文孝心里嘀咕着：我日，这咋回事儿，到底有多少人知道啊？

二（三）

这天刚擦黑儿，老郏赶紧地把日头安排好的石料和水泥运到自个儿地里面，喊上从李庄找的几个穷苦力，就地盖房！

"恁几个给我好好干，别搁这儿跟我次毛（方言，指做事不老练、差劲），

想干都干，不想干别干，赶快滚蛋，别搁这儿给我耍。干得好了，不差恁几个的钱，听见没有？"

郏文孝刚把话说完，哇，好家伙，天上就打了一个闪，紧接着又是一声闷雷。

二（四）

这天前半场儿（方言，指上午），郏文孝刚好往地里运石料，迎头走过来一批人，打头的手里卷着一张纸，耳朵上挂着一支笔。

"哎，俺说，恁他娘的往这地里面盖屋子，知不知道这是违法嘞？啊，俺就问恁知不知道啊？"

郏文孝一听这话，心想：这不会是来检查的吧？我日，还真来啊！

"哟，哥，恁别急啊，来来来，弄根烟，消消气啊。"

老郏一溜烟儿蹿到领头儿的身旁，扭过去身子，先递过烟，后又搓出几张票。

"哎，哥，咱这儿也不容易，都知道。嗯，恁就当睁一只眼闭一只眼，啥时候俺这儿把事儿搞完了，绝对得先去恁那儿，要不咋弄，恁先把这一点儿钱收下？"

"嗨，恁早说不就早完了吗？肯定，肯定会照顾的。那行，恁慢慢忙啊，不打扰了啊。"

三（一）

拆迁了。

郏文孝第二次见到刘庄村委书记四儿还是在乡办事处的二楼会议室里。

作为刘庄拆迁一事的负责人,四儿刚安排完拆迁的各项工作。郑文孝一听说开完会,赶忙到乡办事处。

"哟,哥,又有啥事儿?"

"咦,也没啥事儿,就是那拆迁的事儿呗,上面给拨了多少钱啊?安排好住的地方没有?"

"七百二一平米。"

"日,恁搁这儿开啥玩笑嘞?"

"俺可告诉恁,就是这个价。恁还想让安排住的地方,门儿都没有。"

郑文孝的脑袋"嗡"地一声炸了。

"恁自个儿看着办,撑不过三天,都得给我交房产证,签字画押。屋子里的东西全他娘的给我弄走,不听话,哼,强拆也得弄倒。刁民。"

三(二)

刘庄又热闹起来了。

老郑:"哎,老单,恁这是弄啥嘞?"

老单:"啥弄啥嘞,恁不会还不知道吧?四儿他就是个孬种。啥拆迁啊,啥七百二啊,日,都是他干的好事儿。四儿他跟一个开发商商量好的,要用咱庄的地搞开发,赚钱嘞。他娘的,四儿到县里面开会,也不知道上面是咋啦,连这样的狗屁事儿都批准,日。"

四(一)

1980年,芦成三十岁。王庄开始热闹起来了。

1981年,王庄拆迁了。芦成打了一场官司。

据后来芦成他儿子说的，芦成以屋子拆迁后没有得到合理的补偿以及安置为由起诉了城建局。

芦成见到城建局王庄拆迁的负责人高建设是在法院门口。碰面儿的时候高建设正等着一会儿进去打官司。

"哟，这不是芦成吗？乖乖，恁行啊！连城建局都告啊！"

"恁个王八蛋！狗娘养的！谁让恁们坑害老百姓嘞，光顾着拆俺这儿屋子，想赚俺的钱，啊，头先说好的事儿嘞？恁让俺现在搁哪儿住啊？恁个不要脸的东西！"

"日，恁瞎说啥，一群财迷，想钱想疯啦，恁要是不想拆就甭签字，签完字就甭搁这儿瞎咋呼？瞎咋呼啥？啊，俺就问恁瞎咋呼啥？"

"哟，中，恁厉害啊，恁也不看看这是谁的地盘就搁这儿瞎闹。恁给我记住，现在全国都在搞拆迁，不差恁一个孬种，啊，还有脸搁这儿打官司，要不要脸？恁看看，要是恁能打赢，俺就不姓高！"

四（二）

芦成的屋子没了，媳妇儿嫌他穷，跟别人跑了。原本想靠拆迁捞一把儿，最后穷得叮当响，只能带着儿子窝在一间不到十平米的平板房里。

"娃啊，恁多大啦？"

"爹，俺再过月把儿（方言，指几个月）就十二啦。"

"娃啊，恁爹不中用啊。恁给我好好干，混得有出息点儿，别跟爹一样窝囊。"

"爹，恁别这样说。"

"娃啊，恁给我记住，那儿是咱家，不是让人想拆就拆嘞！"

五

不知过了多少年,王庄变成了刘庄,芦四儿当上了刘庄的村委书记,而芦成早已离开了他。

又不知过了多少年,刘庄被拆了。

事儿后,郑文孝再也没有见过芦四儿,只是听说,芦四儿被上面的人给查了,进了看守所。

六

大白天的,郑文孝站在刘庄的土地上,站在火神台旁,那刺眼的、灼热的阳光落在老郑的身上,遗留下了火印般的痕迹。

大半夜的,郑文孝站在刘庄的土地上,站在火神台旁,那远处的草房子是他最早的记忆,却变得如此地陌生。

整个世界空荡荡的。

(作者学校:河南省实验中学)

点评专家｜张福贵

吉林大学教授、著名评论家、长江学者

  嵌题连字作文往往难得写好，或者生硬做作，或者关联不大。胡浩然的《故人庄》能够在行文间拥有直面现实题材的勇气、构划转折冲突的手法、揭示社会问题的视角，可说是难能可贵的。

  故事以片段式叙述展开，围绕着"拆迁"这一敏感的社会命题形成整体逻辑，主题表述相当深刻。主人公郄文孝从初次获悉拆迁消息时的犹豫，听闻最初拆迁条件后的惊喜，回家之后在对话、行事中展现出的鲜明的小农意识和"小聪明"，到最后发现受骗，面对巨大的现实落差时的不知所措等情节连环起伏，配合着方言和土话，呈献给读者一个并不复杂的故事。故事开篇一句"要我说，四儿他娘的就是个浑蛋！猪狗不如的东西！"，也让读者从一开始，就恍然料到了结局。而之后芦成、芦四儿父子两代人之间两段故事的鲜明对比，虽然在转折上略显生硬，但是确实拔高了整个故事的主旨。几十年间两个相似的事件，父子二人各自不同的选择，前后的轮回间是应该问问这个功利的时代，还是应该看看我们人性本身？当"芦成早已离开了他"这最后的一幕场景，陌生而又空空荡荡。

  作为一篇嵌题连字作文，故事的情节架构还有着几分瑕疵，但人物定位和文章立意都给人眼前一亮的感觉。如果说几十年前还有芦成的坚持，那么几十年后，不论是狡诈欺骗的村官、趁夜盖房的村民、吃拿卡要的巡视者、被"欺瞒"的上级领导，各个阶层间，作者并没有设置一个"好人"的形象，却也展示给读者一种最残酷的真实。这样冷峻、直接的思考角度，真实客观的表达方式，出现在一个十几岁的少年作者身上，是足够让我们惊喜的。

第二次踏进燕园，心境和感受都有所不同。在这一年里生发出了很多对写作的新的理解：写作，不仅仅是一个爱好，它更像是一架伸向辽阔苍穹的望远镜，同时也是一台观望内心的显微镜。

普鲁斯特曾言："每个读者只能读到已然存在于他内心的东西，书籍不过是一种光学仪器，帮助读者发现自己的内心。"对于写作者而言，又何尝不是如此呢？

文字之于读者是呼唤，之于作者是告解。文字这个神奇的媒介，超越了时间，跨越了空间，来到我面前，让我看见了自己在无数个平行世界里可能的样子。

这是我的幸运。

李蕤桐

逃 离

引 子

你试过把脑袋贴在窗边的小桌上，在火车肚子里打量这世界吗？
树都发狂似的向上奔跑着，只有你，在不停地向下坠落，坠落……

夜

少年根鸟从无尽坠落的梦中满身冷汗地睁开眼睛，失重感仍掌控着大脑，

他一时动弹不得。不知过了多久,恐惧的余韵慢慢消散,他才回过神来,下意识地去摸身下的床单。

湿答答一片。根鸟叹了口气,坐起身来摸索墙上的电灯开关。他没碰到圆形按钮,却触到了一手冰凉黏腻。

根鸟猛地抽回手,甚至不敢去擦手上那令人厌恶的黏液,只是呆呆坐着,大气不敢出。

瞳孔渐渐适应了黑暗。根鸟扭头,看到本应是开关的地方盘踞了一个个蠕动的螺状小壳,耀武扬威地在身后留下一条条亮晶晶的丝带。

是蜗牛。根鸟吐吐舌头,跳下床。

无论现在几点,都注定一夜无眠。

根鸟烦透了南方乡下永远漏水的天气。他生长在北方,假期跟随生病疗养的母亲来到蔷薇谷。这地方,徒有好听的名字,却连半个蔷薇影儿都没见到。

根鸟坐在屋门口的石阶上发呆。空气是蒸过了头的粉块儿,细化温热却好像是凝结的固体,堵得他无法呼吸。还好身下的石阶是冰凉的,切开夏日夜晚潮湿的空气。

根鸟和母亲来自一个永远被笼罩在铅灰色下的城市。有时他怀疑,母亲从桌上一直堆到地下的卷宗是否也一路堆到了天上,这个城市所有人追寻着或失落了的理想都堆在云层上,把这里变成了一个密不透风的瓮。

后来,他有机会俯瞰这个城市的云层。飞机向上,根鸟的视线向下,他感到自己像是一个吊起来的布偶娃娃。他发现仰望时看起来厚重的云,不过是一层层冰碴和水珠凝结起来的薄纱。地面上的车和人早就消失了,当不再被一股力量托举着的时候,他终于见到了天空的本来面目。具有磨砂质感的蓝色轻轻地在穹顶上刷了一层,薄得好似一伸手就能捅穿。他凝视着玻璃后的天空。天空是多么大呵,他想。天空在人的聚落上延展着,在没有人的地方也延展着。人类出现以前就有这抹蓝色，人类消失以后也将继续存在下去。这是再厚的云层也无法遮挡的事实，然而生活在之下的人们却浑然不知。

根鸟抬起头，仰望仿佛在黑色天鹅绒上洒满碎钻的天空。他不禁想问，在这时而厚如瓮盖、时而薄如蝉翼的天空后面，真的藏着一位神吗？他在日夜不停地注视着我们吗？或者说，我们的日日夜夜，年年岁岁，不过是他眼中的一个须臾？

胡思乱想间，一只手搭到了他的肩上，根鸟的肩膀下意识地抽搐了一下，另一只手快一步捂住了他的嘴。

"别叫，是我。"他听到一个细细的声音。他的心脏"砰砰"跳着，一把打开捂在嘴上的手。

是那个女孩。不用借助月光他就能想象到她在笑，蜻蜓眼微微向外翻着。不知为何这个长相奇丑的女孩对他有着异乎寻常的兴趣，从他来到蔷薇谷的第一天就缠着他不放。他还不知道她的名字。

"在想什么？"

根鸟微微偏过头，没有作答。

"我知道你在想什么——上古有大椿者，以八千岁为春，八千岁为秋。"蜻蜓眼女孩自顾自地接下去。"神明一直在看顾我们，不过不是在天上，而是在心里。"

"你知道什么。"被轻易猜中了心中所想，根鸟有些恼怒，说出口的话竟带一股冲人的劲儿。女孩住了嘴，片刻却又不识趣地开了口。

"你为什么晚上不睡觉跑到外面来？"

根鸟随口答道："失眠了呗。"

"我听过一句诗：'睡是死的兄弟。'"女孩停顿了一下。"你睡不着，说明你离死亡很远。"

竟然知道自己最喜欢的诗人——海子。根鸟心中泛起一阵波澜，语气也

柔和了些，

"说不定我就在梦中，是做不了梦中梦的。"

"也许吧。对于我来说，蔷薇谷就像一场梦。"

"我是不会梦见在这么恐怖的地方疗养的。"

"那你，想去哪里？"

两人你一言我一语地竟聊至东方泛起鱼肚白。根鸟发觉眼前的这个女孩并没有那么讨厌。于是两人告别，各自向住处走去。

日

自那夜后，根鸟的失眠愈发严重，一躺到床上，思绪便如箭矢般从四面八方朝他射来，有时在万籁俱寂中他竟能听到蜗牛在墙上爬行的沙沙声。

伴随着失眠的就是白日的萎靡不振，然而母亲恰好与他相反——睡不醒。他几番去母亲房中查看，只见她蜷缩在床上形如胎儿，长长的黑发披散在身后，表情安然，仿佛正在做着美梦。

"不碍事的，许多到这里来的客人都这样。"旅店老板说，"平时压力太大，一下子就释放出来了。"他说放在母亲桌上的饭食每日都在减少，说明她仍在正常饮食，不必担心。

根鸟听此也只好作罢，只是心中那团忧虑的疑云愈来愈重，暗暗期盼这次疗养之旅快点结束。

从母亲房中出来后他想四处转转。蔷薇谷坐落在山林之中，边缘与林地融合在一起。根鸟沿着小路上山，走了许久也未见到铁丝网围起的防护栏。

在猛兽时常出没的林地里，疗养地难道不用为客人的安全负责吗？根鸟转身正欲往回走，却看见蜻蜓眼女孩正站在他来时的路上，笑眯眯地冲他打招呼。

"不必回头呐。蔷薇谷是绝对安全的。"

根鸟心说,她是什么时候跟上来的?口中应道:"那好,我下次再来。"女孩却拉住他,说:"既然都爬上来了,走完吧。"

根鸟不好意思拒绝她,他想起女孩陪他度过的那个失眠之夜。两个人一前一后在狭窄的山道上走着,女孩出人意料地沉默。

"我说——你不觉得奇怪吗?"根鸟率先打破了沉默。

"所有人一到你们这边来,全都睡不醒了什么的。"话一出口,他才发现自己已经默认了女孩是蔷薇谷人。

"你这么说,是把自己排除在外了吗?"

"并不……不过你倒是猜中了,从小我就和大多数人不同,不是鹤立鸡群的那种不同,而是总被排除在外的那种不同。"

"我也感受到了。"女孩眨眨眼,凸出的眼泡使这个动作显得有点滑稽。

"你想逃离那个排斥你的世界吗?"

"无关紧要。正因为参与感没那么强,那个世界对我来说,逃不逃离都无所谓。"

"根鸟果然与别人不同。"

女孩突然叫了他的全名,稍稍惊到了根鸟。不过这女孩一向是神奇的。根鸟看她变魔术似的从口袋中掏出一个信封,封口是用昂贵的火印封号的。"蔷薇谷有一种奇特的花,叫青铜葵花。看到它的第一眼你就能认出来。如果你找到的话,就拆开这个信封吧。"

夜

火红的日轮从山峰之间沉下去的一刹那,气温下降,在暑气下昏沉的头脑此时变得分外清明。他走出屋子,凝视着暮色中的红瓦顶,突然脑海中

划过一个念头。他返身回屋,在随身携带的旅行包中翻找,返程的车票在哪里?他发现自己根本记不起来是如何和母亲进入蔷薇谷的。

根鸟奔到母亲的房间。母亲仍处于沉沉的睡眠之中,蜷缩成胎儿的姿势。

走廊中传来脚步声。根鸟深呼吸,压下心中狂跳。

来人是老板。

老板说:"小伙子,你这么频繁地打扰你妈妈,这可不好。要让她得到充分的休息。"

根鸟心中暗骂了一声,退出母亲的房间,假意回房。他看到丢在床上那封信,便像看到救命稻草一般扑过去。

火印封得很死,他只好从侧面撕开信封,滑出一张轻飘飘的纸。

根鸟:

　　你一定还没找到青铜葵花,就打开了信封。想必你也察觉到了,蔷薇谷的怪异之处。这确实是疗养地,不过不存在于现实中。蔷薇谷是你潜意识中的"疗养地"。

　　你是"蔷薇谷"实验的参与者,也是它的设计者。对于人的潜意识,科学界知之甚少。直到你提出催眠自己的"蔷薇谷"实验。你已经进入这里无数次,可是这一次,你走得太远了。你回到哪里了?你的少年?你的童年?你是否再次见到了因为劳累过度而英年早逝的母亲,完成了和她一起出去旅行的愿望?无论在哪里,回来吧!梦境不是现实,你可以补偿自己,但无法逃避自己。顺着大路往前,一直走,拔下那株青铜葵花,你就能找到返回的路。

破　晓

根鸟觉得自己没有走多长时间，灿烂的朝霞便撕破深蓝色倾泻在天空。

他手中攥着刚从泥土中拔出的青铜葵花，花瓣在晨曦中发出微弱的光。是金属冰冷的触感，却没有任何重量，他确信自己是在梦中。

"没有任何夜晚能使我沉睡／没有任何黎明能使我醒来。"不知怎的，他的脑海中突然蹦出一句很久以前读过的海子的诗。

远方，一列火车不是行驶在铁轨，而是在大地上长长地拉响汽笛。根鸟回头，深深望了一眼，踏上火车。

他并不留恋。

终　了

你试过把脑袋贴在窗边的小桌上，在火车肚子里打量这世界吗？

树都倒退着向你致意，只有你，在不停地向上奔跑，奔跑……

（作者学校：新疆乌鲁木齐市第七十中学）

倾听未来的声音

> **点评专家｜彭 程**
>
> 《光明日报》文艺部主任、著名评论家、散文家、鲁奖和茅奖评委

《逃离》根据大赛的要求，巧妙地嵌入了曹文轩若干作品的书名，根鸟，蜻蜓眼，蔷薇谷，青铜葵花，红瓦，等等，使之成为其中的人名，地名，植物的名字，建筑的样式，它们的搭配自然恰切，合情合理，没有过分的斧凿造作之感。

这种感觉同样也可以作为对这篇作品的整体评价。人物的情感变化，情节的发展演变，都具有一种内在逻辑的合理性，尽管作品有着较为明显的玄幻的、超现实的色彩，但在这样的背景下展开的叙事，由于是以真实的人性作为驱动力的，因此仍然能够让人感受到一种内在的真切之感。文章中根鸟的多愁善感，源于一个少年人对在面前日益扩展开来的生活的诘问，会让从那个年龄走过来的读者有一种切肤之感。

文章结构上的特点就更为抢眼。时间构成了鲜明的叙事脉络，"引子"对应着"终了"，其间是从"夜"到"日"又复归于"夜"的时光流程，最终完结于浮现的"破晓"——在这个时辰，主人公根鸟离开了蔷薇谷，踏上火车，返回城里。对于此地，他并不留恋。

对比，象征……若干修辞方式的运用，旨在表达年轻作者对于生活的理解和探询。与城市的污浊、窒息、单调相比，蔷薇谷无疑是一处美的、自由的天地，象征了生活的理想状态。但作者也清醒地认识到，这样的地方只能是虚幻的，一个人必须要拥有真实的生活。他选择离开蔷薇谷，其实质便是对于并不完善的现实的拥抱。

充沛的想象力，对于节奏感的有效把控，以及颇为老练的语言，使得这篇文章闪耀着一种独特的光彩。当然，还不能指望这个年龄的人会对世界和人生得出清晰准确的认识，但只要她具有这种意识，并且在其引导下不懈前行，便是开启了一扇通往无限可能性的大门。

> 一个人一生会有很多名字，一次印在年少离家时的车票上，一次刻在成家时的门牌上，最后一次留在墓志铭上。
>
> 人的一生有无数次去命名的时刻，命名一座有你的城市，命名一场有你的旅行。可人只有一个名字，如何命名自己的一段人生，最难。在一个名字从离开到永留，从铭记到遗忘，经历的不该只有时间的悲喜，更有物性的神奇。何谓不朽？尘世骨肉消磨，但又有像文学一样如血液的东西记录你的来过，便是不朽。
>
> 不必记得我的名字，做一次纸上之缘的过客，胜过一大段对白。最好的情节，便是我要离开，不知去往何方，但我终会在路上。
>
> 每个孩子都是孤独的梦旅人，我执笔记录时代，凉月悄至，愿初心不悔！

杨淙文

尘　世

在我的印象中，故乡山西孝义是一个黑乎乎的地方，黑乎乎的山，黑乎乎的水，和黑乎乎的人。那里的一切事物身上仿佛有洗不净的尘垢——就像眼前这方落满尘埃的匣子，连里面的照片都是黑白的。

很容易看出这应该是一张大的合照，但里面每个人都被很完整地剪了下来，变成一张张全身的独照。

我跟跟跄跄地端着盒子跑到爷爷面前："爷，这是啥？"

爷爷抱过我，放在大腿上："娃，想听故事不？"

我扑棱着两条腿，听爷爷讲着很久以前我未曾听闻的人和事，那个遥远的故乡有太多记忆无从诉说，就伴着昨日那老一辈人的离去，瞑目，永远封

沉在了他们混浊的双眼。故乡被风干了血肉,变成静静躺在户口本上的一道墓志铭,墓前空无一人。爷爷的话语拖延着漫长的时间尾迹,那陌生的时间空间在一个人未亡的回忆里点燃了断点,死去的故乡,渐渐在浮现出模糊的轮廓——"从前啊,咱老家有一个可大可大的煤矿……"

他扒拉着一张张黑白的照片,空气中飘满了细碎的尘埃……

开 席

"来嘞!青椒肉丝,辣子肉片,最后俩热菜了,马上齐活了!"

"老李头,你蒸的白面馍啥时候好嘛!"

"快了,莫急,莫催嘛!"

一个骨骼精瘦的老头腰间围着一方满是油迹的白方布,双手和胳膊上都落满了瓷盘子,里面的饭菜热气腾腾,如流水般,淌入满坐着乡亲老少的红漆剥落的木头桌上,一盘刚落下,一盘又离席。

他是村里的煮饭匠,手艺在家里不知传了几辈,方圆百里几个村儿不管红白喜事,要摆水席没有不来劳烦他的,这一天是老李最忙碌的时候,备料,煮饭,摆桌,上菜,他却也乐在其中,以至于终年奔波在别人家的苦辣酸甜里,倒把自己的日子过成了一碗白水,五六十了还打着光棍,无儿无女,村里的老人都笑他,说:"挣这么多钱,还不是要和自己这手艺一块儿带进棺材里……"

老李也总是笑笑:"能干一天就多干一天吧,反正老了,闲着还要得病嘞!"

只是这几年,这附近一片的庄子里人越来越少,外地的人几年前还挤着想往这一片儿落户,能在山里的矿上谋个职。只是这两年,山上的矿难把人吓怕了,每两天都有从山上抬下的人,要么缓不过来就撒手了,要么患上种瘆人的怪病,瘫在屋里再也起不来。于是曾经机器轰鸣的山村只出不进,再也没那种火热的气象。倒是村里的人老的少的一个个脚跟脚先后地离世，整日哀乐不断，水席不停。白活儿多了，老李的生意好了，可看着那一个个被送走的老兄弟，席办得越是热闹，他越是觉得村里静得可怕。老李真的怕了，不想再干了。

今天，老李总算接到个喜事的活儿，一大早特有精神，忙活到晌午头还不停手。

小小的院里低矮的两座土砖房，到处是被煤火熏黑的墙皮和满地零碎的麦麸，塌了口的断墙硬是被贴上了红纸，炮仗的纸壳还散着热烟，几首山西的老调子惊得房檐下的红幡子直晃荡，满桌的老头儿抽着旱烟，大声叫嚷着，呛得自己直咳嗽，嘴里喷出的烟气和炉上飘起的油雾都白得透明，倒是在这灰蒙蒙低垂的山村天空下，化开了一小块净土。

老李把最后两盘菜端到小院北厢房正中央的桌上，桌前一个约莫十八九岁的小伙子，满脸无奈地向一个个比他大几十岁的老头子们低头赔着笑，听着这些爷爷辈儿的人把自己夸到天上。

见到老李来了，少年赶忙接过盘子："李爷爷，今儿一天真是让你受累了。"

"不累不累，说啥话嘛，我高兴还来不及呢……"

少年是矿上矿工的儿子，父母走得早，很早就撇下他和爷爷一起生活。今天他要去城里上大学了，全村人送行——在这个满是煤灰和烟尘的地方，祖祖辈辈都是矿工，三十多年了，这是村里第一个大学生。这可是村里最大的喜事。

"老薛，来来来，全村就数你的字儿最漂亮，你给娃捎上。"

"好。"一个头发黑白交杂的中年男人用袖口抹了抹浑浊的镜片，一脸怯怯地露出左手在红宣纸上写下烫金大字："一苦寒窗十年志，鸣鹤乘风不移气。"

"别整这些没用的，带点儿吃的多实在！娃，来捎上咱老王这包麦芽糖，刚熬的糖浆，甜着呢！"说着，一双嵌满煤灰的粗重的手扒开少年的背囊就

往里塞了几大牛皮纸袋的东西。

祠堂里挂着宽大的红绸子,遮住了正中那鎏金座上破旧的龙王像,前面一张桌子横着端放着唢呐二胡,老张唱累了,正小口喝着灰瓷碗里的水,满脸慈祥地看着不远处小院里在席上穿梭的少年,拍了拍旁边一袭白短褂的儿子,他便会意地快步迈下祠堂并不高大的台阶,走到少年身旁,搭着少年和自己一样坚实的肩膀:"娃,你要走了,叔也没啥送你的,这点儿钱你拿着,多少是我们老张家的心意,你可不敢给推了。"

少年赶忙把手中这一沓沾着灰的票子塞回张叔手里,和他执拗了半天,还是收下了。

这时,院外又响起了那游荡在小村的声音:"磨剪子戗菜刀嘞——"

一个一脸冷峻的老头儿推着生锈的三轮车,蹒跚地走过屋门口,没有回头往水席高桌子低板凳上看一眼,仿佛在晌午的日头下,这全村共襄的热闹喜事与他无关,或者说并不存在。

老李看到路过的他,赶忙放下手里的菜盘子,走上前去扯住他的袖角,拍拍酒桌前一个没人的凳子示意他坐下,说:"老赵,今天可真有大喜事,别睡你那棺材板了,进来吃点儿热乎的……"

那老头儿挣开老李的手,倔得很:"哼!放开!活人准没好事儿,我宁睡棺木,不信人心!"

老头儿继续喊着不知说给谁听的:"磨剪子戗菜刀嘞!"声音渐渐飘远了,只剩下老李望着他的背影叹了口气,无奈摇了头……

"来嘞!可有口福了!第一锅白面馍馍出锅嘞!"

老李掀起大锅上的竹篾笼屉的盖子,雪白的馒头猛地吐出温热的水汽,升上低矮房檐上灰沉的天空,眨眼被吞没不见。

席上的人们满脸热切,在他们眼中只有灰与黑的世界里,时间的背景永远是冰冷与饥饿,这是他们唯一聊以慰藉的希望。

杨淙文
尘　世

老李用瓷盘子盛着两个馒头，递给少年，说："娃，去吧，总要道别的，把这个给你爷爷端过去吧。"

老李摸了摸少年的头。他转身走向西厢房爷爷的土炕前，拍了拍正在睡觉的爷爷："爷，爷，起来吃馍了……"

"啪啦"一声脆响，院子里老人们热闹的交谈声霎时戛然而止。沉默了几秒，老王深吸了一口手里的旱烟，缓缓长叹："唉——作孽呀，我们这帮老不死的是哪点儿对不住龙王爷了，要让娃娃辈的来偿，这怨咒，啥时可解？"

两个雪白的馒头，沾满了灰尘、麦麸、碎瓷片，缓缓滚下了门槛，带着村里的这绵软的一丝渴盼，在这遍地灰尘里冷却了，肮脏不堪。

"娃，别想这么多，有我们这老哥几个，指定把你爷送得风风光光的，你也别有啥想不开的，城里要是待不下去了，就回来，白面馍馍管够！你恁么机灵，我这门手艺还等着传给你呢……"

老李扶着满眼泪痕的少年翻上拉满矸石的铁皮车厢，偷摸往他鼓鼓囊囊的背包里塞了一卷钱——上面沾满了油腥气，那是他几十年办水席攒下的，钱里卷满了一个村的悲喜离合。

老李干了半辈子水席，像是一个摆渡人，见惯了人间的假戏真情，少年坐在高高隆起的矸石堆上显得那么瘦小，风卷起一阵煤灰，这布满尘埃的世界，人事是那么轻小而又单薄，让人不忍看，也看不清。

火车的汽笛轰鸣，少年在这灰蒙蒙的天幕下远去了，滚烫的铁流冒着青烟，将他吹出了沉重的大山。老李高喊着："别再回来了！"声音被颤抖的铁轨震碎，少年以为他是舍不得自己，站起来挥了挥手示意他回去。

火车上，少年打开了背包，发现了那卷钱，里面还有一张黑白的照片，那是水席开席前老张的儿子照的，一个村里的记忆，便定格在了那段时空里。少年努力记着照片上每一个人的样子，不愿将他们忘记……

倾听未来的声音

火车轰鸣着穿梭在无尽漫长的铁轨上，不知去向何方，他和这张照片上的人，也许像这车煤矸石一样，等待着自己的归宿，等待被时间粉碎，被这人世燃烧，成尘……

是与非

老薛是村里第一个准大学生，生在村里一个手艺人家里，自幼写得一手好字，工笔画炉火纯青。他家世代是漆匠，谁家盖房要去涂墙刷门，都要包在薛家身上。这两年，矿上出了太多事故。老人家都是些病退的矿工，尘肺像毒药一般无声而缓慢地侵蚀着整个村庄，带给人们的只有沉淀在骨髓里的煎熬苦痛，将一代人拖入死亡。于是，最用得着薛家的地方，便是给"生棺"涂漆。"漆要黄底白花，烫金的两条龙纹，生铁的楔钉，棺盖上一方青铜葵花作锁……"老薛自幼有天赋，棺盖上的龙纹绘得传神。

当年，老薛考上了城里的美院。在他等通知书的时候，"文革"如洪水一般袭来，美院被迫关闭，家里的漆棺手艺被认为是封建迷信，要被"破四旧"而被禁止，祖传的家什被毁坏殆尽，也没人知道老薛的右手为什么再也不能握笔写字了。

村里人逢年过节喜欢找他写对联，他左手写的字依然细腻，走过村里一排排房屋，他手写的对联记录着人们简单的渴盼，但自己的梦，却早已无家可归。

老薛走投无路，唯一能做到的，便是加入县里的宣传队，在村里残破的土墙上，漆下朱红的标语。从"一心一意跟党走，除净牛鬼蛇神"，再到"下基层，接受贫下中农再教育"……时代在他的笔下变迁，而他心中的渴盼却像是人耳听不到的低赫兹声波，与时光步步相错，在缄默中被人世扯碎。

三十年后，年迈的他来到村里焕然一新的陶瓷墙前，一如往日举起握住刷子的左手，一桶凝固的红漆，竟再也不知写些什么。他的岁月，也在这桶记忆般黏稠的红漆里窒息，被自己亲手扼死——满墙红字的村落，是他为自己漆的一口棺。

三十年前，那是一封等不来的信，收件地址是他活着的梦和即将到来的死亡。

一天，他在村口大字报上贴上一张白纸，上面是他亲手写下的自己的讣告，这是他最后一次提笔了。白纸下面是他曾经写下的低保名单，记录着这个村子最后的挣扎。

老薛坐在村口，伸出布满疤痕的右手，伸向这灰蒙蒙低矮的天空，三十年的是与非，等待着最后的归宿——死亡。

人与鬼

老赵，村里有名的木匠，给他一块儿木头什么都会做。

老赵做木活儿最讲究快锯子利斧子，三下五除二，物件儿的整体线条当下立成。

老赵最喜欢做的还是棺材，"人都死了，啥舒服不舒服也都不讲了，一块儿木料削出个坑，能躺人就行"。

矿上整日出事故，到处都有人患上尘肺生不如死寻短见。做棺材时，老赵总是不屑，"这么大个汉子，有啥想不开，死了就得了这巴掌大的一块地方，憋不憋屈，好死还不如赖活着呢……"对于那些家贫的矿上家属，老赵的木活儿没收过一分钱。

村里的丧事儿越来越多，老李的木料不够用了，上山伐了两棵树，锯子稍下慢了一点儿，被矿上的巡逻队发现了。老李辩解，说自己是木匠，这木头没想私吞，是给村里矿上遇难的乡亲打棺材用的，不信，村里的人可以作证。

全村的人早就被吓怕了，没有一个人敢出来说话。

老赵斗大个字不识一个，却被整整批斗了三天三夜，被一棒子打在眼眶上，鲜红的血遮住了黑白的眼球。

老赵再也做不成木活了——他的眼睛再也看不见墨斗的线。

老赵变了，村里的人在他眼里仿佛都是死人，叫他他不理，喊他他不应，就每天推着辆三轮车走街串巷地磨剪子戗菜刀，"生活还得过……哼！人心可比刀子斧子锯子利多了……"

老赵用了十几年给自己精雕细琢了一口棺材。

"以前觉得最好做的是棺材！哼！就数它难做，再大的棺材也永远盛不满人心！"

一天，老赵把陪了自己几十年的剪子锯子斧子放到那口没漆的棺材里，锈迹斑斑。

"这世上，最锋利的还是时间啊，不管是人是鬼，时间面前不过都只是一块木头。"

老赵走了，最后喊了一句"磨剪子戗菜刀嘞"，就倒在自己做的那口棺材里，睡去了……

棺里落满了灰尘。

生与死

老张，人称"金嗓子"，一把二胡，一把唢呐，山西调子唱得出神入化。

老张早年在矿上干活就染上了肺病，一个人拉扯儿子长大，从来没在儿子面前流露出一点儿病痛的感觉。

老张从矿上退下来，操持起了自己的业余爱好，吹拉弹唱样样精通，一双眼睛放光，一看就让人觉得温暖和善。

老张整日小曲儿没离过口，逮着人多就要唱上一段。

老张是村里最快乐的人。

红白喜事都要老张去参加，没了他的声音就感觉整个村子缺了些什么。

矿难，尘肺……村里的人接连离去，老张唱得声音最大，心里痛得最深。

老张最疼小张，那是他唯一的亲人。

小张学医归来，说是要医好村子里这场怪病，但大多数都是无力回天——他根本不知道什么叫尘肺。所以小张回来能做的，不是治病救人，而是整理那些死去的乡亲的遗容，让他们风光地入殓，这是对一个医生最残酷的事。

老张劝小张回城，小张执意要救小村里的乡亲，直到最后一个患怪病的人死去，自己才肯离去。老张执拗不过，只有整日叹息。

老张爱吸烟，不是一般地爱，小张也知道，但这几年老张吸得尤其频繁，无时无刻不在抽着烟，一边抽一边剧烈地咳嗽。

小张担心父亲，替他偷偷丢掉了烟袋。

老张找不到烟袋，浑身僵硬，一口粗气卡在喉咙，喘不出，咽不下——和小张知道的那种怪病一模一样。

老张瞒不住了，告诉小张，自己也得了那种肺病，一直在靠抽烟麻痹自己的疼痛。

老张说自己剩下的时候不多了，自己给别人送丧时吹得那么起劲，不能自己走得冷冷清清。

老张最后一次拿起了唢呐，山西调子唱得残破嘶哑。

老张问小张唱得咋样，小张说你唱啥都好听……

小张亲手入殓了老张。

小张坐在往城里去的空无一人的火车上，泪流满面……

罪与罚

老王是村里最后一个种地的，村东头金黄的麦子地是他家的。这两年矿洞越开越多，土地沉降，麦地面积逐渐缩水。

老王有一儿一女，儿子比女儿大十岁。儿子在矿上染上了尘肺，在医疗条件落后的农村，人们以为这种病只要到了城里的大医院就一定能治好。老王唯一救儿子的办法，就是将女儿嫁到城里，拿到彩礼钱供儿子看病。可城里男方的父母讲究门当户对，一定要老王拿出一百二十块钱当嫁妆。老王卖光了地里的麦子，还是远远不够。

老王每天晚上到红瓦下的祠堂拜龙王，渴求多下一场雨，有个好收成。

后来有人给他指路，说上山挖矿来钱快。他去了，一干就是几十年，一身尘垢，尘肺病让他坏死了半个肺，一动就咯血。而他的儿子早已先于他撒手人世，女儿也一声不吭地远走他乡，再也没回来过。

女儿走的那天，他又一次从村口巴掌大的麦地里取回细米，做成麦糖供给龙王。

他忍住肺部的阵痛跪下："龙王爷，我天天拜你，给你供麦糖，以为日子过得就能甜。种地穷，挖矿也穷，活有余辜，死有余罪，你到底要啥嘛！"老王磕头倒地，蜡烛燃尽了，滚烫的蜡油像是垂下了这无悲无喜的村子第一滴泪。

村里人是在村口祠堂里捡回老王的尸首，半个身子浮肿，一按就流脓。下葬前，人们给他剃去了头发，白发飘在黑色的泥土上，格外刺眼。

他被埋在自家巴掌大的麦地里，被矿山碎石包围。金秋的麦芽在风里，摇摆得无力而滚烫。

席　散

　　老李头做了一辈子水席，红事儿做，白事儿也做，三十年过去，城里的房盖到了农村，外乡人回老家结婚，外乡人回老家迁坟。

　　村里老一批人都走了，死于抗拒不了的尘肺。

　　三十年后的春节，老李头把老哥几个做成了面人，一个个放在三十年前那场饯行宴上各自的位置上。

　　今天是他给自己办的丧宴。他无儿无女，坐在椅子上，收音机里是老张生前录的绝唱："想当年，叩古磬，丈三龙王庙台坐，枉教人磕头又烧香……"

　　新年来了，远归的人们从四面八方赶回自己陌生的故乡。矿山封了，山脚下建了新城，远处鞭炮声阵阵，这几句山西调子一升到天空，便被时代扯碎。

　　天空下起了雪，黑乎乎的尘世，终将白头。

　　易，不易，时代的变迁在孝义用煤灰烙下火印，跨度大而无情。

　　老去的人们拥抱着，依偎着，却被时光越推越远，直至死亡。

　　孝义，带不走的是挣扎，埋入死者浑浊的双眼，留不下的是希望，散入火车轰鸣的汽笛……

　　"后来呢？"

　　"后来山被挖空了，故事也就完了。"

　　我摸着他的肚子："还疼吗？"

　　"疼，但遗憾更让人疼，那是一个时代的绝症。"

　　一张张独照被爷爷拼成庆功宴上的合照——三十年，那场水席无人能离席。

　　匣子里有一张大学录取通知书，邮戳定格在了1966年——他本就走不掉。

　　"你还记得孝义吗？"

倾听未来的声音

"记得，在梦里记得，记得故乡的草房子，记得房檐的红葫芦——如果还有梦的话……"

三十年，尘埃落定。

（作者学校：河南师范大学附属中学）

点评专家 | 邵燕君
北京大学副教授、著名评论家

如果被发表于文学期刊中，《尘世》可能被认作是一篇成熟作家的作品——不管是在故事的结构、人物的塑造还是情感的把控上，这篇作品的处理都是得体而老到的。

《尘世》这部作品的题目和切入点都很耐人寻味，也能看出书写者的斟酌。"尘世"，既可被看成是作品中所述的印象中故乡"仿佛有洗不净的尘垢"的外貌，也当然是挣扎地生活在其间的人们，更可升华为走出故乡的每个人——我们都生活在尘世间，无人得以幸免。这样一石三鸟的标题，确实很见功力。此外，整部作品叙述的视角都是走出故乡的爷爷对孙子诉说的追忆，而在他所叙述的每个故事中的所有人的结局不是死亡，便是离开。作为读故事的人，我们首先看到的是断裂，而在这断裂中，我们仍能看到延续的希望。

不管从哪个角度而言，《尘世》都可被看成是成熟而精巧的，但这却不是这篇作品所带来的最大惊喜。我所感到惊喜的是，《尘世》中所体现的悲怆和大气、平实和高远，外表波澜不惊内心却惊涛骇浪。作者对生活的洞察、对社会问题的思索有超越了同龄人的深刻，更值得一提的是，当这些思考被转化为文学时，它又来得那样的冷静。也许在片段与全篇之间的处理上，在部分语词的应用上，《尘世》还是存在着一些问题；但整体上来看，这已经是一篇难能可贵的佳作了。

> 我喜欢阅读中外名著，在读书时记录下自己思想的火花。我热爱写作，这些思想火花便在写作时得以绽放。这些火花引领我走向写作的乐园，让我从懵懂走向成熟。读书与写作是我的忠实伙伴，它们陪伴着我一路走来，也必将在今后的日子里继续伴随我，给予我快乐与启迪。

顾靖坤

瓢

珠儿的家，是整个红葫芦村唯一一个有红瓦的房子。

红葫芦村其名来源于一个有关红葫芦的神话。这个村子兴种葫芦和稻米。

"珠儿姐，咱这儿真的有过一个大神，劈开红葫芦创造了天地吗？"问话的是小兴，一个和珠儿从小一起玩大的半大小子。

"爸爸说那是哄小孩子的。"珠儿回答。

"小兴，快回来吃饭——"一声老太太的长腔从身后传来。

小兴应了一声，和珠儿往家走。小兴走进了一片黄压压的草房子，不忘回头目送着珠儿走进了那犹如鸡窝中的凤凰一般的红瓦房。

六七岁的孩子，正是爱到处瞎跑的时候。珠儿和小兴像两匹脱了缰的野马一般，在村子里上蹿下跳。两人不知不觉来到了池塘边。

小兴突然间身体向前一冲，吓了珠儿一跳。等回过神的时候，小兴手里多了一只蜻蜓。他扮着鬼脸儿，捏着蜻蜓的翅膀往珠儿脸上凑。珠儿吓得叫起来，这时蜻蜓"啪"地飞走了。珠儿的眼前是一只张开的手和一张顽皮的

笑脸。

"吓到了吧，胆小鬼。"

"才不是！"珠儿嚷着。

"刚刚我看到，你的眼里有一只大大的蜻蜓，真的！"小兴像有什么新发现一样。

"蜻蜓的眼中，我看到了一个好看的小姑娘。"珠儿嬉笑着说。

"喂，蜻蜓姑娘，你的蜻蜓公子啥时候来接你啊？"

"看我不撕你的嘴！"

蜻蜓飞舞在水塘边，它们看到两个孩子笑着闹着，把水草塞进对方的脖领中，脸上的汗珠和撩起的水花混在一起，身上的衣服都成了顽皮的土色。大概没有一只蜻蜓会认为，这两个孩子，一个住在草房子里，一个住在红瓦房里吧。

"珠儿姐，天真的是半个葫芦瓢吗？"

珠儿一脸鄙夷："天是摸不到的，天是一个无限大的东西。"

"我搞不明白……"小兴摸着脑袋，"嘿，还是你有学问。我奶奶总说，天是半个瓢，是那个开天辟地的大神顶在上面的，坚不可破。"

"再坚硬的东西也能被打破。"珠儿有点觉得自己无法跟这个乡下小子掰扯清"天到底是什么"这件事。到了上学的年纪，她每周都走好远去城里上学。小兴则在村子里和家长一同打理家务，在田里干活。家人都说，男孩子应当做壮劳力，养家糊口。小兴很爱自己的家人，他欣然接过了爸爸手中的铁锹。

尽管汗水流在田间的生活十分充实，他还是觉得有些孤独。他常常向那幢红瓦房张望。但他知道，珠儿不在家。

只有周末珠儿回家，才是他最开心的时候。这时候，小兴就会央求她教自己认字。

"珠儿姐，'天'字咋写？"

珠儿用树枝在一块石头上比画着："这么着，横，横，撇，捺。"

小兴也捡起一根树枝，照着划了一遍。"这字真好写！"他黑黝黝的脸上闪烁着兴奋，"那'瓢'字怎么写？是不是和'天'字长得差不多？"

小兴闪烁着的双眼映在珠儿眼中。"傻乎乎"是珠儿脑海中蹦出的第一个词。

"'瓢'字比较难写，这个我赶明儿教你。把今天教你的几个字，'大''上''下''之'，还有'天'，好好温习一下。"珠儿站起身来。

"谢谢老师！赶明儿我把家里的大米扛一袋子来，当学费！"小兴嘿嘿笑了，给"老师"鞠了一躬。

珠儿也笑了，因为小兴的样子在她眼中真滑稽。

小兴回到家，奶奶问她："那妮子今天又教你啥了？"

"她告诉我，天不是瓢，天很大，没有边。"

奶奶哼了一声："不信神的妖妮子，总有一天，这天瓢会被她捅漏的。"

"天瓢真能被捅漏？"小兴问道，"哦，对了，她今天说，再坚硬的东西也能被打破。"

奶奶白了他一眼："专心干你的活去吧！"说完，她颤悠悠地走进了里间。

小兴拿着锹，没有下田，而是来到了池塘边。

用树枝温习了一下"功课"后，一只蜻蜓飞到他面前。

"哎，蜻蜓一年比一年少了。"

珠儿没能把"瓢"字教给小兴。

几个月后，她们一家坐上火车，离开了红葫芦村。在村头，好多乡亲来

倾听未来的声音

送行。大人们都说,这妮子争气,出去给咱村子长脸。

那天,小兴清楚地记得,珠儿穿了一件雪白的衬衫,在阳光下闪耀着。自己的身上,一件粗布小褂无精打采地披着,一条麻绳绑在裤腰上,系住了他松松大大的裤子。汗水顺着黑黝黝的脸淌下来,他不知道这之中是否混杂着泪。

他终于鼓起勇气走上前,向珠儿挥了挥手。

"再见,小兴!"珠儿铃铛般的声音在耳边响起,雪白的衣袖有点儿刺眼。

红瓦房从此彻底空了。红色的瓦在阳光下那炫目的色彩,阳光透过瓦缝照在地上的光斑,以及停歇在屋檐上的蜻蜓,似乎都记录下了什么带不走的东西……

大概过了二十年吧,珠儿突然想回去看看。现在的她,有着稳定的工作,有了丈夫和孩子。记得刚离开村子时,她极力将自己融入城里人的生活。她学说城里话,刻意去掉红葫芦村的口音。她拼命学习,优异的成绩为她在新学校树立了威信。她想让所有人,包括她自己,忘掉她曾来自那个遥远的乡下。

但慢慢地,尤其是近几年,她的回忆开始悄悄苏醒,一个怎么都控制不住的声音始终在她耳边嘀咕:回去看看吧。

为什么呢?是因为那里是她出生并度过了童年时光的地方,是因为嘴里咀嚼的红葫芦村优质大米的香味,还是因为小兴?那幢红瓦房,大概早就拆了吧。

终于,她买了一张火车票,向单位请了假。

绿色的葫芦架中间,有一个小孩子正在捉蜻蜓。葫芦架上下,几只蜻蜓嬉闹着。

小孩子看到了珠儿,吓了一大跳,转身往屋里跑去:"爸!爸!"

这时一个男人自一旁的砖房中走了出来。"您找哪位……"话没说完,声音却顿住了。

面前的男子,长得很高,黑黝黝的,穿着件半新不旧的灰上衣,但却很有精气神儿。在珠儿的眼中,他和自己童年玩伴的形象重合了。

"小兴,你没变啊。"珠儿开了口。

"珠儿,是你啊,哪阵风把你吹来了。"男子有些局促地笑着挠了挠头,使劲儿扯了扯身上皱巴巴的灰上衣。他的眼睛眯成了一道缝,似乎盛着满溢的快乐。"小毛!快告诉你妈做顿好的,有客人。"

小兴把珠儿从头到脚打量了一番。"你把瓢打碎了。"许久,他说。

"而你还在瓢里。"珠儿回答。然后两人都笑了。

吃饭的时候,珠儿得知,红葫芦村这几年的情况是愈发地好了,政府开发了一片旅游区,给这里带来了不少收入。

口中的米饭,和超市里卖的还是不一样,比超市的米味道更淡,但却格外香软。

饭后,小兴带珠儿在村里逛。好多乡亲闻听珠儿回来了,都跑来围观,珠儿和他们一一叙了旧。

村中的小道,熟悉,又有点陌生。

曾经有过红瓦房的地方,是一片崭新的砖房。

没有了草房,没有了瓦房,人还在,物已非呀。珠儿默想。

"但还有一个地方没有变哦。"小兴的声音让她从思绪回到了现实。

那片池塘,在阳光的照射下泛着光,柔和而恬静。池塘边,野花开得正灿烂,可以闻到一股泥土和草的清香。蜻蜓成群地飞着,嬉闹着,在水面上映下它们欢快的身影。它们此时看到的,大约是它们二十多年前的祖辈看到的人。但故事却已不一样了。

"蜻蜓姑娘,你的蜻蜓公子啥时候来接你呀?"曾经的声音在耳边响起,

311

倾听未来的声音

  曾经的画面在眼前显现：两个六七岁的天真无邪的孩子，在池塘边跑着闹着，踩起了一片片水花。男孩儿憨憨地笑着，女孩儿咧着嘴，一边娇嗔地骂着，一边抓起一把湿漉漉的草，塞进了男孩儿的衣领里。

  池塘的上方，是一片一览无余的天空。

  "天真的不是个瓢吗？"沉默了一会儿，小兴问道。

  或许是，或许不是。

  "瓢真的不会被打碎吗？"这声音近在眼前，又仿佛跨越了二十年的时空。

  或许会，或许不会。

（作者学校：北京市十一学校）

顾靖坤
瓢

点评专家 | 李 舫

《人民日报》文艺部副主任、著名评论家、散文家、鲁奖和茅奖评委

  《瓢》是一篇饶有趣味的文章，小作者通过跨越二十年的孩子和成人的视角巧妙地讲述乡村和城市的变化。珠儿和小兴，是两个童年的玩伴。然而，尽管同在一个村子里，他们的出身却有着很大的差距。小兴是村子里的普通人，住在黄压压的草房子里，珠儿住在村子里唯一的红瓦房里，她能够上学、识字，小兴却只能随着父亲下田耕作。终于有一天，珠儿如愿地走出了乡村，她努力改掉口音，成为像模像样的城里人。

  然而，随着年龄的增长，对家乡的思念愈深。二十年后，她带着思念回到了自己出生的地方。乡村的巨变让她讶异，曾经是红瓦房的地方变成了一排排的砖房，村子里的人生活在原汁原味的大自然中，而这对城里人来说，却成为最不可实现的遥远的梦。

  作者的语言纯真质朴，文章角度新颖，通过两个在同样背景中成长起来的孩子的不同成长历程，讲述了乡村的巨变，也暗示了城市在发展中走向文明的同时，也伴随着远离自然的退化。作者暗设了一条线索"瓢"，二十年的故事娓娓道来。珠儿和小兴的成长有着不同的人生轨迹，二十年后的相遇构思巧妙，不仅讲述了他们身份的变化，而且通过他们身份的变化暗示了城市和乡村的巨变，作者的叙述中有对变化的欣喜，也有对变化的深思，让读者回味无穷，这一点尤其值得肯定。

> 来自广西开朗的我,有着超好的脾气。喜欢阅读与书法,偶尔听听轻音乐。热爱自然,喜欢抓住生活中简单的事物,化作情感的柔丝,藏于笔尖。简单的美,是我写作的追求。
>
> 我认为写作是对无边瀚海的向往,又是对微渺世界的窥探,文字是内心感受蜕变的音符,飞向未知的远方。
>
> 愿做一棵平凡的野草,体验世间温情的甘露。

梁松艳

根鸟情系葫芦丝

"我在山中,山有我。根鸟飞,情系我……"在蔷薇谷一路走来,经常会听到这样的歌声。

之所以叫蔷薇谷,自然是以蔷薇为称。但还有一个原因。

出了蔷薇谷,歌声停止了,随即而来的是一位打柴人。五十岁左右,肩上挑着一根扁担,腰上系着一把柴刀,穿着一身的粗布。见了我便挑挑眉,道:"好小子。"我冲他做了个鬼脸。他掏出酒葫芦,抿了一口,便上山打柴了。

他是蔷薇谷的人,以打柴为生。没人知道他的来历,也没人知道他什么时候来。他没有名字,大家都叫他"柴叔"。

沿着小路直走就到了蔷薇谷。路边的野蔷薇打着湿漉漉的露水,还没完全绽开,颜色在晨光的映衬下格外鲜明。

自幼在蔷薇谷长大的我与这里的人关系甚好,包括柴叔。柴叔住的地方很简陋,只是一间破旧的草房子。草房子的周围种满了蔷薇,再远一些便是菜地了。柴叔很爱蔷薇花，总是细心地呵护，浇水，施肥，除草，像对待自己的孩子一样。一有时间便坐在地里，拿着心爱的酒壶，一边喝酒，一边抚着蔷薇花自言自语，只是脸上，多了些憔悴。

不知从什么时候起，我开始注意到柴叔的酒壶竟是鲜见的红葫芦。柴叔养有一只根鸟，据说这是他女儿从小养大的鸟。每次我来找柴叔的时候，他总是坐在小凳上，拿着那只红葫芦酒壶，一边喝酒，一边望着蔷薇花。根鸟在脚下一跳一跳地，他不时抓一把细米撒在地上，让根鸟细细地啄。

听别人说，柴叔原来并不是蔷薇谷的人。当年闹瘟疫，柴叔带着一家子到这里躲避。柴叔的妻子叫蔷薇，可不幸的是，蔷薇染上了瘟疫，不治而亡。他唯一的女儿在逃难时走失了，找了很久也找不到。女儿养了一只根鸟，柴叔失了女儿之后就只有根鸟一直陪着他。为了纪念自己的妻子，柴叔便种了很多蔷薇花。

我听到这不免有些悲伤。实在想不到平时看似幽默随和的人竟有如此心酸的往事。我忽然想到他平时的憔悴，那笑咧咧的脸上，眼里却不时透出让人暗淡的一丝伤感，黝黑的皮肤上一条条深深的皱纹让人不禁一颤。

父亲时不时会接济一下柴叔，叫我拿些钱和米去送给他。我照常走进柴叔的院子。院子里的蔷薇花刚刚开放，一阵阵淡淡的清香扑鼻而来，柴叔拿着锄头在花丛里干活。我才注意到原来他的草房子这么破陋：只有几块简简单单的瓦片，上面都盖着稻草，显然遮不住雨。墙面早已破烂不堪，土砖头被雨水侵蚀得不成样子。矮矮的房子，加上个不高的他，让人不免心酸起来。

"好小子，你又来了！"见了我，他停下手中的活。我示意他走过来。他照常坐在小凳子上，顺手拿起酒壶，抿了一口。我将东西递给他，他回了我一声"谢谢"，便不言语。我们的交谈就是如此简单。柴叔吹了一下口哨，根鸟便飞过来了。他抓起一把细米，撒了一地，让根鸟细细地啄，然后又拿起他的红葫芦酒壶，继续喝。

"这花真好看，还有这鸟……也很可爱……"我们沉默了好久，我终于有些尴尬，胡乱说了一句。他的眼神顿时有些暗淡，紧握着手中的葫芦，缓缓才开口道："是啊！可惜……"

我才意识到我有些说错话了。

他突然站起来，望着蔷薇花，说："以前我妻子也很喜欢蔷薇花，所以我才种了的。这鸟是我女儿养大的，看着它，总觉得女儿在我身边陪着我……"看似简单的几句话，却是一直以来他主动与我交谈的最多的一次。说完，他的眼睛直直地望着远方，却又掩盖不住暗淡的神情。那是我第一次见这样的他。或许在他的内心，那份痛苦不想回忆起来吧！

雨忽然下了起来，不大。丝丝的雨洒在蔷薇花上，一眼望去，朦朦胧胧的，却是朵朵鲜艳。根鸟一下子飞了出去，似是喜爱这毛毛细雨，在雨中欢快地飞翔！

我突然想，"蔷薇谷"，或许就是这个由来吧！绽放的蔷薇花，既是深深的思念，又给人带来无限的希望。

柴叔是这里唯一打柴的，加上我父亲与他关系不错，在柴火的问题上，他倒是帮了不少忙。我与他的相处也渐渐多了些亲切。

一次，我路过他的草房子。发现蔷薇花的花瓣都不见了，一抬头，看到柴叔正在摘花。我跑过去，说："好好的花干吗要摘了？"他起身嘿嘿一笑，依旧是往日的随和与幽默，"好小子，你又来了！"又继续说道："我要走了。"我听着顿时有些愣住了。

他摘完花，叫我坐下。他依旧拿起红葫芦抿了一口酒，又说："我要去找我的女儿了，总觉得她还活着。我觉得我不该放弃，不管怎样我都要找一找。"说完，他又直直地望着远方。我点点头。但不一样的是，他的眼里似乎充满了希望。远处，一朵朵蔷薇花，在阳光下开得格外灿烂。

没过几天，我便在家里莫名地发现了很多晒干了的蔷薇花瓣。父亲说，这是柴叔送来的，说是可以用来泡茶喝，对身体好。我才明白，怪不得他这几天老摘花瓣。

某一天的早上，我与父亲去给柴叔送行。天蒙蒙亮，晨雾笼罩着山间，四周静谧无声，蔷薇花依旧露水点点。临走的时候，柴叔悄悄地对我说："来，好小子，我把根鸟送给你了，你好好养着，记得啊！"他对我又挑了挑眉。虽然只是简单的几句话，我的心却莫名地酸酸的，舍不得。

与我们道别之后，他照常拿出红葫芦酒壶，但是却喝了一大口，便边走边唱道："我在山中，山有我。根鸟飞，情系我……"便消失在雾中。歌声荡漾着山间，越来越远……

根鸟一下子又飞了出去，似是在作最后的告别，只是在竹林间飞来飞去，但没有飞远。

柴叔走了，蔷薇谷似乎变得有些冷清。偶尔走到柴叔的草房子，草房子依旧，只是空荡荡的，周围只有一丛丛的蔷薇。花又重新长了出来，根鸟总是喜欢在这里的蔷薇附近飞来飞去。

我时不时会想起柴叔那带着随和与幽默的语气，"好小子"，仿佛又看到他手里拿着红葫芦喝酒，不时撒下一把细米，让根鸟细细地啄……

（作者学校：广西钦州市灵山中学）

点评专家 | 张 莉

天津师范大学教授、著名评论家、茅奖评委

作文题目要求作者将曹文轩小说名字嵌进文章中，但这只是第一步。如何恰到好处地将这些名字嵌进作文使之不失牵强，如何使这些作品名称成为文章中重要的意象而不仅仅流于一个人名或地名，是年轻写作者面临的挑战。在阅读作文过程中，大部分作者基本都能完成将这五个名字嵌进作文的任务，但是，如何使这些名字具有意义则具有难度。

《根鸟情系葫芦丝》一文选择了"蔷薇谷""根鸟""草房子""红葫芦""细米"五个名词，都做到了恰到好处，并不给人为了写名字而写名字的感觉。其中"蔷薇谷""根鸟"在文字中具有重要意义——蔷薇谷是为了纪念妻子蔷薇，根鸟是为了纪念逃难时走失的女儿，由此，"蔷薇谷"和"根鸟"在这里变成了情感的"凝聚物"，它包含了夫妻情，也包含了父女情。这体现了小作者思维逻辑的缜密。

特别要提到文中多种意象的前后照应。从蔷薇花刚刚开放到摘下蔷薇花晒干送给"我"，既有时间逻辑，也有情感逻辑。而贯穿全文的歌声："我在山中，山有我。根鸟飞，情系我……"前后出现，互为观照，也意味着这首歌不再只是一首歌那么简单，而是萦绕整篇文字的内在线索。整体而言，本文文笔流畅，有美感，看得出作者有良好的文学修养，尤其对蔷薇花盛开细节的讲述，很有感染力。

> 写字读书于我，像是从降生时就镌刻在血肉里的一种习惯，我用文字和自己对话，也用文字去寻找同类，安慰和鼓励自己，在每一个悲伤的时刻。我也喜欢行走，或是远方或是近处，去捕捉很多细微处的美好，这让我雀跃欣喜。一个热爱世界，热爱生活，热爱文字的平凡女孩，这就是我。不算出色，可我从未停止努力。

韩曦莹

红蔷薇

比远处山尖还要高远一点的天空中，翻腾着几朵鲜红色云霞，挪移变换着，变成一些似是而非的物件。根子坐在山脚下，眯着眼吹口哨，婉转清脆，似鸟的鸣叫，他在等三年前离家的人，日复一日，他的阿爸。大片大片的蔷薇开在他身边，尽是红色的，那么耀眼。

这里，是蔷薇谷。

一

"根子，吃饭嘞！"远处一声苍老又底气十足的呼唤似是触起了什么开关，男孩猛地弹起来，结束了每日没有意义的等待，向炊烟袅袅处跑去，带起一阵风，吹落了身上火红花瓣。

根子为什么叫根子呢？

这还要从他短命的娘说起。根子娘身体弱，生了头胎没几天，就受了寒

撒手人寰了。临走前，窗外的根鸟叽叽喳喳叫个不停，根子娘瞅瞅怀里的孩子，叹了口气，对着身旁的公婆说："这娃啊，是我的命根子，赶巧窗外头根鸟叫得也厉害，算是个缘，就叫根子吧。"

于是这根子根子，也就叫了十二年。

根子娘走后又过了几年，根子爹眼瞧着家里越过越紧巴，好几个老乡去外面闯荡也穿金戴银的回来了，眼热得很，于是把牙一咬，心一横，出了村子打工去了，那一年根子九岁。

九岁的根子也不懂阿爸要去哪儿，死活拽着根子爹的裤腿不让走，根子爹无计可施，只得哄骗根子。

"阿爸去给你找阿妈啊，你不是日日都喊着要阿妈吗？等阿爸回来给你带好吃的。"

根子一听阿妈两个字，一愣，半晌后不情愿地撒了手。

"阿爸，那你……"

根子爹看根子撒了手，松了口气，还哪管根子说了什么，跳上驴车挥了挥手，只留下一片尘土飞扬。

"那你们一定要早回来啊……"

根子望着驴车渐行渐远，握紧了那朵还没来得及送给阿爸的蔷薇花，几只根鸟绕着他盘旋飞舞，天边，余几缕残阳。

"回吧，根子，天要黑了。"

祖母拢了拢根子的衣裳，揽着根子朝回走，一老一少的背影，与渐渐落下的暮色一点点融为一体。

二

也许真的是与根鸟有些说不清的联系，怕人的根鸟偏生与根子亲近。草地上，山脚下，蔷薇丛里，有根子的地方，就有根鸟出现，当然，还有一个小丫头，林之。

肉乎乎的脸蛋，水汪汪的眼睛，眉间鲜红的一点火印，妩媚又可爱。村里的老人都说，林之丫头是个有灵性的，惹人爱。根子也很喜欢这个软软的丫头，喜欢她追着自己叫根子哥，喜欢她被捉弄后气鼓鼓的神色，但更重要的原因是，他们的爹都不在自己身边，根子有种同病相怜的感觉，虽然傻林之还没有察觉。

火印是蔷薇谷人的象征，大多长在腕间，颜色越鲜红心灵就越纯净，同样，与村子的羁绊越深印记越深。像林之那样长在眉间的是少之又少，才说她是个有灵气的，可林之却总嘟着嘴嫌弃自己与众不同的火印："为什么根子哥的火印和我的不一样？"

"因为你是更有福气的人啊！"根子揉了揉她的小脑袋。

"不要！"林之大眼睛里起了水汽，"我不要什么福气，我宁可让给根子哥！要么就要和根子哥一样的，有福同享有难同当！"

小孩童言无忌地胡言乱语，眼底却是掩不住的真挚。根子轻骂一句"傻"，偏过头去嘴角却高高扬起。

真好。

三

蔷薇谷有种特别的葫芦，叫红葫芦，那葫芦外皮是浅红的，还透着点粉，有人家院儿里种了蔷薇和葫芦这两样，推门进去，让人忍不住惊叹，这简直是红的世界，火的海洋。

红葫芦的瓤是能吃的，根子的祖母炒红葫芦是村中一绝，素炒爆炒，香气直飘到村口，常吃得根子和林之小肚圆圆，却嚷着还要。

林之丫头曾悄悄向根子祖母请教这道菜,祖母笑着问她:"小之啊,为啥想学这道菜?"

"我想以后,以后做给根子哥吃。"

一句话,让在门外偷听的根子羞红了脸,也让门里的祖母笑弯了腰。

"好,好,好,丫头,奶奶这就教你。"祖母从院子摘回一个红葫芦,摘去藤叶,将葫芦浸入清凉的井水中,仔细地清洗着,仿佛在对待一件宝物,轻柔、细致。"小之啊,这红葫芦可是咱们蔷薇谷的宝贝,只有这里才有,你学会了这道菜,也算是将咱们村子的记忆传承下去了。"

林之点了点头,静默。

过了半晌,祖母又接着说:"你看着葫芦,给根竿,就攀着爬上去了结出这么多果实,但它的根,却一直深扎在地底下,人啊,也是如此,万万不能忘了自己的根啊。"

阳光被窗棂筛过,一缕缕漏下,在祖母的银丝上跳跃、闪烁。林之的目光飘向窗外的红葫芦藤,又好像没有看它们。

林之心不在焉地拨着水,垂着头不说话,祖母瞥了她一眼,轻轻地叹了口气:"你们还不懂,该懂的人也不懂。"

不知是说给谁听。

四

蔷薇谷不大,也就几十户人家,在谷地里自给自足,自家盖房自家住。可唯独一样,是定然要来找根子祖父的,那便是瓦。

蔷薇谷的房子有大有小,形状各异,但瓦全是红的,且不是普通的红,是如同红色琉璃,却比琉璃更浓重一些,那都是根子祖父亲手一块块染色的。

那红瓦如何做出如此颜色,连根子也不大清楚,他想大约是加了蔷薇花汁吧，不然为何这样红？

闲着没事，根子常在院子里，看祖父将烧好的瓦片捧出来，拿刷子蘸上一些奇奇怪怪的东西，细细地刷，一遍又一遍，那瓦也就愈加晶莹透亮，闪着异样的光芒。

"根子，想学吗？"

一天根子正瞅着太阳底下的红瓦发愣，祖父一句话却让他打了个激灵。

"想！做梦都想！"根子不止一次梦见自己也像祖父那样，捧着红瓦，一遍又一遍细细地刷，他觉得那动作简直是神奇优美得不得了。可祖父却一直不愿教他。

"想学这手艺，先把规矩讲好。"祖父咳了两声，"给蔷薇谷里的乡亲们做瓦，最重要的是一颗有根的心"。

"有根的心？"根子疑惑。

"不能忘了根在哪，本在哪，才能烧得好这瓦，不要像你爹这臭小子！他……"根子祖父说到激动处，咳得更厉害了。

"爷！"根子连忙扶住祖父。

"罢了，罢了，你要记住我说的话，我死也就放心了。"

根子祖父不再说话，拿起了水烟斗，吐出一圈大大的烟雾，散向远方。

五

"根子，之丫头！快去，你俩的爹回来了！"有人远远喊过来。

当时，根子的瓦才漆了一半，林之的红葫芦还没切开，俩人扔下东西，撒丫子就往村头跑。

"阿爸，你可回来了，我天天去村口望你呢！"根子沉浸在喜悦里，没有注意到林之爹身边的女人和林之诧异的目光。

回到家，根子奶奶早就烧好了饭，一家人团团圆圆围在一起吃了顿饭，倒也好似温馨安宁。只是听说林之爹带回来个精致女人，林之娘死命地哭闹，当天晚上就气得林之爹和那个女人回了城。根子心里一紧，不知道那个傻丫头怎么样了，那么傻怕是只会哭了吧。

根子心里正暗自寻思，根子爹忽地出了声："根子，吃完饭收拾收拾，明早跟阿爸去城里学手艺吧，好赚钱。"

"咣当——"

手里的碗落下，根子震惊地看向阿爸，阿爸的目光里却是不容置疑。祖父祖母拼了命地反对，可毫无用处，根子慌乱间，忽然发现阿爸手腕上的火印不见了！那是蔷薇谷人的标志啊……

第二天早，村口。

根子望着漫山遍野的红蔷薇，树梢轻叫的根鸟，还有，还有藏在杂乱花丛里眼睛红红的那个姑娘。根子侧脸仰头看看父亲没有表情的脸，低垂的小手腕上火印暗淡。

我要回去！我要回去！

这个念头占据了根子的大脑，他不顾一切地挣开父亲的手，疯了似的奔向山间那片蔷薇，奔向那片红瓦间。

"我回来了！我再也不走了！"

根子手腕上的火印由灰暗变得耀眼，似火红的蔷薇。

六

"老头子，你后悔过吗？没跟你阿爸走，你后悔过吗？"满头白发的林之和根子，坐在院子里，一地红瓦，满院红葫芦。

"从来没有过。"根子笑得一脸皱纹。"这是蔷薇谷，我的根在这儿啊。"

韩曦莹
红蔷薇

"况且，不是还有你！"

林之老太太嗤笑一声，眯起了眼睛。

远处，一片火红的蔷薇，摇曳，生辉。

（作者学校：河北省唐山市第一中学）

点评专家｜滕 威

华南师范大学教授、著名评论家

韩曦莹同学的作品《红蔷薇》具有以下优点：首先，作者审题认真，构思精巧。非常巧妙有机地运用了决赛题目当中要求的要素：蔷薇谷、根鸟、红瓦、火印、红葫芦，做到了切合题意。

其次，作品完成度比较高，在短时间内现场写出这样一个有头有尾、情节顺畅的故事，足见作者平日功底。

再次，作品中人物众多，有老有少，有男有女，但年轻的作者往往可以用寥寥数语，比如一句对白或一个动作，就呈现出不同人物的性格、情感和品性。尤其是根子和林之一对小儿女的描写，带有童真和情趣。最后，作品主题有一定社会意义，思考了外出打工与乡村传统之间的冲突与张力。而且作者的立场是推崇留守家乡，建设家园的选择，表明了作者对当下社会现实的一些思考与批评。

不足之处在于，语言表达虽然流畅，但在独特性上还是有些欠缺，流行文学的影响有点明显。另外，故事叙事节奏虽然做到了有收有放，张弛有度，但缺乏令人印象深刻的细节，情节发展常在预料之中，多少有些落入套路。

我始终坚信维特根斯坦所说，语言是人类思想的表达。我自幼爱好写作，企图用稚嫩的文字描摹心中只属于自己的理想国。

没有书籍，写作之路从来就不会平坦。从《弟子规》到《孽海花》，从童话到小说，从散文到哲学著作，我在他人的文字中，一点一点地逐渐找到了看待人生的新观点、新角度，在反反复复的摸索中揣摩生命的意味与价值。

七月，我们携手未名湖畔，共赴一场属于所有有梦想的少男少女们的写作盛会。犹记一首民谣里唱道："我们是如风的少年，飞在天地间，比梦还遥远。"我要说，文字与笔墨就是我们的翅膀，让我们飞翔天地，执笔书写世界的明天。

刘鑫鸽

北山蔷薇

我无比怀念北山的蔷薇，和那曾隐没在蔷薇丛中的他。

——题记

他住在蔷薇谷的最北边，一个傍山的地方，我从未到过那里，只是偶尔听奶奶讲，北山是蔷薇谷最危险的角落，是我们这样年纪的孩子禁止涉足的地方。

然而好奇心最终还是驱使我作出了最勇敢的尝试，那个午后我偷跑出家门，沿着洛滩河一路向北，寻觅北山的方向。

刘鑫鸽
北山蔷薇

没有指南针，没有方向牌，在山边的蔷薇丛中，我看到一间小房。那是间破烂的草房子，轻轻拍打墙壁偶尔还会飞下几根茅草，报纸糊成的小门好像经不起一点风雨，颤颤巍巍地立着，不知何时就会倒掉。而与这些破烂样子格格不入的，是房顶整齐的红瓦，在阳光的照耀下格外闪亮。

他不知从蔷薇丛的哪个角落里冒了出来，生怕打扰了我似的，轻轻拍了拍我的肩头，请我到草房子里坐坐。

原来北山只他一家，从未有别人在此长住，那片蔷薇丛和草房子便是奶奶口中危险的地方。霎时，一丝凉气从我的背后升起，恐惧在我身体的每个角落蔓延开来，它们肆意摧毁着我身体的每一道提防，吞噬着我心中最后一丝勇敢。我的呼吸声变得急促，而忽然抖起的肩膀也昭示着我的不安。他故意离我近了些，目光更像是被锁在我身上一样。终于，在我忍不住提出离开时，他笑了。

"你和这蔷薇谷里的人一样，都想离我远远的，"他顿了一下，"他们都瞧不起我，而你却害怕我。"

我没有吱声，只是望着他那张布满沟壑的脸，怎样无情的岁月会在人脸上刻下如此沉重的伤痕，烙下如此炽热的火印，我不知道。

他显然看出了我的疑问，用手摸了摸我的头："囡囡，不早了，再不回家该有人担心你了，走吧，我送你一束蔷薇花。"说着，他快步钻进蔷薇丛，突然就迷失了身影。

我在后面小步走着，一只酱紫色的大手蒙住了我的眼睛。"喜欢吗？送给你。蔷薇的花语是爱的誓言，送给你是不是不太合适？"他用另一只手将一束粉蔷薇递给我，快速地收起了捂眼睛的那只。可那又怎么样，接过花的我早已看到，他的左手竟然只有四个手指。

我欢快地抱着蔷薇花，全然感觉不到这种植物带给我的酥麻。疯跑的一路上，我早已忘记自己曾经踏向怎样的远方，途经怎样的风景。我只知道，

无限的自由曾在那个不听话的孩子心中升腾为一份独一无二的快乐。

"奶,你看着这花好看不?"正在厨房做饭的奶奶怔住了,继而夺过我手中的粉蔷薇将它扔掉,"别以为我不知道你去哪了,蔷薇不像玫瑰,花小难扎,这粉蔷薇,独他一家会这样扎。他不是什么好东西,无妻无子,去年刚因伤人从局子出来,他头上的那些疤你都看到了,那都是打架留下的……囡囡,总之,北山那边你不许再去!"

我草草地答应,对他的温柔善良感到惊诧。

我决定再去一次北山。我知道,他,不是坏人。

再一次推开草房子的门时,他正在屋里绑着蔷薇花,对我的到来并不惊讶。

"你坐吧,我的事你都知道了吧。你想再听我讲一遍吗?"他放下手中的活儿,用慈爱的目光静静注视着我。

"这原来不是我的家,只是过去老人搭的避雨草房。原来蔷薇谷还不这样,过去人们也很爱到北山来。"他叹了一口气,"十一年前,北山上死了人,是村里的阿丙。他是被人拿刀捅死的。我,阿丙还有小峰,我们本是很要好的朋友,可谁知……唉,阿丙和小峰因为一点小事发生了口角,小峰扬言要大干一场,让我也提刀助阵……我不知自己怎么就糊涂地参与了。阿丙死了,小峰提着满是血的匕首,支吾着说不出一句话,跑了。我报了警,可额头上的道道火印一般的血迹让我无法脱身,作为案件的从犯,我被判了十年,去年出来,父母都已去世。我无依无靠,试图回到村子却发现早已遭人唾弃,索性在这里长住。哦,对了,这手指……"

我不敢说话,只等他说完,可他已转移了话题。

"年轻人不懂事嘛。来说说这草房子吧,这草房子本是茅草顶的,我看他太无生机就趁子夜回了老宅,将红瓦搬出来铺上。"

刘鑫鸽
北山蔷薇

"囡囡，人生中最可怕的不是被抓进监狱，而是你因为别人的目光为自己修筑了一座监狱，没有高高的围墙，也没有坚固的铁窗，这种监狱却是想逃也逃不掉，只得白天黑夜独自煎熬。每在人世间行走一步，你都会听到身上的镣铐在哗啦作响。"

他抱歉地笑了："对不起，我们接着说红瓦。我把他们铺上是为了给自己一些希望，这北山这么大，抬头便是望不尽的绿色，却没有一点亮丽的颜色点缀，我只能为它制造一点了。"

"人可以无助，可以迷茫，可人的生活中不能没有希望。在我心里，这红色的瓦片就是我的希望，虽然我这辈子可能再也无法走出北山这片地，无法走出蔷薇谷，更无法达到辽阔的远方，欣赏这世间的每一份美好。但每次看着这些红瓦，我都觉得我的生命是积极向上的，我是有未来的。你看那太阳光照在瓦片上多美，你看这草房子还破烂吗？"

我笑着摇头："我很羡慕你的，不用囿于这一亩三分地，活得自由自在。"
他充满温情地凝视着我："回家吧囡囡，今天又是偷跑出来的吧？小东西，不早点回家你又该挨骂啦。"

我离开草房子时正是正午，房顶上那抹红色像一团团燎原之火，熊熊燃烧着，企图去触碰那遥不可及的远方。我知道，它们是他唯一的希望。

刚走不远我便听到他在门口大喊："囡囡，我不能再这样待下去了，我明天要回老宅，收拾行囊，走出这里……"
我回过头，微笑着向他招手："知道啦——"

"我回来了，奶奶。我又去找他。他……"
"你住嘴！"
"不，他是我见过最好的人，他温柔、善良、积极、达理，那间草房子尽

329

倾听未来的声音

管破旧不堪,却也充满了生机与希望,而那蔷薇丛也是那样美,那怎么会是蔷薇谷最危险的地方呢?"

"你们看待他时就像那蜻蜓眼一样,每个人都喜欢用鼓起的地方,借凸透的视角无限放大他的错误。这蜻蜓眼,哪里还是尊贵身份的象征,它早已不再华美,而更像是你们对他的歧视!他是那样的无辜,错的是你们啊。"

"你们更像是一位位可怕的刑官,只因他的经历便给他烙上一辈子都难以抹去的火印,谁看到他,都认为他是犯人,他永远无法抬起头走出北山,更无法挺起腰身站在别人面前。"

"你们都瞧不起他,可你们谁又曾了解过他?你们根本就不了解他!"

许久,奶奶都没有说话,她只是轻轻关上门,叫我不要再去找他,再去,就永远不要再回这个家。

再次见到他是第二天,而这次相遇竟成了永别。

他是沿着洛滩河来的,我一早就看见了他。他穿得格外整齐,但躲闪的目光还是暴露了他的焦虑。

他终于看见了我,兴奋地向我挥手致意。

而正是这时,一声呼喊改变了他的命运。

是洛滩河,有人落水了。他收起挥舞的四根手指,疯了一样地跑向河边,纵身跳入冰冷的河水中。

背阴的洛滩河啊,你的水何时温暖过?

我在远处望着,望着,他终于拖着落水的孩子游向了岸边。

匆忙赶来的人群接过孩子,而除了我,没有人注意到他正越漂越远。

"囡囡,记住我跟你说的话,热爱生活,好好活着,记得替我照看北山那些蔷薇。再见了——"他声嘶力竭地向远处的我喊着,继而失去了力气,慢慢沉入了水底。村里人走了,散了,没有一个人帮他,他们眼睁睁地看着他

刘鑫鸽
北山蔷薇

救人，然后就这样在冰冷的河水中死去。

没有人为他打捞尸体，没有人为他更衣、入殓，没有人为他唱挽歌，祝福他一路走好，祝福他莫要再经历人世的不幸。他是天空上的一团薄云，飘来又飘走，不动声色地追求着属于自己的自由。他像是从未在这个世界上存在过，只有我还记得他，那个打理蔷薇丛的他，那个给草房子铺上红瓦的他，那个叫我好好活着的他……

我已再也无法在蔷薇谷继续生活，打工的父母把我接到了城里的家，而奶奶却执意不走，要守着蔷薇谷的老宅。

她终也不肯承认自己错了。

临走那天，我最后一次学着他的样子扎起一束粉蔷薇，最后一次挖土堆成小丘，最后一次偷了一片红瓦埋上，最后一次，将蔷薇花献给他，就像他第一次将花送给我一样，而我却再无法承担起蔷薇花背后的誓言。

我走了，也许再也不会帮他照顾那些蔷薇。他会原谅我吗？那些红瓦会原谅我吗？北山的那些蔷薇呢？它们还在好好开着呢吧。

（作者学校：北京市顺义牛栏山第一中学）

点评专家 | 刘川鄂

湖北大学教授、著名评论家、鲁奖和茅奖评委

故事的主人公，一个出于江湖义气参与打斗而受十年牢狱之苦的男子，出狱之后受到村民们的冷眼相待，只好独居北山。村民们给这个出狱者制造了一个无形而牢固的监狱，让他永远走不出、逃不脱。而"我"，一个小囡囡，从他扎的蔷薇花和铺在草庐上的红瓦，看出了他不是坏人。在他准备行囊远行之时救落水孩童而意外身亡，更升华了这个村民眼中的"坏人"之良善勇敢的人格。世人往往以偏见视人，小囡囡超越世俗，看出了人性之复杂，"恶人"之善，是本文立意高远之处。

"他是天空上的一团薄云，飘来又飘走，不动声色地追求着属于自己的自由。"蔷薇花和红色瓦，不仅作为故事中的道具而存在，更是对男子人格形象的正面展现，既有思想寓意，又有诗性光彩。"奶奶"的形象，貌似关心下一代下下代的忠厚长者，实则是满怀道德成见、习惯于以"貌"取人的代表性人物。作者对此类司空见惯的人物持反思态度和贬抑性描写，值得称道。

一篇三千字的作品，在细节上的铺垫略显不足。如对男子参与行凶的动机和过程的交待稍嫌粗疏，与出狱后的善行的关联性不够紧密。但本文创意之可贵，显示了"00后"少男少女尝试探寻人性复杂性的积极姿态。

> 我喜欢阅读、朗诵、摄影，也热衷于探究未知的事物。为此，梦想着有一天能自由穿梭在太空，感受星空之美。
>
> 也许我很平凡，也许我不出众，但我会勇敢地去追寻梦想，并努力成为一个有益于社会的人。
>
> 我相信，路无边，梦无穷，心无限。每个人都是独一无二的精彩。

林 琦

蔷薇谷的故事

蔷薇谷

这是一个梦幻的地方，满山盛开着红艳的蔷薇。山中虽有四季，却不见寒冬酷暑，于是便有了"鸟雀时啼鸣，蜂蝶常漫舞"的奇观。谷里有一条无名的溪水，澄澈而且甘甜，天气好时，能直望见河底的锦鲤。

草房子

老人独居在蔷薇谷许多年了。虽然山下也有村庄，他却执意不肯搬去。没人知道他从哪里来，只有些许传闻，说他年轻时当过兵，立下赫赫战功。村人大多是不相信这一说法的。既然有了如此建树，又何必退隐深山呢？况且他衣衫褴褛，想必不是有钱人家。

村人可怜他，帮他在无名溪畔盖起了一间草房。老人没作什么推辞，只是挨家送米，算是答谢。

草房子并不大，却很结实。这得归功于草料的上等。一出门，老人便可看见蔷薇，它们在阳光下熠熠生辉。

细 米

老人平常不会下山，只在每月十五背上几担自种大米，到集市换些必需品。

虽说老人古怪，可村人却必须承认，他带下山的大米，是不可多得的佳品。拌着五花肉，配口自酿酒，米饭的滑爽可口便全给引了出来，令人神清气舒。

村人也试过拿老人的种子到自个家里种，可就是整不出那种口感。他们纳闷了，难不成山上还有更肥沃的土地？

老人把自己的米称作细米，意为精耕细作的大米，细腻可口的大米。

火 印

一场大火突然席卷了整个村庄，没有谁知道成因。有人说，这是有预兆的，因为前些天在蔷薇谷发现了不少黑蔷薇。

人们自然将矛头指向了老人。毕竟众人好不容易扑灭大火，半个村庄却早已没了。

于是，一伙人气势汹汹地上了山。

老人正在配置肥料，见一伙人围住自己的屋子，自是诧异。不过，他并不清楚事情的来龙去脉，因为自己是很少下山的。前些天山下的浓烟他的确是见着了，可只当村里又在办什么大典，未放在心上。

想到这，老人又镇定下来，继续做他的事儿。

但村人哪能忍受他的无动于衷，冲上去就对老人一顿暴打，也不容他问个青红皂白。而老人只是把身子缩成一团，紧紧抱住头部，活像个受怕的小孩。一伙人见老人始终沉默，不知所措，却已遍体鳞伤，这才愤懑地回了村。

"这混蛋，亏我们还待他这么好！"

"这死老头，太气人了！"

接下来的几天，一班人忙着修建村庄，再也没谁往山上跑了。得承认，揍老人的那顿有些狠，可那是他活该！不弄得他皮开肉绽，鼻青脸肿，又如何对得住乡亲们呢？

村子的西边，堆放着烧焦的木头和旧屋的残骸。那是火焰侵蚀所留下的印记。

火印 II

大半个月后，村里的工作才恢复了正常。有人想起上山看看老人，推开房门，却未见一人，只有堆积如山的细米。但是，米全都霉臭了。他厌恶地跑出了草房子，到溪边狠狠洗了把脸。

隔几日，又有人上山，回来时报信说老人还是不在，而且山里的黑蔷薇是愈发多了。

"诅咒，这是诅咒啊！是的，全都是他的错！"村里德高望重的老人一致说道。而村里人自然清楚，那个他究竟指谁。

经过一番讨论，村人决定放火烧山。以防黑蔷薇的蔓延，抵御厄运。

这场火烧得很大，全村昼晓通明了好些时日。没人在乎他，在乎那个孤苦的老人。

终于，整座山被大火谢成了秃顶，无名小溪因浓烟而不再澄清。草房子

自然也不见了踪影，只剩些许碎末在溪上漂着。

村里人很得意，自认为做了件大好事。却未意识到，这场火给村庄留下了永恒的印记。

根　鸟

根鸟是蔷薇谷特有的一种鸟类，它通体洁白，羽翼修长，同时也颇具灵性，常为迷失的人指引方向。

可是，在那场山火之后，人们再未见到它们的踪迹。

大伙这才意识到，事情并不如他们所想象的，往更好的方向发展，而且……

又过去几个月，村子的东边突然发现了几担大米，周围还有一深一浅的脚印。此时村里正闹饥荒。胆大的尝了几口米，猛然意识到这正是老人所留下的细米。可是，他人又去哪了？

当天，村里传出消息，说先前村里的大火是几个小孩贪玩引起的，与老人无关。

全村沉默了一晚。第二天清晨，许多人奔上山，又是植树又是种花。他们奋力干着，卖力干着。

蔷薇谷 Ⅱ

一晃又是几十年，如今的蔷薇谷早已恢复了先前的面貌，甚至更为美丽。满山除了蔷薇还绽放着各色奇花异草，称之为百香谷似乎更加合适了。根鸟成群在此处居住，细米成片在此间生长。山，又活了。在当初的溪水旁，盖起了一间更大的茅草屋，却无人居住，只是隔三岔五派村人去打扫。听老一辈讲，是为了等待某一个人的归来。

村里召开了几次集会，讨论建设山村的方式，同时提出为溪水命名。

有人说，该叫"静心溪"；有人说，该叫"三思泉"；有人说，该叫"蜻蜓眼"，象征全面分析问题，洞察万事；还有人认为，溪水还当无名，正同"他"一样。

（作者学校：浙江省台州玉环中学）

点评专家 | 陆绍阳

陆绍阳 北京大学教授、著名学者

按照大赛决赛题目二的要求，作者选取了曹文轩作品名称"蔷薇谷""草房子""细米""火印""根鸟"和"蜻蜓眼"作为作品的结构元素，贴切而生动地讲述了一个老人和蔷薇谷的故事。

善良的故事才配得上美丽的地名。一位孤独的老人久居蔷薇谷不愿打扰村民，村民主动为老人修筑了一所坚实的草房子，而老人则出于感恩回赠以细米，双方相濡以沫的善良熠熠闪光。

变故来自于一场大火。村民们开始猜忌这是因为蔷薇谷出现了黑蔷薇的缘故，矛头开始指向老人，不明就里的人们围攻了老人，并将老人驱逐出了蔷薇谷。但是并没有遏制住灾难的继续发生，饥荒又袭击了村庄。人们发现了火灾的真相和老人送来的细米，善良重新回到人们的心里，老人独居的秘密也最终得到了答案。

作品篇幅不长，却有着完整的故事结构和精彩的情节设置，虽然叙述过程略显单薄，但考虑到这是一篇在现场规定时间写出的作品，更显出作者的文学基本功。希望作者能坚持写下去，定能写出更好的作品。

> 姓韩名金颖，美食爱好者，因自小阅读，便再放不下读书了。
>
> 深爱音乐但至今认不全五线谱，喜欢动漫，崇尚郎静山。
>
> 我认为写作不应该是刻意而为之，不要小看你读过的任何一本你喜欢或有价值的书，因为指不定哪一天你的灵感就会从哪儿蹿出来。

韩金颖

蜻 蜓 眼

> 我一定会见到你，蜻蜓眼。
>
> ——李希望

一

"李希望！谁是李希望？这里有你的信，快点来拿！"嘈杂的邮局里工作人员费力地喊着，已经沙哑了的嗓子让他现在格外没有耐性。

"这里也太吵了吧。"李希望打着哈欠，刚刚微眯的眼又睁开了，只觉得一股味道直呛得人难受。抬头便看见夹着烟的李三，烟吸得只剩个烟屁股，此时正吐着烟圈，凑到他跟前，劣质烟的味道呛得他直皱眉。

工作人员的叫声又响起了，更加不耐烦了。

李希望看了一眼大厅里的老挂钟，直接起身让座，不理会李三。

李三是村儿里的混混头儿，听说在镇上还有一帮兄弟。不过在李希望看来，那就是一帮狐朋狗友，没事儿就欺压学生，也不知道怎么了，就跟李希望杠上了，没事就找他麻烦，就说是看不顺眼学生，特别是，李希望这种很有希望的学生。这不，巧了，又碰上了。

见李希望不理他，蹭！就火了，扯开嗓子就喊："李希望，我告诉你，你就别想了，就你家那一亩三分地，还有你家那个老太太，你还想上大学！要不是你奶奶求到校长那，你还上什么高中啊！希望，还是改成失望吧！"

李希望好像没听见，但其实早就红了眼圈。

他抬起了头。心道：我一定会上大学！我还会去看蜻蜓眼呢！等我考上北京的大学，从北京回来，看你们还说什么！

想到这儿，李希望挺直腰板，大步走到台前，取了信，回家去。

二

信是葵花寄来的，这已经是第二封信了，一转眼，葵花走了也十一二年了，在北京读大学。前段时间恰好参与挖掘这里的文物，回到这里，可把青铜高兴坏了，拉着李希望就过来一起见见这个一别数年，如今在北京的妹妹。如此，李希望才认识了葵花，认识了蜻蜓眼。

据说那东西可稀罕了，鸽子蛋大小的红宝石正嵌在金掐丝蜻蜓的眼睛那儿，血红色的宝石流光溢彩，乍一看，还真以为蜻蜓在看着你呢。

为了押送这件文物，上头特意派人接葵花护送宝物而走。

走之前，李希望再三请求，葵花答应再寄信过来，告知蜻蜓眼的消息，这可把李希望高兴坏了。那可是蜻蜓眼啊，现在正静静地躺在北京的博物馆里，北京，可是我要去上大学的地方啊！

李希望这么想着，他希望多了解了解蜻蜓眼，是不是这样，就离北京，离大学，更近了呢？

李希望没拆开信封,他怕手脏污了这信封,于是走得更快了几分,夏日傍晚的余晖照在他身上,暖烘烘的。

三

这是一座古朴的小村落,偏安一隅,安安静静。流水人家,大梧桐树,青石板路,处处彰显古朴与平易近人。尤其是那一排排红瓦房,映在霞光中,煞是好看。

李希望心下微微发酸——如果自家也能盖起一座,那该多好啊!奶奶肯定会很高兴的!

"等我考上大学不就好了吗?到时我会上班挣钱。听说那城里和乡下可不一样了,有电视机,电话,更别提电灯了,可不像村儿里老断电。城里可不是,那一闪一闪的,明晃晃的,到了晚上好看得紧,跟白昼似的。"李希望这样想着。

没错,李希望家还是十几年前的草房子,家里实在困难,就草房子还只有三间,是爸爸盖的。

四

李希望的爷爷是村子里的老教书先生,爸爸原本也是个教师,结果正赶上"文革"那几年,现在也不知道在哪,妈妈没守住,改嫁了。

如今只剩下年迈多病的奶奶,上高中的自己和这三间草房子。

这房子还是爸爸在家的时候盖的呢!看多结实——刮了几次大风,还被淹过一次呢!这可是爸爸的心血啊!而我,也是爸爸的希望啊!那红瓦,我也会盖起来的。那草房子,已经有些坏了。

李希望跟村子里干活的年轻人不一样——高高瘦瘦，白白净净，一对浓眉大眼显得整个人倍儿有精神。村儿里人都说这娃娃是个读书的好苗子，这家境，哎，可惜了……

李希望也知道，但不到最后，怎么能不拼一把，或许人家还会破例呢！

想着，就到家了。

"奶奶。"叫了一声没人应，看看空荡荡的屋子，李希望再看看奶奶的锄刀和鞋都没了，料想奶奶又是干活去了，叹了口气，把饭在灶上温着，洗干净手，端正坐下，拆开了信。

五

信纸是白色的，很干净，葵花除了介绍了蜻蜓眼的情况，还用淡淡的彩铅画了件文物图案，精巧细致。

"当啷"——是锄头落地的声音，李希望赶紧起身去迎奶奶，扶着奶奶进屋，转身去盛饭。

奶奶也是个读过书的，当时爷爷当先生的时候认识了奶奶，两人相爱，奶奶便下嫁给了爷爷。原本家里虽不富，却也有点积蓄，可没承想如今倒成这样，李希望觉得自己不孝，让奶奶受苦。

奶奶倒觉得有孙子这个盼头儿就够了，这不，看见葵花的信便高兴了，冲着孙子说："葵丫头来信了。哎，真是！希望你好好儿学啊！你不用操心奶奶，你看看，你爸爸，你爷爷都是读书人，你呀，将来肯定也是大学生！你爸爸这是抛下我们走了，这个没良心的。学费你不用担心。你爷爷走的时候专门留的，说只能上大学用！哎，饭都端好了，赶紧来吃吧。"

希望心里难受啊，奶奶病了也不去医院看看，他自是知道有这笔钱，也希望奶奶去看病。但每当他一提，奶奶就生气地吼他，他一是怕奶奶吼出了

病，二是看着奶奶殷切的目光，于是他只是笑了笑，应了声："好！"更何况李希望也想呢！

看了看挂历，6月7日、8日两个日子用红圈儿圈出，今天是6月1日。

李希望想，不远了。

六

李希望坐在山坡上等细米，两人约好了一起去学校复习。

晨光将这一片山坡映得绿闪闪的，青翠青翠，让人看得心里格外舒畅。远处李三正赶着一群肥肥的鸭子，水塘里的鸭子扑腾得正欢。

李希望瞥了一眼，暗道，怎么又碰上这个冤家了，撇撇嘴，转头就走了。

李三看看，没说话，旁边的小弟倒是挑拨道："大哥，你看他呀，目中无人，我们可得好好儿教训他，你说对吧！大哥！"

原本想挑事儿，没承想巴掌拍他脑门儿上，哼了一声，说："别在这挑拨，我虽然没读几本书，道理还是懂的，我就还瞧得起这种坚持得住的人，不像别人。"说罢，看都不看小弟，转头就走了。李三看了看远处往学校走的李希望和细米，没说话。

七

今天是高考最后一场，考完，细米和李希望便高采烈地冲了出来，商量着去哪儿。

李希望觉得他答得不错，应该是大学没问题，至于是不是北京，现在也管不了那么多了。便又跟细米闹起。看到老村长刚要上去打招呼，可看到老村长沉重的神色，心里顿时一紧，暗道不好，直觉这事儿跟自己有关。

上前还没开口，便听老村长说："希望啊，你奶奶晕倒了，现在正在县医院抢救，你赶紧去吧。"

李希望脑子"轰"的一声开了似的，顾不上细米，拔腿就往医院跑，生怕晚了就见不着了，路上一点儿都不停，一口水没喝。好不容易星辰已挂满天空才到。

却没想到，守在这儿的是李三。

李三见他来了，赶忙迎上去说："带钱了没有？没带钱快点回去拿呀！奶奶还等着做手术呢！"

听到这，李希望也来不及思虑过多，直接往家跑，摸到那个箱子，一狠心，翻出来奶奶藏得严严实实以为他不知道在哪儿的钥匙，抓着钱就往医院跑。

这可是奶奶救命的钱啊！

和大学比起来，当然是奶奶更重要了！冲到医院，把钱一交，心下一松，蹲在墙根，这才意识到，自己离梦想好像更远了。

八

奶奶是在高考放榜那天醒的。

李希望知道了也没哭，倒是李三看他的表情有些失望，也有些无奈。

老人家只是一声声叹着："命啊，这都是命啊。"

李希望倒没怎样，这些天和李三倒成了朋友，了解了他并非像平常看的那般，只是小时候父母离异，使他辍学，才跟着镇上的混混一起混。那天还多亏了他在田里看见奶奶，送奶奶来医院，算是救命恩人，一来二去，便成了朋友。

他盘算着这以后也上不了大学了，奶奶又需要人照顾，自己就在镇上找

个活儿，挣些钱，奶奶可还想着家里的红瓦房呢！

但想到自己无缘的大学，不禁黯然。

李希望正伤感着，细米突然兴高采烈地冲进来，直嚷："希望，你是第一啊，清华啊！你知不知道！清华啊！"

李希望也愣了，但很快又失望起来，第一有什么用，学费一定很高，自己上不起。

细米好像猜透了他的心思，直说："希望，学费你不用担心，老师已经帮你申请了补助和奖学金，人家免费录取你呀！"

李希望脸上顿时笑开了花，可是奶奶怎么办呢？

李三这时候开口了，说："你放心，奶奶我照顾。"奶奶也开口道："去吧，家里还等着你盖红瓦房，去吧。"

九

十天后。

李希望坐在车上，看着村口渐渐远去的人影，奶奶、细米、李三和村长，不由得想起了葵花信上的最后一句话，那是蜻蜓眼的寓意。寓意是——不要放弃梦想，要对一切充满希望。

（作者学校：河南省濮阳市油田第二中学）

点评专家 | 陈旭光

北京大学教授、著名学者

这篇作文小说味挺浓。可以感觉出作者小说写作的功力与才情。

关于"蜻蜓眼"的破题、立意和情节设置比较巧，颇有"创意写作"的味道。情节上，通过"蜻蜓眼"这一道具，描写与自己的农村学生身份、学习经历相关甚至可能相似或自传性的人物——李希望，连缀起农村/城市（葵花）、长辈/晚辈（奶奶）、男学生/女学生（细米）、农村好学生/农村二流子青年（李三）——等颇为开阔的人物形象世界。光凭这些人物的设置就颇可称道。

文章语言老到，文风通脱顺畅，似乎微微流淌弥漫着一种农村知识青年特有的忧郁的调子（有点像曹文轩老师作品的风格情调），读去别有味道、劲道。文章对题目要求的"曹文轩作品人物与篇名"的融入亦颇有驾轻就熟、天衣无缝之感。（估计是曹文轩老师的"粉丝"？一笑！）

不足是：有时情节跳得太快，略有突兀感。个别地方觉得对农村生活、人物的表现还不够自然、真实。几个人物形象画面感、造型感不够强，性格不鲜明，不能给人以深刻印象。人物关系之间的张力设置虽有自觉意识但仍觉做得不够。

> 我是一个2002年出生在上海的狮子座女孩。我跟这座城市有些相似，外冷内热，能静能动。
>
> 我爱好写作、绘画、摄影，喜欢旅游。不追星不追剧，但是喜欢欧美动画，《驯龙高手》铁粉一枚。
>
> 对大自然中的许多东西我有着强烈的好奇，热爱并熟悉各种动植物，尤其爱猫。愿世间万物和睦相处，各得其所；愿流浪动物都能被温柔对待。

黄兰棋

细米的村庄

一

细米和火印并肩坐在夕阳里。落日把成片的麦穗晒成了一种异乎寻常的金色。

"火印，我真不希望你明天就走……"那个叫细米的少女把头靠在她哥哥的肩上。

"我必须去城里赚钱呀。"

"你……你要经常回家看看哦。"

"放心，我会的！"

傍晚的村庄很安静，细米望着地平线上方的流金，沉默着。

"好啦，回家吃晚饭吧。"火印拍拍妹妹的肩，起身说。

黄兰棋
细米的村庄

细米慢慢地走回自家的草房子。她走进房间，把抽屉拉开，拿出了一个红葫芦。那是火印前一天送给她的，是他儿时最珍爱的宝贝。

火印说："这个葫芦最适合用来盛蜻蜓眼的泉水。泉水盛在这个神奇的葫芦里，别提多好看呢！"

拿着这个葫芦，细米多少得到了些安慰。

第二天一大早，火印就上路了。细米眼看着他在田间小路上越行越远，直到消失在苍茫的远山之中。

二

火印确实回家来看过，只不过那已经是第二年春天。

他穿着牛仔裤，戴着一顶破鸭舌帽，大摇大摆地走进村。

在家安顿好后，细米提议带他去蔷薇谷转转："今年的蔷薇开得特别多，可好看啦！鲜粉色的一大片哩！"

火印耐不住妹妹的盛情邀请，跟着去了。

蔷薇谷的花儿果然开得正艳，漫山遍野全是怒放的蔷薇。

"细米，你知道吗？"火印望着蔷薇谷，对妹妹说，"要是我把这里的花儿都折下来，运到城里去卖，能赚一大笔钱呢！"

"哥哥！你在说什么呀！这些花怎么能折呢！"

"咳，"火印听到妹妹这么说，扭头往回走，"你们啊……实在是没有经济头脑。不骗你，这么多花，就是当花束卖也能赚几千块钱！"

晚上，父亲做了一桌子菜。饭桌上，他们谈起了村里的事。

"火印呦，你知道吗，前几个月，阿四家小子也去城里打工了。上个月，他往家里寄了三百块钱，乡亲们如今都在计划着让孩子进城呢。"父亲喝了口酒，说道。

"那是！跟我一块儿刷盘子的人，有好几个都是咱们省的。"火印应和着。

"唉，"父亲长叹一口气，"到时候，村里就只剩下我们这些老骨头咯。"

火印又喝了一大口酒："等我有钱了，把你和妈接到城里来住！"

细米在餐桌上沉默不语。城市是什么？她想。城市是好的还是坏的？

那天夜里，她抱着那只红葫芦，辗转反侧。月光在葫芦上投下纯净的白光，细米看着那只葫芦，怎么也睡不着。

三

又过了一段时间，家里收到了火印寄来的一封长信。

火印说他在城里找到了几个合伙人，准备把蜻蜓眼和周围的湖作为水源地，开一家矿泉水厂。他还说近日会回家一趟。

听到这个消息，细米一家不知所措。这一切都来得太突然。

过了几天，火印果然回家来了，这个消息也传开了。村民们议论纷纷，说火印带人马上就要在村里大兴土木办厂，希望村里的人离开，而在村里住了一辈子的人们显然并不愿离开。

对于这一切，细米很茫然。

傍晚时，她来到蜻蜓眼看夕阳。

水很清澈，在余晖的照耀下泛着金色银色的光。水中飘忽不定的暗影是一条条游鱼，它们无忧无虑地摆着尾巴，漾起波纹。

似乎她将来也是要进城的——村里几乎所有的年轻人都走上了这条路。

城市改变了她哥哥，他已经是个城市人了。如今，这个城市人要改变村子，改变这片净土。

她不知道会发生什么。

几天后的一个晚上，火印宣布，他已经和村民们谈好了，村里所有人都要搬走。

其实,这个小山村的"所有人"不过是十几户人家。他们祖祖辈辈都生活在这个山谷里,而现在,他们将要离开了。

四

细米也去城里了。

和几年前的哥哥一样,她开始在城市工作,为这座巨大的高速运转的机器提供运转的动力。

在高耸入云的摩天大楼间,在夺目的城市灯光下,她终于知道了哥哥是怎样被改变的,以及他为什么会被改变。

火印成天忙于他的工作,几乎没有时间见爸妈。细米则日复一日勤勤恳恳地忙碌,依靠微薄的工资苟且地生活。

几年后,火印的工厂总算开了起来。他真正成了一个昂着头走路的城市人,言语中都带有一种优越感。

五

细米一直把红葫芦带在身边。从村里的草房子到城里的出租屋,从一个懵懂的乡下姑娘成了一个为生活劳碌的女人。

一年夏天,她独自买了张车票回到家乡,想看一看她儿时居住的村子。

村子里多了些钢筋水泥的房子,燥热的空气中有一股挥之不去的气味。细米想,这大概是"工业味"吧。村子周围一片破败,没有了当年的田园和大树。

细米在荒地上徘徊,试图找到儿时的回忆,却发现它们已经被现代化工

倾听未来的声音

业涂抹得干干净净，无影无踪了。蔷薇谷里已经找不到蔷薇枝，更不要说曾经嬉戏其中的蜂蝶了。

细米从包中掏出红葫芦。红色的漆已经变淡，甚至有些斑驳。她想起了火印把红葫芦送给她时，那虔诚的神情。

才过了几年，就有了这么巨大的变化啊。那些被丢弃了的，是该被丢弃的吗？那些辛苦争来的，是该争取的吗？没有人回答她。万籁俱寂之中，亘古不变的月光，流泻在葫芦上，一如往常。

（作者学校：上海市青云中学）

点评专家｜孙民乐

中国人民大学副教授、著名学者

年轻人流入城市，留守者迁离故土。"蜻蜓眼"的湖水即将进入商业开采的流程，"蔷薇谷"里不见了昔日怒放的蔷薇花……花落人去，"燥热的空气"中弥漫着现代工业气息。一个美丽的小山村转瞬间就要从眼前消失了。

这是细米的村庄，也是所有现代人的村庄。在城市化狂潮的荡涤之下，这个村庄正等待着命运的最终宣判。《细米的村庄》敏锐地感应到了乡村世界的现代境遇，它以一个乡村女孩充满疑惑的目光承接着猝然而至的种种变化，并用稚嫩的声音发出追问："那些被丢弃了的，是该被丢弃的吗？那些辛苦争来的，是该争取的吗？"

《细米的村庄》冷静、节制，以质朴的情感和细腻的文笔传达出了年轻作者对现实问题的思考和理解。

心语

星星从心底升起,这未来的象形文字。

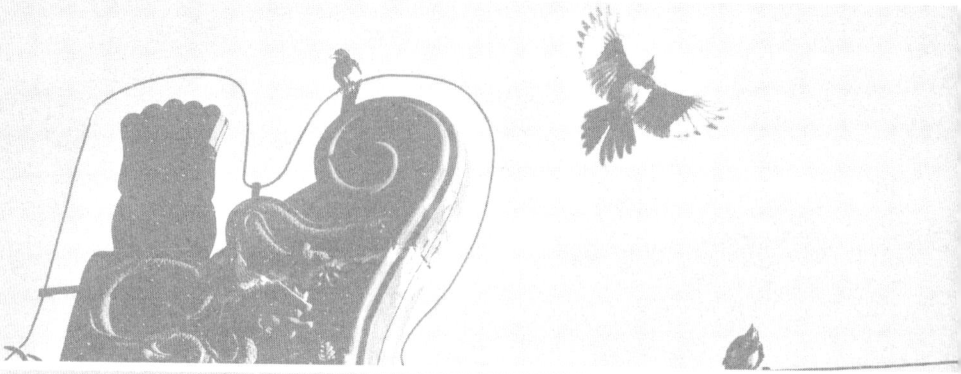

选手心得

北京以北

杨淙文

"北大培文杯"是我参加的第一个作文比赛。

从新乡到北京要坐七个小时的火车。三百四十四公里的路程，便是故乡与梦想的距离。

狭长的地下通道走到尽头，便是那繁华而又荒凉的北京西站。

这是一个擅长上演告别与相遇的地方。当我背着简单的行囊，将已经作废的火车票丢进检票台，我知道，我与这个陌生城市的约定，便只剩下一张单薄的决赛通知书。

第一天，我拿着打印好的北大导引图，买票，刷卡，进站，第一次坐上了地铁，我换乘了两次。一趟趟疾驰而过的列车带起尖锐的风声从我身旁呼啸而过，流水般交换着上下车的乘客，路标牌上熄灭又闪烁的指示灯，将他们带到这座偌大的城市某一个角落。这个城市有太多的方向，每个人都要沿着它的轨迹不停行走在自己固定的道路上，而他们的行走，又给这座轰鸣的时光机器注入了不息的动力。围城，不止能被钱锺书用来形容婚姻，用来形容北京更为贴切——外面的人渴望着进来，而里面的人早已困在了这座城市，生活是他们与脚下的土地缔结的契约，他们共同成长，共同发展，共同被时代改变，直到自己被生活耗尽了生机与活力，彻底熔炼成楔在这条轨道上一

颗无名的螺丝钉。

我很快熟悉了这座城市的法则,尽管我终究要离开它。当我躺在宾馆的床上,拖了一天行李的双手早已浸满了汗,在这里唯一能供我落脚的地方度过的第一个夜晚,一夜无眠。

那一天,我终于见到了北大,不是从手机那方狭窄的屏幕上,不是从远方寄来的明信片背面,不是从老师一次次充满向往与祝福的话语中——那是真的博雅塔,真的未名湖,比屏幕上更要气度非凡,比明信片上更要古色古香,比老师的话语里更要让人心驰神往——她无愧为千万学子朝拜的圣地,有着比博雅塔更挺直的脊梁,像未名湖上无波的倒影,让人一眼沦陷,属于圆梦的主人,更属于在梦中逐梦的过客。

那一天,三千四百字,我在这里,留下了属于我的印记。

北京之行的最后一天,我拿到了一等奖。对于从祖国各个角落不远千里汇聚到北京参加比赛的同学们来说,这或许是我们共同的目标。从接到通知时的意外,到准备赶赴北京时的兴奋,到等待比赛结果时的忧心忡忡,再到被第一个宣布一等奖名字时的不知所措,都化作了比赛落幕、人群散去时的怅然若失——不知是为了那些志同道合却竟不知彼此名字的小伙伴,还是因为这座城市给我四天的期限已接近尾声。我们就这样匆匆地来,匆匆地走,西门的琉金牌匾下,城市与人永远欠一个告别。

若是将北京比作一间胡同口的小馆子,却见得天南海北的客,尝得人世百态的酸甜苦辣咸,那么北大的人文底蕴就是它席上经年的陈酒,逢桌必点,我只浅饮了一杯,辄醉了。看见每晚QQ群里那些共同参加第三届培文杯比赛的小伙伴们还在畅谈着文学与学校生活,来对抗着时间,对抗着遗忘,我想,这场梦,不醒为好。

"北大培文杯"的太多细节,大多在紧张的学习中消磨了。只是而今提笔,颁奖典礼上曹文轩教授的那句话仍在心中回荡:"写得一手好文章是一个人难能可贵的美德。"

是啊，写作不应被用来和社会交换，与世俗谈判，而是忠实地记录时代，反思自我，让自己成为更好的人。在这个清浊难辨的人世里，每个人都是一滴水，在时间大潮的裹挟下微小而孤独。可你若是会写作，便多了一双在生活里行走的腿，多了一双见证时代的眼睛。

每个人的记忆都是最好的历史。感谢写作，让我在我所见的这短短十几年的光阴里，能看得远，用心走过常人走不到的地方，对这复杂的世界，在笔尖任性，在心中领情。尘世走笔，或许是最诗意的苟且，最相近的远方。

这不是我第一次来北京。

我知道中关村的高楼大厦到安河桥北的胡同小巷有十一站，王府井的琳琅百货到平安里的油盐酱醋有七站。

我从北大东门的报亭买了一张明信片，寄给一年后的自己，那么它又要走几站路才能带来我的梦想？

这也不是我经历的第一个夏天。

当返程的火车抵达家乡，夜幕降临，一切都仿佛一场梦，随着夏末的天气，由热转凉。我高二的暑假已接近尾声了，逐梦到圆梦，不过四天时间。

北京有两千多万人，是我家乡的五倍，2016年7月29日，我赶了百里的路，作这座城市四天的过客，8月1日，我离开，不舍装满了空掉的背囊。这里每天都有太多人离去，太多人到来，太多梦想熬不过黑夜，太多约定等不到明天——就像它从来不曾记得我，而我，却再也没能忘掉它。

9月4日，我再度提笔。我想，我与培文杯的缘分，不只是一杆笔，两张纸，三千字。

这座让人又爱又恨的城市给了我太多的第一次，这场让人如梦未醒的比赛给了我最后一次，高三之前这十几年对文学的热爱，它或许是最好的寄托——

"北大培文杯"是我参加的最后一次作文比赛了。

我时常回想自己坐在南方通往北方的火车上,路过北京,北京以北,是否还有更远的地方——

那是比梦还要遥远的地方。而脚下,便是梦开始的地方。

北大是知识的殿堂,每年都会上演太多的奇迹,今年夏天,我们是她万千圣徒中的一个。

(作者学校:河南师范大学附属中学)

接过时光递来的笔

李蕤桐

语言属于时间

静默属于永恒

——克莱尔

外婆过世以后,我常常对着天空发呆。朝夕相处的画面逐渐远去了,模糊的温暖却化作一个个柔和的金色光晕,照亮无人的夜。很久没有再拿起笔的欲望,突然发现,纸面上的故事再怎么离奇,也不如生活给予的措手不及。

就是在这样的状态中,我看到了第三届培文杯的征文启事。"不曾发生的事",题目很对我口味。我想起了去年在北大参加培文杯的愉快经历,不如再试一次吧?我一边想,一边写,构建了一个无限轮回的世界,暗自希望其中的少年能代替千千万万在生活中的受困者,打破牢笼。

看到自己的名字出现在长长的名单中时,说不兴奋是假的。从假期补课中脱身，我和同伴一起踏上了向东的列车。向东，向东，干燥的空气一点点沾染上海洋的气息。深居内陆，距海遥远，海洋湿润气流难以到达，这是地理书上对我的家乡的定义。感谢培文杯，让这股绿色的风，吹到了海风无法到达的遥远。

决赛中，看到题目的那一刻我没有犹豫，选择了第二个。利用不同的元素，构建出属于自己的世界——在这一点上，我找到了自然科学和社会科学的共通之处。《逃离》中的世界与现实完全不同，却脱胎于现实，其中乘坐飞机、火车的感受，在万籁俱寂中倾听蜗牛爬行的声音，还有对自我的诘问，都是这一年来积蓄在心中没有写出的部分。划下最后一个句号的同时，我似乎和少年根鸟一起踏上了驶向未知的列车。

这是一个早就存在于我心中的故事。生命中猝然离开的亲人是永远无法弥补的缺憾，我试图通过自己笔下的角色来作一次漫长的告别。故事结束，回忆却无法停止。我曾经写过一句话："文字，是作者对读者的告解，是对自我心灵的救赎。"感谢认真读完这篇文字的每一个人。我很不喜欢将创作与作文混为一谈，打个不恰当的比方，从脑袋上揪一根头发下来和剁一根手指，能相提并论吗？文字应当是心灵的表达，至少是真实的表达，某些作文题的出题意图让人一头雾水，谈一个和学生生活完全无关的话题，让我们写什么？写自己完全不了解的东西？创作，没有那么多的限制，只是"给心灵一个说话的机会"。

另外，《逃离》主角的结局也是我向自己最喜爱的诗人——海子的致敬。对于他来说，山海关的火车，确实去往了一个全然不同的崭新世界。

四面半稿纸完全落满的那一刻，心中是忐忑的，深知自己的不足，却又想得到肯定。更多的，是想留在这里，留在这座绿意盎然的校园中，留在这个蝉鸣不休的夏天里。"北大培文杯"的身影里，有阔别一年的老师和第二届参赛同学，短暂的重逢在回忆中又画下了流光溢彩的一笔。

第二天，我已经完全释然——这一趟旅行的意义，已不单单是奖杯。三等奖，二等奖……名单中没有我。出乎意料的一等奖，这一次，意外地收获了一个完满的结尾。

从北京回来，我仍是一个紧张备考的高三学生，过着每天低头看试卷、抬头看倒计时的日子。但是有一些东西确确实实地改变了——至少，我不会再轻易放下写作的笔。我仍会努力握好生活给我的这支笔，无论它是让我在试卷上工整写下姓名学号，还是天马行空创造一个世界。文字的价值将会在时间中得以体现，而静默，则是创造文字的源泉。

（作者学校：新疆乌鲁木齐市第七十中学）

我是一只切叶蜂

黄兰棋

对于世界，我有很多事情还不太明白。

因为不明白，就会有很多的困惑和思考，可以说，我的初赛作品《沙仙》和决赛作品《细米的村庄》都是这样的产物。

《沙仙》讲述的故事是，一个十岁的男孩从海边带回了一瓶子的沙作为旅行的纪念，这些沙里面居然生活着一个沙仙——一个能聚成人形的会说话的精灵。更为神奇的是，只有相信有它的人才能看到它，所以大人们是看不见它的。男孩很激动，即使不久发现沙仙并不神通广大（既不能帮他做作业，也不能背古诗），但依然开心于沙仙的陪伴和对话，性格也越来越开朗了。然而，随着年级的增高，他越来越忙，忙于学习，也忙于别的琐碎的事。男孩渐渐没有什么时间搭理沙仙了。直到有一天，装着沙仙的那只瓶子滚到床下杂物堆中找不着了。两年后，当男孩无意中翻出那只瓶子的时候，他却已经长成了一个不相信童话、不相信沙仙存在的人。

构思写作此文的冲动，来自于文章的最后一句话："世界上又少了一个孩子。"当童年离去，总感到有些像童话般珍贵的东西也在离我们远去，让人留恋，但那究竟是什么，也不太说得清楚。

《细米的村庄》是现场决赛作文，要求我们在曹文轩老师的十部作品题目中选取至少五个作为重要元素。看着这些题目——蜻蜓眼、蔷薇谷、细米、红葫芦、火印、草房子、青铜葵花，我的脑海里立刻浮现出一幅乡村的图景——大片的田野和稻谷、开满蔷薇的山谷，还有低矮的房屋、清澈的泉水……

我从小生活在城市，没怎么去过乡村，但对淳朴优美的田园有一份向往。看着到城里来打工的人们，也有一份困惑——那些到城里来照顾小孩的保姆，自己的孩子却放在农村无人照顾；那些被工厂损毁了的田园，变得利欲熏心的人们。这一切真的值得吗？

我和"北大培文杯"的结缘，有些事出偶然，至今想来还仿佛在梦中。

那是今年春天，妈妈的一个好朋友告诉了我们"北大培文杯"的竞赛信息。看到初赛题目的那一瞬间，我就对它产生了浓厚的兴趣和好感。

嗯，创意写作……没错，确确实实是创意写作。我渴望参加的就是这样的比赛——不是"作文比赛"，而是"写作比赛"。

初赛投稿发出后一个多月后，妈妈的那位朋友又发来了一条信息——说我进入决赛啦！

那天晚上，我很激动，反反复复地上北大培文杯官网，看晋级名单。哇——初中组全国只有六十个人哎，上海只有两个人哎。我虽然参加过不少上海市的作文比赛，但从来没有参加过这么大的比赛，而且这是我第一次因

"公事"去外地。整个人都因此激动起来了，身体中所有的细胞都在蹦跳。

然而我对于获奖并没有很大的期待。初二这一年，我几乎没有写过长篇的故事。学习太忙了，作业太多了，数学太难了。我上学的日子里唯一坚持的写作，是老师要求我们每周写一篇的随笔（感谢老师让我们自由发挥），但我一般为了快速完成作业都写散文。所以，放了暑假后，为了给比赛作准备，我还让爸爸给我命题，并按照比赛的两个半小时，写了几个小故事作为练笔（还是特地用稿纸写的）。

不过，即使这样，坐在北大决赛的教室里，我的自我感觉也并不太好。坐在我周围的选手们都思如泉涌，笔尖在纸上飞快移动，写了一张又一张，甚至还有几个人要求加纸——这简直把我吓坏了。

当我来到隆重庄严的颁奖典礼现场——北京大学百周年纪念讲堂时，内心是比较平静的，并没有奢望。可是颁奖的顺序终于让我坐立不安起来——三等奖名单中没有我，二等奖名单中也没有我！当在一等奖获得者的名单中听到自己的名字、需要上台去领奖时，我努力保持着镇定，放下挎包，跑上台去。台上灯光很亮，我眼前有些恍惚，看不清一片黑暗的观众席。

真的，这一切都像是在做梦。"北大培文杯"，将是我 2016 年最美好、最独特的回忆！

激动过后，生活照旧。

我依然是那个我——在学校和家之间来来往往，天天泡在作业里；有空时也会看看书、写点东西、画些小画；热爱动物，爱猫；喜爱园艺，喜欢摆弄花花草草……

只不过，我会更加坚持多看看这个世界。窗外的世界太过阔大，大人们说是一个变化剧烈的年代，一切皆有可能。我还看不太懂，我只是一只切叶蜂，偶尔到这个广袤世界中去切下一小片叶子，带回巢中。

2011 年 9 月，九岁的我写下了一首诗《没人知道的事情》：

> 有一件没人知道的事情
> 埋在黑暗的土地里
> 藏在森林的松树顶上
> 躲在小溪的水流中
> 钻进金黄的麦草间
> 跟着一缕清风
> 去了没人知道的地方

世界无垠,未知无限,愿未知的世界都像这首小诗一样,有一份清新和美好,陪伴好奇的你我。

(作者学校:上海市青云中学)

有些东西专属灵魂

丛 元

去年早些时候,一位音乐老师说:"音乐是关乎灵魂的东西。"那时我刚接触古典音乐没多久,正沉迷其中,满怀着好奇与热情。我无法忘记那学期音乐课上那盘旋回荡的乐声,它仿佛有魔力,能把人的心一下子扯到空中,让你激动得发抖却一句话也说不出。我呆呆地坐在椅子上,听着,从那时起我知道了:世界上有些东西是专属于灵魂的。

其实不只音乐,有好多东西都令人触动。而真正触动我灵魂、令我热爱的,我认为是写作。我记得第一次对着一页普通的纸而心潮澎湃时,是初读

汪曾祺的《受戒》；但那之后真正让我"入坑"的却是卡夫卡的《变形记》。我读完，把书撇到一边，倒在床上，脑海中不由自主地回放起大甲虫的故事。正如同一个过生日的小孩趴在商店橱窗上张望一样，我激动得直傻乐，恨不得立刻拉个人来对着他的耳朵喊："你看看这个！多棒啊！"

每次读到这样的东西，我都感到自己成了世界上最幸福的人。同时，那些大师们也令我开始琢磨，他们是怎么写得那么好的？那段时间我的脑子里就总是这些东西，走在路上看到一棵树，我也会想：如果我是×××，我会怎么写……我从中体会到一种以前难以想象的乐趣，似乎世界忽然变了个样子，一瞬间，花草树木、风霜雨雪，都会说话了；每一块路石、每一块商店招牌、每一片街角的废纸都成了一个广播电台，无时无刻不在向四周发送信号。而我，就我亲身体会来说，就像是高度近视戴上了眼镜，忽然就看清了周围的一切。形形色色的建筑，来来往往的人……我都看得眼花缭乱了。

在参加第三届北大培文杯创意写作大赛之前，我尝试着写过一些东西。记忆最深刻的一次，是在去年12月31日，早上起来，我想动笔把一个在我心中盘桓已久的故事写下来。于是在思索了一会儿理顺条理后，从早上九点开始，我坐在一沓横线纸前（这沓纸是一位同学在学校清理柜子时"淘汰"的，她让我拿走了很多这样的纸，感谢这位同学），开始落笔了。那是一个有点浪漫的童话故事，因为那时我读了很多安徒生作品，尤其对《海的女儿》情有独钟。我开始幻想自己笔下人物的种种遭遇。他是否对自己枯燥的生活感到厌烦呢？他是否对未知世界充满幻想呢？写着写着，我感到自己也在故事里了，仿佛我正被困在一行行潦草的字中间，困惑地看着另一个自己继续将我一行行写完。

那天我好几次停下来理思路、甩手、四处走动。等到夜里快十二点的时候，我忽然发现自己"今年"可能写不完了。就像有人在我身后点了个炮仗似的，本来昏昏欲睡的我一下子精神了，我飞快地写，匆匆带过一大片本应细致描写的情节。可就在 2015 年的最后一秒里，我的笔还停在快要结尾的地方。于是我"跨年"了，新年钟声在我听来简直是绝望的。

最终，那篇故事在占用了 2016 年的最初二十分钟后，终于结束了。我把它拿给同学看时，总是忍不住指出那些令我"抓狂"的段落："你看这儿，写这儿的时候我都急得要烧着了。"

所以在这次参赛前，我也算有一些创意写作的经验。但当初拿到初赛题目时我却真愣了一下，因为两个题目我都很想写。最后我选了第一个题目"不曾发生的事"。在换了两次构思、改了六遍文章以后，我终于拿出一篇自己相当满意的作品。它写的是一位望子成龙的父亲在捡到一只会唱歌的木桶后、逐渐抛弃自己女儿的故事。如果有一位古典音乐爱好者看到它，一定会觉得十分眼熟，因为它的原型就是莫扎特和他的姐姐与父亲的经历（所以我最终决定这么写是出于对男神的爱）。在写这个故事时，不但那些大师们的文字一直回荡在我脑海里，而且我发现，我自己曾写过的一个个故事也出现在我心中了。我总是想避开它们，可却又一次次被拉回去，写出与曾经十分相似的东西。这时我明白了卡尔维诺的话，一个写作者想走出自己的影子是多么困难。

每一次我动笔，都会想起那个新年之前的晚上。那是我至今写得最畅快的一次，在那之后，忙碌于从家到学校的两点一线的生活，我总是一脑子乱糟糟的想法，再也没有过那么奇妙的灵感。一直到决赛之前，我还在无聊地刷着知乎，想着找一两个金点子。我无意中翻到一个关于油画的问题，紧接着就被一幅名叫《哭泣的女人》的画深深吸引了。画上的女人由一堆杂乱的线条组成，她的脸颊苍白，眼中充满了恐怖。我不禁想，她为什么哭？怎么哭得这么伤心？我盯着她看了许久，渐渐自己也被感染了。于是她成了我决赛作品里的女主人公。

其实在我看来，一个人物只要打动人心，就无所谓他（她）是哭是笑。

我把这个想法也写进了作文。尽管我觉得决赛作品远没有初赛那篇精彩，但我依然想把它作为礼物送给那位画上的女人，我想让她知道有许多人都爱她的美。这种美不是相貌上的，也不是用来形容"一件衣服，一只狗，一篇布道词"的；它是优雅却震撼的，它可以触动人的灵魂。

我相信，有些东西是专属于灵魂的。就像我们在一个晴朗的早上起来所嗅到的风的味道，就像我们在一个恬美的午后所触碰的大片的阳光，就像我们在一个安详的夜晚所品尝的远处的灯火。我相信，在这些时间里，我们的灵魂是无比幸福的。

（作者学校：北京市十一学校）

一路向北，绿意盈怀

顾宇庭

很喜欢一首民谣，名字叫作《安和桥北》。

后来，坐上北京的地铁才知道，安河桥北（原名"安和桥北"）居然是北京的一个地名，而且还是地铁四号线的终点站。我望着线路表上的"安河桥北"四个字，不禁哑然失笑。曾经以为那里不过是歌谣里的陌生的远方，谁知它现在竟然就活生生地出现在我的眼前。那种奇妙的感觉，在我得知入围"北大培文杯"决赛的时候，似曾相识。

说起来，参加"北大培文杯"全国青少年创意写作大赛前有一段小插曲。当初因为时间紧迫，本来已经打算放弃，在截稿的前一天晚上有些不甘心地逛了贴吧，戳进一篇帖子，是上一届的参赛选手写的。看完以后登时被点燃了热情，当即抱起了电脑，噼里啪啦敲了一篇小说，一直写到深夜两点。（在这里十分感谢那位发帖子的毛同学！）写完以后第二天恍恍惚惚地打了一个上午的瞌睡，终于熬到中午放学，然后回家迫不及待地交了稿。

初赛写的是一个早就在脑海中构思好的小说，写了一个奇怪的裁缝，一个裁剪影子的裁缝。凭着三年积累下来的对小说的认知，我跌跌撞撞地写下了人生中的第一篇小说。本来只是觉得做完这件事我不会后悔了，况且从全国十万人中脱颖而出也很困难，因此，投稿以后我什么都没有想。幸运的是，我竟然获得了评委们的认可。于是，在七月的某个黄昏，我坐上绿皮火车，一路向北。

一夜的颠簸，没有睡好，早晨四点便早早地醒了，火车从黑暗渐渐驶向明亮。我索性支起身子，挑起窗帘打量着外面的世界。

北方早晚阴凉，太阳还没有升起，万物笼罩着一层淡淡的白雾。窗外飞快地驶过种着陌生的大片农作物、形状迥异的建筑物，还有无数根没有鸟儿停留的空空荡荡的电线杆。它们看起来和我熟悉的家乡没什么分别，却又让我这个异乡人感到那么陌生。

站在北大西门前的时候，那股奇妙的感受又涌上心头。

北大是很多学子向往的学府。我也不例外。碧瓦飞甍，朱门画栋。每天都有许许多多的游客，举着自拍杆，比着剪刀手，想要进去一探究竟而与门卫在门口争执。我是幸运的，我想。因为"北大培文杯"给予我的机会，我可以踏进那片美丽的校园，或在未名湖边寻一条幽径拾级而上，或在博雅塔下感受遗风古韵。那些曾经只有在心底默默憧憬的风景，那一刻，离我很近、很近。

决赛时在两道题目中选择了第二道。其实很喜欢第一个"带皮毛的午餐"，但我觉得自己能力有限，于是选择了第二个更适合自己的题目。写下的是一个梦境，朦朦胧胧的梦境，故事十分简单，我把它定义为一篇童话。符合我一贯思维跳跃的风格，但是很遗憾没有掌握好时间，最后交卷的时候总

感觉结尾有些仓促。

公布获奖名单的时候我十分坦然。能够来到这里，与一大群和我一样热爱文学的朋友激扬文字，这已令我感到欣慰。本来预期在三等奖的名单里看到自己的名字，但是结果太出乎我意料了。可能是因为太激动了，我当时一直热泪盈眶，视线里模糊得只剩下一片明亮的绿色。那一片晕染开的绿，至今仍然令我怀念不已。

直到我离开的那一刻，我最终还是没有去到安河桥北。或许在明年的秋天，我还会来。那么，不论是安河桥北，还是北京大学，请静静地等待我吧。

（作者学校：江苏省如皋中学）

带着一颗宁静的心去海边看落日

王瑞敏

"感于哀乐，缘事而发。"第一次听到这句是今年春天。当时语文老师组织我们去听"北大培文杯"全国青少年创意写作大赛讲座，在听课之前，和伙伴们留下了短头发的自拍，听课之后，则把脚底下的铁皮板踩得"咔咔"响。那场讲座进行得欢乐且漫长，而我悄然记下了一句话——"感于哀乐，缘事而发"。直到决赛过后很久，我都不知道那位讲座的老师是谁，后来同伴告诉我，就是决赛现场解题的张姓老师。我吓了一跳，因为发现整个人黑了不止一个色度，难道是那时春天的讲堂的灯光太亮了吗？

不过在写初赛的作品时，我还一直记得他说的这句话。我写了一个有强迫症的小姑娘，骑着车子逃课去买相纸。而实际上是我自己在那段时间迷上了胶片摄影，常常逃课出去买拍立得相片。有一次，陪我逃课的女伴骑着她的宝马自行车，她的车镫子突然飞出去了，我们正在过一个红绿灯，她只能飘着脚，于是我下来捡，差点被一辆铁皮三轮车撞飞，记得当时自己又烦又怕，惊魂未定的状态持续了很久。

我们去修车，叔叔没收我们钱。我们去旁边花店各买了一支红玫瑰压惊，她的是金丝带，我的是白丝带，插在我书包两侧，在路上飞骑还要不时用手扶一下，很神气。因为是逃课，时间很紧，又瞒着我妈，生怕一个不小心被逮着，于是一路上东张西望，不停看表。到了卖相纸的科技城，朋友把一个零件给碰掉了碎了，还赔了钱，我的车锁气味刺鼻，这都是实际发生的事。只不过在写进作品的时候夸大了一点主人公的情绪。

所以，我的作品百分之八十都是在实事基础上的稍作夸张。强迫症老人的原型是我姥爷，可能和工作有关系，姥爷一辈子控制欲极强，如果别人不按他的来，他就会暴躁不安。他每天早上起来第一件事就是把家里擦一遍，不管是谁上厕所冲水都不能溅到外面，溅出去要用拖布擦得像没发生过一样。所以，小时候我在姥爷家全天待着，每逢上厕所都会有点紧张，干了错事要赶紧鬼鬼祟祟把痕迹抹掉。唉！不过姥爷是很渊博的，家里常年都有四五份报纸，受他影响从小开始看报纸，听他讲原先他的大学生涯，他工作之后的难关是怎样过去的，很有意思。我一直很崇拜他。

决赛之前，我刚从通州宋庄美术区拖着箱子出来，住在朝阳区。我妈说朝阳区人民群众很厉害很牛，很多吸毒的都被他们举报。我发现朝阳区有很多有意思的老头，所以在作品里也出现了不少老头。比如决赛作品里那个一边吃冰棍一边喝冰镇啤酒的老头，推一个轮椅在十字路口卖茉莉花的老头，都有原型！

我觉得观察人是一件很有意思的事情，也可能是因为我的专业的关系，我在画人物速写画头像的时候，会不停地注意有意思的地方，思考怎么套到创作

里去，养成了观察周围的习惯。我们美术生管这个叫积累素材，要画得传神，不得不以生活为师，写作也一样。可能因为学美术，再加上胆子大，平常会有很多小事，让人觉得很惊喜，于是就记在脑子里，没想到有一天就用上了。

为了鼓励我参加"北大培文杯"大赛，我妈对懒洋洋的我说："你去写，我给你一个字一角钱！"后来她很后悔，原来她以为一篇只要八百个字，而我写了两篇，合计六千多字。到了决赛阶段，她又说："你去写，一等奖一个字一块，二等奖一个字五角！"后来我写了三千二百多字，一等奖，我可怜她，只收了两千八百块。当然钱不是现金的，在我家，从小到大的奖励都是买书，于是从北京回来后，我从当当网订了两千八百块钱的书，快递小哥说，他从没送过这么大额的图书。壮哉老妈！其实，就算没有奖励我也乐意去参加，因为觉得很好玩，还能见见大师，有无奖项都值了。爹妈从小熏陶我，能赢，对他们来说，既是回报，也是骄傲。

知道晋级决赛消息的前一两个小时，我还在青岛八大关游荡，决赛的报名照片也是在那里胡乱拍的。那天是阴天，五六点钟，天快黑了，还有画家在路旁售卖八大关风景钢笔画。后来我们又去了海边，在栈道上坐了十几分钟。栈道旁边有个酒吧，欧式风格放东方乐曲，门口有个光头北京人，操着京腔和一个二十多岁的姑娘聊天，我觉得处处违和，于是多看了几眼。我爸说，多看了几眼看出来一个决赛晋级。

"北大培文杯"在一定程度上改变了一点我的人生轨迹和人生规划。一开始尝试动笔是因为想挣钱！因为小时候我有购物狂倾向而被管制了。于是长大一点后，就开始东张西望找别的野路子，比如倒卖美瞳，去辅导班教课，比如写文章换稿费。但其实只有我初二时倒卖美瞳赚了不到二十元钱，其他的不过都是想想。于是我开始盼望长大，因为我想去肯德基打零工！一周有五十块饭费（六个晚饭），再加上我管我妈要的零散毛毛，姥爷给我的补贴生活钱，我喜欢买杂志看杂志，买书看书，一个月买巨量的杂志，有时因此要饿肚皮，所以美其名曰减肥。好想变得有文化一点，有人肯付给我稿费，那样我就可以既买杂志又能买书又能大吃特吃了。

参加"北大培文杯"更像在海里漂着看落日，你必须带上一颗宁静的心才能欣赏她的美丽。我爱一切美丽的东西，所以想去湘西古城学蓝印花布印染，想去故宫跟老先生学修文物，想去杨柳青做一张版画，想去金溪探访古村落，去西藏磕一万长头。

我有好多好多梦想，我要付诸一生去实现。

（作者学校：山东省淄博实验中学）

七月末，思想起

胡向真

今年的"北大培文杯"全国青少年创意写作大赛，和去年一样，于七月末在北大进行决赛。很荣幸，在第二届"北培"（北大培文杯）失利后，我有机会重新回到"北培"，完成我的梦想。

去年七月末，在父亲的陪同下，我进入北大，开始逐梦之旅。刚抵达北大门口，我就感受到了"北大培文杯"赋予我的荣誉——可以不用排队，凭借决赛通知书进入北大。报到后，就与父亲在中关村找了点吃的，然后回宾馆休息。

第二天的决赛题目有两个，一个是"闪电"，另一个是王昌龄的诗——《从军行》（五）。因为对诗的了解不多，保险起见，我选了闪电。我想起托尔斯泰的《穷人》，决定学着那种风格写。我采用了日记体的形式，以一个穷人

的口吻写下了在闪电时发生的一系列故事。说实话，写的时候我觉得脑子一片混乱，出考场后我难以相信自己已经完成了一场比赛，写了什么都模糊不清。

后来才知道，我犯了一个很严重的错误，这也是如今中国人写文章普遍会犯的错误，在下文我将点明。

颁奖典礼的那个下午，我在门口的大赛标牌上写上"七月末"这三个字，而后郑重地签上自己的名字。

三等奖名单分很多批公布，第一批公布时没有我，我暗自庆幸，第二批公布时还是没有我，我开始慌了，生怕自己连三等奖也没有，第三批名单公布到我时，我又陷入了深深的绝望，原来，只有三等奖……

回去的地铁上，父亲想着法逗我开心，我只是敷衍性地附和他。

我知道，我的梦想不能就此止步，这只是一个跳板，绝不可能是终点。

于是第三届，我又来了。公布第三届入围名单的那天，我还在学校，我给父亲打了好多个电话，都没有消息，直到晚上八点多的那通电话，他告诉我顺利入围的消息，我抱住了陪我同去打电话的同学，兴奋地跳了起来。

接着就是漫长的等待，今年比较幸运，同时入围四个决赛，我提前十多天就进京了，陆陆续续比完其他几个大赛后，调整好心态迎接"北培"决赛。

第三届"北大培文杯"决赛的题目难度很大，北大培文总裁高秀芹博士抽了两个题目，一个是一幅图——带皮毛的午餐，还有一个是选曹文轩十部作品的五个篇名作为写作元素，写一篇文章。我毫不犹豫地选了第一个。

我把带皮毛的午餐化成了一个意象，转成孩子心上的一个包袱。围绕这个包袱展现出孩子和奶奶之间的矛盾和冲突，以及最后矛盾消失后孩子发现这一切只是谎言时的无奈。

写完后自我感觉不错，但我不敢想，我怕想着想着，就没了，只好默默做最坏的打算。

颁奖典礼上，主持人说要公布三等奖名单时，我的心跳加速手不停地发抖。我看着 LED 屏幕上滚动的名单，忽然很想落泪。我一边拉着自己的衣角，一遍默祷：不会的不会的，我不会三等奖的。所幸，我没有寻见自己的名字。

接下来又是一轮的煎熬。公布二等奖名单时，我像之前一样，颤抖着在大屏幕上找名字。

公布完二等奖后，我大致知道了自己应该是一等奖，但我不敢想。

等待一等奖的过程更加难熬，"北大培文杯"今年绝对玩的是心跳，在一等奖名单公布前也有节目，请了一个乐队来表演民谣，很好听，但我却没用心听，一直在发着呆。当中文组一等奖的名单投出我的名字和学校时，我仍呆在位置上，直到后来图图学长发来短信恭喜我获一等奖后，我才反应过来该上去领奖了。上台领奖时，有一种恍如隔世的感觉。

晚上和几个旧友出去撸了串，疯到很晚才回去。坐在回程的地铁上，我感受到了前所未有的洒脱感，想起第二届颁完奖后的压抑，再与如今对比，不由觉得好笑。

接下来讲讲写作本身吧，中国文学模仿外国的问题很严重，最可笑的是，讲的明明是一个纯正的中国故事，却非要用外国人的名字来写作，这样的写作只能是东施效颦。我第二届时正是犯了这样的错误。

作家徐则臣就有说："在什么样的年龄，写什么样的文章。不要刻意模仿，刻意把自己伪装得很老到，这样一点也不可爱。"同样的话，北大艺术学院教授陈旭光也说过，要找自己了解的写。所以，在决赛中，我写了很接地气的文章。因为我本身就是个留守儿童，父母在外地工作，所以对于孤独会诠释得更加深刻些，我把自己的感受加了工，放到了文章中，让它在《破壳》中发光。

我相信，2016 年的七月末，不会是终点，而是一个全新的起点。

（作者学校：浙江省乐清市第二中学）

伯乐心语

青春，或者教育的另一种可能性

马 臻

我知道世界上有一个"北大培文杯"的时候，这个大赛已经举办过两届了。

那是去年冬天的一个下午，我坐在自己的办公桌前，在堆积如山的书册里东翻西翻，我是一向喜欢这种被书本淹没的感觉的。突然，学校刘林祥校长走了过来，递给我一本书，说："这本书你可以看看。"

白色的腰封上，曹文轩、格非、苏童等熟悉的名字赫然出现；绿色的封面上，"倾听未来的声音（第2季）"几个大字也很醒目。当了几年语文老师，对各类学生作文选本来毫无热情与期待可言了。但是，书的左上角"北大培文杯全国青少年创意写作大赛"的标志，还是让人眼前一亮。恰如林建华校长所言："北大从来不只是一所学校，她是人们心中的图腾。"对于我这样长期仰慕北大中文系、哲学系那些大佬的文艺青年，尤其如此。

这本书还没有看完，我就知道，我终于找到一本自己很欣赏的中学生作文选集了。心里暗自决定，明年也要带几个学生参赛，让我们明德学生的作品，"堂而皇之"地出现在上面。曹文轩作序、谢有顺作跋的书，许多著名作家学者担当评委的大赛，怎能不参与！

寒假的时候，我在自己班上找了几个学生，鼓励他们参赛，我设计了写作指导流程，通过QQ群的交流，指导作文写作。但是参与人数不多、高手亦少。年初开学，我的宝贝小女儿横空出世，我忙得不亦乐乎，培文杯的事情就抛到了九霄云外。过了一两个月，想起了有这么回事，还惦记着曹文轩作序、谢有顺作跋的那本好书呢，心里放不下，干脆给教研组长蒋老师打了一个电话，说"北大培文杯"看来是个很不错的大赛，有没有老师愿意指导学生参赛啊？没有的话，我就当仁不让了，蒋老师您给发动一下，找几个班，挑一些写作的种子出来，咱们尝试一下。

这事情就在蒋老师的支持下开展起来了。我针对高一高二愿意参赛的学生做了两次创意写作的讲座，每次都有一百多人自愿参加，而且热情很高。说实话，学生对写作有此热情，让我也有了一点小小的意外。但对于从来没有玩过创意写作的学生来说，两次讲座实在杯水车薪，交上来的作品佳作寥寥，都比较简陋。

事已至此，还得向前。我豪情满怀，干脆立了一条规矩，所有愿意参赛的人我都可以指导，晚自习的时候直接来找我就可以了。还跟高一、高二的学生分别约定了地点。口出狂言，自然要付出代价。这代价就是每周有四到五个晚上，我必须待在高一或高二的语文组办公室，等待着高一、高二共一百人的参赛队伍带着他们的作品前来向我"挑战"。是的，我向来说这是挑战，因为我必须在很短的时间内阅完一篇三四千字的小说，并且以极快的速度提出修改意见，每个晚上要与几十个学生交流。这不仅是对我的灵感、思维、想象力、反应能力的挑战，也是对我的体力的挑战。世界这么大，挑战无极限。为了扩大影响面，我又专门在高二350、353班作了发动。于是参赛作文如同滔滔流水，滚滚而来。

"自信人生二百年，会当水击三千里"，其实我从未有过这样的豪情与自信。我愿意指导学生，只是因为创意写作空间很大，跟平常的应试写作不一样，很痛快，很好玩。仅此而已。培文杯评委、吉林大学文学院院长张福贵教授在点评时曾说："写作，是在另外一个美好的世界安放自己痛苦的灵魂，可以随意地哭随意地笑，可以上天入地，可以行走江湖，一切梦想都可以实

现。"说的就是这么个劲。就因为有这样一份自由，这个大赛为我们打开了另一个空间。大赛评委、《人民日报》文艺部副主任李舫博士说："'北大培文杯'创意写作大赛堪称是对中学语文教育的一个重要补充，是对打破语言应试教育壁垒的一个有益挑战。"这将大赛的意义讲得十分清楚了。参加培文杯举行的教师论坛，我在论坛上也讲了相似的意思。可叹的是，论坛过后，一位老师在我耳边很响亮地说："我觉得培文杯和我们平常写作是一样的，写好了平常的应试作文，才能写好创意作文。看不到这一点，就不懂创意写作。"我知道这位老师是讲给我听的，但我无心辩驳。我觉得"北大培文杯"就是一个"重要补充"和"有益挑战"，如果它不是这样一个另类的存在，它就根本谈不上"补充"和"挑战"了，它就和原来传统的条条框框交融在一起了。也就是说，它丧失了独立存在的意义和可能性。

作为一个中学语文老师，我之所以热情参赛，也仅仅是因为这样一种"可能性"，这不仅是写作的可能性，更是一种教育的可能性。整整九十年前的一个初夏的黄昏，鲁迅在他北京的四合院里写过一篇小文章——《一觉》。里面有一段话，让看过无数写作理论的我眼前一亮：

> 因为或一种原因，我开手编校那历来积压在我这里的青年作者的文稿了；我要全都给一个清理。我照作品的年月看下去，这些不肯涂脂抹粉的青年们的魂灵便依次屹立在我眼前。他们是绰约的，是纯真的，——阿，然而他们苦恼了，呻吟了，愤怒，而且终于粗暴了，我的可爱的青年们！

鲁迅的生命哲学、启蒙哲学、教育哲学，鲁迅生命深处那种深沉的痛感，在此展露无遗。我一向认为文学写作就是一种心灵的歌哭，是灵魂深处的洋溢与呼啸。指导学生参加创意写作很好玩，也不过是因为能在学生的字里行间，隐隐约约看到"不肯涂脂抹粉的青年们的魂灵"，即使这灵魂还很稚嫩与屠弱，但总是让人心生喜悦、心生期待，觉得在遥远的未来，依然有一些没有被我们发觉的可能性，在慢慢地萌芽，终有一天，它会长成参天大树，屹立在早已平庸满布的我们地平线上。是的，那是未经我们教育和教师染指过的文字与希望，那是被我们一向遗漏了的绿色与萌芽。

这些萌芽被我们汇集起来，专门编成一册《明德中学北大培文杯优秀作品选》。大多写作并修改于夜间，那些作品仿佛都背靠着广阔的黑夜，意象闪烁之中，显示出一种凛冽的气概来。余峻岑的荒诞、罗亦宗的冷寂、王冠的复杂、陈彦余的沉重……

高考过后，"北大培文杯"中文组初赛结果揭晓，有七人入围，是全国入围人数最多的学校之一。我专门为这七个孩子上了四个晚上的创意写作课。我知道他们忙，并不好意思占用他们的宝贵时间。夜晚是如此安静，我们围坐一隅，探讨创意写作的种种，一边漫谈文学故事，一边构思情节、相互点评、不断修改，时间总是消失得很快，谈笑之间，几个小时就过去了。我们从另一个空间再次返回现实，若有所悟。我不知道孩子们感觉如何，我自己觉得很酣畅，这是我以前的教育经历所没有过的酣畅。

这种酣畅对我意味着什么，我还不能总结得很清楚。夜色是如此辽阔，抬头，依稀一两点星光。学生们都散了。独自走在回家的路上，我常常想：总算，今天又完成了一件事情。

（作者单位：湖南省长沙市明德中学）

倾听未来的声音

今天，我们该如何指点"青春"？

赵　楠

很高兴我的两位爱徒丛元、曹航宇在今年的"北大培文杯"全国青少年创意写作大赛上分获一、三等奖，我本人也因之荣膺大赛"伯乐奖"的荣誉。作为一名刚刚从业不到两年的青年教师，以及一名在未名湖畔沐浴了七载春风的北大校友，这份奖项、这项赛事，对我而言有特殊的意义。

"北大培文杯"以足够高端、足够的视野、足够专业且多元的评判标准，给了众多爱好并擅长文学写作的孩子极大的热情与肯定。莫消说我功利，"重视语文"多年来一直是各行各界呼吁的教育口号，但由于其他学科有各种赛制鼓励，使得学生、家长和学校的注意力都更偏向理科；而作文写得好的孩子，和那些理科专长突出、能够通过学科竞赛获得升学优待资格的同学相比，一直缺乏某种扬眉吐气的认可。"北大培文杯"提供了"重视语文"的契机，我至今记得我的学生丛元拿到一等奖后激动不已，和我微信聊天的每句话都要加上三个感叹号；满腹经纶的曹航宇也不仅仅是收获"有才"的评价，同学和老师们发现，"作文写得好"也可以像学科竞赛一样"来真的"。这无疑给"重视语文"增添了一份正能量，也将吸引更多的学生将兴趣投入到文学与写作中来。

"北大培文杯"更大的意义，我想在于它呈现了当今优秀青少年的才情与风貌，刷新了人们对于"中学生"的认知；而对于语文教学从业者和研究者而言，它则是反思语文教学和作文评判标准、推进语文教学变革的上好参考。在我上初中的时候，正值"新概念"作文大赛盛行，人们认为一大批"新概念"作文代表了中国未来语文教育与写作的希望，我也仍记得当时几个同学一起趴在床上捧读新概念作文选，对写作、对青春充满了憧憬。十几年过去，乘着互联网时代的加速度,"新概念"某种程度上也成了"旧概念",如今的孩子有更多的思想与情感诉求,亦追求更为高级的写作模式,他们对于人生社会的体认、对于文学的理解和追求,往往大大超出人们对于"中学生作文"想当然的预期。如果我们预期的参照系,仅仅是自己曾经接受的语文教育(它还在数年的回忆中被变形了),那么我得说,关注一下"北大培文杯"就知道,不论您是家长、教师、记者抑或什么身份,咱们都要与时俱进了。

丛元酷爱读书与绘画,想象力极为丰富。她的参赛小说《会唱歌的木桶》前后订正六七遍,借用魔幻现实手法将木桶人格化,以"我"的儿童中心视角展开故事,通过父亲操纵"我"和会说话的木桶巡演赚钱,构成反思家长与孩子、成人与儿童关系的隐喻。她的文风不疾不徐、庄谐相汇,读她的文字,你能找到马尔克斯和胡安·鲁尔福的影子。曹航宇性情外放、炽烈,作为北京十一学校校服中心的学生负责人,他将写作体裁锁定在"青春校园故事"。他"讲故事的方法"极为独特,用剧本的形式尽兴地玩儿了"叙事时间"的把戏,使得作品读来过瘾,也大大拓展了解读内涵。

两位获奖同学亦都选修过我开设的"文学写作"大学先修课程。丛元以中英文对读的文本细读方式,为选课同学主讲过海明威《白象似的群山》,曹航宇则主讲过鲁迅的《奔月》,他们态度之严谨,视角之专业,思维之活跃,恐令许多本科学生有所不逮。在我不长的教学生涯中,遇到了一些很有意思的作品解读。这些解读一方面由于学生代际的不同。譬如说到博尔赫斯的小说《南方》,有一个初三的孩子告诉我,她读起这部擅长"时间"技巧、有多种解释和可能的小说,并没有觉得困难,因为这部小说很像她喜欢的一部日本动漫《命运石之门》,而她对《南方》的解读也受到这部漫画的启发。尽管《命运石之门》已经是《南方》问世几十年以后的作品,而前辈文学技巧上的取法、前沿科学知识上的借鉴,让动漫题材作品也都生机勃勃,相较于博尔赫斯,它们也是今天的孩子们更早接触的读物。另一方面,中学生的世

界是敞开的，尚未有专业学科意识的分野，也给文学分析呈现了更多可能。比如读到海明威《白象似的群山》，有学生会通过文本细节推算出大致的故事时间，从而推知男女主人公交流的不顺畅与犹豫；读到《伊万·伊里奇之死》，会有学生通过医生对伊里奇的诊治病症，去推断他到底得了什么病；读到元稹的《莺莺传》，查阅了大量论文，他们会反问，专业研究者处处引用的陈寅恪的"自寓说"真的可信吗？我们真的理解唐朝人的文学与思想风貌吗？……

陈平原老师最近出版了一部新书《文学教育六讲》，关于文学教育，他提出了一个鲁迅式的发问："从来如此，便对吗？"这也正是我所一直注目、思考的问题。也许教育的变革是缓慢的，但社会大环境、科学技术每天都在发生日新月异的变革，我们必须加强反思的力度，加快前进的步伐。更进一步说，当中学生有了那么多的知识和思考，已经俱怀了相当高度的视野与站位，我们的大学，我们的大学中文系、文学院、大学语文，又是否调整好了迎接新一代的姿态呢？

"北大培文杯"所呈现给我们的认知、欣喜与挑战，恐怕正是它更值得关注和思考的意义所在。

（作者单位：北京市十一学校）

附录

一切想象，都是有意义的。

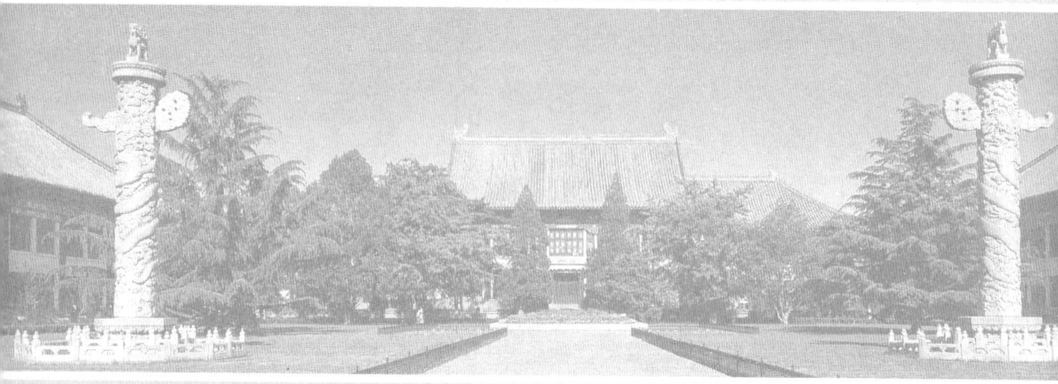

大赛题目

2016第三届"北大培文杯"全国青少年创意写作大赛初赛题目

题目1：请以"不曾发生的事"为题创作一篇不超过4000字的作品，文体不限。

题目2：请阅读诗歌《鸟笼》，展开联想和思考，题目自拟，创作一篇不超过4000字的作品，文体不限。

鸟笼

非马

打开
鸟笼的
门
让鸟飞
走

把自由
还给
鸟
笼

2016第三届"北大培文杯"全国青少年创意写作大赛决赛题目

题目1：

非凡的创意会使我们对生活中习以为常的事物产生"惊奇感"。1936年，现代艺术家奥本海默在巴黎的一次咖啡馆聚会上与毕加索相遇。毕加索说，一切东西都可以套上皮毛。奥本海默说，既然如此，那么咖啡杯和勺子也可以套上皮毛，于是就诞生了《物品——带皮毛的午餐》这个作品。（下图）

一个人穿上皮毛通常没人注意，而一套餐具穿上皮毛却会让人惊奇。试想：一套餐具穿上皮毛意味着什么？请仔细观察和体会《物品》这个作品，充分调动你的想象，尽情展开联想，创作一篇作品，题目自拟，体裁不限，不超过3000字。

奥本海默《物品——带皮毛的午餐》，1936，带有皮毛的茶杯、茶碟和汤匙，茶杯直径12.1cm，茶碟直径23.8cm，汤匙长20.3cm，现藏于现代艺术博物馆，美国纽约。

题目 2：

2016 年 4 月 4 日，中国作家曹文轩在意大利博洛尼亚国际童书展上荣获 2016 年国际安徒生奖，这是中国作家首次获得这一殊荣。曹文轩在接受新华社记者采访时说："我的作品中的故事发生在中国，但它牵涉的主题却是寓意全人类的，我讲了一个个地地道道的中国故事，但同时也是属于全人类的故事。"以下是曹文轩的十部代表性作品：

1. 《红葫芦》
2. 《蔷薇谷》
3. 《草房子》
4. 《天瓢》
5. 《红瓦》
6. 《根鸟》
7. 《细米》
8. 《青铜葵花》
9. 《火印》
10. 《蜻蜓眼》

请从中选取不少于五个作品的名字，作为作品的重要构成元素（不必与原著相关）创作一篇作品，题目自拟，体裁不限，不超过 3000 字。

决赛获奖名单

（排名不分先后）

一等奖

☆ 高中组

丛　元　　北京市十一学校
宫　傲　　内蒙古兴安盟乌兰浩特一中
顾靖坤　　北京市十一学校
顾宇庭　　江苏省如皋中学
韩金颖　　河南省濮阳市油田第二高级中学
韩曦莹　　河北省唐山市第一中学
胡浩然　　河南省实验中学
胡向真　　浙江省乐清市第二中学
黄嘉曦　　广东省中山市第一中学
李蕤桐　　新疆乌鲁木齐市第七十中学
梁松艳　　广西钦州市灵山中学
林　琦　　浙江省台州市玉环县玉环中学
刘鑫鸽　　北京市顺义牛栏山第一中学
潘语瑄　　北京市八一学校
沈　玥　　山东省临沂第一中学
王瑞敏　　山东省淄博实验中学
王瑾妮　　湖南省长沙市明德中学
吴宛谕　　中国人民大学附属中学
吴宇龙　　新疆乌鲁木齐市第八中学
杨淙文　　河南师范大学附属中学
朱超然　　广东省广州市执信中学
朱梦蝶　　辽宁省大连市第十六中学

☆ 初中组

曹馨午　　安徽省滁州市实验中学
董亦婷　　吉林大学附属中学
黄兰棋　　上海市青云中学
李岱宸　　中国人民大学附属中学
易远灏　　广东省黄冈中学广州学校
章佩芷　　北京市一零一中学

二等奖

☆ 高中组

安　扬　　蔡忱瑶　　曹乐萌　　陈海凡
陈柯宇　　陈思宇　　陈寓理　　程琳倩
程睿锦　　丁子豪　　杜晨旭　　方佳璇
冯瀚乐　　冯思邈　　高宇珊　　耿　婉
郭佳君　　贺柯萌　　贺舟舣　　黄宇宁
贾惠涵　　金　赤　　金以舒　　经微娜
雷凯博　　李国栋　　李婧旸　　李俊睿
李书杰　　李文染　　李小涵　　李欣怡

李逸飞	李雨轩	刘慧双	刘锡芬
陆一杨	罗琬婷	马千惠	马清溪
马正业	孟温煜	孟晓婧	欧彦信
潘 琳	彭启亚	秦海明	宋梦迪
王蒙雨	文成君	吴君瑶	夏威夷
肖小娅	徐慕凤	许新路	延安琪
延轩雨	张冰馨	张珺然	张晓晴
张梦圆（河南）	张梦圆（新疆）	张笑桐	
张馨蕊	张伊洁	张亦弛	张宇轩
张钰婕	赵涵羽	赵浠颖	赵煦莹
赵悦华	赵哲安	朱珈仪	朱天宇

☆ 初中组

陈嘉仪	程佳圆	刁孟瑜	丁兆天
高冰洁	郭函瑜	胡纬政	黄贤秀
李晓琛	李郁娟	林佳禾	林睿昊
刘力菲	潘奕涵	宋国谕	陶志豪
王堂堂	徐俊馨	许嘉树	张今朝

🍃 三等奖

☆ 高中组

白 玥	曹航宇	曹明宇	曾荐方
曾 璇	常 乐	陈家豪	陈克凡
陈思源	陈星宇	陈溢群	程培煦
程子玥	邓慧文	丁雨昂	都志霞
杜瑞杰	段会奇	方仁光	方 媛
傅 仰	高璐嫄	耿欣卓	龚紫勤

郭鸿宇	郭彦汝	韩金帝	侯誉明
胡华萍	胡馨媚	胡遇时	江琳钰
解 涵	景智文	黎少东	李冠临
李 慧	李 佳	李佳怡	李丽姗
李美璇	李婉卿	李 想	李 旭
李 妍	李月馨	李蕴彤	林逸晨
凌婉婷	刘晨璐	刘嘉栩	刘林翰
刘沛松	刘若男	刘若璇	刘商羽
刘泱彤	刘雨昀	刘兆翊	罗张挥弦
马大行	马浩楠	马钰炜	孟一凡
米 郝	穆晓婧	彭思源	彭雅丽
申紫薇	沈静池	孙 洁	孙绮琨
孙正阳	太珂欣	谭敏萱	唐 璇
陶易赟	王浩男	王锦莹	王 睿
王雯瑶	王熙蒙	王 萧	王雨虹
王子佳	王子瑞	王梓丹	韦亿祖
卫俊哲	文 艺	吴 迪	吴佳臻
吴奕霏	吴宇欣	伍俊瑜	武恒辛
夏宇缘	肖一笑	肖子莲	萧子衿
谢聪颖	谢欣然	邢 天	熊 菲
徐 扬	郇芝南	杨家祺	杨琳欣
杨小范	杨宇荃	叶斯畅	易锦晨
应熠纯	于博洋	于乐瑶	于 越
喻恺瑞	袁 畅	翟梓艺	张希玥
张曦文	张玉涵	张毓琦	章骞兮
赵钰琦	钟沁湲	仲岷浩	周欧辰
周润坤	周胜华	周 涛	周稚宜
周子霖	邹圣羽		

☆ 初中组

陈屹宁	丁凤鸣	顾雨欢	胡　捷
黄稜翔	季虹宇	李兰馨	李昱萱
刘春明	刘霖楠	刘阳光	孙涵越
王博宇	王　雪	王一卉	吴越然
熊苡婷	徐晓驰	许　丰	许　桂
张秋锦	赵　婧	赵梦媛	周　红
朱　暄

组织奖

安徽省淮北市第一中学
安徽省淮北市实验高级中学
安徽省六安第一中学
安徽省宁国中学
安徽省滁州实验中学
北京大学附属中学
北京市十一学校
北京市八一学校
中国人民大学附属中学
重庆市渝北中学
重庆市第十八中学
重庆市合川中学
广东省广州市执信中学
广东省黄冈中学广州分校
广东省深圳市南头中学
广东省湛江第一中学

华南师范大学附属中学
广东省中山市第一中学
广西大学附属中学
广西贵港市高级中学
广西平南县中学
广西灵山县灵山中学
广西南宁市第二中学
河北省邯郸市第一中学
河北省石家庄市第一中学
河北省石家庄市第二中学
河北省石家庄市正定中学
河北辛集中学
河北省实验中学
河北正中实验中学
河南省孟津县第一高级中学
河南省实验中学
河南省济源第一中学
河南省淮阳中学
河南省洛阳市第八中学
河南省漯河市高级中学
河南省郑州外国语新枫杨学校
河南省内黄县第一中学北校区
河南省濮阳市油田第二高级中学
河南省郑州市实验高级中学
河南省驻马店高级中学
河南省汤阴县第一中学
河南省许昌高级中学
河南省襄城高中

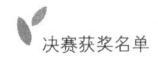

河南省安阳市第三十二中学
湖南省辰溪县第一中学
湖南省怀化市第三中学
湖南省怀化市湖天中学
湖南省怀化市铁路第一中学
湖南省地质中学
湖南省长沙麓山国际实验学校
湖南省长沙市第一中学
湖南省长沙市明德中学
湖南省长沙市南雅中学
湖南省长沙市周南中学
东北师范大学附属中学
江苏省宝应中学
江苏省梁丰高级中学
江苏省沭阳高级中学
江苏省泗阳中学
辽宁省大连市第二十四中学
宁夏中卫中学
山东省利津县利津一中
山东省邹平第一中学
山东省北镇中学
山东省黄山中学
山东省临沂第一中学
山东省枣庄市实验中学
山东淄博实验中学
山东省淄博第四中学
山东省淄博市临淄区外国语实验学校
山东省广饶县第一中学

山东省东平高级中学
山东省东营市第一中学
山东省寿光现代中学
山东省淄博中学
山西大学附属中学
山西省太原知达常青藤中学校
新疆生产建设兵团第二师华山中学
新疆乌鲁木齐市第七十中学
新疆乌鲁木齐市第一中学
新疆乌鲁木齐市第八中学
新疆生产建设兵团第二中学
新疆克拉玛依市第一中学
新疆石河子第一中学
云南北辰高级中学
云南省曲靖市麒麟高级中学
云南省曲靖市第二中学
云南省腾冲第一中学
云南省腾冲县清水中学
云南省普洱第二中学
浙江省临海市回浦中学
浙江省台州市仙居县城峰中学
浙江省台州市玉环县玉环中学
浙江省台州中学
浙江省临海市外国语学校
浙江省台州学院附属中学
浙江省湖州中学
浙江省乐清中学
浙江省宁波市鄞州高级中学

伯乐奖

吴文英	安徽省合肥市第六中学	李培培	河北省邯郸市第一中学
陈　超	安徽省淮北市第一中学	赵晨光	河北省石家庄第一中学
丁晓辉	安徽省淮北市实验高级中学	谢欣宜	河北省石家庄二中实验学校
蔡　敏	安徽省宁国中学	高　倩	河北正中实验中学
郎孟林	安徽省宿州市第一中学	施春艳	河南孟津一高
林　迅	安徽省滁州市实验中学	王　恺	河南省洛阳八中
朱　倩	北京大学附属中学	黄晓莉	河南省漯河高中
赵　楠	北京市十一学校	师瑞玲	河南省内黄县第一中学
夏　伟	北京市十一学校	郭力众	河南省濮阳市油田第二高级中学
窦雪松	北京市海淀实验中学	陈俊峰	河南省许昌高中
王建稳	北京市八一学校	李瑞芳	河南省郑州市第二外国语学校
王广杰	北京师范大学第二附属中学	张少振	河南师范大学附属中学
王　艳	中国人民大学附属中学	周　洁	湖北省鄂州高中
廉水杰	北京景山学校	曾凡强	湖北省随州二中
何　军	华重庆市合川中学	吴　巧	湖南省怀化市湖天中学
陈　博	福建省莆田第一中学	邓春湘	湖南省怀化市铁路第一中学
吕远丰	广东省广州市执信中学	帅　敏	湖南省长沙麓山国际实验学校
范　磊	广东省深圳市南头中学	陈正爱	湖南省辰溪县第一中学
孔祥敏	广东省湛江市第一中学	欧鹏举	湖南省长沙市第一中学
邱嘉裕	华南师范大学附属中学	刘东明	湖南省长沙市明德中学
胡韦琳	广东省中山市第一中学	马　臻	湖南省长沙市明德中学
黄铭强	广东省广州市育才中学	彭　纯	湖南省长沙市南雅中学
苏志秋	广西大学附属中学	周小友	湖南省长沙市周南中学
岑景宇	广西平南县中学	杨国炳	湖南省长沙市周南中学
李明钊	广西灵山县灵山中学	李克静	湖南省湘潭九华第一中学
张胜芹	贵州省盘县第一中学	王玉红	东北师范大学附属中学
		袁晓东	江苏省宝应中学
		屠红梅	江苏省梁丰高级中学

周春梅	江苏省南京师范大学附属中学	韩宏丽	四川省成都十二中
曹　卉	江苏省南京市第九中学	熊　君	四川省宜宾市南溪区中和国际学校
张　林	江苏省沭阳高级中学	王金芝	天津市耀华中学
方卫国	江西省上饶市广丰中学	李保儒	西藏民族大学附属中学
蔡　伟	辽宁省大连市第二十四中学	霍　蒙	新疆乌鲁木齐市第一中学
方丽娜	内蒙古兴安盟乌兰浩特一中	邵　新	新疆乌鲁木齐市第一中学
范春荣	宁夏中卫中学	王　艾	新疆生产建设兵团第二中学
高秀清	山东省北镇中学	罗艳静	新疆生产建设兵团第二师华山中学
安文著	山东省利津县利津一中	吴　霞	新疆乌鲁木齐市第八中学
丁子庆	山东省广饶第一中学	刘柳荣	新疆乌鲁木齐市第八中学
杨昌银	山东省枣庄市实验中学	刘俊芳	新疆乌鲁木齐市第七十中学
陈　静	山东省寿光现代中学	周梦琳	新疆石河子第一中学
赵　辉	山东省淄博实验中学	陈　蓉	新疆石河子第一中学
杨丽君	山东省淄博实验中学	黄　昕	云南省曲靖市麒麟区第一中学
段升群	山东省淄博实验中学	何振文	云南北辰高级中学
尹晓妮	山东省淄博市第四中学	段雷波	云南省普洱二中
于宪平	山东省淄博市临淄区外国语实验学校	童珍珍	浙江省杭州市西湖高级中学
		黄　忠	温州市文学社联盟
刘　静	山东省淄博市临淄区外国语实验学校	包建新	浙江省临海市回浦中学
		胡素娥	浙江省台州市仙居县城峰中学
汪海波	山西大学附属中学	苏　素	浙江省台州市玉环县玉环中学
宋志强	山西省太原知达常青藤中学校	黄自伟	浙江省台州中学
刘宝强	陕西省西安中学	徐华飞	浙江省临海市外国语学校
孙晓虹	上海市第五十四中学	杨海英	浙江省台州学院附中

跋

一切想象都是有意义的

谢有顺

这几年,针对青少年而设的各类写作大赛很多,参与者众,不少有才华的写作者都借此平台崭露头角,从此走上了写作的道路。连续举办了三届的"北大培文杯"全国青少年创意写作大赛,算是后起的活动,但它立意高,规模大,影响面广,是近年同类写作大赛活动日趋平淡之后的一个亮点。

它最引人注目的就是"创意"二字。本来,一切优秀的写作都是创意写作,无创意便无个性和风格,写作就只是一种重复。无论是思想的重复,还是艺术手法上的重复,都是写作所要特别警惕的。尤其是青少年,长期受制于学校作文教育的统一规范,写作中那些旁逸斜出、枝枝蔓蔓的东西经常被修剪干净,就容易落入模式化的陷阱,语言面貌也容易千人一面。这个时候,就特别要强调创意之于写作的价值。如果说学校的学习、作文是在规范青少年,那这种创意写作大赛的目的就是为了解放青少年,让他们自由地表达真实的自我、想象的自我。

写作是认识自我的重要方式。许多时候,自我是隐于暗处的,它需要挖掘,需要辨析。写作作为一种与自我的隐秘对话,坦露和呈现出的正是一种内在的真实。创意写作就是要引导青少年勇敢地面对自我,倾听自己内心生长的声音,所以,这种自由、率性、无拘束的写作,首先看重的不是写作者

所用的修辞，而是他们的想象力与创造精神。

只有突破了思想的定见，以及加诸这些青少年身上的种种修辞束缚，才有真正的创意写作。令人高兴的是，第三届"北大培文杯"全国青少年创意写作大赛的很多获奖者，已经深刻理解了"创意写作"的含义，并在自己的写作实践中，充分展现出了一个青少年写作者的才华、锐气和胆识。

参与这届写作大赛的评审，让我想到了两个词：参与和珍惜。参与是指注重普遍性，不设门槛，鼓励更多的人把写作当作一种乐趣，一种自我表达、自我省思的方式；珍惜是指在第一时间、在一个孩子的才华刚萌芽的阶段，就给予这种才华足够的珍重与礼遇。借这样的活动，让青少年写作者知道，实现自我最好的方式是表达自我，而如何表达自我，既是一门语言的艺术，也是一种精神的创造；同时也让青少年写作者知道，他们有的一切想象、思绪，一切离经叛道、异想天开的感受，都是有意义的，都值得去认真书写。正是生活的无限丰富，以及生命的不可思议，才让我们对世界、对未来一直充满信心。

而从本届的获奖作品来看，这些年轻的写作者，有传统作家所未必有的瑰丽的想象力，也有很多他们的同龄人所没有的语言天赋。很多篇章，立意奇崛，语言滔滔，字里行间洋溢着压抑不住的才华，令人叫绝。可以想见，在这批获奖者当中，有一些人在今后的写作中一定会大有作为，甚至引领一种写作风潮。但同时我也觉得，这些出色的写作才华，不该只耽于玄想或穿越（这是大多数获奖作品的共有主题），而应该用于更勇敢地面对现实，面对自己所熟悉的生活。故意避开自己的日常生活，一味地沉溺于幻想，写作有时难免会缺点血性，流于苍白。写作的核心要义，终究离不开扎根于真实的生活，有感而发。才华加上写作应有的现实感，写作才能走得更远。这也是我对年青写作者的一点劝告。

点评专家

李敬泽　　中国作家协会副主席、著名评论家
陈晓明　　北京大学教授、著名评论家、长江学者、茅奖评委
张福贵　　吉林大学教授、著名评论家、长江学者
王　尧　　苏州大学教授、著名评论家、长江学者
谢有顺　　中山大学教授、著名评论家、长江学者、茅奖评委
孔庆东　　北京大学教授、著名学者
陆绍阳　　北京大学教授、著名学者
陈旭光　　北京大学教授、著名学者
邵燕君　　北京大学副教授、著名评论家
刘川鄂　　湖北大学教授、著名评论家、鲁奖和茅奖评委
张　莉　　天津师范大学教授、著名评论家、茅奖评委
谭旭东　　著名评论家、鲁奖得主
罗　岗　　华东师范大学教授、著名学者
倪文尖　　华东师范大学教授、著名学者、教育家
张鸿声　　中国传媒大学教授、著名学者
张学昕　　辽宁师范大学教授、著名评论家
郭冰茹　　中山大学教授、著名评论家
滕　威　　华南师范大学教授、著名评论家
张洁宇　　中国人民大学教授、著名评论家

倾听未来的声音

孙民乐	中国人民大学副教授、著名学者
杨庆祥	中国人民大学副教授、著名评论家、茅奖评委
赵　瑜	中国报告文学学会副会长、著名作家、鲁奖得主
施战军	《人民文学》主编、著名评论家、鲁奖和茅奖评委
彭　程	《光明日报》文艺部主任、著名评论家、散文家、鲁奖和茅奖评委
李　舫	《人民日报》文艺部副主任、著名评论家、散文家、鲁奖和茅奖评委
萧立军	《中国作家》原副主编、著名评论家、编辑家
顾建平	《长篇小说选刊》主编、著名评论家
邱华栋	鲁迅文学院常务副院长、著名作家
葛一敏	《散文选刊》主编、著名散文家、鲁奖评委
徐则臣	《人民文学》编辑、著名作家、鲁奖评委
石一枫	《当代》编辑、著名作家
西　渡	著名诗人
方　麟	北京大学文学博士

《倾听未来的声音》第 3 季 阅卷、点评评委

- 曹文轩 北京大学教授、"国际安徒生奖"获得者
- 李敬泽 中国作家协会副主席、著名评论家 
- 格非 清华大学教授、茅盾文学奖获得者 
- 张福贵 吉林大学教授、著名评论家、长江学者 
- 陈晓明 北京大学教授、著名评论家、长江学者、茅奖评委 
- 谢有顺 中山大学教授、著名评论家、长江学者、茅奖评委 
- 李舫 《人民日报》文艺部副主任、著名评论家、散文家、鲁奖和茅奖评委 
- 施战军 《人民文学》主编、著名评论家、鲁奖和茅奖评委 
- 顾建平 《长篇小说选刊》主编、著名评论家 
- 包立夫 华东师范大学教授、著名学者、教育家
- 葛一敏 《散文选刊》主编、著名散文家、鲁奖评委 
- 谭旭东 著名评论家、鲁奖得主 
- 张颐武 中国传媒大学教授、著名学者 
- 邵燕君 北京大学副教授、著名评论家 
- 徐则臣 《人民文学》编辑、著名作家、鲁奖评委 
- 孙民乐 中国人民大学副教授、著名学者 
- 张莉 天津师范大学教授、著名作家、评论家、茅奖评委 
- 张学昕 辽宁师范大学教授、著名评论家

- 刘柳　中国人民大学文学院院长、长江学者 
- 陆纪阳　北京大学教授、著名学者 
- 格非　清华大学教授、长江学者 
- 孔庆东　北京大学教授、著名学者 
- 彭程　《光明日报》文艺部主任、著名评论家、散文家、鲁奖和茅奖评委 
- 陈晓光　北京大学教授、著名学者 
- 王尧　苏州大学教授、长江学者、著名评论家
- 张陆宇　中国人民大学教授、著名评论家  
- 邱华栋　鲁迅文学院常务副院长、著名作家 
- 陈成　华南师范大学教授、著名评论家 
- 罗岗　华东师范大学教授、著名学者
- 刘川鄂　湖北大学教授、著名评论家、鲁奖和茅奖评委 
- 萧王军　《中国作家》原副主编、著名评论家
- 黄宾堂　作家出版社总编辑、著名评论家
- 赵瑜　中国报告文学学会副会长、著名作家、鲁奖得主 
- 杨庆祥　中国人民大学副教授、著名评论家、茅奖评委  
- 郭冰茹　中山大学教授、著名评论家 
- 石一枫　《当代》编辑、著名作家